A la luna, por favor

AF275421

Romántica

Lina Galán
A la luna, por favor

Esencia/Planeta

PEFC Certificado

Este libro procede de
bosques gestionados
de forma sostenible

PEFC/14-38-00305   www.pefc.es

© Lina Galán, 2025
© Editorial Planeta, S. A., 2025
   Avda. Diagonal, 662-664, 08034 Barcelona (España)
   www.esenciaeditorial.com
   www.planetadelibros.com

Adaptación de la cubierta: Booket / Área Editorial Grupo Planeta
Imagen de la cubierta: Shutterstock
Primera edición en Colección Booket: julio de 2025

Depósito legal: B. 11.262-2025
ISBN: 978-84-08-30630-6
Composición: Realización Planeta
Impreso en España

Biografía

Vivo en Lliçà d'Amunt, un pueblo cercano a Barcelona, junto con mi marido, mis dos hijos adolescentes y dos gatos. Después de años alejada de los estudios, porque nunca es tarde, obtuve el título de educadora infantil, algo vocacional que llevaba demasiado tiempo deseando hacer, aunque ejercer en estos tiempos haya resultado muy complicado. Y, como yo parezco hacerlo todo un poco tarde, hace unos años decidí autopublicar mi primera novela, a la que ya han seguido algunas más. De esta experiencia maravillosa solo puedo tener palabras de agradecimiento para mi familia, la auténtica sufridora de mis horas frente al ordenador, y para tantas y tantas personas que me han apoyado, animado y felicitado, tanto cercanas como en la distancia. Y sobre todo para esos lectores que disfrutan con mis historias, sin los que toda esta locura, a estas alturas de mi vida, no hubiese podido ser una realidad. Encontrarás más información sobre mí y mi obra en:

f lina.galangarcia
@linagalangarcia

Para Marta, mi niña.
Contigo a la luna, siempre

No es hasta que estamos perdidos que comenzamos a comprendernos a nosotros mismos.

HENRY DAVID THOREAU

Prólogo

No estoy del todo segura porque, cuando me ocurrió a mí, pensé que acababa de hacer todo un descubrimiento. Sin embargo, diría que todas las personas hemos vivido ese momento de nuestra infancia en el que hemos sido conscientes de nosotros mismos, de nuestro lugar en la familia, en la sociedad, en el mundo y hasta en el universo. Es un momento clave en el que descubres que existes de verdad, que no eres un mero espectador de todo lo que te sucede, que no observas tu vida en una pantalla mientras permaneces cómodamente sentado en una butaca. Que eres alguien.

Y, en ese instante, todo cambia.

A mí me ocurrió con once años, un día en apariencia normal y corriente. La señorita Jones, mi maestra de último curso de primaria, nos había mandado hacer un trabajo sobre nuestros progenitores y sus orígenes familiares. Se podía llevar a cabo por parejas, por lo que no dudé a la hora de unirme a Pippa, mi mejor amiga.

Decidimos comenzar por mis padres aquella misma tarde, así que, nada más bajar del autobús escolar, con nuestros uniformes impecables de faldas y jerséis azul marino, nos dirigimos a mi casa, situada en el barrio de Chelsea, uno de los más prestigiosos de Londres.

Me encantaba mi barrio y me encantaba mi casa, una construcción georgiana que databa del siglo XVIII de altos techos, varias y amplias habitaciones, un precioso jardín y unas maravillosas vistas al río Támesis. Era parte de la herencia de mi padre, lord Barnaby Clifford, descendiente de una antigua estirpe de lores, siempre al servicio de su majestad.

Nos abrió la puerta Sterling, el mayordomo, al que no nos molestamos ni en saludar, y, entre risas infantiles, subimos la escalera hasta mi habitación. Tiramos las mochilas al suelo y nos lanzamos sobre la cama, donde permanecimos un buen rato sin hacer nada más que mirar el techo sembrado de molduras, del que colgaba una pequeña lámpara de araña. Había catorce lágrimas de cristal formando una espiral. Recuerdo pasar muchas horas contemplándola.

—Tendríamos que empezar ya —suspiré al tiempo que me incorporaba sobre la colcha de color celeste con flores blancas—. El lunes debemos llevar un primer esquema de nuestro árbol genealógico y todavía falta ir a tu casa.

—Yo ya me lo sé de memoria —señaló Pippa—. Mi madre me ha contado un montón de veces toda la historia familiar.

Me molestó un poco el comentario de mi amiga. No era la primera vez que aludía a la buena comunicación que existía entre ella y su familia.

—Es bastante aburrida, por cierto —indicó con los ojos en blanco—, y mucho menos impresionante que la de tus padres, llena de antepasados con peluca. —Rio.

Y, de nuevo, Pippa añadía una observación que me hacía sentir mal por haberme enfadado con ella.

Fruncí el ceño a continuación. Esa historia impresionante que mencionaba mi amiga era cierta, sí, pero solo en parte porque era la de mi padre. Pero ¿y mi madre? Nunca me había contado nada sobre su familia. Jamás me había mostrado una fotografía antigua en la que poder verla a ella de niña, a sus padres o a sus abuelos. La imagen en la que aparecía más joven era la de su boda con mi padre. Siempre había dado por sentado que sus orígenes debían de ser similares.

—Perdona, Sky. —Pippa compuso un mohín—. Pero es que tus padres nunca están muy dispuestos a hablar. Me parecen un poco..., ¿cómo decirlo...?

Mi amiga frunció la boca de manera que, al colocarse un lápiz sobre el labio superior, pareció el bigote que lucían algunos de mis antepasados en los cuadros que se exhibían en el estudio de mi padre y en la biblioteca. Después elevó la barbilla y forzó una voz varonil que representaba a mi difunto abuelo paterno.

—Nosotros somos los Clifford, parte de la historia de Inglaterra. Nunca lo olvides, jovencita.

Ambas reímos cuando a Pippa se le cayó el lápiz al suelo. Se le daba bien imitar a la gente, y se le daba aún mejor hacerme reír. En cuanto nos envolvían nuestras propias risas infantiles me recordaba a mí misma lo afortunada que era al tenerla como amiga.

Decidida, me levanté de la cama, me dirigí a mi escritorio y cogí una libreta y un bolígrafo.

—Tienes razón, mi familia es un poco rara, pero es la que tengo, así que... vayamos a entrevistarlos de todos modos.

Bajamos con rapidez hasta el despacho de mi progenitor. Di unos golpes en la puerta y abrí, pero lo encontramos inmerso en una conversación con el señor Abernathy, su socio en alguno de sus negocios. El ambiente estaba cargado, con una espesa niebla procedente de los cigarrillos que ambos hombres sostenían entre sus dedos. Olía a ceniceros atiborrados de colillas, a libros viejos y a cerrado.

—¿Qué quieres, Sky? —Mi padre resopló—. Estoy muy ocupado.

Lord Barnaby Clifford siempre estaba ocupado.

—Es por una cosa del colegio, papá —le dije—. Pero no pasa nada. Ya te preguntaré en otro momento.

Mi padre se limitó a mirarme desde detrás de sus gafas con una expresión taciturna. Siempre parecía triste y afligido, como si cargara con un peso cada día más difícil de sobrellevar. Tuvo que ser el señor Abernathy quien compusiera una sonrisa afable tras su barba canosa.

—Tu padre está teniendo unos días muy complicados —señaló el hombre con suavidad—. Si quieres, yo mismo puedo ayudarte para ese trabajo escolar, digamos... —consultó su reloj de pulsera— a última hora de la tarde. Si me dices de qué se trata...

No era la primera vez que obtenía más palabras de aquel desconocido que de mi propio padre.

—No se preocupe, señor Abernathy. Ya me las apañaré.

Cerré la puerta. Mi amiga compuso uno de sus graciosos mohínes y se encogió de hombros.

—¿Probamos con tu madre?

Quizá mi padre nunca tenía tiempo, pero, al menos, no me ignoraba o me trataba con la frialdad de mi progenitora.

—Qué remedio —suspiré.

Tuve que admitir para mí misma que había estado postergando aquel momento. Fue gracias al leve empujón de Pippa que mis pies se despegaron del suelo y comenzaron a moverse por el pasillo. En cierto modo, me alivió descubrir que mi madre se hallaba en una de las salas para visitas, tomando el té con un grupo de amigas. En mi fuero interno, estaba deseando que no pudiera atenderme.

—Ahora no puedo, niñas —nos dijo tras dar un sorbo a su taza de porcelana y mirarnos con sus acerados ojos oscuros. Un momento después, desvió la vista de nosotras y le sonrió a una de las mujeres.

Lady Barnaby Clifford tenía una sonrisa para cualquiera menos para su marido y su hija.

—Y ahora ¿qué? —se exasperó Pippa—. A este paso no terminaremos nunca el trabajo o tendremos que inventarnos tu parte —bufó—. ¿Empezamos primero por mi historia? Podría pedirle a mi padre que viniera a buscarnos. Él vendría enseguida...

—No —la corté.

Estaba enfadada. Aunque aquellos desplantes se dieran muchas veces en mi vida, aquel día me molestaron más que nunca. Supongo que fue por la presencia y las palabras de mi amiga. Por hacerme saber, sin malicia, que su madre hablaba con ella o que su padre sí estaba disponible cuando lo necesitaba. Si fue envidia, no me dio tiempo a pensarlo.

—Acompáñame —le dije en el momento de abandonar aquella parte de la casa.

Dirigí a mi amiga de nuevo a la primera planta y fui en busca del dormitorio de mis padres. Abrí la puerta y le hice un gesto para que entrase antes de volver a cerrar.

—¿Qué hacemos aquí? —susurró.

15

—Buscar información —respondí.

Tenía prohibido acceder a aquella habitación. Era una especie de norma de la casa con la que había crecido, por lo que no entraba allí desde hacía años. Y si prohibido era aquel acceso, mucho más lo sería curiosear en los cajones.

—¿Qué haces? —me preguntó mi amiga, preocupada, mientras no dejaba de mirar de reojo hacia la puerta.

Yo seguí revolviendo el interior de más cajones, armarios o cajas que descubrí en altillos, subida a una pequeña escalera que colgaba del interior de una de las puertas.

—No sé —farfullé—. Encontrar algo que me ayude a hacer el dichoso trabajo.

Tuve que hacer equilibrios, pero, por fin, encontré una caja que me llamó la atención. Parecía vieja, lo suficiente para contener algo que pudiese valerme. La cogí, bajé con ella hasta el suelo y la puse sobre la cómoda. A continuación, la abrí, expectante. En su interior había papeles y documentos, que empecé a desdoblar o a sacar de sus sobres.

—Mira —susurró Pippa—. También hay fotografías. ¿Esta podría ser tu madre? ¿Y quiénes son estas personas? Están en una playa, pero no la reconozco...

Antes de desviar la vista hacia lo que mencionaba mi amiga, mi atención se centró en un documento en el que se otorgaba la nacionalidad británica a Alicia Martínez Duarte, ciudadana española que solicitaba el cambio por derecho de matrimonio. También aparecía el certificado del enlace, donde rezaban los contrayentes: la mencionada Alicia y Barnaby Clifford, mi padre.

—Pero... —musité— mi madre se llama Alice...

Desconcertada, pensé por primera vez en mi vida

que yo nunca había visto ningún documento oficial en el que aparecieran mis datos o los de mis progenitores.

—Y no tenía ni idea de su apellido de soltera... —añadí.

Claro. Ella siempre había sido lady Barnaby Clifford. La señorita Jones nos explicó un día que, mientras en el Reino Unido solo utilizamos el apellido paterno, en algunos países usan el del padre y el de la madre.

«En países como España», pensé.

—¿Qué ocurre? —inquirió Pippa—. ¿Qué has encontrado?

—Na-nada, Pippa. Solo es papeleo.

Actué por instinto al no decirle nada a mi amiga. Se suponía que mi familia era de alcurnia, repleta de lores y de antepasados con peluca, como decía ella. ¿Cómo cuadraba ahora todo eso con lo que acababa de descubrir de mi madre? ¡Ni siquiera era británica!

No sabía la importancia que podía tener, pero algo en mi fuero interno me dijo que aquello era mejor mantenerlo oculto. Como si fuese un secreto familiar que jamás debía ser desvelado. Ni siquiera me lo habían revelado a mí, que era su hija...

—Pues menuda cara has puesto —rezongó Pippa—. Parecía que hubieras descubierto a un muerto.

Yo seguía aturdida y confundida, y, mientras más buscaba y encontraba, menos comprendía. Porque, entre toda aquella información, no se me pasó por alto la fecha de la boda de mis padres. Se habían casado un 9 de octubre de 2004. Y yo había nacido el 16 de febrero de 2005. Solo cuatro meses después.

Mi madre se había casado embarazada de mí. Otro dato que desconocía y que me trastornó por completo.

¿Estaban juntos por mi culpa? ¿Por eso parecían siempre tan tristes y enfadados, porque se habían visto obligados a unir sus vidas por mí? ¿Yo representaba una carga para ellos? ¿Me querían, a pesar de todo?

Sin embargo, todas esas incógnitas resultaban demasiado complicadas para una niña de once años. Por eso, lo que más seguía llamando mi atención era el tema de sus orígenes.

«¿Cómo es posible?... —pensé—. Siempre he creído que mamá era inglesa. Nunca me ha hablado en español ni me ha mencionado personas o lugares de España...»

Tomé entonces la fotografía que me había señalado Pippa y miré el reverso. Había escritas unas palabras con tinta azul. Solo entendí «Barcelona, 1995». Volví a darle la vuelta para descubrir a un grupo de jóvenes que aparentaban unos dieciséis o diecisiete años. Quizá alguno más. Estaban en una playa, cuya arena aparecía repleta de sombrillas de colores y de gente. Todos ellos iban en traje de baño y sonreían a la cámara.

—¡¿Qué demonios hacéis aquí?!

Ante el bramido de mi madre, los dedos se me aflojaron y dejaron caer la fotografía hasta posarse en el suelo, frente a mis pies, en una caída tan lenta que me pareció interminable. Ella la recogió, la guardó en la caja y colocó la tapa.

—Que sea la última vez que hurgas en mis cosas —me dijo de forma seca y autoritaria mientras devolvía la caja a su sitio—. Y que sea la última vez que entras en mi habitación.

—¿Eres una de las personas de la fotografía, mamá? —le pregunté.

—¡¿No me has oído?! —Dirigió después una mirada irritada a mi amiga—. ¿Y tú, Philippa? Te creía mucho más sensata.

Pippa farfulló un «lo siento» y desapareció de la habitación.

—¿Eres española, mamá? —insistí.

—Cállate, Sky —siseó—. Cállate...

—¿Por qué insistes siempre en que escoja francés o alemán como lengua extranjera? —Yo apenas la escuchaba. Solo quería saber—. ¿Por qué nunca has querido que elija el español? ¿Quiénes son las personas de la fotografía? ¿Vivías en Barcelona?

—¡Basta! —gritó. Un instante después, cerró los ojos y tomó aire—. Soy británica. Me casé con tu padre y no volví a España. Y no tengo nada más que decirte.

—Pero ¿por qué no me lo has contado nunca, mamá?

—Porque no importa, Sky —insistió—. Mi vida comenzó cuando me casé con tu padre y te tuve a ti. —Dulcificó un breve instante su expresión—. Pero, por favor, no me preguntes nada más. Nunca, Sky. Nunca más.

Y eso hice. No volver a preguntar nunca más. Al menos, a ella.

¡Por cierto! Tal y como había sugerido Pippa, la parte de mi madre en el trabajo me la tuve que inventar.

Capítulo 1

Sky

Londres, en la actualidad

—Ese vestido pega más para un cóctel que para una fiesta —refunfuñó Pippa al ver mi imagen en el espejo de mi habitación—. Deja que busque algo más sexy entre tu ropa de señorita de la alta sociedad británica.

Mi amiga se dirigió a mi vestidor, que se iluminó al abrir sus puertas, y se adentró en aquel mar de faldas, vestidos, blusas y zapatos.

—A ver, veamos... —susurró mientras deslizaba prendas entre sus dedos—. Aburrido, soso, tapado... Este no, este tampoco, este menos... ¡Este! —exclamó mientras me mostraba una percha de la que colgaba un vestido rojo.

—¿Estás segura, Pippa? —Tomé la prenda entre las manos—. Me lo compré en un arrebato, después de una discusión con Harvey, pero no he llegado a estrenarlo. Se me ve la mitad de las tetas.

Mi amiga alzó ambas cejas y señaló su propia indumentaria. Llevaba un minivestido negro, que le dejaba al descubierto el estómago, con dos franjas de tela que se cruzaban sobre sus pechos y se ataban en el cuello, mostrando un escote impresionante.

—Información actualizada, Sky. —Puso los ojos en blanco—. Vamos a una fiesta. No, a una fiesta no. ¡Vamos a *la* fiesta! ¡Vamos al maldito evento del año! ¡Luce ese maravilloso cuerpo que tienes! ¡Y la mitad de las tetas si hace falta!

Sonreí. Tenía razón. O eso supuse.

—¡Por favor, Sky! —insistió—. ¡Tu novio se gradúa y monta un fiestón en su casa para celebrarlo! ¡Intenta no ser un muermo por una vez!

Llevábamos todo el año esperando aquel acontecimiento. Harvey, mi novio, se graduaba en Administración de Empresas en la UCL, universidad londinense donde Pippa y yo cursábamos la misma carrera. Así que festejábamos la graduación de Harvey y de varios de sus mejores amigos, pero también que Pippa y yo hubiésemos sobrevivido al primer curso universitario.

—Está bien, está bien —me quejé mientras me empujaba hasta el baño—. Ahora mismo me cambio.

Un par de minutos después, volví a ponerme ante el espejo de marco dorado de mi dormitorio. Con sinceridad, estaba espectacular, con aquel vestido rojo con la falda de vuelo a la altura de las rodillas y unos finos tirantes cruzados en la espalda. Me veía sexy, guapa y provocativa, pero, al mismo tiempo, me sentía un poco desnuda. No estaba cómoda y así se lo hice saber a Pippa.

—¡No digas tonterías! —Rio con expresión perversa—. A ver, Sky. Tú sabes que ese vestido no te va a durar puesto toda la noche, ¿verdad?

—Ya... —Sonreí un poco forzada—. De todos modos, le dije a Harvey que no me hacía mucha gracia acostarme con él en una fiesta con tanta gente. No sé —suspiré—. No me parece que algo tan íntimo deba formar parte de una celebración donde todos vamos a beber demasiado...

—Deja de divagar —rezongó mi amiga—. En el momento en el que estés en brazos de tu novio, te olvidarás de todo y solo podrás pensar en retozar con él en la cama de tus futuros suegros...

—No —la corté—. Le dije a Harvey que no me apetecía hacerlo en la fiesta, y mucho menos en la cama de sus padres. Y él aceptó.

—Vale, vale. —Alzó las manos—. Me parece que es algo supermorboso, pero si Harvey Townsend te lo ha asegurado, habrá que creerlo.

Me acerqué a Pippa y le di un abrazo. Desde que había empezado a salir con Harvey, dos años atrás, me parecía que mi amiga se había sentido un poco desplazada. Incluso tenía la impresión de que sentía algo de celos de mi novio, pero quise hacerle saber en aquel instante que siempre estaríamos juntas; que éramos mejores amigas; que ningún chico iba a cambiar eso.

—Ningún tío nos separará jamás —dijimos las dos a la vez mientras chocábamos nuestras palmas. Era una especie de mantra para nosotras.

Entre risas, ambas nos sentamos frente a mi tocador, donde Pippa había colocado su neceser. Ella ya se había maquillado en casa e insistió en pintarme a mí, puesto que se le daba realmente bien. Por supuesto, yo había hecho de conejillo de Indias durante años para que ella probara todas sus locas ideas, desde que éramos unas niñas, cuando nuestros padres nos descubrían con las caras pintadas como monas. A esas alturas, sin embargo, mi amiga ya había hecho algunos cursos a distancia y visionado cientos de tutoriales, y se notaba en unos resultados cada vez más profesionales.

Aquella noche sus ojos azules lucían espectaculares, resaltados por las sombras en tonos rosas, cubiertos por una capa de purpurina plateada, rodeados de pequeños brillantes y con el toque de las pestañas postizas. También se había ondulado la melena rubia, que le caía en bucles por los hombros.

Qué guapa me pareció. Y qué orgullosa me sentía de ella.

Pippa, además de tener un físico espectacular, poseía un carácter extrovertido, que le permitía relacionarse con facilidad, tener amigos, salir con chicos, disfrutar de la vida. Mi seriedad contrastaba con su desparpajo, pero siempre estuve segura de que nos complementábamos a la perfección, precisamente por eso.

La quería. La quería muchísimo. Pippa era mi amiga, la persona que más me comprendía en el mundo, la que había aguantado con paciencia mis neuras, mis quejas sobre mi familia y mis peores momentos; la que había estado a mi lado prácticamente mis diecinueve años de vida, puesto que nuestras niñeras coincidieron un día mirando escaparates en King's Road y comenzaron una bonita amistad que perduraría en el tiempo.

—Vamos, cierra los ojos —me ordenó mientras abría un estuche y elegía uno de los pinceles.

—¡Alto ahí! —la detuve—. Te recuerdo que yo no soy una rubia despampanante y cargarme de maquillaje me sienta fatal.

Observamos durante un instante nuestros reflejos. Además de nuestras diferencias de carácter, físicamente contrastábamos como la noche y el día, como la luna y el sol, como un prado de primavera junto a un atardecer otoñal. Pippa, como la mayor parte de la gente de mi entorno, era rubia y de ojos claros, por lo que yo siempre me había sentido diferente. Los orígenes mediterráneos que un día descubrí en el pasado de mi madre se hacían patentes en mí con mi cabello castaño, los ojos oscuros y la piel carente de pecas o de la blancura de la mayoría.

—¡Tranquila! —rio Pippa—. Te pondré tonos tierra, como siempre, pero tienes que dejarme que te haga algo diferente en los ojos. Unos brillantes como los míos al menos, porfa, porfa, porfa...

—Vaaale —resoplé ante una insistencia que tan bien conocía y de la que nunca podía escapar—. Te dejaré un poco de vía libre. La ocasión lo merece.

Tras unos minutos sintiendo en la piel el revoloteo de los pinceles y de los dedos de mi amiga, esta me indicó que abriera los ojos. Al ver mi rostro en el espejo, parpadeé de la impresión. Quizá no me sintiera cómoda con tanto maquillaje y apenas me reconocía, pero no se podía dudar de que estaba espectacular, llamativa, deslumbrante. Mis anodinos ojos castaños resplandecían gracias a las larguísimas pestañas y a los pequeños brillantes que los rodeaban. Y mis labios, pintados con un llameante color rojo, nunca me habían parecido tan... apetecibles. Había optado por recogerme la melena castaña, por lo que mi rostro tomaba un mayor protagonismo. Los largos pendientes, que casi me rozaban el cuello, centellearon al mismo tiempo que las catorce lágrimas de cristal de la lámpara de araña del techo.

—¿Qué te parece? —me preguntó con cautela—. No te gusta, ¿verdad? —Bufó—. Seguro que te parece demasiado, como siempre te parece todo. Pero debes saber que, a veces, también es bueno brillar, destacar; que no siempre la prudencia, la sencillez o lo natural es lo mejor... ¿Es que siempre vas a querer pasar inadvertida?

Me dolió, en cierto modo, que Pippa me recordara una vez más que era bastante insulsa. Sí, me parecía demasiado, prefería la sencillez y no me gustaba destacar, ¿qué tenía eso de malo? De todos modos, no quise corregirla. Me sentía como si aquella noche todo valiera; como si todo fuera posible. Además, por nada del mundo pensaba desilusionar a mi amiga, después del tiempo que había empleado en maquillarme.

—Calla, Pippa, por favor. —Reí—. Claro que me gusta. Eres una auténtica artista.

—¿De veras? —Compuso una expresión tan aliviada que se me enterneció el corazón.

—¡Pues claro que sí! —Tomé sus manos entre las mías e impregné de seriedad mi tono—. ¿Por qué no encaras tu futuro a esto del estilismo? Se te da de fábula y estoy segura de que te haría mucho más feliz que estudiar Empresariales.

Pippa se tornó seria y se soltó de mi agarre. En lugar de hablarme a mí, lo hizo a mi reflejo.

—¿Y tú? —inquirió con un resquicio de rencor que preferí obviar—. ¿Por qué estudias algo que no habrías elegido por ti misma?

—Porque a mí no me motiva nada, Pippa —le dije con convicción—. Mi vida es simple, con unos padres que pasan de mí, un novio que le cae bien a mi familia y un futuro prometedor en la empresa de patinetes eléctricos de mi suegro. —Puse los ojos en blanco.

—Tampoco me parece tan malo —rio.

—Eso es porque tú tienes unos padres normales —respondí con un suspiro.

—Sí —refunfuñó—. Mi vida es muy... *normal* —dijo en un tono mordaz que me sorprendió—. Puedo elegir mi futuro gracias a mis padres, que son flipantes porque ganan una pasta trabajando desde casa, lo que les resta bastante glamour. Ah, y no tengo un novio guapo, listo y perfecto.

No me detuve a pensar en lo fútiles que me parecieron sus quejas. Estaba acostumbrada a oírlas.

—Hablando de novios..., ¿qué pasó con Riley?

—Lo de siempre. —Se encogió de hombros—. Me creí las palabras melosas de un gilipollas. Supongo que los tíos siempre ven en mí una cara bonita y unas buenas tetas con las que pasar un buen rato. Nada más.

—No digas eso. —Tomé sus manos entre las mías—. Eres mucho más, Pippa. Si hasta ahora no has dado más que con imbéciles no es por tu culpa. —Fruncí un instante el ceño—. Pensaba que tú no buscabas una relación seria, que te gustaba divertirte, sin más. Te aseguras de recordarme de vez en cuando lo aburridos que somos Harvey y yo. —Torcí los labios en un mohín.

Pippa lanzó una carcajada.

—¡Es que sois un par de aburridos! —Continuó riendo—. Tan monos, tan compatibles, tan... novios.

Alcé una ceja.

—¿Qué es lo que ves de malo en esas cosas? —quise saber.

—Nada —rio—. Simplemente, aburrido.

—Anda, vámonos ya. —Me puse en pie y cogí el bolso y una chaqueta. Ella hizo lo mismo.

—Sí —añadió sonriente—. Es hora de dejar de hablar de cosas serias y pasárnoslo bien. ¡Quiero bailar y beber hasta caerme al suelo! —exclamó al tiempo que bajábamos la escalera.

—¡Calla! —Le di con el bolso en la espalda—. No hace falta que grites a los cuatro vientos lo que vamos a hacer.

—Menos mal que no he mencionado echar un polvo en alguna habitación. —Rio.

—¡Pippa! —me quejé—. ¡Te va a oír alguien!

—Yo no veo a nadie —apuntó a la vez que señalaba las estancias vacías.

Me detuve, vacilante, al pie de la escalera. Era cierto. No había absolutamente nadie. Ni un padre que me halagara o una madre que me dijera que no volviera tarde. Solo el fiel Sterling, que salió de la cocina limpiándose las manos en un paño.

—Tienen un taxi esperando en la puerta —anunció.

—¿Sabes dónde están mis padres? —le pregunté al hombre.

—Lady Barnaby ha asistido a una rifa benéfica que concluía con una cena —me informó—. Lord Barnaby aún no ha regresado de su despacho de la City. Tenía una reunión importante.

—Gracias, Sterling —susurré con una sonrisa forzada.

—Que se divierta, señorita Sky. Usted también, señorita Philippa.

El hombre nos dirigió una leve inclinación de cabeza.

—Qué suerte —señaló Pippa mientras salíamos a la calle—. En mi casa he tenido a mis padres y a mi hermano pequeño revoloteando todo el tiempo a mi alrededor antes de salir. Son unos plastas.

Algunos deseamos lo que no tenemos. Otros no valoran lo que tienen. Así somos los humanos de inconformistas.

Nos introdujimos en el taxi, que nos esperaba en la puerta. Ya era noche cerrada y en la oscuridad del habitáculo centellearon los pequeños brillantes que rodeaban los ojos de mi amiga, quien no cesaba de parlotear mientras se miraba en la pantalla de su teléfono. Sonreí. Era el momento de dejar atrás mi casa y la tristeza que la habitaba.

¡Me iba a una fiesta! ¡A *la* fiesta!

—Tenías razón, Pippa —le dije a mi amiga—. ¡Es hora de divertirse!

—¡Síííí! —chilló ella al tiempo que nos enfocaba a ambas con el móvil para hacernos un selfi, que acabaría subido en pocos segundos a una de sus muchas historias de Instagram.

Capítulo 2

Sky

La mansión de los Townsend estaba ubicada en el barrio de Hampstead, donde se aposentaban millonarios con gusto por los grandes espacios y zonas verdes, como parques o campos de golf. Tradicionalmente, dicho vecindario había acogido a artistas, famosos o familias ricas de toda la vida, pero, en los últimos tiempos, se habían sumado los que querían codearse con ellos.

La familia de Harvey pertenecía a este último grupo. El padre, Adam Townsend, había amasado una fortuna por la visión de negocio que había tenido con los patinetes eléctricos, cuyo éxito se debía al cada vez más acentuado empeño de la gente por utilizar vehículos no contaminantes. El logo de la marca se podía ver, incluso, en los coches de Fórmula 1 del equipo McLaren, al que patrocinaban. Los pilotos, como forma de promoción, usaban los patinetes para moverse por el *paddock*.

Por supuesto, los tres hijos, Harvey, William y Alexandra, tenían el futuro resuelto. Y, al parecer, yo también.

Harvey, al ser el mayor, ya había accedido al puesto de director financiero, cargo que le había prometido su padre para cuando terminara la carrera. Ese mismo verano, tras mi primer curso, a mí se me iba a permitir realizar las prácticas en la empresa. Unas prácticas que iban a ser remuneradas por obra y gracia del señor Townsend, al que debía mostrarle mi agradecimiento continuamente. Incluso me habían asignado un despacho, bastante oscuro, pequeño y con vistas a un montón de edificios grises, pero no se me ocurrió quejarme. Sobre todo, porque Harvey disfrutaba enseñándome el suyo con orgullo mientras me explicaba todo lo que pensaba aportar con sus ideas nuevas y frescas.

Nunca pregunté cuál iba a ser mi cometido. Al fin y al cabo, los Townsend me estaban haciendo un favor. Si me dolía que ni siquiera mi novio se preocupara, no llegué a planteármelo.

—Me encanta la casa de Harvey —suspiró Pippa cuando bajamos del taxi y nos quedamos un instante al pie de la gran mansión—. Está tan alejada del resto del mundo...

—Nuestras casas no están nada mal —le dije mientras atravesábamos la verja de entrada y tratábamos de que los tacones no quedaran enganchados entre las juntas de las losas del sendero del jardín.

—La mía es pequeña y la tuya huele a rancio, Sky —farfulló Pippa—. Mira esto. —Señaló la casa de tres plantas, que tenía enormes cristaleras y partes abiertas, y con una gran cúpula central construida en piedra, con lo que se mezclaban la arquitectura moderna con la eduardiana. En esos momentos, además, se encontraba totalmente iluminada por largas ristras de pequeñas bombillas que recorrían cada esquina, cada columna, cada balaustrada—. Esto sí que mola.

Suspiré ante una nueva queja de mi amiga.

Sí, tenía pinta de ser una gran fiesta, pero me pareció demasiado multitudinaria. Había gente por todas partes, por los porches, por las terrazas, por el jardín, incluso se veían en el interior de la casa a través de las ventanas iluminadas. La música, tan alta que retumbaban los pies contra el suelo, lo llenaba todo. Sonaba *Timeless*, de The Weeknd y Playboi Carti.

—¡Qué pasada de fiesta! —gritó mi amiga por encima del volumen de la música—. ¡Me encanta que tengamos tantos amigos!

Estuve a punto de decirle que todas aquellas personas no podían ser amigos nuestros, que no iban más allá de ser unos conocidos y algunos, ni eso. Pero nos sorprendió la presencia de Chase.

—¡Eh, chicas! ¡Ya estáis aquí!

Chase, uno de los colegas de Harvey, nos había localizado entre la multitud y nos saludamos con un choque de nuestras palmas.

—¿Dónde está la bebida? —preguntó Pippa.

El chico señaló una zona con el pulgar.

—¡Pues allá vamos! —Mi amiga tiró de mí y me arrastró hacia una de las mesas, donde coincidimos con un grupo de estudiantes que me sonaban de vista y que nos sirvieron un vaso a cada una.

—¡Joder! —exclamé con el primer trago—. ¿Qué demonios es esto?

—¡Qué más da! —rio Pippa al tiempo que comenzaba a contonear su cuerpo al ritmo de la música—. Por cierto, ¿dónde tienes a tu novio?

—¡No lo sé! —grité para que pudiera oírme—. ¡Voy a buscarlo!

Ella asintió y siguió bailando mientras yo me daba la vuelta y comenzaba a atravesar la marabunta de personas que lo inundaba todo.

—¡Eh, Sky! —me saludó Kyle, otro de los amigos de mi novio.

—¿Has visto a Harvey? —le pregunté.

—¡Creo que está dentro!

Alcé el pulgar y me dirigí al interior de la casa. Durante el trayecto, mientras trataba de mantener mi vaso en equilibrio, seguí recibiendo saludos, la mayoría de los amigos de Harvey que no paraban de grabar con sus móviles. Por un leve instante, reflexioné sobre eso precisamente: sobre que no pensaba en ellos como mis amigos, sino como amigos de Harvey.

Por fin, encontré a mi escurridizo novio en la cocina, que, junto a un grupo de personas, trataba de organizar todas las botellas que se desperdigaban por la encimera de la isla. Una de las chicas le mostró un vaso para exigirle bebida y él se lo llenó tanto que ella tuvo que acercar la boca al borde y beber lo que se estaba derramando. El resto los vitorearon entre risas.

—¡Eh, Harvey! —gritó John Sinclair, otro de sus colegas—. ¡Yo también quiero que seas tan generoso conmigo!

—¡Hoy no hay límite! —bramó mi chico ante el jolgorio que lo rodeaba.

A continuación, lo vi sacarse un paquete de tabaco de un bolsillo. Se llevó un cigarrillo a los labios y lo encendió. Compuse una mueca. Harvey no fumaba, solo lo hacía en las fiestas, pero seguía sin agradarme que oliera a tabaco a pesar de llevar toda mi vida viendo a mi padre envuelto en la bruma del humo de sus cigarros. O quizá era por eso.

Aproveché un instante para mirarlo desde la puerta. Harvey reía, fumaba y bebía y, aun así, se lo veía impecable, con un pantalón oscuro y una camisa celeste, ambas prendas perfectamente planchadas. Los focos de luz blanca del techo impactaban en él y le arrancaron varios destellos dorados a su cabello castaño y pulcramente peinado.

—¡Eeeh! —exclamaron algunos entre silbidos—. ¡Ya está aquí tu chica, tío!

Harvey se giró, me vio y me dedicó una de sus sonrisas canallas. En ocasiones solía decirle que yo era la parte sensata de la relación a pesar de tener solo diecinueve años y de que él ya hubiese cumplido los veintitrés.

Me acerqué, él me tomó una mano y me hizo girar sobre mí misma mientras lanzaba un agudo silbido.

—¡Guau! —señaló con admiración—. Estás... deslumbrante.

—¡¿Os vamos preparando la cama, chicos?! —exclamó uno de sus amigos mientras el resto se carcajeaba.

Los ignoré.

—Gracias. —Sonreí antes de acercar mis labios a los suyos y compartir uno de nuestros besos rápidos y suaves—. Es una ocasión especial. Enhorabuena de nuevo, Harvey. ¿O debería decir... señor Townsend? —bromeé.

Él soltó una risotada y después me miró de arriba abajo. Sus pupilas le ennegrecieron los ojos, que ya estaban brillantes por la ingesta de alcohol. Me acercó su boca al oído.

—Vuelve a llamarme así y te juro que subimos ahora mismo. —Posó sus manos en mi trasero y me apretó contra él.

Me lo quité de encima, aunque no dejé de sonreír.

—Esta noche no, ya te lo dije —le susurré—. Hoy mejor nos divertimos con todos porque es día de celebración para muchos de nosotros, ¿no te parece?

Él me lanzó una sonrisa irónica y se colocó el cigarrillo entre los labios.

—Claro que sí. —Dio una palmada al aire a continuación—. ¡Todo el mundo a beber y a divertirse, joder!

Poco después, me encontraba bailando junto a Pippa bajo una de las pérgolas del jardín. Beatrice, la chica de Chase, parecía haberse autoproclamado operadora oficial de cámara, puesto que se dedicaba a grabar con su móvil todas las tonterías que estábamos liando aquella noche. Además, era la encargada de aprovisionarnos de bebida, como si quisiera más material humillante para su galería, por lo que no nos faltaba un vaso lleno en las manos en ningún momento. Hacía mucho que no bebía tanto y era consciente de que no me estaba sentando muy bien, pero mi amiga aferraba mi copa y prácticamente me lo vertía en la garganta entre mis quejas y mis risas. Llegó un momento en que apenas notaba mi propio cuerpo y me sentí flotar, como si estuviera rodeada de algodón. Ni siquiera oía la música, las voces o el ruido. Fue como si mi cerebro se vaciara y solo quisiera reír y seguir bebiendo...

—¡Eh, mira allí! —gritó Pippa al tiempo que me agarraba del brazo y tiraba de mí—. Harvey y los chicos están jugando al *beer pong* dentro de la casa. ¡Los veo por la ventana! ¡Vamos!

Trastabillando, seguí a mi amiga hasta el tumulto de gente que gritaba y reía en el interior de la vivienda, más concretamente en la sala de juegos, donde la familia Townsend había dispuesto un billar, una mesa de *ping-pong* y una gran pantalla para jugar a la consola. Durante el trayecto, me pareció ver que algunos se tiraban a la piscina, cuya superficie estaba sembrada de vasos, comida y ¿ropa? También había una pareja en el agua... ¿haciéndolo?

Estaba muy mareada para asegurarlo.

Pippa fue quien nos abrió paso entre la gente, hasta que llegamos a la mesa de billar, donde habían colocado una buena cantidad de vasos llenos de distintas bebidas alcohólicas. Los participantes debían lanzar pelotas de *ping-pong* a cierta distancia y colarlas en el grupo de recipientes del otro equipo. El que acertaba hacía beber a su contrincante el contenido del vaso donde había caído la pelota. Por el jolgorio, el humo de los cigarrillos y las camisas desabrochadas podía adivinarse que llevaban un buen rato con el juego.

—Mira, ahora le toca a Harvey —me susurró Pippa muy emocionada, alzando su teléfono para inmortalizar aquel momento.

Observé cómo mi novio, en un arranque de engreimiento, se alejaba de la mesa varios pasos. Lanzó después la pelota y esta aterrizó limpiamente en el interior de uno de los vasos.

De inmediato, un coro de vítores se alzó por encima de nuestras cabezas. Todos bebieron, incluida yo, que me vi de pronto con la boca inundada de vodka. Entre los cuerpos que me rodeaban, logré distinguir a

Pippa, que reía como si su risa fuese inagotable. También vislumbré cómo una chica se acercaba a Harvey y lo felicitaba con un abrazo demasiado... ¿largo? ¿Efusivo? ¿Íntimo?

Apenas podía razonar, pero, a través de la bruma etílica de mi cerebro, un pensamiento consiguió abrirse camino. Pensé que tal vez eran celos, malestar, rabia. Sin embargo, en realidad no percibí nada de eso. Para mi propia consternación, descubrí que me sentía un poco fuera de lugar, como si toda aquella gente formase parte de una escena que yo observara con unos prismáticos, tan lejos me sentía. Sí, allí estaban dos de las personas que más quería, mi amiga y mi novio, pero, en ese momento, ni siquiera a ellos los sentí cerca.

Cuando alguien dice que puedes sentirte solo en medio de un montón de gente, lleva toda la razón. Se puede. Aunque sea en una fiesta multitudinaria que llevas siglos esperando.

Todavía me parecía estar inmersa en una espesa niebla cuando unos brazos me rodearon la cintura. Un aliento cálido se me coló entre el pelo y llegó a mi oído y mi entendimiento.

—Eh, Sky —me susurró Harvey—. Sé que dijiste que esta noche no ibas a querer hacerlo, pero...

Cerré los ojos cuando sus manos buscaron el bajo de mi vestido para deslizarse por debajo de la tela. Y al llegar a mi ropa interior y posarse entre mis piernas lancé un gemido.

—Vayamos arriba —me susurró.

—No —jadeé.

Mi razón parecía ir por un lado y mi cuerpo por otro, puesto que mis caderas se mecían mientras Harvey me acariciaba el estómago y me besaba el cuello.

Seguía sintiendo que flotaba. El resto del mundo había desaparecido y solo existían sus manos, su olor, su aliento...

—Va, preciosa, ven conmigo. Además, te tengo preparada una sorpresa.

Emití una especie de risotada bronca.

—Si es llevarme al dormitorio de tus padres porque te da morbo...

—Que nooo —me interrumpió—. Iremos a mi habitación, te lo prometo.

—¿Y cuál es la sorpresa? —musité.

—Si te lo digo, deja de ser sorpresa. —Percibí su sonrisa en mi sien.

Tras el comentario, me giró entre sus brazos y buscó mi boca. Me besó de una forma lenta y sensual, como no recordaba que lo hubiese hecho antes. Al mismo tiempo que mi cuerpo se encendía, las extremidades me flaqueaban, por lo que no opuse resistencia cuando me aferró la mano y tiró de mí. Mientras salíamos de la sala de juegos y nos dirigíamos a la escalera, todo un coro de silbidos nos acompañó, pero mis sentidos estaban centrados en el chico guapo que me agarraba por la cintura y me guiaba hasta el piso superior.

No dejé de sentir sus besos durante todo el trayecto a su dormitorio. Una vez dentro, Harvey no perdió un segundo. Comenzó de nuevo a besarme mientras su mano tiraba de uno de mis tirantes y me dejaba el hombro al descubierto. Un hondo gemido me surgió de la garganta cuando sentí sus labios en mi hombro, en la curva de mi cuello, en mi nuca...

«Un momento —me advirtió mi mente—. Algo no cuadra aquí. ¿Cómo voy a sentir sus labios en el cuello si me está besando en la boca?».

Quizá el alcohol me había enturbiado el pensamiento y mermado los reflejos, pero no lo suficiente. Abrí los ojos, posé las manos en el pecho de Harvey y lo empujé. Mi novio me miraba con una lujuria que jamás había visto en él. Al mismo tiempo, el calor de otro cuerpo a mi espalda me hizo apartarme hacia un lado. Exhalé una exclamación ahogada al reconocer a la chica que había abrazado a Harvey unos minutos antes.

—Pero... ¿qué...? —balbucí—. ¿Qué está pasando aquí?

—¿No te estaba gustando? —me preguntó la desconocida con una mirada sensual de sus ojos verdes—. Aunque yo diría que sí. —Un instante después, miró a Harvey y este le correspondió con otra expresión lasciva—. Y a tu novio también.

Miré a Harvey alucinada.

—Tú... ¿has preparado... esto?

—Esta era mi sorpresa —respondió en un susurro cargado de excitación.

Más alucinada todavía, contemplé cómo señalaba a la chica y me la presentaba.

—Ella es Emma, una compañera de cuarto curso. Hace poco estuvimos hablando del tema y...

—¡¿De qué tema?! —lo corté. De golpe, todo el sopor ocasionado por el alcohol se evaporó como la niebla en una mañana soleada—. Dime, Harvey. ¡¿De qué tema?!

—Eh, cariño, no te pongas así —susurró en una especie de ronroneo—. Te aseguro que te va a gustar. Ya verás, es como un juego. Un excitante juego... —Me intentó acunar el rostro entre sus manos, pero se las aparté de un manotazo.

—¡¿Un juego?! —grité—. ¡Pretendías que montáramos un maldito trío sin consultarme!

—Bueno, pues te lo pregunto ahora si quieres. ¿Te apetece que...?

—¡No! —grité con furia—. ¡Por supuesto que no! Y si me conocieras lo suficiente, ¡ni siquiera preguntarías!

—Joder, Harvey —se quejó la tal Emma—. Pensaba que ya lo habíais hablado. —Se recolocó la falda y se dirigió a la puerta—. Avísame cuando lo tengas más claro. Chao.

La chica desapareció de la habitación. Emití un gemido y miré a mi novio con una mezcla de rabia e indignación.

—¡Oh, vamos! —me recriminó—. No me mires como si acabase de cometer un crimen. ¡¿Qué tiene de malo?!

—¡Todo, Harvey! —vociferé—. ¡Todo!

—¡Solo quería que lo pasáramos bien en la fiesta!

—¿Pasarlo bien? —jadeé—. ¡¿Así?! ¡¿Con otra?!

—¡Te recuerdo que celebramos mi graduación y mi entrada al mundo laboral por la puerta grande! —exclamó con un más que evidente tono arrogante—. ¿Te parece que hay poco que celebrar?

—¡Oh, por supuesto! —respondí con rabiosa ironía—. El señor Townsend, claro. Ahora ya eres un adulto y quieres hacer cosas de adulto. ¡Pues déjame que te diga una cosa, Harvey! ¡Esto que acabas de hacer no es propio de un adulto! ¡Yo diría que más bien de todo lo contrario! ¡Un adulto responsable habría sabido que yo jamás aceptaría algo así!

—¡¿En serio, Sky?! ¡¿Tienes que ponerte así por querer hacer algo diferente?! ¿Por qué tienes que ser siempre tan...?

—¿Aburrida? —terminé la frase por él.

—Yo diría mejor «tradicional», «sensata»... Joder, Sky, no hay que hacer siempre lo correcto, lo normal o convencional, ¿sabes?

—Lo dicho —lo corté enfurecida—, solo soy una aburrida para ti.

Harvey se pasó los dedos entre los mechones claros de su pelo y emitió un bufido. Pero no me rebatió.

—Dime una cosa —le pedí—. ¿Acabas de darte cuenta de que soy así o de que no te gusta que sea así de... sosa?

—Deja de decir tonterías, Sky...

—¿Te has acostado con ella?

Le hice aquella pregunta a sabiendas de que no me iba a gustar la respuesta. Porque sabía lo que me iba a responder, pero necesitaba oírlo de su propia boca. Me urgía quitarme la venda de los ojos, encender una luz, despertar.

Él titubeó.

—La pregunta es fácil —insistí—. Sí o no.

—Sí —bufó—, pero no es lo que piensas. ¡No significó nada! ¡Solo fue sexo! Un primer contacto para que hoy pudiéramos...

—Cállate, Harvey, por favor. —Bajé la voz y cerré los ojos—. Cállate.

Negué con la cabeza. Aquello... no podía estar pasando. No con él, con Harvey, la persona a la que conocía desde hacía cuatro años, con la que llevaba dos saliendo, planeando nuestro futuro y nuestras vidas.

¿Cómo alguien tan cercano se convierte, de repente, en un absoluto desconocido?

En aquel instante, mi vida pasó ante mí en una rápida sucesión de imágenes, como dicen que sucede cuando crees que vas a morir. No iba a pasarme nada, pero sí vi morir una parte de mí. La parte que confiaba en Harvey, la que creía en nosotros, la que conservaba un poco de ilusión para el futuro. Toda ella murió, entera.

—¿Sabes una cosa, Harvey? Acabo de darme cuenta de que no nos conocemos. No, al menos, lo que yo creo que deberían conocerse dos personas que hacen planes de vida.

—No dramatices, Sky, joder. Solo estaba intentando animar un poco nuestra vida sexual. Llevamos saliendo dos años —señaló exasperado, como si aquella afirmación fuese suficiente motivo para su actuación—. Estábamos pasando por un estancamiento que...

—¡¿Estancamiento?! —exploté—. Si en dos años, según tú, nos ha consumido la monotonía, el aburrimiento y el hastío, ¿qué pasará cuando llevemos juntos cinco? ¿O diez? ¿Y si nos casáramos?

Harvey se acercó y me tomó las manos entre las suyas.

—Y nos casaremos algún día —señaló convencido—. Tú y yo nos queremos, Sky, nos comprendemos, pertenecemos al mismo círculo. Seguro que no habría un matrimonio mejor avenido que el nuestro.

—Siempre y cuando hagamos algún trío de vez en cuando y no me importe que folles con otras —le reproché con mordacidad.

Él no dijo nada.

Me zafé de sus manos.

Las personas estamos hechas de instantes que acaban teniendo mayor o menor relevancia en nuestra existencia. Aquel, en concreto, estaba siendo uno muy importante, crucial, me atrevería a decir. Y agradecí que la vida, en ocasiones, encuentre la manera de decirnos lo que necesitamos, de avisarnos de que no vamos por buen camino. Aunque no siempre lo hace como nos gustaría, de un modo bonito, tranquilo y pausado. A veces nos lo indica de forma repentina, brusca y fulminante, como una bofetada de realidad.

—Hasta hace una hora, no tenía nada claro cuál iba a ser mi cometido en la empresa de tu familia. Ni siquiera qué espero de la vida, de nosotros, de mí misma. —Sonreí sin ganas—. Y mi inseguridad no ha variado mucho, te lo aseguro. No sé qué voy a hacer, en qué voy a emplear mi tiempo o por qué no tengo grandes ilusiones. —Tomé aire—. Pero una cosa sí que acabo de tener clara justo ahora mismo: no quiero seguir contigo, Harvey. Se acabó.

—¿De qué demonios hablas?

—De lo que acabo de decirte —sostuve—. De que no nos conocemos, de que no nos parecemos en nada y de que me da la sensación de que cada uno tira del extremo de una cuerda. Tú tienes muy claro lo que quieres, yo no tengo ni idea. Tú estás a gusto con tu vida, yo ni siquiera me he planteado la mía.

Me faltó decirle que solo él tiraba de esa cuerda, y que yo, hasta ese momento, no me había molestado en hacer ni un ápice de fuerza y me había dejado arrastrar. Y no solo por él.

—¡Claro que sí! ¡Vas a trabajar conmigo en la empresa de mi familia! En cuanto te gradúes, formarás parte del Departamento de Finanzas, de *Marketing* o de Recursos Humanos. ¡Del que prefieras!

—¿Y eso será todo? —le planteé—. ¿Pasearme por un departamento y no hacer nada porque seré la novia del jefe y la nuera del dueño?

—Muchos venderían su alma por algo así —me reprochó.

43

—Yo misma veía bien ese futuro hasta ahora —respondí—. Pero era porque no me motivaba nada más.

—¿Y ahora? —inquirió con un aire chulesco, que me molestó demasiado—. ¿Qué te motiva ahora que sea mejor que eso?

—Yo —le contesté—. Porque acabo de recriminarte que no me conoces, pero me he dado cuenta de que yo tampoco me conozco. Y eso me ha dado bastante miedo.

—¿Y qué quieres decirme con eso? —me preguntó con cierto desdén—. ¿Quieres tomarte un tiempo para ti? ¿Deseas hacer un viaje con Pippa para desconectar? ¿Prefieres hacer las prácticas un poco más adelante? A mi familia no le importaría que...

—Déjalo. —Sonreí en mitad de un suspiro—. Veo que no has entendido nada.

Me acerqué a él y le di un beso en la mejilla.

—Adiós, Harvey —susurré.

A continuación, giré mis talones y me encaminé hacia la puerta.

—Hemos bebido demasiado y no razonamos bien —comentó él a mi espalda—. Hablaremos mañana, Sky.

Ya no respondí. Me limité a alejarme de allí, a bajar la escalera hacia la planta inferior, donde todo seguía tal y como lo había dejado. La música, la gente, las risas. Había personas por los sillones, por el suelo, incluso sobre las mesas. El alcohol hacía estragos y algunos dormitaban, otros seguían bailando y otros se enrollaban, medio desnudos, por algún rincón. Lo de siempre.

Fui consciente de que, mientras sentía que mi vida se había roto por la mitad, el resto del mundo seguía girando igual. Ese pensamiento me impactó tan fuerte en el pecho que reaccioné de la única forma que podía hacerlo: llorando. Las lágrimas me mojaban las mejillas al tiempo que, desesperada, buscaba a Pippa entre el caos de personas, muebles y botellas.

—¿Dónde estás, Pippa? —balbucí entre sollozos—. ¿Dónde demonios estás?

Probé a llamarla al móvil, a enviarle mensajes, pero seguía sin contestar. Y ya no podía permanecer en aquel lugar ni un minuto más.

Con la rapidez que me permitieron los tacones a través de las losas del jardín, corrí hasta la verja de la propiedad, la atravesé y salí a la calle. Una vez fuera, inspiré a bocanadas el aire húmedo de la noche y, cuando creí poder respirar con normalidad, llamé a un taxi. Nada más llegar a mi casa, subí hasta mi habitación, me lancé sobre la cama y rompí a llorar de nuevo.

No recordaba la última vez que había derramado tantas lágrimas. En realidad, nunca había llorado así. Fue como intentar expulsar el dolor y la frustración de muchos años a través de aquellos lamentos. Con cada lágrima y cada sollozo, notaba cómo mi cuerpo se esforzaba por vaciarse, pero no lo conseguía. Esos sentimientos reprimidos llevaban demasiado tiempo enganchados a mi pecho, y sentí un pánico atroz al pensar que podían haber echado raíces y que no sería capaz de deshacerme de ellos jamás.

Aunque los estremecimientos del llanto seguían sacudiendo mi cuerpo, busqué a tientas mi móvil y después marqué un número. Necesitaba con urgencia oír la única voz que era capaz de consolarme, de recomponerme, de calmarme. La voz de alguien que se encontraba a mil quinientos kilómetros de distancia.

Esperé y esperé.

Pero no contestó.

Después, me limité a enviarle un mensaje a Pippa para hacerle saber que estaba en casa.

Una vez más, las horas pasaron mientras mantenía la mirada en el techo y contaba las catorce lágrimas de cristal.

Capítulo 3

Sky

Supongo que me dormí poco antes del amanecer porque, al abrir los ojos, descubrí que la claridad del día inundaba la habitación. No parecía que fuese a ser una jornada soleada, puesto que la estancia y los objetos no se veían cubiertos por el tono dorado del sol, sino por la tenue luz blanquecina que acompaña a un día gris. Desvié la vista hacia la ventana y contemplé las gotitas, como pequeños diamantes que, al impactar contra los cristales, se volvían blandos y se deslizaban formando pequeños regueros plateados.

Sin dejar de observar la lluvia y sin moverme de la cama, extendí el brazo hasta rozar mi teléfono con los dedos. Me lo acerqué al rostro y comprobé que tenía un mensaje de audio de Harvey, que no me apetecía lo más mínimo escuchar, y llamadas perdidas y mensajes de Pippa, en los que me preguntaba qué había sucedido. Bastante exaltada, me explicaba que creía que estaría con Harvey, pero que lo vio con el resto de la gente bebiendo y fumando sin parar.

Pippa (mensaje de audio):
¿Qué ha pasado, Sky? ¿Por qué te has
ido de la fiesta? Le he preguntado a
Harvey y me ha dicho que te habías
enfadado con él, pero no me ha
parecido motivo suficiente como para
marcharte. Supongo que me has
pillado en el baño y por eso no me
has encontrado. Llámame, por favor.
Tuve que acompañar un rato a Harvey
porque parecía muy disgustado.
Y triste. Sí, parecía triste y no paraba
de decirme que la había cagado...

Lo pausé. Oír el nombre del que para mí ya era mi exnovio y sus excusas me retrotraían a la noche anterior y me revolvía el estómago. El momento en el que descubrí a la chica o en el que fui consciente de que me estaban besando los dos a la vez; el rostro impasible de Harvey al reconocer que me era infiel, pero que no tenía importancia...

La verdad era que, en aquel momento, solo me interesaba el mensaje que pudiese haberme enviado otra persona. Precisamente, la que no daba señales de vida.

Con esfuerzo, me levanté de la cama y me di una ducha. Después, ya vestida con un pantalón estampado y una blusa blanca, bajé la escalera con la incertidumbre de no saber a quién me encontraría. Para mi sorpresa, a la primera que vi fue a mi madre, sentada en un sofá del salón, junto a una ventana, que leía algo en su teléfono.

—Buenos días, mamá. —Me incliné hacia ella y le di un beso en la mejilla. Ella se dejó hacer.

—Querrás decir buenas tardes —me regañó, aunque con una leve curvatura de sus labios—. ¿Fue bien la fiesta?

Me hizo la pregunta al tiempo que regresaba a su lectura. Quedaba claro que no esperaba de mí algo más allá de un simple «sí, estuvo bien».

—He roto con Harvey —disparé. Ni siquiera me paré a pensar en la relevancia que pudiese tener aquel hecho. Sencillamente, ya no quería seguir saliendo con aquella persona, y, por la amistad de las dos familias, quise informar cuanto antes de lo que había sucedido.

Mi madre tardó unos segundos en reaccionar. Estoy segura de que, en un principio, no comprendió lo que decía. O no me tomó en serio, que era lo más habitual.

—Sky, por favor. Tu sentido del humor es tan malo como el del resto de la familia. No intentes cambiar eso.

—Por favor tú, mamá. Tómame en serio por una vez —le reproché—. No es ninguna broma. He roto con él.

—Habéis reñido, supongo. —Chascó la lengua—. Seguro que dentro de un rato lo tenemos en la puerta con un ramo de rosas y...

—¡No! —grité exacerbada—. ¡No ha sido ninguna riña! ¡Ha sido una ruptura con todas las letras, mamá! —Se me quebró la voz—. Él... no solo se acuesta con otras, sino que espera que a mí me parezca normal o que las meta en la cama con nosotros. ¿Te lo puedes creer?

A continuación, pude observar los cambios en el rostro de mi progenitora, como en una sucesión de fotografías. Lentamente, pasó de la más impune indiferencia a la más absoluta incredulidad. Su tez se cubrió de un velo púrpura.

—¿Estás hablando en serio? —inquirió con una ira

que se hizo visible, como una nube negra alrededor de su cabeza—. ¿Has roto con Harvey Townsend?

—¡Sí! —respondí desconcertada ante aquel extraño interrogatorio.

Mi madre respiró hondo, dejó el móvil sobre la mesita de café y se puso en pie.

—Llámalo —me ordenó—. Envíale un mensaje. O preséntate en su casa, me da igual, pero haz las paces con él.

—¡¿Cómo?! —exclamé incrédula—. ¡¿Por qué iba yo a hacer algo semejante?!

—Porque tienes que casarte con él.

Emití un audible jadeo.

—No digo que vaya a ser pronto, pero sí en un futuro. Tanto los Townsend como nosotros creemos que esa unión...

—No estarás hablando en serio, mamá —la corté—. ¿Boda? ¿Familias? ¿Qué es esto? ¿La maldita Edad Media?

—No seas insolente —se quejó—. Lo único que tienes que hacer es seguir como hasta ahora. No te estoy pidiendo nada raro ni extraordinario. Únicamente, que continúes saliendo con Harvey, que trabajes este verano en la empresa de su familia y que te labres un porvenir.

Negué convulsivamente con la cabeza.

—No, mamá —susurré—. No voy a hacer nada de eso. No puedes obligarme...

—No hará falta que te obligue. —Apretó los puños—. Lo harás por ti misma.

—¡¿Por qué crees que haría eso?!

—¡Porque estamos arruinados!

Mi siguiente explosión quedó ahogada en mi garganta. A mi alrededor, las diminutas motas de polvo que danzaban sobre los haces blanquecinos de luz se quedaron quietas, suspendidas, congeladas, lo mismo que el péndulo del reloj decimonónico que presidía la repisa de la chimenea.

—¿Cómo que... arruinados?

—Sí, Sky —respondió con una dureza que resultaba excesiva hasta para lady Barnaby Clifford—, arruinados, completamente. La ruina más absoluta. No nos quedan más que deudas. Y si no les hacemos frente, nos lo quitarán todo, incluida esta casa. La única solución es una alianza con una familia económicamente solvente.

—¿Estás queriendo decirme que tengo que casarme con Harvey para sacar a la familia de la ruina?

A pesar de la rigidez, pude atisbar un resquicio de vulnerabilidad en mi madre. Aunque fue rápidamente sustituido por una elevación de barbilla.

—Ellos tienen dinero. Nosotros, el prestigio. Uniríamos su poder económico con nuestro pedazo de historia de Inglaterra.

—No... no puedes pedirme eso, mamá —respondí aturdida—. ¡No puedes descargar en mí semejante responsabilidad!

—Deberías saber que no es solo cosa mía —señaló tensa.

—¿Papá... también está de acuerdo?

—Sí —respondió, de nuevo con un atisbo de inseguridad que, en aquel momento, no logré descifrar.

Apreté los puños con rabia, di media vuelta y me encaminé con celeridad al estudio de mi padre. No llamé ni pedí permiso. No estaba yo para formalidades.

Abrí y allí estaba, el hombre que me había dado la vida y que yo apenas conocía, sentado ante su escritorio, envuelto en una densa nube de humo. El olor a cenicero me hizo contener el aliento mientras miraba de reojo el retrato que reposaba sobre la pared frontal, aunque retiré la vista de inmediato y volví a fijarla en mi padre.

Siempre me había parecido que aquellos tres pares de ojos grises me vigilaban de alguna forma. Mi abuelo, con su porte aristocrático, posaba junto a sus dos jóvenes hijos en la verde y abrupta costa de Cornualles. Mi padre, el primogénito, miraba a la cámara con la seriedad que seguiría acompañándolo a lo largo de su vida. Mi tío William, sin embargo, sonreía mientras trataba de apartar de sus ojos un mechón de su rubio cabello.

Durante años, sentí que la sonrisa de aquel muchacho me provocaba una extraña emoción en el pecho, una especie de conexión, algo que no tenía mucho sentido, puesto que el hermano de mi padre había muerto antes de que yo naciera. No nos habíamos conocido y, aun así, de pequeña fantaseaba con la idea de que se presentase de improviso en la casa, me cogiera en brazos y me sonriera como no lo hacía mi propio padre.

—Dime que tú no estás de acuerdo, papá —le dije sin preámbulos—. Dime que es cosa de mamá que yo deba casarme con un hombre que ni siquiera me respeta para que no acabemos en la calle. ¡Dímelo!

Mi madre siempre decía que yo quería más a mi padre que a ella, que lo tenía idealizado. No lo sé. Tal vez fuera verdad o, simplemente, lo que pasaba era que él nunca me había mentido ni obligado a guardar un secreto como había hecho ella.

Mi progenitor se dejó caer en el respaldo de su silla.

El humo del cigarrillo que sostenía entre los dedos nublaba sus rasgos, aunque se podía intuir su abatimiento.

—Díselo, Barnaby —intervino mi madre desde el vano de la puerta—. Dile que yo no soy la mala aquí, como siempre parecéis pensar.

El aludido apagó el cigarrillo en la montaña de colillas del cenicero, volvió a recostarse en la silla y me dedicó una mirada compungida con una condescendencia que me irritó.

—No podríamos obligarte —señaló—. Ya eres mayor de edad.

—¿Pero? —le exigí continuar.

—Pero... nos sería de gran ayuda que, en un futuro, por supuesto, te casaras con Harvey. Adam Townsend invertiría en mis negocios arruinados y los sacaría a flote. A cambio, todos ellos pasarían a formar parte de la aristocracia británica.

Le dedicó una mirada de soslayo a mi madre. Después me miró a mí, en silencio, y pude ver perfectamente la vergüenza en sus ojos.

—Ha roto con él —anunció mi madre, como si esperase la sentencia por aquel delito.

Mi padre, sin embargo, no se inmutó. Incluso pude detectar un leve resplandor en sus iris grises. Un brillo que me pareció de ¿admiración?

—No podría casarme con él, papá —susurré—. Lo aborrezco. En estos momentos no soportaría ni su presencia.

—Hasta ahora era tu novio —señaló inclinando la cabeza hacia un lado y mostrando cierto interés.

—Pero ya no —le aclaré.

—¿Estás segura de que no es una simple riña de enamorados...?

—Sí —lo corté—. Nunca he estado más segura de nada en mi vida.

—Entiendo. —Emitió un suspiro y apoyó los antebrazos en su escritorio repleto de montañas de papeles, objetos y caos.

—¿Que lo entiendes? —me exasperé—. ¿Y eso me exime de algo?

Una nueva mirada furtiva a mi madre.

—Desgraciadamente, no —musitó.

—No puedes estar hablando en serio, papá...

—¿Tienes una idea mejor? —intervino mamá—. ¿Se te ocurre otra forma de sacarnos de la ruina?

Mi padre ya se había encendido otro cigarrillo. Mi madre me seguía interrogando con la mirada, esperando; esperando, como siempre, que le dijera: «Vale, mamá. No importa, mamá. Como te parezca mejor, mamá».

No respondí lo que esperaban, pero tampoco tuve fuerzas para seguir enfrentándome a ellos. Los labios me temblaban, incapaces de emitir un solo sonido más. Aquello resultaba injusto, casi cruel. ¿Cómo podía hacerme eso la vida? Precisamente en el momento en el que descubro que me merezco algo más que un tío que no me respeta y una vida anodina, se planta ante mí y me suelta: «¿Qué te esperabas, ilusa? ¿Algo mejor que lo que tienen tus padres? Pues resulta que no, que esto es lo que hay en tu mundo gris, pura hipocresía».

Salí a toda prisa del despacho y subí la escalera lo más rápido que me permitieron las piernas. Entré en mi habitación, di un portazo y, por segunda vez en unas pocas horas, me lancé sobre la colcha floreada de mi cama. Busqué mi teléfono y, con la visión emborronada por las lágrimas de la impotencia, deslicé los dedos sobre la pantalla hasta encontrar el contacto que necesitaba. Marqué y esperé, pero el resultado seguía siendo el silencio.

—¿Dónde estás? —sollocé sin dejar de mirar el móvil—. ¿Dónde estás cuando más te necesito, abuela?

Capítulo 4

Sky

Con once años es fácil obedecer a tu madre. Sabes que no hay nada que hacer, que no puedes luchar contra su autoridad. Es tu madre y punto.

Pero entonces creces, te haces preguntas, piensas y le das vueltas a algo que sabes que está ahí y que te quieren ocultar. Se unen la curiosidad de la propia edad, la sabiduría que vas adquiriendo con los años y la certeza de que no te dicen la verdad. Y cuanto más sientes que te esconden algo, más ganas tienes de descubrir qué es.

Tras el hallazgo en el dormitorio de mi madre, no obstante, pasé página. Incluso acallé las insistentes preguntas que no dejaban de atosigarme.

¿Cuál era la historia de mi madre? ¿Era una de las chicas de la fotografía? ¿Era española y se llamaba Alicia en realidad?

Mamá me castigó sin salir después de aquel episodio y se me quitaron las ganas de volver a entrar en su habitación. Pensé que era mejor olvidarlo. Que no era asunto de una cría de once años. Que se suponía que los adultos guardaban secretos y que algún día me tocaría a mí tenerlos. Era verdad, en parte, porque confiné el recuerdo de aquel suceso a una especie de sala de espera, donde aguardaría a que llegara el momento de hacerlo salir otra vez.

Y ese momento llegó, sin esperarlo, como cuando oyes tu nombre y das un respingo porque llevas demasiado rato esperando en la consulta del médico y te pillan embelesada mirando el móvil.

Yo tenía catorce años y volvía del instituto cuando descubrí a mi madre hablando muy bajito por teléfono. La puerta del salón no se había cerrado del todo y pude oír sus susurros, aunque no entenderlos porque hablaba en español. Esperé con paciencia a que, en algún momento del día, se olvidara del móvil, algo que solía ocurrir cuando tenía alguna visita y lo dejaba sobre el aparador.

Sin analizar mucho lo que estaba haciendo, cogí el teléfono y, con el corazón a mil, me lo llevé a un bolsillo, como si acabase de robar en una tienda, algo que no había hecho en mi vida. Corrí hasta uno de los baños, me encerré y me senté sobre el retrete.

No me costó nada desbloquearlo. Había observado muchas veces a mi madre cuando lo hacía y me había aprendido el patrón que utilizaba. Se iluminó ante mí un fondo de pantalla con una fotografía en la que aparecían mis padres sonrientes. Siempre había supuesto que mi progenitora la utilizaba para dar una imagen de unidad familiar que no existía en la realidad.

Busqué en las últimas llamadas la efectuada a la hora

que había vuelto de clase. Y ahí estaba, un número precedido del prefijo internacional 0034. El nombre del contacto solo eran unas letras, que supuse unas iniciales: «ADM».

—¿Quién eres? —musité mientras copiaba el número en la agenda de mi móvil. ¿Quién podría ser la única persona por la que mi madre hablaba en su lengua materna?

Devolví el teléfono a su sitio y corrí escaleras arriba hasta mi habitación. Cerré por dentro y me senté sobre la colcha estampada de la cama. Estaba temblando cuando llamé a aquel número y esperé.

—¿Diga? —respondió una mujer. Por supuesto, en español.

Titubeé. Había estado buscando por mi cuenta algunas palabras y expresiones en ese idioma, pero no me atreví a hablarlo. Respondí en inglés.

—Hola, ¿quién es? ¿Con quién hablo? —dije mientras agarraba el teléfono con fuerza.

Al otro lado de la línea hubo un momento de silencio. Pasados unos segundos en los que creí que se me saldría el corazón del pecho y que acabaría colgando, por fin, la mujer contestó en un inglés un tanto precario.

—Me llamo Ángela. ¿Quién eres tú?

—Soy Sky —respondí—, Sky Clifford.

Hubo otro instante de silencio, pero, de nuevo, la voz femenina volvió a hablar. Detecté un atisbo de emoción, como si estuviese temblando.

—Hola, Sky. Me alegro mucho de oírte. Yo... soy tu abuela.

—¿Eres la madre de mi madre? —Después de la pregunta me mordí el labio inferior para paliar el temblor.

—Sí —respondió.

—¿Dónde vives?

—En Barcelona, en España.

—Yo...

Estaba conmocionada, nerviosa y a la vez entusiasmada. No me salían las palabras. Pero recordé el enfado de mi madre cuando me descubrió en su dormitorio, su exigencia de no volver a preguntar, la curiosidad que había ido creciendo en mí. Tenía que averiguarlo. Necesitaba saber.

—¿Por qué mamá no me ha hablado de ti? ¿Por qué se enfadó el día que descubrí que era española? ¿Por qué...?

—Para, para —me detuvo la mujer entre risas—. Mi nivel de inglés es muy básico y me pierdo. ¿Qué te parece si aprendes un poco de español y practicas conmigo?

Me quedé en blanco.

—¿Sabe tu madre que estás hablando conmigo? —inquirió.

—No.

—Pues podría ser nuestro secreto. ¿Qué te parece? Podríamos conversar de vez en cuando. Tú aprendes mi idioma, yo mejoro con el tuyo y, de paso, me cuentas cómo te van los estudios, si tienes amigas, si te gusta algún chico...

Reímos las dos. Aquella idea me parecía genial. No tuve muy claro si me emocionaba más todo lo que me proponía mi abuela o hacer algo a espaldas de mamá.

—Sí, será nuestro secreto —acepté—. Aprenderé español por mi cuenta y volveremos a hablar. Te llamo... ¿la semana que viene?

—Me parece perfecto. —Volví a detectar ese resquicio de emoción en su voz—. Me ha encantado hablar contigo, Sky. Hasta la semana que viene.

Esa fue la primera vez que hablé con mi abuela materna. Esa fue la primera vez que decidí algo por mí misma.

Capítulo 5

Sky, a los quince años

Conversación telefónica con su abuela

—El chico se llama Harvey y es hijo de unos amigos de mis padres. La familia Townsend viene muchas veces a casa o vamos nosotros a la suya. Creo que a mi madre le brillan los ojos cada vez que nos ve juntos hablando.

—¿A ti te gusta? No será muy mayor...

—Tiene diecinueve años y es bastante mono. Está en la universidad, estudiando Administración de Empresas.

—Parece el novio perfecto...

—¡No es mi novio, abuela! —reí.

—Pero ¿te ha tirado ya la caña?

—¿Cómo dices? Creo que no te he entendido bien.

—Que si te hace ojitos. Que si te ha tirado los trastos.

Puse en marcha mi diccionario mental.

—¡Que si crees que le gustas, vamos! —se carcajeó.

—¡Ah, vale! Por Dios, abuela, las expresiones coloquiales todavía me cuestan. Aprender español de incógnito vía online o telefónica no da para tanto.

—Pues para eso estoy yo, para enseñarte lo que no te muestran las lecciones. Ya sabes lo que me gusta un buen salseo.

—Eso es algo parecido a cotillear, ¿verdad?

—Más o menos —rio.

—De momento solo somos amigos, lo siento por tus ganas de salseo. —Reí—. Pero sí, creo que le gusto, aunque no sé si por el empeño que ponen nuestras familias o porque realmente le atraigo.

—Eso solo te lo puede decir el tiempo, cariño. ¿Y con tus padres? ¿Cómo va la cosa?

—Bueeeno... Como siempre.

—Lord Barnaby..., ¿se porta bien contigo?

—Sí, aunque papá... es papá. A veces me da la sensación de que no lo conozco realmente. Creo que nunca hemos tenido una conversación más allá de preguntarme por los estudios y poco más.

—Ya me has contado que tu padre habla poco.

—Sí, pero algunas veces, sin embargo, tengo la impresión de que quiere decirme algo. Se me queda mirando de una forma extraña, como si yo le inspirara alguna clase de pena o remordimiento. Luego, como siempre, desvía la vista de mí y sigue con sus cosas. ¿Por qué crees que lo hace, yaya?

—Hay personas a las que les cuesta mucho expresar sus sentimientos, Sky, y tu padre es una de ellas.

—No sé qué es peor —refunfuñé—, las broncas de mamá o los silencios de papá.

—Tu padre es un buen hombre.

—Supongo que lo conociste, al menos.

—Sí, lo conocí hace años, antes de casarse con tu madre.

—Sigo sin entender que no vinieses a la boda de tu propia hija —rezongué—, que no hayas venido nunca. ¿Cuándo me vas a contar por qué mamá te esconde a ti y a su pasado? ¿Por qué reniega de su familia? ¿Por qué...?

—Todo a su tiempo, cariño. ¿Cómo te va con ella?

—Ya sabes. —Suspiré—. Mamá es muy severa conmigo, aunque, cuando hago lo que ella dice, parece un poquito más contenta, por eso trato de hacerle caso. Aun así, a veces me dan ganas de gritar, yaya, de salir corriendo, de decirle que estoy harta de...

—No lo hagas, Sky —me cortó—. No te enfrentes a ella. Al fin y al cabo, es tu madre. Todavía eres muy joven y es normal que te reveles, pero ten paciencia. Cuando seas mayor tomarás tus propias decisiones.

—No sé si me dejarán algún día...

—¿Y qué tal tu amiga Pippa? —cambió drásticamente de tema—. ¿Todavía no le has hablado de mí? ¿También me escondes? —bromeó.

—No, no es eso. Quiero mucho a Pippa, nos lo contamos todo, pero esto... es diferente. Te siento como algo muy mío, abuela. Y creo que a ti te pasa lo mismo. Tú no le has contado a nadie que hablas conmigo y yo he hecho igual.

—Somos como Romeo y Julieta en versión abuela y nieta. —Se carcajeó de su propia broma.

—Algo así. —Reí antes de acomodarme sobre la almohada y apretar con fuerza el teléfono contra mi mejilla—. Me gustaría tanto verte y abrazarte, yaya... ¿Sabes? Tú eres la única persona con la que puedo ser yo misma, con la que no me siento obligada a fingir, a la que puedo hablarle de cualquier cosa sin temor a ser juzgada. Tú solo escuchas, me comprendes y, aunque me das consejos que no me obligas a seguir, nunca me regañas. Y me haces reír tanto, yaya...

—Ay, cariño, no me hagas llorar. A mí también me gustaría mucho verte, conocerte...

—Ni siquiera dejas que nos mandemos fotos...

—Ya arriesgas bastante hablando conmigo. Mejor que no tientes más a la suerte guardando fotografías en tu teléfono.

—Pero ¿por qué es un riesgo, abuela? ¿Qué estoy haciendo de malo?

—Nada, cariño, nada. Por cierto, ¿sabes dónde estoy ahora? ¡En Benidorm, con un montón de jubilados! No imaginas la maravilla que es la jubilación anticipada. ¡No paro quieta!

—Me alegro mucho, yaya —susurré.

—Gracias, mi niña. Seguiremos hablando. Llámame cuando quieras, cuando necesites desahogarte, cuando necesites, simplemente, alguien que te escuche. Aquí estaré, cariño mío.

—Lo sé. Un beso, abuela.

Capítulo 6

Sky

Un gran ramo de rosas rojas descansaba sobre la mesa del jardín. Eran de Harvey, claro, que se había presentado en casa junto a su familia. Nuestros padres se habían quedado en el interior de la vivienda y nos habían animado a nosotros a salir.

Sabía que no quería seguir con él; lo tenía clarísimo. Pero, en aquel momento, frente a los Clifford y los Townsend, no tuve la valentía suficiente para decirlo. Como tantas veces, me dejé llevar, arrastrar, como un barquito de papel en la corriente.

—Lo siento, Sky, perdóname —me suplicó Harvey bajo el cielo estrellado—. He pasado mucho estrés, con la carrera, el trabajo y las expectativas de mi padre. No he querido fallar, tenía que estar a la altura, me ha podido la presión. Me comporté como un auténtico capullo. —Me cogió una mano y se la llevó a los labios. Sentí una humedad incómoda en los nudillos, como si lo que antes me gustaba, de repente, me diera asco. Puede sonar muy fuerte, pero sí, sentí repulsión—. ¿Me perdonas, cariño?

El canto de los grillos se mezcló con las risas que se colaban a través de la ventana del salón. Nuestros padres estaban contentos, confiados de que lo arreglaríamos todo. Miré las rosas, que en la noche parecían negras. Luego alcé la vista hacia el cielo y contemplé la luna de verano, grande, clara, preciosa. Y pensé algo muy curioso. Imaginé que me escapaba de allí, que cogía impulso y me plantaba en la superficie de la luna de un gran salto para alejarme de todos.

—Sí, Harvey —suspiré—. Te perdono.

¿Qué iba a decirle? Pasaba de tener más movidas con mis progenitores. Con esa respuesta, tampoco le aclaraba nada. Podía perdonarlo y seguir pensando que no volvería con él ni por todo el oro del mundo. Era como un paréntesis, un tiempo muerto pedido por el entrenador, un respiro. En cuanto a mis padres y a la ruina familiar..., ya se me ocurriría algo más adelante. ¡Tenía que ocurrírseme algo!

—Gracias, Sky.

Fue a darme un beso en los labios, pero me aparté y acabé recibiéndolo en la comisura de la boca. Otra vez esa sensación viscosa. Otra vez el asco.

—Vale, lo entiendo —sonrió—. Lo he captado. Tengo que ganarme tu confianza.

«Imposible ganar algo que tú mismo has conseguido destruir».

—¿Has pensado ya en qué departamento te gustaría trabajar? —Se metió las manos en los bolsillos del pantalón.

Ya estaba. Según él, ya nos habíamos reconciliado. No importaba cómo podía sentirme, el dolor que me había causado o el abismo que se había abierto entre nosotros. Ni se molestó en preguntar.

—¿Qué te parecería empezar en *Marketing*? —comentó—. He pensado que podríamos...

Ya no escuché nada más. Seguí mirando la luna y pensando en cómo escapar de allí, de aquello, de todos.

***

—Lo siento, Sky —suspiró Pippa después de darle un trago a su cerveza—. Lo que te han hecho es una putada. No tengo ni idea de lo que yo haría en tu lugar.

Le había pedido a mi amiga que me sacara de casa, que ya no soportaba más ver a mis padres, los retratos de mis antepasados o al pobre Sterling, que no tenía culpa de nada. Y me alegré de haberlo hecho porque me volví a sentir una adolescente recorriendo con mi amiga la ciudad en metro hasta llegar a Piccadilly Circus. Entramos en un pub irlandés y nos pedimos una Guinness cada una. A pesar de ser un día laborable de mediados de julio, el local estaba muy animado, señal de que los estudiantes ya habían comenzado sus vacaciones. El ruido y la música parecían contrastar con la tenue iluminación de las lámparas y las paredes forradas de madera oscura. La decoración invitaba a relajarse, pero no desentonaba la animada melodía de *Good Luck, Babe!*, de Chappell Roan.

—Lo peor es pensar cómo decirles a todos que no pienso seguir con Harvey —me lamenté.

—¿Vas a dejarlo? —inquirió sorprendida—. ¿Va en serio?

Fruncí el ceño.

—¿Cómo me preguntas eso, Pippa? Me conoces. Sabes que no podría mantener ese tipo de relación.

—Lo sé, lo sé. —Me cubrió la mano con la suya—. Ya sabes que me tienes aquí, Sky. ¿Qué piensas hacer?

—Y yo qué sé.

Suspiré y miré a través de la ventana. La noche empezaba a caer y las luces de neón de la famosa plaza brillaban con la intensidad de siempre. Saqué mi teléfono del bolso y miré si tenía alguna llamada perdida desde España. Nada. Ya llevaba cinco días intentándolo y sin recibir respuesta, por lo que la impaciencia comenzaba a transformarse en preocupación.

—¿Qué pasará con las prácticas? —me preguntó mi amiga en mitad de mis cavilaciones.

—Debería empezar dentro de dos semanas, a principios de agosto. Así que tengo ese tiempo para pensar cómo librarme de ellas.

—Podrías alegar una enfermedad. —Hizo una exagerada pose de pensar—. ¿Qué te parece alguna rara? ¡O mejor! Alguna ya desaparecida. ¿La peste?

—Suena bastante inverosímil. ¿Qué tal la lepra?

—Uf. —Simuló un escalofrío—. Mejor tifus.

—¡O paludismo!

Tras mordernos los labios, ambas explotamos en risas. Pippa siempre conseguía que riera y me relajara.

—Entonces —me dijo tras las carcajadas—, ¿se puede considerar que habéis roto definitivamente?

—Por mi parte, sí —contesté con seguridad.

—Pero... él no ha roto contigo; ni siquiera lo sabe. Ni tampoco vuestras familias —tanteó—. Se supone que los Townsend os van a sacar de la ruina y...

—¡Arrrg! —Me tiré del pelo, agobiada e irritada—. ¡Lo sé, lo sé! Dame una tregua y déjame pensar. —La miré con expresión suplicante—. Y ayúdame un poco, ya de paso...

—Podrías desaparecer —comentó antes de darle un trago a su Guinness—. Así, ¡zas!, sin más. —Chasqueó los dedos—. Largarte a alguna parte. Ganarías algo de tiempo, pensarías...

Desconecté por un instante. Desaparecer. Un viaje. Averiguar. Algo que debería haber hecho hacía mucho tiempo.

—¡Eso es! —solté.

Mi amiga enarcó ambas cejas.

—Lo que acabas de proponer —le aclaré—: un viaje.

—Soy campeona olímpica de las buenas ideas —señaló con exagerada petulancia—. ¡Qué sería de ti sin mis ideas! —rio—. ¡Qué sería de ti sin mí!

—Lo sé —suspiré.

—Aunque, estaba pensando..., ¿no se supone que vais mal de pasta?

—Por eso les diré a mis padres que me voy de acampada por la campiña. Buscaré un folleto con las ofertas de Bath y lo dejaré por ahí.

—Pero no irás a Bath —señaló con cautela.

—No —le confesé traviesa.

—Y el dinero que suele necesitarse para viajar lo sacarás de...

—Tendré que recurrir a mi fondo para los estudios, no te preocupes por eso.

—Ya. Y ¿adónde tienes pensado ir?

—A Barcelona.

Frunció el ceño.

—Y has elegido ese destino porque...

—Porque quiero cambiar la niebla por el sol —mentí—. ¿Qué más da dónde me vaya?

—Bueeeeno, no es lo que yo habría elegido, pero tampoco está mal. Dicen que hay buena fiesta en esa ciudad.

Y hay playa. ¡Y hombres de todo el mundo! —exclamó entre carcajadas.

—No te lo tomes a mal, Pippa, pero mi idea es ir sola.

—Claro —asintió con una comprensión que no esperaba—. Necesitas pensar, encontrarte a ti misma y esas cosas. Me parece bien.

«Encontrar a alguien, debería decir».

—Pero necesito un favor. Tengo que decirles a mis padres que vamos a ir las dos juntas.

Alzó solo una ceja esa vez.

—Explícame eso.

—Solo necesito desaparecer unos días, Pippa —le aclaré—. ¿Podrías cubrirme, porfa?

—Va a ser complicado esquivar a tus padres y coordinar a los míos —me dijo con cautela—. ¿Cómo se supone que voy a hacerlo?

—¿No tenías unos tíos en Salisbury? —le recordé esperanzada—. Podrías irte a pasar unos días con ellos.

—¿Y qué demonios voy a hacer yo en Salisbury con mis tíos?

—Solo serán unos días, Pippa, te lo prometo. De esa forma, yo les digo a mis padres que me voy contigo y tú no corres el peligro de encontrarte con ellos.

—¿Y los míos? —inquirió con el ceño fruncido.

—Diles que te apetecen unos días de tranquilidad e introspección en el campo.

—Eso no se lo va a creer nadie —refunfuñó.

—O cuéntales la verdad —sugerí—. Son majos y se puede confiar en ellos.

—No es por nada, Sky, pero tus ideas dejan mucho que desear...

—Va, porfa, porfa, porfa. Te lo compensaré, te lo prometo.

—Vale, vale, está bien. —Puso los ojos en blanco—. Ya veremos cómo paso el tiempo con mis amados tíos y sin subir nada a Instagram. —Compuso una mueca—. Pero sí, creo que te va a ir bien una escapada. Dale a Harvey en todos los morros. Vuela, libérate y... ¡acuéstate con mil tíos!

Hubo un diminuto instante en el que estuve a punto de confesarle la verdad a mi amiga, que no me iba en ese plan, que solo quería encontrar a mi abuela, asegurarme de que estaba bien. Pero hubo algo que me lo impidió. Algo en su tono me sonó extraño, como si contuviera un ansia que no quería delatar. Como si la idea de que me fuera lejos y sin ella le pareciera lo mejor del mundo.

—No necesito vengarme, Pippa. Mi relación con Harvey se acabó.

—¿Estás completamente segura de eso?

—Ya te he dicho que sí —le recalqué.

—De acuerdo —sonrió—. Me encantará ser cómplice de tu fuga.

***

Tuve la suerte de encontrar un hueco en un vuelo directo a Barcelona. Mis padres se quedaron bastante desconcertados cuando les dije que me iba de acampada con Pippa, pero, seguros como estaban de que todo seguiría su curso, me desearon buen viaje y continuaron con sus quehaceres. A Harvey únicamente le envié un mensaje con la noticia y su respuesta fue la misma: «Buen viaje. Pásatelo bien y desconecta».

Mi amiga, tan emocionada en su papel, se presentó en mi casa en un taxi, con una mochila a cuestas en la que había introducido un puñado de libros para simular el peso. Se despidió de mis progenitores y ambas subimos al vehículo que nos llevaría al aeropuerto. Una vez allí, Pippa se mantuvo a mi lado hasta que llegamos a la zona de control.

—Llámame, porfa —me dijo mientras me abrazaba con fuerza.

—Prometido —respondí sonriente.

Nos despedimos agitando nuestras manos y, cuando la perdí de vista, una sensación extraña se apoderó de mi cuerpo. Fueron sentimientos encontrados. Por un lado, me apenaba alejarme de mi amiga, del ancla que siempre había sido ella para mí. Pero, por otro, me sentí más libre que nunca, como si Pippa fuera parte de ese pasado y las obligaciones que deseaba dejar atrás.

Capítulo 7

Sky, a los dieciséis años

Conversación telefónica con su abuela

—¿Y ya está? ¿Solo hubo un beso? Dime, al menos, que fue con lengua.

—¡Abuela! ¡¿Es que no puedes hacerme preguntas normales?!

—Oh, vamos, Sky. Sé que te va bien el instituto, que sacas buenas notas y que tu asignatura favorita es Historia de Inglaterra. ¿De verdad quieres que te haga esas preguntas tan aburridas?

—Puede que me sienta más segura con preguntas aburridas. Yo soy aburrida.

—Ni se te ocurra decir eso. Eres maravillosa, Sky.

—Eso lo dices porque eres mi abuela. Y porque no me ves por el instituto o cuando estoy con gente. Siempre voy mirando al suelo. Me da la sensación de que, de esa forma, soy un poco más invisible, como si, al no ver yo a los demás, ellos tampoco me vieran a mí.

73

—Lo que yo creo es que cualquier día te tropezarás con una pared y te romperás la crisma.

Tuve que ponerme a reír, como tantas veces me sucedía con ella.

—En serio, cariño. Deberías levantar esa cabeza y mostrarte al mundo, ¡con dos narices!

Debió de captar mi temor.

—Peeero... no tiene que ser ahora, ni mucho menos. Será cuando te sientas segura, preparada. No debes presionarte todo el tiempo para ser como el resto espera que seas. Sé tú misma.

—¿Y si no me gusta cómo soy?

—Pregúntate por qué no te gustas; qué es lo que te gustaría cambiar. Y si estás dispuesta a hacer algo para remediarlo.

—Pues... no sé, yaya, porque mis respuestas me resultan contradictorias. Por un lado, me gustaría ser más como Pippa, más sociable, más simpática, más guapa. Pero, por otro, pienso que me siento cómoda en mi piel cuando advierto que no soy el centro de atención. No destacar, permanecer en un segundo plano, ver el mundo desde detrás de mi barrera... también me hace sentir bien. Qué aburrida vuelvo a sonar, ¿verdad?

—Cariño..., ¿por qué esperas que los demás te valoremos? ¿O que te demos permiso para seguir siendo como eres? ¿Por qué te importa tanto lo que piense el resto?

—No es eso... —musité.

—Me acabas de preguntar mi opinión, Sky. Te pasas la vida intentando contentar a tus padres, a los profesores, incluso a tu amiga.

—¿A Pippa? ¡No! ¿Por qué dices eso? Ella es la única que me valora y me quiere tal como soy...

—¿Estás segura de eso?

—Pues...

—¿Le has hablado de mí? ¿O de las raíces de tu madre?

—Todavía no.

—¿Por qué? ¿Qué es lo que te impide revelar un secreto más a esa chica? Seguro que se los has contado todos.

—Ya te lo dije, abuela. Tú no eres un simple secreto. Eres algo más. Eres como mi propia conciencia, mi *alter ego*. No sé si me explico bien, todavía hay partes del idioma que no domino...

—Vale, Sky, tranquila, no te agobies. Yo solo pretendía saber más de ti, pero no me hagas ni caso. Por supuesto que tu amiga te quiere tal como eres y no intenta cambiarte. Si no, no seguiríais juntas después de tanto tiempo porque tú no lo habrías permitido.

—Sí, eso...

—En fin, no te preocupes más, cariño. La vida te va mostrando la mayoría de las respuestas a todas las preguntas que nos formulamos. Lo malo es que se toma su tiempo, y, a veces, llegan cuando eres vieja, como yo.

—No creo que seas vieja —reí—. Al menos, no te imagino como una anciana arrugada con una verruga en la barbilla.

—¡Se agradece! —rio.

—¿Y a mí? ¿Cómo me imaginas a mí, yaya?

—Guapa, mi niña. Preciosa.

—¡Uf! Dejémoslo en que no estoy mal. No me quejo, pero no soy ninguna belleza. Si tuvieras Instagram podrías verme. —Reí.

—¿Yo? ¿Instagram? —Bufó—. Lo que me faltaba. Da gracias de que he sido capaz de apañarme con estos cacharros. ¡Lo feliz que era yo con mi teléfono fijo al lado del sofá!

—Seguro que te las arreglarías la mar de bien, abuela.

—Te vi una vez en una fotografía —susurró—. Hace tiempo.

—¿En serio? ¿Me has visto?

—Sí, pero eras solo un bebé.

—Ah, ya... Olvidaba que cortaste toda relación con mamá. Pero, entonces, ¿por qué la descubrí hablando contigo aquel día? Y seguro que no era la primera vez.

—No, no lo era. —Bajó la voz—. Ni tampoco fue la última. De tanto en tanto recuerda que tiene madre. Aunque sea una vez al año.

—Qué triste.

—Por eso me hizo tan feliz conocerte, cariño. Hablar contigo me da la vida.

—A mí también, abuela. Ojalá todo se solucione algún día y podamos vernos y puedas ver a mamá. O quizá no te apetezca encontrarte con ella...

Un largo silencio precedió a su respuesta.

—Sí, me gustaría verla. Una madre siempre perdona a una hija. Hasta lo imperdonable.

Capítulo 8

Sky

Una burbujeante sensación me inundó el estómago cuando avisté desde la ventanilla la costa de Barcelona, el puerto y, finalmente, el aeropuerto. Los minutos que se tardan en bajar del avión se me hicieron eternos, tanto que no veía el momento de agarrar mi parco equipaje, salir de allí y pisar la ciudad.

En la terminal, lo primero que hice fue buscar un baño, donde me deshice de las ropas que llevaba para cambiarlas por otras más ligeras. Había consultado el tiempo y, además, lo había mencionado el comandante del avión. Estábamos a veintisiete grados y todavía eran las diez de la mañana. Parecía que la ola de calor amenazaba con no abandonar España, y ni siquiera la brisa del Mediterráneo aliviaba esas temperaturas. Por suerte, había sido previsora.

Opté por unos pantalones cortos de color rojo, una camiseta de tirantes blanca y unas deportivas del mismo color. Me recogí la melena oscura en una coleta y me colgué la mochila al hombro.

Solté un bufido al contemplar mi imagen. En Inglaterra siempre había tenido la sensación de que era diferente de los demás, con el pelo y los ojos oscuros. Pero, cuando me vi reflejada en el espejo de aquel baño, tampoco me pareció ver a una chica del sur de Europa. Mi piel me pareció mucho más clara que la de los habitantes mediterráneos, sobre todo la de las piernas, que no solía llevar nunca tan destapadas y por eso parecían bañadas en leche. No podía estar más paliducha. Y las pintas..., madre mía, tenía todo el aspecto de una guiri total.

No era la primera vez que me sentía como en el medio de dos mundos, perteneciente a los dos y a ninguno.

«No le des más vueltas, Sky. ¡Estás en Barcelona! ¡Podrás conocer a Ángela, tu abuela! Para eso has venido».

Más animada, salí de la terminal y entrecerré los ojos en cuanto la claridad impactó en ellos. Sonreí al sol del cielo de Barcelona, aunque sintiera que me quemaba la cara. La temperatura, como era de esperar, era mucho más alta que en Londres, pero no me molestó, todo lo contrario. Aquel calor me revitalizó, como si mi genética catalana reconociera aquel aire cálido y el cielo más azul que había visto nunca.

Comencé a caminar en mitad del caos que me rodeaba. Decenas de turistas recién desembarcados de los aviones corrían y se afanaban por llegar a alguno de los taxis que esperaban en una ordenada fila. Miré los vehículos amarillos y negros con anhelo. No podía gastar demasiado para no darle un buen pellizco a mi fondo de estudios, así que viajar con comodidad debía quedar descartado.

Le eché un vistazo a la pantalla de mi móvil, donde aparecía el itinerario que ya me había planificado. Frente a los taxis, divisé el autobús que unía el aeropuerto con la ciudad. Me subí a él y, aunque tenía muchas cosas en que pensar, en cuanto entramos en Barcelona me limité a disfrutar del trayecto, del bullicio, de sus calles y de los edificios modernistas. Fue al bajarme en la plaza de España cuando me tomé un momento para organizarme. Divisé las torres venecianas, las famosas fuentes o el palacio de Montjuic, pero no tenía tiempo para hacer turismo. Debía buscar una boca de metro que me llevase a mi destino. Al menos, al destino que yo creía que sería el mío.

Mientras iba agarrada a una barra del vagón, repasé mentalmente una de las conversaciones con mi abuela. En ella me había comentado que vivía en la misma calle donde se ubicaba el Camp Nou, el estadio del F. C. Barcelona. Recuerdo que guardé ese dato en mi memoria, como si lo apuntase en una lista de detalles que, algún día, pudiera servirme... porque mi abuela nunca me dio su dirección. En una llamada posterior, me dijo que su calle pertenecía tanto a la ciudad de Barcelona como a un pueblo llamado Hospitalet, así que, después de consultar un plano, deduje que sería la calle Riera Blanca.

Pero hasta ahí todos mis datos.

Después de hacer un transbordo en metro y bajarme en la parada correspondiente, pude, por fin, encontrar la calle. Desalentada, me posé una mano en la frente y comprobé que en aquella avenida se situaban tantos edificios que mi tarea iba a resultar ardua. Porque, como única solución, se me había ocurrido entrar en los portales y consultar los buzones, donde buscaría el nombre de mi abuela, Ángela Duarte. Algo tan primitivo como peliagudo y lento, por lo que, en principio, decidí centrarme en las inmediaciones del campo de fútbol.

Lo primero que hice fue entrar en una tienda de souvenirs azulgrana y comprarme una gorra del Barça para no pillar una insolación, aunque me sorprendiera gratamente encontrar varias hileras de palmeras en aquella zona. Me la coloqué con la visera hacia delante y, tras darle un trago a una botella de agua, me dispuse a comenzar con la laboriosa tarea.

Junto al primer portal solo esperé unos quince minutos, aunque, bajo aquel sol abrasador me parecieron horas. Pasado ese tiempo, salió una mujer del interior y solo tuve que dibujar una sonrisa amable, sujetar la puerta y entrar. Miré y leí los nombres que rezaban los buzones, pero no había ni rastro del de mi abuela.

Para el siguiente la espera fue más corta, aunque la decepción cayó sobre mí como un manto pesado al descubrir que apenas unos cuantos buzones contenían pequeñas placas con nombres. Por eso, añadí una nueva forma de averiguar, algo pasada de moda, pero bastante efectiva: preguntando. En cuanto apareció un hombre con un perro le pregunté por Ángela Duarte. Pero negó con la cabeza y aseguró que allí no vivía nadie con ese nombre.

Y llegó el mediodía. La temperatura ya pasaba de los treinta grados, yo ya no soportaba ni la gorra en la cabeza, y mucho menos el peso de mi mochila a la espalda. Me dolían los pies, tenía calor y las tripas me rugían de hambre, puesto que lo único que había ingerido desde el día anterior había sido agua y una chocolatina rellena de caramelo. El sol, que tan buen anfitrión me había parecido, empezaba a recalentar mi cuerpo y mi cerebro. La visión se me volvió borrosa, estaba mareada y la ropa se me pegaba a la piel por el sudor que me provocaba el calor pegajoso de aquella ciudad mediterránea, la famosa humedad que ya me había mencionado mi abuela.

Miré a mi alrededor hasta encontrar un pequeño supermercado, donde compré agua fresca, una bolsa de patatas y un paquete de galletas, que me comí a la sombra de una palmera. A continuación, algo más repuesta, reemprendí mi marcha y continué con el mismo *modus operandi*. Me abalanzaba sobre el portal que abriese algún vecino, buscaba en los buzones y preguntaba.

—No lo sé —me respondieron más de una vez—. Aquí vive mucha gente de alquiler, y los inquilinos van cambiando cada dos por tres.

—La persona que busco es propietaria y lleva viviendo aquí toda su vida —alegaba yo.

—Ya, pues... ni idea —contestaban.

Y así hasta las cinco de la tarde, hora en la que mis pesquisas dieron sus frutos. En el número 9 de aquella calle interminable apareció, al fin, el nombre de mi abuela en uno de los buzones.

—Por fin, por fin, por fin —repetí mientras pulsaba el botón del ascensor una y otra vez—. Por fin te encuentro, abuela. Me vas a tener que pagar este esfuerzo con una ducha y una buena comida española —murmuré entre dientes.

Subí hasta la tercera planta, me detuve frente a la puerta número 4 y toqué el timbre. Mientras esperaba, una honda presión se apoderó de mi estómago, las piernas me flaquearon y todo mi cuerpo se puso a temblar por los nervios de la emoción. No podía esperar más a encontrarme con la mujer con la que llevaba años hablando en la distancia, mi abuela, mi familia, la persona que me respondería a todas las preguntas que llevaba haciéndome desde los once años. No tenía ni idea de cómo era, de qué color podían ser su pelo o sus ojos, si era bajita o alta o si tendría algún parecido conmigo o con mamá. Me daba igual. De lo que sí estaba segura era de que la abrazaría nada más verla. Tenía tantas ganas...

Volví a presionar el pulsador del timbre. Una vez más. Dos. Tres.

Nada.

Lo intenté aporreando la puerta y llamándola a gritos.

—¡Abuela, abuela! ¡Abre! ¡Soy yo, Sky!

Nada.

—¿Qué pasa aquí? —inquirió de malas maneras un vecino del rellano que no se había molestado ni en ponerse algo de ropa encima de los calzoncillos—. ¿Qué coño son esos gritos?

—Perdone. —Me dirigí a él—. ¿Conoce a la mujer que vive aquí? Ángela Duarte...

—No conozco a nadie —farfulló al tiempo que cerraba de un portazo.

—Muchas gracias por la amabilidad —refunfuñé.

Saqué el móvil de mi bolso y probé de nuevo a llamar a mi abuela. Pero, si hasta entonces solo me había respondido el tono de llamada que se acababa cortando, en aquel momento me saltó el contestador de la compañía telefónica, que informaba de que el teléfono se hallaba apagado o fuera de cobertura. Una y otra vez. Una y otra vez.

«No pierdas la fe —me dije—. Es aquí, su nombre está grabado en una placa dorada de su buzón. Habrá salido. Habrá ido a algún recado. Volverá. Volverá enseguida. Solo tienes que esperar. Solo un poco más».

Agotada, me apoyé en la puerta y me dejé caer hasta el suelo para asegurarme de que, cuando regresara, me viera esperándola. Crucé las piernas y, aunque me entretuve un rato enviando mensajes a Pippa y a mis padres, llegó un momento en el que recosté la cabeza en la madera y, sin poder evitarlo, se me cerraron los ojos de puro cansancio.

Capítulo 9

Sky, a los diecisiete años

Conversación telefónica con su abuela

—Entonces, ¿ya sois novios oficiales?

—Supongo que sí. Aunque nos conocemos desde hace tanto tiempo que ha resultado ser algo natural, esperado. Además, me dio un beso de esos largos y apasionados.

—¿Con qué otros besos lo comparas? Que yo sepa, solo te besaste con aquel chico de tu clase a los dieciséis. A partir de ahí, solo has estado con Harvey, ¿no?

—¿Me estás diciendo que debería haberme besado con más chicos?

—Me refiero a que tu familia te colocó a Harvey y ya no tuviste ninguna oportunidad.

—¡Mi familia no me colocó a Harvey! —reí—. Sencillamente, hemos pasado mucho tiempo juntos y nos hemos hecho amigos. Y creo que eso es muy importante en una pareja, ser también amigos, conocerse bien...

—Créeme, Sky, nunca se termina de conocer bien a nadie.

—A ver, abuela. ¿Estás feliz porque nos hayamos hecho novios o no?

—Si tú lo estás..., yo lo estoy también, claro.

—Yaya...

—Ay, hija, ¿qué quieres que te diga? No me parece que un noviazgo deba empezar de una forma tan... programada. ¿Qué pasa con la primera mirada, de esas que te atrapan hasta el punto de desear quedarte a vivir en ellas? ¿Qué pasa con las mariposas que aletean cuando te sonríe? ¿Qué ocurre con el primer beso, de esos que no se olvidan por mucho tiempo que pase?

—Todo eso solo existe en películas o novelas, yaya. La vida real es distinta. La realidad es bastante más práctica y menos bonita.

—¡Eh! —exclamó—. ¿Quién eres tú y dónde está mi nieta, que solo tiene diecisiete años? ¿Quién se ha apoderado de su voz? ¿Una divorciada de cincuenta y seis?

—¡Ja, ja! —señalé con ironía—. Muy graciosa, abuela. Que sea más realista que soñadora no tiene por qué hacerme parecer mayor.

—La edad no sería el problema, Sky. Lo peor es la falta de ilusión. ¡No se puede tener tan poca ilusión a tu edad, no me fastidies!

—Me conoces a estas alturas, yaya. Sabes que soy práctica, aburrida, seria...

—Estás describiendo tu vida, no a ti misma. Olvidas que te conocí hace tres años, cuando todavía te quedaba un poquito de alegría, hija mía. Por eso estoy segura de que es por el entorno que te ha tocado, tan regio y tan encorsetado. ¡Dichosos británicos hinchados de té, que no saben ni reír! Seguro que alguno de ellos se tira un pedo y el resto disimula como si no hubiese oído nada.

Solté una carcajada.

—¡No somos así!

—¿La estirpe de los Clifford? —bufó—. ¡Pues claro que son así!

—Mi madre no es Clifford de nacimiento y, sin embargo, es tan orgullosa como ellos. Bueno, los pocos que quedan, unos primos lejanos que viven en Exeter.

—Debe de ser algo que le echan al té —refunfuñó—. Algo que los agarrota y los vuelve tiesos como palos, porque tu madre no era así.

Percibí perfectamente el arrepentimiento en la respiración de mi abuela. Estaba claro que había hablado más de la cuenta.

—¿Cómo era mi madre antes, yaya? ¿Era más simpática? ¿Más... amable?

Un suspiro le brotó de la garganta.

—Tu madre era... vital. Ansiaba vida. Pero también era ambiciosa, apasionada, insaciable. Era como si hubiese pretendido absorberlo todo. Como si hubiese anhelado respirar todo el aire del mundo. Y al final, tanto querer, tanto desear, tanto ambicionar... se puede volver en tu contra.

—¿Qué pasó, abuela? ¿Se casó con mi padre por su título o su dinero?

—Ojalá hubiese sido algo tan sencillo como eso.

—Sé que mi madre se casó embarazada de mí. Así que no intentes disfrazarlo, yaya. No se quieren. Se vieron obligados a casarse, por las apariencias, por esa sociedad encorsetada que mencionas, por la presión de lord Clifford, mi abuelo...

—Algo así —musitó.

—No se quieren, ¿verdad? Nunca se han querido.

—Hay amores complicados, cariño. Algunos de ellos, incluso, hacen daño.

—¿Por qué? Si es amor, no puede hacer daño.

—Sí, Sky. Algunos pueden causar dolor... si existen demasiadas trabas para alcanzarlo.

—¿Qué trabas, abuela? ¿Por qué no me lo explicas? Ya no soy una adolescente intentando aprender español. Soy una mujer que no encuentra su lugar en su propia familia, que tiene demasiadas preguntas y que nunca obtiene respuestas. ¿Por qué no me ayudas?

—Porque no soy la indicada para hacerlo.

—¿Quién, entonces? ¿Mamá? —Bufé—. ¿O papá cuando deja de estar encerrado con el señor Abernathy?

—Calma, cariño. Yo soy la primera indignada y enfadada por no poder contártelo. Créeme cuando te digo que no puedo, tesoro, que te respondería mil preguntas que me hicieras si pudiera...

Un sollozo se coló entre sus palabras.

—Oh, abuela, perdona, no quería trastornarte. Lo siento. No volveré a ponerme tan pesada, te lo prometo...

—No tienes que pedirme perdón, mi niña. Es solo que... estoy cansada. Hoy no me encuentro muy bien.

—No te preocupes, yaya, descansa. Te llamaré otro día.

—Un beso, preciosa mía. Y recuerda: no pierdas tu alegría, y, mucho menos, dejes que los demás te obliguen a perderla. Tú sonríe. Sonríe todo lo que puedas. Ya verás qué divertido es ir al revés del mundo.

—Lo recordaré, abuela. O, al menos, lo intentaré.

Capítulo 10

Sky

—¿Hola? Hola, bonita, despierta.

Di un respingo al notar una mano suave en mi hombro. Parpadeé para despegar mis pestañas, que se habían quedado adheridas por el breve sueño.

¿Cuánto tiempo llevaba dormida?

Cuando abrí los ojos, toda mi visión se llenó de un dulce rostro femenino, acompañado por un cabello blanco recogido en un moño, unos ojillos grises y una sonrisa maternal.

—¡Abuela! —grité al tiempo que me ponía en pie y me lanzaba contra la anciana para abrazarla.

La mujer emitió una risa sutil y se desprendió de mi abrazo.

—Ay, bonita, yo no tengo nietas, qué más quisiera yo. Mis hijas solo tuvieron un mozo cada una y me quedé con las ganas de vestidos y lazos.

—¿No... no eres Ángela? —balbucí desconcertada y decepcionada.

—Oh, te refieres a mi vecina. —Me señaló el otro lado del rellano con la bolsa de basura que llevaba en una mano—. Yo me llamo Antonia y vivo ahí enfrente, en la puerta número 6, con Ernesto, mi marido. Llevamos aquí toda la vida, igual que Ángela. Bueno, hasta que se marchó.

—¿Que se marchó? —inquirí perpleja—. ¿Adónde? ¿Cuándo?

—Hará como un par de semanas —respondió arrugando el ceño—. Pero no me dijo adónde.

—¿Qué... qué le dijo?

—Que se mudaba. —La mujer achicó aún más sus ojillos claros—. Oye, ¿quién eres tú?

—Soy la nieta de Ángela —respondí—. He venido desde Inglaterra para conocerla.

—Oh, claro, por eso hablas raro. —Rio—. Tú debes de ser...

—Sky —respondí—. Me llamo Sky.

—Eso, *Escay*, o como se pronuncie. Ángela me ha hablado mucho de ti.

—¿De verdad?

—¡Buenooo! —Sacudió una mano—. No sabes cuánto. Su nieta era su tema favorito. Anda que no ha presumido siempre de ti.

Mis labios temblaron.

—¿Y dices que tú tampoco sabes dónde vive? —me preguntó.

—No. —Negué con la cabeza.

—Pues sí que es raro, sí.

—¿Está usted segura de que no le dijo nada más? —insistí—. No sé... El motivo por el que se mudaba...

—Le pregunté, claro —señaló—. Imagínate, después de tantos años. Pero solo me dijo que este piso era demasiado grande para ella y que prefería vivir en otro más pequeño.

Cerré los ojos. No podía ser... Después de haber conseguido encontrar su casa... resultaba que ya no lo era. Sentí que el alma se me caía a los pies.

—¿Y no tiene ni idea de su dirección actual? —le pregunté en tono suplicante—. Por favor, es muy importante.

—No, hija mía, no me dio sus nuevas señas. Me dijo que me las daría por teléfono, pero todavía no me ha llamado...

—¡Antonia! —Se oyó una voz de hombre que provenía de la puerta 6—. ¿Tanto rato para bajar la basura? ¿Con quién hablas?

—Con la nieta de Ángela. Oye, Ernesto, tú tampoco recuerdas que nos diera sus señas nuevas, ¿verdad?

Un hombre de cabello cano vestido con chándal y unas zapatillas de cuadros se acercó a nosotras.

—No, no nos dijo nada. ¿Cuándo vas a hacer la cena? —refunfuñó—. Ya es tarde, mujer.

Antonia puso los ojos en blanco cuando él se dio la vuelta.

—Estos hombres y su sensibilidad. —Después me miró—. Lo lamento, bonita. Siento mucho no poder ayudarte.

—No pasa nada, señora Antonia. Gracias por su ayuda.

—De nada, hija, de nada.

Señalé la bolsa que todavía agarraba con una mano.

—Si quiere, ya le bajo yo la basura.

—Oh, sí, gracias. —Me la entregó—. Es orgánica, la del contenedor marrón.

Asentí mientras pulsaba el botón del ascensor.

—Y dale recuerdos a tu abuela cuando la encuentres —me dijo mientras se cerraban las puertas.

Tras lanzar la bolsa al contenedor mencionado, me quedé parada en medio de la acera. Miré el portal, cerrado, el que yo había traspasado con ilusión y por donde había salido poco después sintiéndome desamparada.

No recordaba haberme sentido nunca tan perdida y sola.

***

Habría seguido quieta en mitad de aquella acera si no hubiese sido por la gente, que pareció brotar de repente en cuanto el calor de aquel día de julio dio una tregua. En solo unos momentos, mientras el cielo se cubría de todas las tonalidades posibles de naranja, me vi rodeada de parejas, familias con niños y grupos de amigos que oí hablar en diferentes idiomas. La mayoría de ellos vestían camisetas del Barça y venían de fotografiarse en el campo o visitar el museo del equipo más importante de la ciudad. Fue como una ola azul y granate que se dispersaba en todas direcciones.

Suspiré. No podía seguir lamentándome más sin hacer nada, aunque llegué a la conclusión de que un estómago demasiado vacío no ayuda precisamente a pensar. Allí mismo, en aquel tramo de acera, había un par de bares con las mesas en el exterior. El olor a carne y a patatas fritas me hizo la boca agua.

«Algo tendrás que comer, Sky», suspiré mentalmente.

Me senté a una de las mesas y, tras consultar la carta, le pedí al camarero lo que más ansiaba probar de la gastronomía española: un bocadillo de jamón, un pincho de tortilla y unas patatas bravas, comidas de las que mi abuela siempre se jactaba, comparándolas con, según ella, la porquería de los *fish and chips*. No sé si sería el hambre que arrastraba, pero todo me resultó buenísimo, aunque me decepcionó un poco que la salsa de las patatas no picara demasiado.

Me puse a mirar el móvil mientras me terminaba la segunda Coca-Cola. No podía seguir lamentándome sin hacer nada mientras la noche se me echaba encima. Necesitaba un sitio para dormir y darme una ducha y que no resultase demasiado caro. Y necesitaba pensar, decidir qué hacer, cómo encontrar a mi abuela.

Busqué los alojamientos más asequibles por aquella zona, pero la cosa no iba a resultar fácil, y menos para aquella misma noche. Estábamos en julio, en plena temporada alta de verano, cuando Barcelona es asediada por millones de turistas. Todo estaba pillado, incluidos los albergues con habitaciones compartidas. Llegué a desesperarme y a temer por la batería de mi teléfono, pero, después de un buen rato de búsqueda, di con un hostal barato y decente. No estaba muy lejos de allí, así que, con tantas ganas de la ducha como de la cama, pagué y me dispuse a seguir el itinerario que me marcaba Google Maps.

Tan centrada estaba en la pantalla que no me di cuenta de lo mucho que me alejaba de las calles principales y del bullicio. Cuando alcé la vista para comprobar por dónde iba, me vi de repente en una calle solitaria y oscura. Caminé con recelo, aunque sin dejar de mirar el teléfono, que me señalaba que me quedaban solo un par de giros más. Fue al torcer la primera esquina cuando me topé con un grupo de hombres que reían y bebían en un portal.

Me detuve un instante, aunque, en realidad, lo que menos me apetecía era quedarme allí mucho tiempo, así que aceleré mis pasos para dejar a los desconocidos atrás. Cuando pasé por su lado, comenzaron a soltarme lo que una mujer no debería oír jamás, y mucho menos cuando va sola. Qué injusto es que nos sigan haciendo pasar miedo.

«¿Estás sola, guapa? ¿Necesitas compañía, preciosa? ¿Adónde vas tan solita?».

Un ramalazo de pánico me atravesó todo el cuerpo cuando varios de ellos comenzaron a seguirme entre risitas. El teléfono, para colmo, se apagó en aquel momento, haciéndome sentir todavía más sola. No sabía qué hacer. Ni siquiera parecía funcionarme la garganta para gritar.

Lo único que se me ocurrió fue alejarme lo más pronto de allí. Agarré con fuerza las correas de mi mochila y empecé a correr. Los oídos se me taponaron con el sonido de mi propia respiración mientras mis piernas se movían más rápido de lo que lo habían hecho nunca. Estaba desorientada y no sabía si todavía me seguían o hacia dónde debía dirigirme.

Por fin, me pareció distinguir a lo lejos luces de farolas y de coches. Aceleré aún más con las pocas fuerzas que me quedaban y me planté en aquella calle, donde no vi a nadie. Miré hacia atrás. Aquellos extraños seguían detrás de mí, aunque caminando con torpeza, prueba de lo bebidos que iban.

Volví a mirar hacia delante. Justo entonces, un semáforo se puso en rojo y un vehículo se detuvo. Además, era un coche amarillo y negro.

¡Un taxi!

No lo pensé demasiado. Solo sabía que un taxi equi-
valía a lugar seguro. Por eso corrí hacia él, abrí una de
las puertas traseras y me colé en el interior.

—Lo siento, pero no estoy de servicio —me informó el taxista—. ¿No ve que no llevo la luz verde encen-
dida? Llame a alguna emisora o...

—Sáqueme de aquí, por favor —logré balbucir—.
Por favor...

El conductor reparó en el grupo de borrachos que
reían y señalaban hacia el coche.

—Joder —gruñó al tiempo que metía primera y
arrancaba.

Emití un suspiro de alivio al ver que nos alejábamos.

—¿La estaban molestando esos tipos? —me preguntó el taxista a través del espejo retrovisor.

Su voz me pareció cálida y tranquilizadora, justo lo
que necesitaba en aquel momento.

—Tal vez fueran inofensivos. —Suspiré—. Pero
estaban tan borrachos que... cualquiera sabe. Me ha
parecido que correr era lo mejor. —Sonreí a malas
penas.

—Sí, has hecho bien. Aunque sea algo inaceptable e
injusto, que una chica ande sola por según qué sitios y
de noche no es buena idea. Sobre todo, en las grandes
ciudades como esta.

Supuse que mi tono más calmado lo hizo tutearme.
Decidí hacer lo mismo al percatarme de que se trataba
de alguien joven.

—Perdona —le dije—. Has dicho que no estabas de

servicio. Lo siento, pero, al ver tu coche, he pensado que...

—Tranquila, yo habría hecho lo mismo —respondió sin dejar de mirar al frente—. Además, no todos los días salva uno a una chica en mitad de la noche. —Rio—. ¿Adónde te llevo?

Me quedé pensando un momento. ¿Adónde iba? Ya no tenía ni idea.

De pronto, todos los acontecimientos del día se hicieron una enorme bola que amenazaba con aplastarme. Miré por la ventanilla y vi una gran luna, blanca y brillante, la misma que había avistado desde mi jardín, a mil quinientos kilómetros de allí. La misma a la que había querido escapar para alejarme de todos los que creían que podían planificar mi vida.

—¿Podrías llevarme a la luna, por favor?

Unos ojos divertidos me miraron a través del espejo.

—Me temo, señorita, que se ha equivocado usted de vehículo —bromeó.

—Ya...

Sonreí, aunque, un segundo después, acabé cediendo al peso del día y no pude evitar ponerme a llorar. Llevaba levantada desde muy temprano, había viajado en avión de Londres a Barcelona casi de incógnito, me había pasado horas bajo el calor de julio colándome en edificios y había averiguado que mi abuela acababa de mudarse. Para colmo, tuve que huir corriendo de un grupo de borrachos con desconocidas intenciones.

Intenté que no se notara, que solo unas lágrimas discretas me desahogaran, pero un sollozo acabó por colarse entre el silencio del habitáculo. De reojo, pude ver cómo el joven taxista volvía a mirarme por el espejo, pero, en un principio, decidió dejarme privacidad. Pasados un par de minutos, saqué un pañuelo de papel del pequeño bolso que también había llevado y me limpié los ojos y la nariz. Fue entonces cuando oí el sonido del intermitente, justo antes de que el coche se detuviera a un lado de la calle. El conductor puso el freno de mano, se quitó el cinturón y encendió la luz interior, que iluminó el reducido espacio. El resplandor resultaba tenue, pero suficiente para distinguir el rostro masculino que se dio la vuelta para mirarme.

—Un día duro, supongo —susurró—. ¿Estás mejor? Te lo pregunto porque dicen que el llanto es dolor que sacamos de dentro. Espero que hayas expulsado el máximo posible.

Y después sonrió.

Lo primero que pensé fue que era todavía más joven de lo que había imaginado. Lo segundo, que su voz resultaba aún más tranquilizadora cuando te hablaba tan cerca. Y, en tercer lugar, pensé en mi abuela. Sí, en mi abuela, en unas palabras que me había dicho un par de años atrás.

«¿Qué pasa con la primera mirada, de esas que te atrapan hasta el punto de desear quedarte a vivir en ellas? ¿Qué pasa con las mariposas que aletean cuando te sonríe?».

Porque la mirada de aquel chico me transmitió una calidez que nunca había percibido solo por el hecho de que me mirasen. Sus ojos eran de un rico color miel, serenos, pero al mismo tiempo profundos y capaces de atravesarte. Y su sonrisa... se clavó en mí con tanta fuerza que la sentí impactar contra el pecho.

No entendí en su momento lo que quiso decir mi abuela... hasta aquel instante. Porque juro que me habría quedado a vivir allí, en aquella mirada, mientras un revoloteo que nunca había experimentado tenía lugar en la boca de mi estómago a causa de una sonrisa.

No puedes saber el verdadero significado de unas palabras hasta que las vives en tu propia piel.

Capítulo 11

Sky

El joven conductor continuó mirándome con ternura. Entre mis pestañas mojadas logré ver su cabello castaño y alborotado, como si él y su peine no se llevaran bien. Sus facciones eran suaves, por lo que tomaban protagonismo sus ojos brillantes, sus largas pestañas y su boca grande. Me pareció guapo de una manera muy particular porque no poseía el atractivo indiscutible de Harvey, pero sí esa clase de belleza que captas no solo con la vista, sino con los cinco sentidos juntos.

No me había parecido tan joven mientras lo contemplé de espaldas porque llevaba una camisa oscura bastante elegante, pero, al darse la vuelta, comprobé que la llevaba desabrochada, dejando ver la camiseta negra básica que vestía debajo. Unos vaqueros y unas deportivas completaban su juvenil atuendo. Debía de tener solo unos pocos años más que yo.

Y ese pensamiento fue el que me hizo reaccionar.

—Oh, por favor —susurré al tiempo que ocultaba

mi rostro en el pañuelo usado—. Qué vergüenza, madre mía...

—¿Por qué dices eso? —se extrañó él.

—Por Dios, ¿no me ves? Llorando en un taxi y consolada por el taxista. No quiero ni saber lo que debes de estar pensando de mí.

—Vale. —Sonrió y torció la cabeza hacia un lado—. Pues, entonces, no te lo diré.

—Sí, mejor —gruñí.

—Aunque... —compuso una expresión traviesa— lo que estaba pensando de ti no es tan horrible como te imaginas.

—¿No es tan horrible? Pues vaya, qué alivio —bufé con ironía.

Él seguía mirándome sonriente.

—Vale —cedí ante mi curiosidad—. ¿Qué estás pensando?

—Pues... que solo veo a una chica que acaba de llegar a una ciudad desconocida, que se ha perdido, ha pasado miedo y se ha visto desbordada. Nada más retorcido que eso. ¿O sí hay algo más retorcido? —Se llevó la mano al mentón—. Ahora que lo pienso..., te has colado en mi taxi en plena noche, así, a lo loco. No irías a atracarme...

Alcé las cejas.

—¿Me has visto cara de ladrona?

—No —sonrió—. Lo que me lleva a mi primera teoría. Solo eres una turista desorientada que huía de unos impresentables.

—Supongo —musité mientras me recostaba en el asiento y contemplaba el pedazo de cielo nocturno entre los edificios. Se veían tan pocas estrellas como en Londres—. Yo solo puedo ser algo muy previsible y aburrido.

—Me pareces tan poco previsible como ladrona —repuso él con otra sonrisa.

—Eso es porque no me conoces.

—A veces no hace falta conocer a las personas para saber si puedes confiar en ellas —declaró.

—Es complicado creer eso cuando hay personas a las que conoces de toda la vida y te traicionan cuando menos lo esperas —lo rebatí.

—Y desconocidos a los que, sin saber por qué, les confiarías hasta tus secretos más ocultos —refutó con una expresión tan traviesa que noté el calor en mis mejillas.

¿Desde cuándo no me ruborizaba por un chico?

—No me estarás pidiendo que te cuente mis secretos, ¿verdad? —le dije con mordacidad—. Estás siendo bastante majo conmigo, pero no como para eso.

—¿«Bastante majo»? —Alzó una de sus cejas oscuras—. Perdona, inglesita, pero mi taxi y yo hemos caído del cielo para ti en el momento más oportuno. Ha sido más alucinante que lanzar una enorme tela de araña para salvarte.

—¿«Inglesita»? —inquirí indignada.

—Eres inglesa, ¿no?

—Además de estar en los momentos más oportunos, ¿también diferencias acentos?

—Un taxista de la nueva generación debe saber idiomas —dijo con presunción—. ¿De Londres?

—Sí —rezongué—. Supongo que mi acento me delata.

—Hablas muy bien el español —señaló—, pero con un regusto a té y *scones* que alimenta.

—¿Eres así de graciosillo con toda la clientela? —le dije con retintín.

—Te aseguro que no —rio—. Es solo que... me ha dado la impresión de que hacía mucho tiempo que no te reías.

Una inesperada tibieza se apoderó del interior de mi pecho. Sí, hacía mucho tiempo que no reía de una forma tan relajada. Lo que él no sabía era que todavía hacía más tiempo que nadie, a excepción de mi abuela, se había preocupado por lo que yo sintiera o necesitara. Mucho menos un desconocido con el que no había compartido más que unos pocos minutos de conversación bastante surrealista.

Me sentí tan expuesta ante él que bajé la vista hasta mis manos, que todavía sujetaban mi teléfono. Chasqué la lengua al recordar que se había quedado sin batería.

—Y el móvil muerto. Genial —refunfuñé.

—Puedes ponerlo a cargar. —Me señaló el hueco entre los asientos delanteros, de donde surgía un cable con diferentes entradas.

Conecté mi iPhone a una de ellas y comenzó a cargarse.

—Gracias —suspiré—. Gracias por hacer que este día acabe un poco bien. Porque tenía pinta de ir a peor, a mucho peor.

—Suena muy dramático —dijo con un gracioso mohín de sus labios—. Solo estás haciendo uso de un servicio público que cada día intentamos mejorar. —Hizo una exagerada reverencia—. Licencia de taxi del Área Metropolitana de Barcelona a su disposición, señorita.

Seguí la indicación de su mano y contemplé su credencial, con una pequeña fotografía y sus datos personales, aunque yo solo me fijé en su nombre: Marc. Inmediatamente, mi vista se trasladó al taxímetro, lo que me hizo recordar que todo aquel tiempo iba a tener que pagarlo.

«Mierda —pensé—. Esta noche va a ser mi ruina en todos los sentidos. Debe de ir ya por los cincuenta euros por lo menos...».

Pero, al fijarme bien en el aparato, vi que permanecía apagado. No había números que indicaran una cifra cada vez más alta.

—¿Por qué está desconectado? —le pregunté.

El chico se giró para mirarlo y abrió los ojos como platos. Se llevó las manos a la cabeza y se revolvió aún más el pelo, si eso era posible.

—¡Hostia! —exclamó—. ¡Madre mía! ¡¿Y ahora qué?! ¡Este mes no me va a llegar ni para comer por tu culpa!

Se puso tan teatrero que acabé soltando una carcajada que me hacía mucha falta.

—Oye, menos guasa —le dije entre risas—. Es tu trabajo y no tienes por qué regalarlo. —Curvé los labios hacia abajo—. Ahora vas a pensar que he montado todo este numerito para que me lleves gratis.

—Pues no te lo has currado mucho porque estamos parados en mitad de Barcelona, sin movernos, en la calle... —Miró por la ventanilla—. No tengo ni idea de qué calle es esta. Los taxistas de hoy en día no somos nada sin el GPS.

Volví a reír.

—Deberías ponerlo en marcha —insistí—. Soy de las que, si el vendedor se equivoca y te cobra de menos, se lo dicen. Nunca he robado ni un mísero pintalabios. Ah, y nunca pido nada prestado porque me angustia pensar en perderlo o estropearlo y no poder devolverlo.

—Vaaale —dijo inclinando la cabeza a un lado—.

Me alegra saber que eres una chica tan honesta, pero, en este caso, tu angustia es innecesaria. El jueves es mi día de descanso intersemanal, por lo que, en realidad, lo ilegal es que lleve el taxímetro en marcha.

Mi agotamiento hizo que me perdiera un poco en aquella explicación.

—Así que te voy a ayudar —prosiguió—, pero no te voy a cobrar porque no puedo hacerlo. Aunque deberías decirme dónde tengo que llevarte. —Frunció los labios—. Que sea un lugar de este planeta si puede ser.

—No hace falta que me hagas reír más...

Sonreí, no obstante.

—La verdad es que no tengo ni idea —me lamenté justo después.

—Hagamos una cosa, si te parece bien. —Se acomodó en el asiento, apagó la luz interior y se puso el cinturón—. Voy a dar unas cuantas vueltas por la ciudad y así le damos tiempo a tu móvil a cargarse. Mientras tanto, te relajas un poco y piensas adónde quieres ir. —Volvió a incorporarse a la vía, una calle por donde apenas pasaban coches a esas horas.

—Pero, aunque no puedas conectar el taxímetro, deberías...

—Invita la casa —interrumpió mis dudas—. Vamos, relájate y disfruta del trayecto.

Le hice caso. Inspiré con fuerza y apoyé la cabeza en el respaldo mientras observaba las luces de la ciudad.

—Pero no te vayas a dormir —bromeó.

—No te prometo nada —sonreí—. Llevo muchas horas levantada y..., bueno, mejor no te explico lo que he llegado a caminar hoy. Podría haber elegido hacer el Camino de Santiago y habría sido menos cansado.

—Anda, si tú también eres graciosa...

Solté un suspiro.

—Si prefieres que no hablemos —me dijo un poco más serio—, puedo ponerte música...

Conectó su reproductor y, aunque con un volumen bajito, el espacio se llenó de las notas de una canción que, por lo que pude ver, se trataba de *Corazón puro*, de RVFV, Morad y Rels B.

—No, no —le dije—. Bueno, sí, deja la música, pero no me importa que hablemos.

—Vaaale. —Sus ojos, aunque centrados en la conducción, se posaban de vez en cuando un segundo en el espejo interior—. No has llegado a decirme si he acertado con mi teoría. ¿Es la primera vez que visitas Barcelona?

—Sí, has acertado. Aunque no me había perdido exactamente.

—¿Puedo preguntarte por qué has viajado sola? —inquirió con cautela.

—He venido a buscar a alguien —me limité a responder.

—Y te ha dado plantón, por lo que veo.

—Algo así. Aunque la verdad es que no había avisado a esa persona. Pensaba darle una sorpresa y... me la he acabado llevando yo porque ha cambiado de domicilio y no tengo ni idea del nuevo. Y tampoco me coge el teléfono.

—Vaya —se lamentó—. Pensabas que tendrías alojamiento asegurado y te has quedado tirada.

—Tal cual —respondí—. Y no sé qué necesito más, si una cama o una ducha. —Acerqué con disimulo la nariz a mi axila. No noté nada porque seguro que el sudor ya se habría secado con el aire acondicionado del coche.

Volví a encender el teléfono. Tenía varios mensajes

y audios de Pippa, pero no me pareció el momento de ponerme a leerlos o escucharlos. También tenía una buena cantidad de notificaciones de Instagram, la mayoría avisando de las historias subidas por los invitados a la reciente fiesta de Harvey.

Bloqueé el teléfono de nuevo.

—Si quieres —prosiguió Marc—, puedo recomendarte algún hotel.

—¿A estas horas y asequible? —pregunté escéptica.

—Si no puedes gastar mucha pasta, conozco un hostal barato que está bastante bien. Está abierto las veinticuatro horas.

—No creo que les quede nada libre —suspiré—. Ya he buscado hasta debajo de las piedras.

—La verdad es que Barcelona en estas fechas está a tope —coincidió—. Pero el recepcionista de este hostal es un colega —añadió con optimismo—. No perdemos nada por intentarlo.

Unos minutos después, el joven taxista aparcó en una calle adoquinada y algo estrecha, frente a un edificio de cuatro plantas. Sobre el portal se iluminaba con luces blancas un letrero que había vivido tiempos mejores y que rezaba: HOSTAL QAMAR.

—Es aquí —señaló antes de bajarse del coche.

Mientras desenchufaba mi teléfono y agarraba mi mochila, a Marc le dio tiempo a rodear el vehículo y abrirme la puerta.

—Gracias —musité mientras me apeaba del coche.

Solo había podido verlo sentado hasta ese momento, así que, cuando estuve en pie a su lado, pude ver lo alto que era.

—¿Te ayudo? —Me señaló la mochila, que ya cargaba a mi espalda.

—Claro que no —le respondí con el ceño fruncido. Él alzó las manos.

—Vale, vale, tranquila. Deberías saber que es parte de mi trabajo. Suelo ayudar a los clientes con sus maletas y bolsas.

—Para empezar, yo ni siquiera te he pagado —farfullé mientras pasaba por su lado y me dirigía a la entrada del hostal.

Una vez dentro, esperé a que él me adelantara y se dirigiera al mostrador, que custodiaba un hombre joven de piel morena y ojos oscuros. Lo supuse de origen pakistaní.

—Eh, ¿qué pasa, chaval? —Marc alzó una mano y chocó su palma contra la del chico moreno, que se puso en pie en cuanto lo vio aparecer.

—Hombre, si es Torres. ¿Cómo va todo, colega?

—Bien, Khalid, como siempre. —Se encogió de hombros—. Oye, ¿podrías hacerle un favor a una amiga? La han dejado tirada en mitad de Barna, tío.

No se me pasó por alto la forma en que me presentó. Supuse que fue para ahorrarse la surrealista historia que nos unía.

—Puede que estéis de suerte. —El chico sonrió—. Una cancelación de última hora. —Se dio la vuelta y buscó entre los pequeños casilleros hasta dar con una llave clásica sujeta a una tarjeta de plástico con el nombre del hostal. La dejó sobre el mostrador y se sentó delante de un ordenador—. Si me pasas tu documentación...

—Claro. —Saqué de mi bolso el pasaporte y se lo tendí al chico.

—Qué guay —intervino Marc—. Muchas gracias, tío. —Cruzó su mano con la del recepcionista y después se dirigió a mí—. Bueno, pues... ya está. Al menos, podrás darte esa ducha que tanto anhelas y dormir todo lo que quieras. —Me guiñó un ojo.

¡Joder, me había guiñado un ojo! ¿Por qué diantres había hecho eso? ¿Para que las mariposas se agitaran con más fuerza? ¿Para que me diera pena dejarlo marchar? ¿Para que se me instalara un dolorcillo en el pecho al ser consciente de que no lo iba a ver más?

Era una auténtica locura percibir aquel remolino de sentimientos por un desconocido, pero supuse que se debía a que me había salvado, me había escuchado e, incluso, había esperado pacientemente a que me desahogara llorando. Me había hecho reír cuando más lo necesitaba y, para redondear su amabilidad, me había encontrado un alojamiento.

¡Ah!, y no me había cobrado por llevarme.

«¿Estás segura de que el aleteo que bulle en tu estómago ahora mismo se debe a su amabilidad? ¿O es porque te está mirando intensamente con esos ojos del color de la miel? ¿O es, quizá, por esa media sonrisa que te está ofreciendo y que te parece la más bonita y sensual que te han dedicado nunca?».

Bueno, ahí estaba la respuesta. Me habían brindado siempre tan poca atención que un chico guapo se ponía amable conmigo y casi me ponía a dar saltitos.

Patético.

—Sí, ya está —sonreí a pesar de mis pensamientos—. Muchas gracias, Marc. Me has ayudado mucho. En realidad, me has salvado de... un montón de cosas. —Reí.

—No ha sido nada —continuó sonriendo—. Ojalá encuentres a esa persona que buscas. Aunque no entiendo que alguien haya podido pasar así de ti.

—No es eso... —musité.

Mi abuela no pasaba de mí, de eso estaba segura.

—Que tengas suerte... ¿Cómo te llamas, por cierto? Si no te importa decírmelo, claro.

—No, por supuesto. Me llamo Sky.

—Yo soy Marc, aunque ya lo sabes.

Se inclinó hacia mí con la intención de darme los dos besos de rigor, pero, de pronto, me vi asaltada por su rostro, su aliento, su altura y su olor, un aroma que mezclaba cítricos, menta y cuero.

Di un paso hacia atrás, desbordada por las sensaciones.

—¡No! —exclamé—. Yo... huelo fatal —exageré al tiempo que me olía una axila y componía una expresión de repulsión—. He sudado mucho y...

Él alzó una ceja y, al instante, se tapó la nariz con dos dedos al tiempo que elevaba los ojos al techo hasta bizquear.

—Ahora que lo dices —apuntó con voz nasal—, me he pasado todo el rato mareado. Seguro que has dejado el tufo en mi coche y voy a tener que comprar por tu culpa un montón de ambientadores, de esos tan cutres con forma de abeto.

Le di un manotazo en el hombro, algo que yo no había hecho con nadie, ni siquiera con Harvey. Lo más extraño fue que me resultó un gesto totalmente espontáneo y natural. Él se rio, y hasta pareció sorprendido por mi reacción. Puede que creyera que no me pegaba nada comportarme así porque...

Qué tontería. ¿Qué más daba lo que pensara aquel chico, por muy guapo que fuera, si no iba a volver a verlo en mi vida?

—No me acercaré a ti, por si acaso —bromeó al tiempo que extendía el brazo—. Encantado, Sky.

Correspondí a su saludo estrechando mi mano con la suya. De ese modo, pude notar que su piel era suave y estaba caliente. También advertí que llevaba dos anillos plateados en la mano derecha, uno en el dedo índice y otro en el pulgar, y varias pulseras, de cuero, de hilo e, incluso, una de bolitas de colores. Me pareció algo muy masculino, a pesar de que en mi círculo no fuera nada habitual.

Aunque, si algo me llamó la atención de verdad fueron los tatuajes que asomaban bajo el puño de la camisa, lo que me hacía entender que debía de llevar, al menos, todo un brazo tatuado. Si los chicos que yo conocía no llevaban pulseras de colores, mucho menos se hacían tatuajes.

Fui consciente de que llevaba demasiado tiempo estrechando su mano y mirándosela cuando levanté la vista y vi que me observaba divertido. Tan cerca y con una iluminación más potente que la de su coche, pude apreciar que sus incisivos estaban un poco separados, detalle que le daba un aire travieso, pero que no le restaba un ápice de atractivo a su sonrisa. Es más, diría que revolucionaba todavía más a las inquietas mariposas que revoloteaban en mi estómago.

—Perdona —susurré al tiempo que apartaba la mano de golpe.

—¿Qué pasa? —me preguntó en tono burlón—. ¿Los ingleses no llevan pulseras?

—No... Yo... —balbucí—. Son muy chulas. Es verdad que los chicos que conozco no suelen llevarlas, pero me parecen muy bonitas...

Antes de terminar la frase, Marc señaló su muñeca.

—¿Cuál te gusta más?

Sin darme tiempo a responder, se desató una de

las que parecía hecha de macramé, con hilos trenzados que mezclaban el negro y el azul. A continuación, tomó mi muñeca, la rodeó con la pulsera y la ajustó a su alrededor. Sus dedos rozaron la sensible parte donde me latía el pulso y temí que notara las palpitaciones en mis venas.

No supe qué decir.

—No lo decía para que me dieras una, en serio.

—Es para que recuerdes a tu rescatador —me dijo—. Pero si no te gusta...

—Sí, sí, me encanta —susurré contemplándola—. Gracias... otra vez.

—No hay de qué, cielo.

Parpadeé confundida.

—¿No es así como has dicho que te llamas? —Compuso una mueca canalla, alzando una de las comisuras de la boca.

Entendí, por fin.

—¿En serio? —le dije con indignación—. Puede que mi acento huela a té y *scones*, pero precisamente por eso sé que mi nombre no se utiliza en inglés como un apelativo cariñoso.

Marc echó hacia atrás la cabeza y lanzó una carcajada.

—Como tú digas, cielo —insistió en los vestigios de las risas.

—Toda la amabilidad que has demostrado la acabas de echar a perder —refunfuñé al tiempo que pasaba por su lado para acercarme al mostrador.

Cuando dejé atrás a Marc, noté un leve contacto en mi mano izquierda. Era la mano de él, que se abrió y rozó la mía con sutileza, como si deseara llevarse un último recuerdo de mí con la punta de los dedos.

¿Cómo es posible que un simple roce sea capaz de provocar semejante caos en el interior de un cuerpo?

Me di la vuelta turbada para mirarlo.

—Solo pretendía hacerte reír un poco más —me confesó.

Volvió a guiñarme un ojo antes de saludar con la mano a su amigo y desaparecer del hostal.

Capítulo 12

Sky

Nunca una ducha me había parecido tan reconfortante ni una cama se me había antojado tan cómoda, a pesar de que aquel establecimiento tuviera una sola estrella y aún le sobrara media por la sencillez de las instalaciones y la antigüedad de los muebles, todos ellos dispares. Fresca, limpia y tranquila, me dejé caer sobre las sábanas y emití un ruidoso suspiro. Estaba segura de que me dormiría en los siguientes cinco segundos, pero la vibración insistente de mi teléfono, que seguía cargando sobre la mesilla, me obligó a soltar un bufido mientras miraba de quién se trataba.

—Mierda, Pippa... —refunfuñé.

Nada más quejarme, me sentí fatal. La pobre no tenía la culpa de que mi día hubiese sido un asco. Y me apetecía sinceramente ver su rostro en la pantalla y charlar un rato con ella. Cuando aparecieron sus vibrantes ojos azules y su melena rubia, me inundó una oleada de nostalgia.

—¡Dichosos los ojos, tía! ¿Dónde te metes? Seguro que has estado todo el día en la playa, bajo el sol, quemándote como un lenguado a la parrilla. Aunque me apuesto cien libras a que no te has atrevido a hacer toples.

Puse los ojos en blanco.

—No he estado en la playa, Pippa. He tirado más por el turismo... deportivo.

Alargué el brazo hasta mi mochila, que estaba a un lado de la cama, cogí la gorra con el escudo del Barça que me había comprado y me la coloqué sobre la cabeza, todavía húmeda.

—¿En serio, tía? Dime, al menos, que has visto a los jugadores entrenar. No entiendo ni papa de fútbol, pero tuve que tragarme algún partido de Champions con Riley y me fijé en que los del Barcelona eran bastante jóvenes y monos.

—El campo está en obras —le aclaré—. No entrenan aquí. Las instalaciones solo están para los turistas.

—Entonces, ¿qué has estado haciendo?

—Pasear, probar la comida, ver la ciudad de noche desde un taxi...

—Para, para, que me voy a intoxicar con semejante sobredosis de diversión —ironizó.

—¿Y tú? —inquirí para evitar explicaciones—. ¿Cuándo te vas a Salisbury?

Había reconocido el lugar donde se encontraba: la terraza de su habitación, por las blancas columnas de las casas del vecindario de Kensington que se divisaban desde allí.

—Para eso he estado intentando contactar contigo todo el día. —Suspiró—. No puedo irme a casa de mis tíos, Sky. Se han largado de vacaciones a la Toscana.

—Vaya —me lamenté—. ¿Y qué podemos hacer?

—Mira, Sky, yo creo que no hay que hacer nada. No me voy a mover por los mismos lugares que tus padres.

—Pero... alguien podría verte...

—Bueno, pues te enfrentas a ellos, tía —me soltó con exasperación—. Diles que te has largado a España porque necesitabas oxigenarte después de saber que tenías que casarte con Harvey y se acabó.

Precisamente, lo último que quería que supiese mi madre era que había viajado a Barcelona. Y menos, en busca de mi abuela, su propia madre. Tampoco tenía ganas de más broncas con mis padres.

—No, Pippa, no puedo, en serio —le dije en tono de súplica—. Necesito que me eches una mano en esto, por favor...

Me interrumpí al ver que mi amiga gesticulaba, como si se dirigiese a alguien apostado detrás del teléfono.

—¿Con quién estás? —le pregunté.

—Es mi madre —gruñó—, que todavía se le ocurre entrar en mi habitación sin llamar. —Soltó un bufido—. Mira, Sky, ya hablaremos mañana. Tengo una de las pesadas reuniones familiares que organizan mis padres.

—Piensa en algo, Pippa —le pedí.

—¡Tú disfruta! —exclamó antes de colgar.

Sentí un dolorcillo interno, no muy intenso, pero sí conocido. Era lo que sentía cuando mi amiga le restaba importancia a mis deseos. Aunque, al final, siempre acababa recordando que ella era así, más abierta y divertida, y que solo pretendía que yo disfrutara.

Sin soltar el móvil, me acomodé sobre la almohada. Posiblemente, Pippa tuviera razón y no fuera necesario que se marchara de Londres. Si mis padres se enteraban de la verdad..., tendría que afrontar las consecuencias y listo. Pero... ¿irme antes de tiempo y sin saber nada de mi abuela? Eso sí que no pensaba hacerlo.

Una vez más, busqué su número y la llamé. De nuevo, la voz robótica de la compañía me soltó el mismo mensaje de siempre. Colgué, dejé el teléfono sobre la mesilla y, nada más cerrar los ojos, me quedé dormida.

***

No me desperté hasta que se colaron en la habitación los ruidos de la calle y las voces de otros huéspedes. Abrí los párpados, pero me cubrí el rostro con un brazo cuando una claridad punzante amenazó con cegarme.

¿No se presumía en España de sus maravillosas persianas? ¿Por qué no había en aquella ventana?

Con la cabeza abotargada y los ojos aún pesados, alargué la mano hacia la mesilla y cogí el móvil, que ya se había cargado.

—Mierda —musité mientras me restregaba la cara con los nudillos—. Las diez de la mañana.

Me sentí como después de una larga noche de resaca.

Aproveché para echarles un vistazo a las notificaciones acumuladas. Harvey no se había molestado en enviarme nada, ni falta que me hacía. De casa solo tenía un mensaje de mi padre, en el que me pedía que le fuese dando alguna señal de vida.

Solía pasar. Mi progenitor no era el rey de la efusividad, ni mucho menos, pero se interesaba mínimamente por mí cuando salía. Se suponía que él se encargaría de informar a mi madre. Y eso sería todo.

Decidí cotillear un poco por Instagram, no sin antes asearme en el diminuto baño y recogerme el pelo con una diadema elástica. Cuando me iba a la cama con el cabello mojado, al día siguiente me encontraba con el desastre nada más mirarme al espejo.

De vuelta a la habitación, me senté sobre las sábanas aún calientes, me dejé caer contra el cabecero pasado de moda y apoyé el teléfono en mis piernas para ir mirando las publicaciones de todas las personas a las que seguía en esa red social, aunque no fuesen ni mucho menos tantas como seguían a Pippa, mucho más popular que yo. La mayoría eran fotos de la gran fiesta, por lo que me pasé un buen rato pulsando corazoncitos. Hasta que llegaron a mí los sonidos de puertas, ruedas de carritos y conversaciones. Debían de ser las de la limpieza. Había llegado el momento de marcharme.

Tras vestirme con unos vaqueros cortos deshilachados, un top de color naranja y las únicas deportivas que había llevado, me rehíce la coleta y me colgué la mochila a la espalda. En el momento de agarrar el pomo de la puerta, mis ojos viajaron hasta mi muñeca, más concretamente a la pulsera azul y negra que la rodeaba. Sonreí, al tiempo que una suave tibieza me inundaba por dentro con el recuerdo del chico que me la había regalado.

Bajé hasta la recepción, donde me encontré a una chica morena de rasgos latinos que, supuse, reemplazaba a su compañero nocturno. Le devolví las llaves.

—Espero que hayas pasado buena noche —me dijo sonriente.

—Sí, gracias —le dije mientras acercaba la tarjeta al datáfono.

—¿Ya te vas de Barcelona? —Me ofreció el comprobante.

—No tengo ni idea de cuándo me iré —suspiré pensando en cómo dar con el paradero de mi abuela—. Por cierto, ¿sabes de algún sitio por aquí para desayunar?

Aunque creo que se me ha hecho ya la hora del almuerzo. —Compuse un mohín.

—No, tranquila. —Rio—. Estás en España, en verano, así que los horarios dejan de ser estrictos.

Observé cómo buscaba algo bajo el mostrador y después sacaba un plano.

—Mira, estás aquí. —Me señaló un punto entre el laberinto de calles—. Esto es el barrio de Gracia. Justo has de girar por la calle del Planeta para llegar a la plaza del Sol, muy típica, donde encontrarás bares y terrazas. Si encuentras una mesa libre, te recomiendo el Café del Sol, también muy mítico y antiguo.

—Gracias por la información —le dije antes de despedirme y salir del hostal.

Seguí las indicaciones de la chica para moverme por el entramado de vías, callejones y pasajes, que me parecieron todas iguales. Sonreí al pasar por la calle del Planeta. De forma irremediable, volvió a mi mente Marc y la vergüenza que sentí por haberle pedido que me llevara a la luna.

«Debió de pensar que se había topado con una loca», me dije.

Sacudí la cabeza para sacar de mi mente al chico del cabello revuelto y me adentré en la famosa plaza del Sol, rodeada de edificios antiguos con detalles modernistas, cuyas terrazas estaban a rebosar. Bajo las sombrillas que los protegían del calor, los clientes disfrutaban de desayunos, tapas, cervezas o bocadillos, porque, a aquellas horas, habría quien acabaría de levantarse y quien ya quisiera almorzar o refrescarse.

Tuve suerte de encontrar una mesa libre en el Café del Sol, donde me acomodé mientras el camarero retiraba los restos del cliente anterior. Pedí un café con leche y un bocadillo de jamón, una mezcla que me sonó extraña, pero que al hombre no se lo debió de parecer porque tomó nota sin problema.

Unos minutos después, entre tragos de café y mordiscos de bocata, saqué mi móvil del bolsillo y decidí ver con calma las historias de Instagram que todavía tenía sin mirar y que los invitados a la fiesta seguían subiendo. Reí un buen rato al reconocerme bailando entre la gente, siempre junto a Pippa, o bebiendo descontrolada. Torcí el gesto. Si hubiese sabido lo que estaba por venir...

Me di cuenta de que había algunas imágenes posteriores a mi huida porque en ellas se veía a Harvey bebiendo y fumando sin parar, tal y como me había comentado Pippa en su momento. Y, hablando de mi amiga, ella también apareció en uno de los vídeos. Fue solo un instante, porque el que grababa barrió con la cámara toda la estancia, pero la distinguí perfectamente a ella... y a Harvey. Los dos estaban en un sofá, mirándose, con las manos agarradas... y terminaban besándose. No un beso de amigos. No un beso de consuelo. No un beso rápido.

Aturdida, volví hacia atrás en la historia y volví a verla, una y otra vez, una y otra vez. El corazón me bombeaba con tanta fuerza que lo sentía rebotar dentro de la cabeza. Las manos y las piernas me comenzaron a temblar.

—No... no puede ser —balbucí—. Tú no, Pippa. Tú no...

A mi alrededor pareció formarse una nube oscura, que me aislaba de la gente, de los sonidos y hasta de los rayos del sol. Me sentí encerrada, agobiada, y empezó a faltarme el aire.

¿Qué demonios significaba aquello? ¿Harvey y Pippa? Eso era imposible. Ella estaba criticando siempre nuestra relación, tachándola de aburrida y monótona. Por eso yo había creído siempre que Harvey no le caía bien, y me había sentido mal muchas veces por dedicarle a él un tiempo que le robaba a ella.

Diversas imágenes inundaron mi cabeza y buceé en ellas, buscando, buscando. Y no, no encontré instantes que me demostraran que Pippa sintiera rencor por Harvey. En realidad...

—Era todo lo contrario... —balbucí.

«¿Dónde está tu novio? ¿Ha venido Harvey? ¡Mira, allí está tu novio! ¿Vamos con Harvey y los chicos?».

«No, no, no, ¡para! —me dije mientras me masajeaba las sienes—. Para de una vez, Sky. No seas paranoica. Es imposible que a Pippa le gustase tu novio. Y si le hubiese gustado..., jamás se habría liado con él aprovechándose de una discusión entre vosotros porque ella no sabía que tú querías dejarlo. Es ella, Pippa, por el amor de Dios, tu mejor amiga, la persona que siempre ha estado a tu lado...».

«¿Vas a dejar a Harvey? ¿En serio? ¿Se puede considerar que habéis roto definitivamente? ¿Lo has dejado? ¿Lo has dejado? ¿Lo has dejado...?».

Con manos temblorosas, volví a mirar las historias de Instagram, muchas de ellas subidas por Beatrice, que no había dejado de grabar casi en toda la noche. Ahí estaba Chase, haciendo el idiota; John, tirándose a la piscina; Kyle, mostrando su dedo corazón a la cámara para que no lo grabasen. Pero ¿y el vídeo que mostraba a Harvey con Pippa?

Retrocedí y busqué entre mis contactos todos los que hubiesen estado en la fiesta y volví a ver sus historias. Ya no estaba la que tanto me había conmocionado.

Había desaparecido. Solo había durado un par de segundos, así que...

¿Me la había imaginado?

«Joder», pensé. El calor, el viaje, la extraña noche anterior..., todo me estaba afectando. Cualquier cosa era válida antes que pensar que mi amiga pudiese hacer algo así. Y Harvey..., puede que ya no me importara lo que hiciese, pero imaginarlo con Pippa me causaba mucho más daño que todos sus cuernos juntos. Me hacía sentir traicionada de todas las formas posibles.

Todavía aturdida, alcé la mano para llamar la atención del camarero y pagarle la cuenta. Me alejé de la concurrida plaza del Sol y fui caminando sin tener nada claro mi próximo movimiento. Una vez más, me sentí perdida, confusa, como tantas y tantas veces a lo largo de mi vida.

Mi vida. ¿Cómo era mi vida? ¿Qué había de especial en ella?

La respuesta era simple: nada. Y qué triste me pareció que una chica de mi edad no le encontrara ningún aliciente a su existencia. No tenía inquietudes, no tenía sueños. Simplemente, me había acomodado en la facilidad de un camino allanado especialmente para mí.

Estuve a punto de llamar a mi amiga, de preguntarle directamente. Pero si solo había sido un malentendido... Dios, no podía ni imaginar lo mal que se sentiría cuando le preguntase si se había enrollado con mi exnovio..., aunque oficialmente todavía fuese mi novio.

Emití un bufido. Pippa, guapa, extrovertida, siempre rodeada de chicos y con el triple de amigos en Instagram que yo, no necesitaba liarse con el novio de su amiga. Menuda estupidez.

Lo mejor era centrarse en lo que me había llevado a

Barcelona, aunque no tenía ni idea de qué más hacer. Mi abuela seguía sin responder al teléfono y no conocía a nadie en aquella ciudad. Ya había probado a poner en Google su nombre y su apellido, su dirección y teléfono, todos sus datos, pero sin ningún resultado que no fuesen enlaces a perfiles de redes sociales que, por supuesto, no eran de ella.

Miré el nombre de la calle por la que caminaba y después la busqué en mi móvil. Era el paseo de San Juan, y decidí seguirlo en dirección al mar. Una multitud de gente recorría a aquellas horas las aceras arboladas, y, en mitad del incesante tráfico, destacaban los autobuses turísticos y los coches negros y amarillos, taxis como el que me había parecido un refugio seguro la noche anterior. Me sentí un poco tonta al admitir que no me había fijado en la marca o el modelo del coche, por lo que no podría haberlo reconocido si hubiesc pasado por allí.

Bajo un calor que iba en aumento, llegué por fin hasta el parque de la Ciudadela, donde aproveché para descansar un rato tumbada en el césped bajo la sombra de un enorme tilo. No me paré a hacer fotos al mamut de la entrada, a la cascada o a los lagos repletos de patos. Me limité a colocar mi mochila sobre la hierba y a apoyar la cabeza en ella, ignorando al gentío que me rodeaba, la mayoría turistas en familia o en pareja.

El teléfono vibró en mi mano. Con desidia y sin levantar la cabeza de mi almohada improvisada, le eché un vistazo. Solo era una notificación de Instagram. Alguien me enviaba una historia, una tal lucy21, que no me sonaba de nada, aunque la tuviera en mi lista de amigos. En su perfil solo había fotos de gatos y no teníamos a nadie en común. La abrí por curiosidad y... ahí estaban de nuevo, Harvey y Pippa, aunque ya no se encontraban en un sofá, sino en el jardín. La tal Lucy los había seguido desde el interior de la casa teléfono en mano, amparada por los arbustos perfectamente recortados del cuidado jardín. Aunque con la imagen un poco borrosa debido al zoom, se podía ver a mi amiga y mi exnovio discutiendo. Hasta ahí, todo normal. Él se daba la vuelta y la dejaba atrás. También normal. Después, ella lo tomaba del brazo para girarlo y tenerlo frente a sí y abrazarlo. Eso ya no era nada normal. A continuación, se besaban en la boca. Lo poco que hubiera de normal se había acabado. Y, por último, él miraba a su alrededor, como si pretendiera cerciorarse de que no los había visto nadie y se encaminaba de nuevo al interior de la casa, dejando a Pippa con expresión compungida. Diría que estaba llorando.

Y ahí terminó la historia. La de Instagram, supuse, porque la de ellos... cualquiera sabía cuándo había empezado.

Dejé caer el teléfono en la hierba. No me apetecía seguir viendo nada más de la maldita fiesta.

Me quedaba claro que la supuesta Lucy estaba más que interesada en hacerme saber lo que había pasado. O lo que estaba pasando. Puede que fuera alguna de las chicas con las que Harvey habría tenido algún rollo y quisiera vengarse. No lo sabía ni me importaba, pero tenía claro que mi novio no solo me había sido infiel con la chica del trío. Había habido otras...

Lloré. Porque las verdades, muchas veces, duelen. Porque, si el día de la fiesta había abierto los ojos con respecto a Harvey, solo me hacía falta un empujoncito para abrirlos con respecto a Pippa. Los había mantenido demasiado tiempo cerrados, sellados, impenetrables.

«Dicen que el llanto es el dolor que sacamos de dentro».

Pero yo seguía temiendo que el dolor continuara tan incrustado en mí que ya me fuese imposible desprenderme de él.

«No, Sky, ese vestido no, aquel. No, tía, a ese sitio no, al otro. No, Sky, no hace falta que me vaya de Londres. Te enfrentas a tus padres y punto. ¿De verdad lo has dejado con Harvey? ¿Definitivamente? ¿Por qué no desapareces un tiempo? ¡Qué sería de ti sin mis ideas! ¡Qué sería de ti sin mí...!».

Como últimamente tanto me pasaba, evoqué una conversación con mi abuela. Recordé unas palabras que, en realidad, habían estado siempre ahí. Lo que ocurría era que yo las había ignorado, las había rechazado, las había arrinconado hasta lo más profundo de mi mente.

¿Qué demonios había estado haciendo? ¿Vivir con los ojos vendados? ¿Apoyarme continuamente en otras personas por costumbre, por inercia, hasta olvidarme de mí misma?

¡Qué idiota, qué idiota, qué idiota!

Ojalá hubiese podido arrancarme todos esos recuerdos de mi cabeza.

Pero ¿alguien sabe qué es lo peor del pasado?

Que es imposible borrarlo.

Capítulo 13

Sky, a los dieciocho años

Conversación telefónica con su abuela

—¿Cuál es tu historia, yaya? Si hablas tanto de amor, de miradas y de besos, será porque viviste una gran historia de amor con el abuelo.

—Para que un amor sea profundo y verdadero no tiene por qué haberse forjado con una historia épica —me rebatió—. A veces, los instantes más sencillos, los lugares más corrientes o los gestos más pequeños son suficiente para hacerles saber a dos personas que estaban destinadas a encontrarse.

—¿Cómo conociste al abuelo?

—Trabajábamos en la misma calle de un polígono industrial. —Percibí la nostalgia a través de la línea telefónica—. Él, en una empresa metalúrgica como oficinista y yo, en un taller de confección. Un día él estaba en la puerta de la fábrica, hablando con un transportista, y yo pasé por allí junto a varias compañeras porque habíamos finalizado nuestro turno. Fijó la vista en mí y no la apartó hasta que me vi obligada a seguir mirando hacia delante. A partir de ahí, lo vería cada día, a la misma hora, porque salía a la puerta a esperar a que pasara. Y no apartaba los ojos de mí, aunque yo me hiciese la disimulada. Piensa en eso, querida mía. Sabrás que se trata del hombre adecuado cuando te mire incluso cuando tú no lo mires a él.

—¿Y cuándo te dijo algo?

—¿Por qué das por hecho que él dio el primer paso? —Rio—. Que sepas que de joven se hacen muchas tonterías, como averiguar dónde vive un chico, ir hasta su casa y dejarle una nota en su buzón.

—¿En serio? —Reí—. ¿Y qué ponía en esa nota?

—Algo tan simple como una invitación a un café en la plaza Cataluña.

—«Gestos pequeños, lugares corrientes...» —le recordé—. Supongo que aceptaría.

—La nota se la pilló su madre, pero sí, aceptó —dijo entre risas—. Nos vimos ese domingo, conversamos, reímos... Y a ese día lo siguieron muchos otros porque nos quisimos cada día más, hasta su muerte, demasiado prematura. —Suspiró—. ¿Ves? Se puede prescindir de la gran historia, pero no del gran amor.

—Lo dices por lo mío con Harvey, ¿verdad?

—A ver, cariño, es lógico, ¿no? Que no estés locamente enamorada de tu novio me da bastante pena, qué quieres que te diga.

—¿Y quién te ha dicho eso?

—A mí no me engañes, ¿eh? —refunfuñó—. Puede que ya seas una señorita mayor de edad, universitaria y con un novio rico, pero a una abuela no se le miente y punto, jovencita, que eso está muy feo.

—Vaaale —bufé—. No he tenido gran historia ni gran amor, pero creo que tenemos futuro. Mi amiga Pippa, sin ir más lejos, dice que somos la pareja perfecta, aunque nos tache de aburridos y...

—Otra que tal baila —gruñó.

—¿Qué quieres decir, abuela?

—Mira, cariño, no quiero parecerte una vieja entrometida o cascarrabias, pero ¿no crees que te dejas guiar demasiado por tu amiga?

—Es que es mi amiga —insistí.

—Ya, hija, ya. Pero..., no sé, llámalo intuición femenina, voz de la experiencia o haber sido cocinero antes que fraile...

—Ya me he perdido —rezongué.

—El caso es que..., de verdad, no vayas a creer que quiero meter cizaña o separarte de tu amiga, pero... ¿no crees que siempre prevalece lo que ella piensa?

—No te entiendo...

—No lo entiendes porque no te das cuenta, Sky. Eso es lo que sucede con personas a las que otras les anulan su personalidad. Suele ocurrir con personas majas, populares, guapas y todo eso, pero que, al final, demuestran ser mucho más inseguras de lo que pensamos. Y ¿sabes qué creo? Que la vida es demasiado corta y preciosa como para desperdiciarla con personas que no valen la pena.

—No, no, abuela, no es nada de eso. Pippa es buena amiga y buena persona, y es simpática, divertida y guay, como dirías tú. Soy yo la insegura, la tímida, la invisible...

—Pues mira que a mí no me pareces nada de eso...

—Porque eres mi abuela —le dije en tono cantarín—, y me quieres, y me adoras.

—No me seas zalamera...

—¿Te he hablado de la bonita fiesta que me organizaron mis padres por mi dieciocho cumpleaños? —dije para cambiar de tema.

—Seguro que los tienes la mar de contentos —gruñó—. Con ese novio y ese futuro... Bravo por lord y lady Barnaby Clifford y su proyecto en común —señaló con ironía.

—¡Por cierto! Lo sabes, yaya, que ya soy una adulta ante la ley. Puedo viajar sin decirles nada a mis padres...

—No empieces, Sky...

—¡Va, yaya, porfa! Tienes que darme tu dirección. Quiero visitarte, verte, abrazarte, achucharte... Va, va, va...

—Ya veremos, mi niña, ya veremos.

—Siempre me dices lo mismo...

—Todo llegará, cariño. De momento, quédate solo con una cosa: tú vales mucho, Sky, y tienes mucha más personalidad de la que aparentas. No te escondas detrás de nadie, no ocultes tus deseos ni tus sentimientos. Porque la vida se va, pequeña, como agua entre los dedos. Y las personas también nos vamos, y lo que queda, al final, es lo que vivimos. No llegues a tener que arrepentirte de no haber elegido lo que deseabas. Y nunca des nada por sentado.

—¿Y cómo saber si elegimos bien, abuela?

—Siempre he creído que el destino existe, mi niña, y que, llegado el momento, te ofrece una señal para que tú misma elijas tu camino.

—Espero que el mío haga una parada en Barcelona. —Sonreí.

—Quién sabe...

Capítulo 14

Sky

Rabia, tristeza, indignación, impotencia... Fueron muchos los sentimientos que se me agolparon, algunos contra Harvey, otros contra Pippa, pero, la mayoría, contra mí misma. Incluso llegué a ponerme a reír, allí, en medio del parque, con una risa histérica que, con toda seguridad, asustó a más de uno.

—Mira que has sido tonta, Sky... —susurré, todavía en los vestigios de las risotadas perversas, mientras movía la cabeza hacia uno y otro lado—. Ciega, sorda y tonta porque, como diría mi abuela, no hay más ciego que el que no quiere ver.

Qué penoso puede resultar un recuerdo cuando echas la vista atrás y revives un instante, una conversación, un pensamiento. Piensas en lo que hiciste, en lo que dijiste y en lo que deberías haber dicho o hecho. Y, en aquel momento, bajo la sombra de un tilo, rodeada de gente y de los chillidos de las cotorras que invadían los árboles, todo me pareció tan claro, tan obvio, tan ridículamente evidente...

—Joder —exclamé con una sonrisa que contrastaba con las lágrimas que rodaban por mis mejillas—. Joder, Sky...

Me incorporé para apoyar la espalda en el tronco del árbol. Busqué en el teléfono el contacto de Pippa y pulsé para realizar una videollamada. Cuando volví a tener frente a mí su bello rostro, sus chispeantes ojos azules y su cabello dorado, flaqueé durante un diminuto instante. Porque aquello no podía ser otra cosa más que un adiós, y es muy duro despedirse de alguien a quien has querido tanto durante toda tu vida. Las últimas veces duelen, duelen muchísimo, aunque sean necesarias; aunque sean imprescindibles para sanarte a ti misma.

—Sabía que me ibas a echar de menos —rio—, pero no tanto. —Frunció el ceño—. Menudo alboroto. ¿Estás en un parque o algo así? No me digas que al final me hiciste caso, saliste de fiesta y has acabado durmiendo en la hierba...

—¿Desde cuándo, Pippa? —la interrumpí—. ¿Desde cuándo te gusta Harvey?

Su rostro risueño se ensombreció durante un segundo, pero, pasado ese tiempo, volvió a cubrirse por la luz que siempre era capaz de crear.

—¿Qué dices, Sky? ¿Estás borracha todavía o qué?

—Lo que estoy es harta, Pippa. —Negué con la cabeza mientras las lágrimas iban aumentando y caían descontroladas hasta mis labios—. Además de triste, decepcionada y cabreada, muy cabreada.

—¿De qué estás hablando? Por favor, Sky, me estás preocupando...

—¿Sabes qué es lo peor de todo? —Ignoré su fingida inquietud—. Que, por culpa de todos vosotros, ni siquiera sé tomar una triste decisión porque mi madre,

Harvey o tú las habéis tomado siempre por mí. Porque la gente aprende a base de tropiezos y caídas, y yo, hasta ahora, me lo he encontrado todo demasiado llano. Que, como le dije a Harvey, no sé quién soy. Y necesito saberlo, aunque sea a base de tropezar, caerme y volver a levantarme.

Observé cómo Pippa tragaba saliva.

—Te he visto con Harvey, en la fiesta, en historias de Instagram —proseguí—. Seguro que él también las vio esta mañana e hizo que todo el mundo las eliminara, pero alguien se ha encargado de hacerme llegar una todavía más explícita. Os he visto besaros, y sé que no debía de ser la primera vez. Era de esa clase de beso entre dos personas que ya lo han vivido, que ya lo han sentido. Y yo solo quiero saber desde cuándo me estás mintiendo, Pippa.

La imagen con el rostro de mi amiga se movió. Cuando la llamé se encontraba en la piscina de su jardín, junto a su familia, por lo que decidió entrar en casa, encerrarse en un baño y sentarse en el filo de una gran bañera.

—Tú no lo entiendes, Sky. —Su tono comenzó suplicante, pero pronto se impregnó de rencor—. A mí me gustaba Harvey antes de que empezara a salir contigo. ¿Por qué te crees que elegí la carrera de Empresariales? ¿Por gusto? No, guapa, no. Fue para estar cerca de él.

—¿Y por qué no me lo dijiste? —le exigí saber.

—No hizo falta. —Detecté un destello de humedad en sus ojos celestes—. Me enrollé con él varias veces, pero, como otros, me tomó por un maldito pasatiempo. Le pedí que saliera conmigo, y ¿sabes qué me dijo? Que no podía, que estaba destinado a ti.

Seguí escuchando perpleja.

—Si te lo estás preguntando, sí, nos liamos en varias ocasiones más, pero, según él, no podía pasar de eso, de un rato de sexo. Y, mientras, yo me limitaba a esperar; a esperar que lo vuestro no funcionara.

—Por eso me preguntaste tantas veces si pensaba dejarlo de verdad —susurré—. Por eso se te ocurrió la brillante idea del viaje. —Reí sin ganas—. Pues ya está, Pippa, ya tienes el camino libre. Todo tuyo.

—Sabes que no puedo —me recriminó—. Vuestros padres están empeñados en casaros. Trabajarás con él, estarás con él, todo el tiempo.

Su voz se quebró.

—«Que ningún tío nos separe jamás» —le recordé con ironía—. ¿Sabes una cosa, Pippa? Más que tus rollos con Harvey, me duele tu traición como amiga. Lo poco que me has tenido en cuenta, las veces que me has hecho sentir pequeña.

—¡No! —sollozó—. ¡Eres mi mejor amiga! ¡Siempre lo has sido! ¡Me dolía engañarte!

—Solo era alguien a quien manipular, Pippa. Siempre he hecho lo que tú creías mejor; mejor para ti, claro. La amistad es otra cosa. Aunque nunca la haya tenido en mi vida, sé que es otra cosa.

Durante unos segundos, solo se oyeron hipidos y narices congestionadas a través del móvil.

—¿Y qué piensas hacer ahora? —me preguntó Pippa mientras se frotaba todavía los ojos con los puños.

—No lo sé —dije con sinceridad—. El problema de mi familia sigue ahí, y me siento responsable de lo que pueda ocurrir si rompo definitivamente con Harvey. —Me froté las sienes—. Necesito tiempo... —musité.

—Déjame ayudarte —señaló Pippa con un entusiasmo que no me pareció fingido—. Yo tampoco sé lo que va a pasar, pero si puedo hacer algo por ti...

131

—Esta vez, sea lo que sea, lo voy a hacer yo sola. Limítate a intentar no coincidir con mis padres porque tengo que resolver algo aquí y no puedo volver todavía. —Emití una mezcla de suspiro y sollozo—. Te quería de verdad, Pippa. Pensaba, incluso, que sentías celos de Harvey. Qué ilusa.

Reí de pura desesperación.

—Dime, al menos, que él también siente algo por ti —le pedí.

—No lo sé —confesó—. Creo que todo el problema se basa en la inseguridad frente a su padre. Se deja guiar demasiado por él, no quiere decepcionarlo y...

—Y por eso estaba conmigo —concluí—. Pero le aburría tanto que intentó hacer un trío la noche de la fiesta. ¿Por eso discutisteis? —le pregunté.

—Sí —respondió—. Se lo recriminé y me dijo que necesitaba algún aliciente en su vida, que necesitaba divertirse.

—Hazme caso por una vez, Pippa, y aléjate de Harvey. Olvídate de él, cambia de carrera, comienza de nuevo. Ojalá pudiera hacerlo yo.

Ignoró mis súplicas.

—¿Hasta cuándo te vas a quedar en España?

—De momento —le dije—, voy a permitirme equivocarme, cagarla si es necesario, para conocerme bien. No sé cuándo volveré. —Hice lo posible por no dejar que mi voz se quebrara—. Adiós, Pippa.

—Seguro que vuelves a llamarme, Sky. —La vi alzar ligeramente la barbilla—. Volverás a necesitarme. Somos mejores amigas y eso es muy difícil de olvidar.

Le sonreí antes de colgar.

Cuando me puse en pie y me coloqué la mochila a la espalda, continuaba llorando. Conecté los auriculares y me los llevé a las orejas para sentirme acompañada por la música, con *Messy*, de Lola Young. Al comenzar a caminar, me sentí mucho más ligera, más libre, más mía.

***

Me coloqué la gorra del Barça para soportar mejor el sol del mediodía y mis pasos me llevaron hasta la playa. Sonreí al divisar un pedazo de mar Mediterráneo. Desde el paseo marítimo, custodiado por hileras infinitas de palmeras, se podía contemplar la arena blanca, las sombrillas de colores, la gente... y las aguas azules, cuya superficie cubría el sol con sus destellos dorados.

Encontré unos vestuarios junto a las duchas, donde me puse el único bikini que había llevado en mi escaso equipaje. Dejé la mochila en la arena, cubierta por una toalla, y me introduje en las cálidas aguas, despacio, como si aquel baño pudiera resultar purificador. Sumergí la cabeza y me mantuve bajo el agua todo el tiempo que me permitió el aire de los pulmones, para disfrutar del silencio, de ese estado en el que solo eres consciente de ti misma, como si el resto del mundo hubiera desaparecido y fueras la única superviviente. Cuando ya no pude más, emergí entre rápidas bocanadas de aire, salí del agua, cogí mis cosas y me dirigí a una de las duchas para desprenderme de la sal. Una vez vestida de nuevo, caminé por el paseo marítimo para ir en busca de algún sitio para comer.

Absorta en el único pensamiento de encontrar un bar que no fuese demasiado caro, no fui consciente del taxi que había parado junto al bordillo. Pasaba justo a su lado cuando bajó de él el taxista, que abrió el maletero y sacó el equipaje de una pareja de turistas que se apearon del coche y le dieron las gracias antes de marcharse. Cuando él se percató de mi presencia, yo seguía allí, clavada como un poste, mientras el agua que me caía del pelo me mojaba el top de color naranja. Allí estaba, el chico de la mirada cálida, donde, apenas unas horas antes, me habría quedado a vivir. El chico de la sonrisa traviesa que agitaba, por segunda vez, unas mariposas que llevaban muchos años dormidas.

—Hola, cielo. —Marc sonrió—. ¿Qué tal? ¿Disfrutando de la playa?

—S-sí —titubeé—. Me he dado un baño y después, una ducha...

Él se acercó y frunció el ceño. Aunque ya lo había tenido tan cerca, era la primera vez que lo veía a la luz del día. Su cabello castaño emitía reflejos broncíneos, y sus ojos tenían el mismo color que un tarro de miel visto a través del sol. Como ya había comprobado la noche anterior, una camisa, en ese caso azul, rompía un poco la informalidad de los vaqueros y la camiseta blanca.

—¿Todavía con la mochila? ¿Sigues sin encontrar a... quien andabas buscando?

—Todavía nada. —Sonreí a malas penas y me encogí de hombros—. ¿Sabes de algún sitio para comer por aquí?

Marc paseó sus brillantes ojos por mi rostro, como si pretendiera descubrir mis pensamientos con solo mirarme.

—¿Necesitas que te lleve a alguna parte? —me preguntó en un tono más serio—. ¿Al hostal o...?

—No, no, tranquilo —lo corté. No sabía qué hacer con las manos y restregaba las palmas por mis pantalones cortos—. Estoy bien, gracias. Solo... solo necesito comer algo. Después... después buscaré algún alojamiento, pero más tipo apartamento, para tener donde cocinar o lavar la ropa. Voy a quedarme más tiempo del que pensaba.

—No sé si encontrarás algo para esta misma noche...

—Tengo uno medio apalabrado —mentí—. Solo debo ir a dar una señal.

Miré al suelo, avergonzada por mentir a aquel chico.

—Eh, inglesita —bromeó—. Que te ayudara anoche no significa que no pueda volver a hacerlo.

—No necesito tu ayuda, de verdad —me ofusqué mientras trataba de dejarlo atrás. Lo último que me hacía falta era que un desconocido también se sintiera con el derecho a decidir por mí.

Él me rodeó la muñeca con la mano para detenerme. Sonrió al contemplar su pulsera.

—Te queda bien —dijo con un brillo divertido en sus bonitos ojos.

—Sí, gracias por regalármela. —Me zafé de él—. Ahora, si no te importa...

—Espera. —Se colocó de un salto delante de mí y sacó algo del bolsillo delantero de su camisa—. Toma, por si vuelves a encontrarte en apuros.

Alcé la mano por instinto. Era una tarjeta con su nombre y su teléfono junto a la ilustración de un pequeño taxi.

—Estoy bien, en serio...

—Guárdala, por favor. —No cejó en su empeño hasta que vio cómo la introducía en un bolsillo de la mochila—. Y no dudes en llamarme si lo necesitas, ¿de acuerdo?

Puse los ojos en blanco.

—Que sí, tranquilo.

—Pues nada. —Extendió la mano hacia mí—. Un placer haber coincidido de nuevo contigo, cielo.

Estreché su mano, que seguía tan suave y caliente como la recordaba, y compuse un mohín de exasperación.

—Me sigues pareciendo un graciosillo.

—Porque me sigue gustando verte reír.

Capítulo 15

Sky

En la zona del Puerto Olímpico me fue imposible encontrar algo económico para comer, por lo que acabé en un búrguer donde dar buena cuenta de un menú infantil. Después, vagué por la playa, por las calles repletas de gente, por las terrazas de bares y discotecas. El ambiente familiar dio paso a otro más nocturno, donde la música y los jóvenes con ansias de divertirse lo llenaron todo.

Inmersa en aquella vorágine estival, cerré los ojos, abrí los brazos y di unas cuantas vueltas sobre mí misma, como si pretendiera abarcar toda la libertad que no había podido, o sabido, disfrutar en mis diecinueve años de vida. Quizá al día siguiente volviera a la misma sensación de siempre, a sentirme perdida, a la triste realidad de reconocer que encontrar a mi abuela se estaba convirtiendo en una quimera. Pero, en aquel momento, sentí la imperiosa necesidad de saltar, cantar, beber, de no hacer lo que me dijeran otros. Necesitaba tomar mis propias decisiones, aunque fuesen equivocadas. Había llegado la hora de saber quién era yo realmente, sin padres que me pusieran entre la espada y la pared, sin novios que dieran por hecho mi futuro, sin amigas que me anularan.

Miré a mi alrededor. Me fijé en uno de los bares que ya se había llenado de gente, donde un par de camareros tras la barra servían cócteles y combinados al ritmo de *A Bar Song (Tipsy)*, de Shaboozey. Sin pensarlo más, me dirigí a los servicios, donde cambié mi atuendo veraniego por otro más nocturno, lo único decente que me había llevado: un top negro anudado al cuello, una minifalda vaquera y unas sandalias con pequeños cristales, que brillaban con cada paso que daba. Me solté y me cepillé el pelo, me maquillé y le di un beso a mi imagen en el espejo.

—Cambia las lágrimas y el sentimiento de fracaso por unos cuantos chupitos, Sky.

Dichas esas palabras en alto para creérmelas más, regresé al bullicio, me acerqué a la barra y le pedí un mojito al camarero. Cuando me sirvió, le hablé por encima del volumen de la música.

—¿Me harías el favor de guardarme la mochila y de poner mi móvil a cargar?

—¡Claro! —contestó justo antes de dejar mis pertenencias bajo la barra y enchufar el cargador.

Alcé el dedo pulgar y me bebí el mojito casi sin respirar.

—¡Otro! —le pedí.

El camarero enarcó una ceja y sonrió de medio lado, pero me sirvió otra copa sin rechistar. Di unos cuantos tragos al tiempo que me mezclaba entre la gente y comenzaba a mover mi cuerpo, a saltar y a cantar. Solo unos minutos después se me acercó un chico, que también era inglés. Compuse una mueca. No me apetecía en absoluto oír mi propio idioma, pero le seguí el rollo y me invitó a otro mojito. En realidad, él y sus amigos me invitaron a unos cuantos más. Perdí la cuenta. Ya estaba completamente borracha cuando todos ellos comenzaron a rodearme, a jalearme y a gritarme palabras que ya no escuchaba. Uno de ellos se aproximó más que el resto y me dijo algo al oído. No fui capaz de oírlo, pero lo entendí en cuanto me agarró por la barbilla y fue a darme un beso. Lo aparté de un empujón.

—¡¿Qué haces, gilipollas?!

Él volvió a acercarse, como si no hubiese sido lo suficientemente clara.

—Va, guapa, que lo estás deseando. —Me cogió de un brazo y me pegó a su cuerpo.

—¡Que te he dicho que no! —grité. Cuando empezó a usar su fuerza masculina, esa contra la que las mujeres no podemos luchar, no tuve más remedio que propinarle un rodillazo en la entrepierna.

—¡*Joder!* —chilló al tiempo que se doblaba hacia delante y se llevaba las manos a donde más le dolía—. ¡¿Qué coño haces?!

—Dejarte las cosas claras, imbécil.

A nuestro alrededor se formó un corrillo de gente, ávida por grabar con sus móviles una posible trifulca. Me sentí expuesta e indefensa, sobre todo cuando el gilipollas y sus amigos regresaron para encararme e insultarme. Todos los allí presentes, sin embargo, nos sobresaltamos cuando unas fuertes manos agarraron al imbécil y lo levantaron como si de un muñeco de trapo se tratara.

—¡Eh! ¡¿Qué haces?! —se quejó el inglés al tiempo que intentaba zafarse.

—Aquí no queremos a tíos que molesten a las chicas —bramó el tipo de seguridad—. Largo ahora mismo. —Señaló al resto del grupo—. Y vosotros, detrás de él. ¡Ahora!

Todos le hicieron caso y salieron despavoridos del local. La verdad, el portero daba bastante miedo, con su gran tamaño, la barba y la cabeza rapada, aunque a mí me hizo sentir protegida.

—¿Estás bien? —me preguntó después de echar al grupito.

—S-sí, gracias.

—Deberías salir a que te diera un poco el aire. —Compuso una mueca—. Se te ve bastante... perjudicada.

—Ya, sí... Lo siento...

—No te disculpes —me dijo—. La mayoría de la gente que llena este local ahora mismo ha bebido tanto o más que tú, y no por eso tiene nadie derecho a aprovecharse de ellos en ningún sentido.

Le sonreí agradecida.

—Toma, tus cosas —me dijo cuando el camarero apareció con mi móvil cargado y mi mochila—. Puedes sentarte un rato a una de las mesas de la terraza, hasta que te encuentres mejor. Aunque lo ideal sería que llamases a algún familiar o algún conocido...

Todavía con los sentidos embotados, me dejé caer en una de las sillas que me había señalado el vigilante. Lo primero que hice fue mirar mi teléfono. La triste realidad era que no tenía a nadie a quien llamar. Estaba sola, perdida y tirada en mitad de Barcelona. ¡Casi nada!

—Si quieres, puedo llamar a un taxi para que te lleve a tu alojamiento —sugirió el hombre rapado.

Y entonces, a pesar de los mojitos que aún corrían por mis venas, una idea en forma de recuerdo apareció en mi cabeza. Si puedo defenderme ahora mismo de lo que hice, solo sería diciendo que, precisamente, no sabía lo que hacía.

—Llamo yo, no te preocupes —le comenté al portero antes de que regresara a su trabajo.

Sí, tenía a alguien a quien llamar. La única persona que conocía entre casi dos millones de habitantes era un chico con el pelo revuelto, que llevaba pulseras y tatuajes y salvaba a chicas perdidas con su supertaxi.

Busqué su tarjeta y, con el pulso poco fiable, marqué su número en mi teléfono. A los tres tonos, contestó.

—¿Diga?

Quería hablar, pero no me salía nada. Me sentí como si de golpe se hubiese borrado cada palabra de español que había aprendido. El corazón golpeaba con tanta fuerza contra mi pecho que lo sentía en la garganta.

—¡Diga! —repitió—. ¿Quién es?

—¿Marc? —logré balbucir.

—¿Inglesita? —Percibí su preocupación—. ¿Estás bien?

—No, no estoy bien —respondí—. Estoy sola y no tengo adónde ir. Y estar así es una mierda... Una puñetera mierda. —Bufé—. Joder, estoy borracha y no sé ni lo que digo...

—Vale, vale —me cortó—. Dime dónde estás o envíame tu ubicación. Iré a recogerte, aunque tardaré un rato porque no tengo el coche cerca...

Al percibir su inquietud y su empeño por ayudarme me sentí fatal. ¡No lo conocía de nada y le estaba pidiendo ayuda por segunda vez! ¿O ya iban tres?

—Ay, joder... —Suspiré—. Perdona, perdona, perdona —repetí mientras me frotaba la cara—. No quería molestarte. Nunca he sido tan pesada. Yo... lo siento...

—¡No me cuelgues! —lo oí gritar—. ¡Sky!

Pero sí, colgué. Por supuesto, Marc me estaba llamando unos segundos después. Le quité el volumen al teléfono y me quedé observando la pantalla iluminada durante lo que me pareció una eternidad.

Miré a mi alrededor. En el resto de las mesas había grupos de personas bebiendo, charlando y riendo. Las risas y la música aún llenaban la noche, como si ninguno de esos desconocidos tuviera el más mínimo problema en su vida. Pero, luego, ellos tendrían un lugar adonde ir, personas con las que contar, medios de transporte en los que moverse..., cosas de las que yo carecía.

Excepto Marc. Y su taxi.

Volví a mirar el teléfono, cuya pantalla permanecía oscura. Un instante después, me sobresaltó la luz y la vibración. Descolgué.

—No cuelgues, Sky —fue lo primero que dijo—. Ya estoy yendo a buscar el coche.

No respondí. Empezaba a sentir pinchazos en la cabeza.

—¿Me oyes? No puedes quedarte sola en mitad de Barcelona, sin conocer a nadie. ¿O has encontrado a quien andabas buscando?

—No —susurré con los ojos cerrados.

—Pues envíame tu ubicación ya, Sky. Y ni se te ocurra colgarme.

Mis dedos se movían con una lentitud exasperante, pero conseguí hacerlo. Le envié mi posición a Marc.

—Vale, la tengo —me dijo—. Ya estoy en el coche. Estaré ahí en unos quince minutos. No te muevas, ¿de acuerdo?

Me puse a reír sin tener más motivo que la surrealista situación.

—¿Estás borracha, cielo? —me preguntó Marc con evidente sorna.

—¿Y qué querías que hiciera? —exclamé indignada—. Mi vida es una mierda. ¡Y sigo sin encontrarla!

—¿A quién?

—A mi abuela.

—¿Buscas a tu abuela?

—Sí. —Coloqué el codo sobre la mesa y apoyé la cabeza en la mano. No entendí en aquel momento que Marc quisiera hacerme hablar para asegurarse de que estaba bien—. A la madre de mi madre. Aunque ella no lo sabe. En realidad, nadie lo sabe. Ni siquiera tienen idea de que esté en España.

Volví a reír de manera compulsiva.

—¿Te has escapado o algo así? —inquirió.

—No. —Me encogí de hombros—. Únicamente he mentido en cuanto a mi destino. De todas formas, a nadie le importa dónde carajo esté.

—No digas eso, inglesita. ¿Cómo no le va a importar a nadie dónde estés?

Solté una carcajada, que no pudo sonar más turbia y malvada.

—Ay, Marc, si tú supieras... Si tuvieras una familia como la mía... Hasta mi amiga de toda la vida me ha estado engañando. Le gusta mi novio, ¿sabes? Le gusta desde el principio, y yo, en Babia, como siempre.

Ni podía sospechar lo que el alcohol me estaba soltando la lengua.

—¿Tienes novio? —me preguntó en un murmullo.

—No. O sí. Yo qué sé.

—¿Te ha engañado con tu amiga?

Una nueva risotada.

—¡Me ha engañado con todas! —grité.

—Entonces, ¿por qué dudas si sigues con él?

—Es... complicado —opté por decirle. Puede que siguiera ebria, pero una diminuta alarma me avisaba de que hablar de la familia Clifford no era buena idea.

—Ya...

El cansancio, el alcohol y la voz calmada de Marc empezaron a tener un efecto narcotizante en mí. Crucé los brazos sobre la mesa, recosté la cabeza en ellos y cerré los ojos, aunque todavía mantuviera el teléfono junto a la oreja.

—Tengo mucho sueño. —Bostecé de forma exagerada.

—No te duermas, Sky —me alertó—. Espera un poco. Haz un esfuerzo y mantente despierta. Ya estoy llegando. ¿Estás muy unida a tu abuela? ¿Dónde crees que puede estar?

—Hum... —musité mientras trataba de abrir los ojos, sin apenas conseguirlo—. Ni siquiera sé cómo es. Llevo hablando con ella por teléfono desde los catorce años y todavía no la he visto ni en una triste fotografía. ¿Te lo puedes creer? Aun así, siempre ha estado ahí, para aconsejarme, para escucharme. Menos ahora. Ahora... ha desaparecido. Ahora...

La lengua se me enredó con los labios. No pude seguir hablando.

Me sumí en una inconsciencia que no pude evitar.

Capítulo 16

Marc

—¿En serio, tío? ¿Tienes que marcharte ahora?

Mis amigos y compañeros de profesión, Lucas y Nil, no entendieron que decidiera anteponer un simple servicio a nuestro viernes de ruta por los garitos del barrio del Born, algo a lo que no renunciábamos, aunque nos tocara trabajar al día siguiente. No tuve tiempo de explicarles que aquello no se trataba de un servicio más.

Me había visto obligado a salir del bar para alejarme del alboroto y poder atender la llamada. Cuando reconocí el acento británico de la voz femenina, algo se agitó en mi interior. Era ella, la inglesita, la chica de ojos tristes y oscuros, tan profundos como pozos infinitos e insondables. Y habría resultado extraño explicar qué me unía a ella.

Porque yo tampoco lo entendía.

¿Habría sido una locura confesar que había soñado con ella? ¿Era de locos decir que, cuando volví a verla aquella misma mañana, el corazón me latió con fuerza, como cuando nos avisa de un peligro inminente?

Sin pensarlo, saqué de mi bolsillo las llaves del coche y corrí hasta la estación de Francia, donde había aparcado. Aunque en un principio me colgó, insistí en llamarla hasta que lo cogió y, en cuanto me senté detrás del volante, tuve su ubicación. Respiré aliviado.

Le pedí que me hablara para no perder el contacto y asegurarme de que estaba bien. Supe que estaba contando más de la cuenta por el pedo que llevaba encima, pero ya se arrepentiría al día siguiente. En ese momento, solo podía estar centrado en llegar cuanto antes al lugar que me mostraba la pantalla.

«¿Tienes novio?»

«No. O sí. Yo qué sé.»

—¡No te duermas, Sky! —le grité cuando dejó de hablar.

Pero el sonido que me devolvía el altavoz del teléfono era una mezcla de ruidos, música y voces.

—Joder, joder... —mascullé mientras aparcaba el coche junto a la hilera de discotecas de mayor éxito entre los turistas de Barcelona.

Un policía municipal se acercó al ver que paraba en una zona prohibida, pero, al comprobar que se trataba de un taxi, se limitó a recordarme que solo podía permanecer allí el tiempo que tardara en recoger al pasaje.

—¡Solo será un momento, agente!

Corrí hasta la entrada de la discoteca que me señalaba la ubicación y el portero me detuvo con una de sus grandes manazas.

—Vengo a recoger a una chica —le aclaré con un punto de exigencia—. Es inglesa, morena...

—Oh, sí, está aquí. Acompáñame.

Lo seguí por un lateral del edificio hasta que llegamos a una de las concurridas terrazas. Me señaló una mesa, donde una joven dormía con la cabeza apoyada en sus brazos.

—Tranquilo, no le hemos quitado el ojo de encima —me aclaró el vigilante al oír mi suspiro de preocupación—. Lo malo es que está durmiendo la mona todavía y no hay manera de despertarla.

—Yo me encargo —le dije mientras me acercaba a la chica dormida.

Una vez a su altura, agarré su mochila y guardé su teléfono en mi bolsillo. Le sacudí el hombro.

—Eh, inglesita, despierta.

—Hummm... —fue lo único que emitió su boca.

—Vale —suspiré—. Luego no vayas a quejarte.

Me pasé uno de sus brazos por el cuello y aferré su cuerpo hasta levantarlo y apoyarlo en mi pecho. Su pelo me rozó la mejilla y sentí su aliento en mi piel. Me aturdió la inesperada ola de ternura que se apoderó de mí cuando ella, de forma inconsciente, se acurrucó en mi hombro y se agarró a mi camisa. Un ruidito de satisfacción brotó de su boca.

—Te echo una mano —me dijo el portero, que me despejó el paso entre la gente y me abrió la puerta del coche. A continuación, deposité a Sky en el asiento trasero y le puse el cinturón como pude.

—Gracias —le dije al tipo grande y barbudo.

Él me hizo una especie de saludo militar y se marchó.

Cuando me senté tras el volante, miré por el retrovisor interior. La chica seguía durmiendo, con la cabeza apoyada en su propio hombro. Me invadieron las mismas ganas de protegerla que la noche anterior, cuando apareció de repente en mi taxi y me pidió que la ayudara.

—¿Quién te ha hecho sentir tan sola, cielo? —musité al tiempo que arrancaba y me incorporaba al escaso tráfico de una noche estival de Barcelona.

Capítulo 17

Sky

Me dolía la cabeza y los pensamientos me llegaban como una maraña de hilos enredados, entre los que pude deducir que estaba en una cama porque me sentía cómoda. También percibí una temperatura agradable. Un zumbido que provenía del techo me hizo pensar en las aspas de un ventilador.

Mientras desenredaba las pestañas con esfuerzo, logré vislumbrar una ventana con la persiana entrecerrada, por cuyas rendijas se colaban afilados rayos de sol que amenazaban con clavarse en mis retinas. Con un gemido por el malestar, giré la cabeza hacia delante y me topé con unos ojos dorados, que me miraban fijamente. Emití un gruñido al notar el cosquilleo de unos finos y largos bigotes a la altura de mi nariz.

¿Por qué había un gato tan cerca de mi cara?

—¡¿Qué diantres...?! —barboté mientras trataba de incorporarme de golpe para alejarme. Cuando lo conseguí y abrí los ojos del todo, me sobresaltó contemplar también una silueta, que se dibujaba en sombras delante del resplandor del sol que se colaba por la ventana.

—Hola —me saludó la sombra con voz infantil—. ¿Quién eres?

—¿Que quién soy? —pregunté con exasperación mientras me llevaba las manos a las sienes—. ¿Quién eres tú? ¿Dónde estoy? ¿Y por qué tengo a un gato encima?

—Él es Melocotón. —El niño se acercó a la cama y acarició al felino pelirrojo—. Le gustas, porque, si no, ya se habría ido corriendo.

Bufé.

—Me has respondido a lo único que no te he preguntado —le dije—. Me da igual el nombre de tu gato.

—¿Por qué hablas raro?

«Santa paciencia», pensé. No acababan de gustarme ni los gatos ni los niños. O tal vez fuera que no me había relacionado apenas ni con unos ni con otros.

—Porque soy inglesa —respondí con un suspiro. Apoyada en el cabecero de la cama, todavía luchaba contra las náuseas.

El niño inclinó la cabeza hacia un lado y me miró sin decir nada.

—Inglesa... de Inglaterra —le aclaré.

—Ya sé —me dijo ufano—. Doy inglés en el cole y sé dónde está Inglaterra.

¿Cómo demonios se le hablaba a un niño de...?

—¿Cuántos años tienes? —le pregunté.

—Seis. —Se puso las manos a la espalda con expresión satisfecha. A pesar de la escasa iluminación, pude contemplar sus grandes ojos castaños, del mismo color que su pelo. Llevaba puestos unos pantalones cortos oscuros y una camiseta del Barça, y calzaba unas sandalias azules con velcro.

Supuse que tendría que sacarle la información poco a poco.

—¿Cómo te llamas?

—Jan.

—Muy bien, Jan de seis años. Supongo que vives con alguien. —El niño asintió—. Vale. ¿Está tu mamá por aquí?

—¿Cuál de las dos? —preguntó con toda tranquilidad.

—¿Cuál de las dos? —repetí desconcertada.

En mitad de mi confusión, apareció en la estancia una mujer joven, de unos treinta y pocos años, con un vestido de tirantes floreado y el pelo recogido en una coleta.

—Oh, ya te has despertado. ¿Por qué no has avisado, Jan?

—Es inglesa, mamá, de Inglaterra. Por eso habla raro.

—Anda, coge a Melocotón y ve al comedor. —La madre sonrió con dulzura—. La tele está puesta.

—Vaaale. —El crío obedeció y salió del dormitorio.

—Perdona, debes de estar confusa —me dijo la chica con una sonrisa.

—¿Lo dices por despertar en una cama desconocida de una casa desconocida? ¿O por encontrarme de golpe con un gato y un niño muy preguntón? —bromeé.

Ella soltó una carcajada.

—Te entiendo. —Se acercó a la ventana—. Voy a levantar la persiana un poco, ¿de acuerdo? Si no, no nos vemos ni la cara.

—Sí, gracias.

Parpadeé cuando la luz del día inundó la habitación, en la que no había más muebles que la pequeña cama en la que había dormido, una mesilla de noche y un armario de dos puertas.

—Perdona —le dije—. ¿Puedes decirme dónde estoy y qué hago aquí?

Alcé la sábana y comprobé que solo llevaba el top de la noche anterior y las bragas. Bajé la sábana con rapidez.

—¿Te acuerdas de algo de lo que pasó anoche? —me preguntó la mujer con una mueca divertida.

Fruncí el ceño e hice memoria. Recordé una discoteca, música, mojitos y... ¿una conversación telefónica?

—No mucho, la verdad.

—Te trajo Marc —me aclaró—. Estabas bastante pedo. Y no te preocupes, que fui yo quien te quitó las sandalias y la falda para que estuvieses más cómoda.

—¿Marc? —musité—. Oh, Dios mío, sí, llamé a Marc —recordé con la vergüenza recorriéndome las venas—. Madre mía —solté mientras me frotaba la cara—. Ya no me acuerdo de nada más...

—Pues parece que te recogió de un local de moda del Puerto Olímpico y te trajo aquí.

—¿Por qué? —susurré.

—Bueno —rio—, no iba a dejarte por ahí tirada, ¿no? Nos contó que no tenías adónde ir y le dijimos que podías quedarte. Él ya sabe que nos sobra una habitación.

—¿Dónde... dónde está él?

—Trabajando. Es sábado, pero le toca currar los días pares de los fines de semana porque su licencia termina en número impar. Además, en julio le toca aeropuerto y comienza muy temprano.

La miré como si me hubiese hablado en chino.

—Es igual. —Rio—. ¿Cómo te encuentras? —Se acercó a la mesilla y cogió una botella de agua y una caja—. Mira, te lo había preparado. Te sentará bien.

Lo miré todo con aprensión.

—Solo es paracetamol —me dijo sonriente mientras extraía una pastilla.

—Sí, me duele la cabeza, gracias —susurré justo antes de aceptar su ofrecimiento. Me eché el medicamento a la boca y lo tomé con un trago de agua.

En ese mismo instante apareció otra mujer, que se dejó caer en el marco de la puerta. También llevaba un vestido veraniego, aunque tenía el pelo corto y aparentaba unos años más que la otra.

—Vaya —sonrió—. Es un alivio ver que te has despertado. Por cierto, disculpa los horribles modales de mi mujer. Ella se llama Martina y yo soy Julia. Y el pequeñajo que ya has conocido es Jan, nuestro hijo.

Entendí, por fin, lo de las dos mamás.

—Yo soy Sky, y no es necesario que os disculpéis, faltaría más. —Sonreí, todavía confusa.

—¡Es verdad! —rio la más joven—. Qué tonta. Ni me había presentado, perdona, Sky.

—Somos vecinas de Marc —aclaró Julia—. El pobre no sabía muy bien qué hacer contigo porque en su casa solo tiene una cama y sabía que tenía que salir a trabajar temprano, por eso nos pidió el favor.

—Yo... —balbucí al tiempo que me sentaba en el filo de la cama—, siento muchísimo las molestias. Ni siquiera soy amiga de Marc... —Me puse en pie y, aunque al principio me mareé un poco, logré mantenerme erguida—. Ahora mismo me visto y me marcho y...

—Eh, eh, tranquila. —Martina se acercó a mí, me tomó de la muñeca y me hizo sentar otra vez—. No nos molestas en absoluto. Quédate hasta que te sientas bien del todo.

—Espera, al menos, a que vuelva Marc de trabajar —sugirió Julia—. Y, mientras tanto, puedes darte una ducha, cambiarte, comer algo... ¡Ah!, y voy a poner una lavadora. Si llevas ropa sucia podría aprovechar y lavártela. —Señaló la mochila, que yacía en el suelo.

—No, no, de verdad —respondí totalmente azorada—. No es necesario que me miméis tanto. Solo soy una desconocida que...

—Mira, Sky —me cortó Martina—. No sabemos qué relación tienes con Marc, pero sí la que nosotras tenemos con él. Somos vecinos y amigos, y, como tales, nos hemos echado un cable en muchas ocasiones. Él nos pidió que te ayudáramos, así que deja de sentirte mal, en serio. —Señaló lo que nos rodeaba—. Estás en tu casa. No te preocupes por nada hasta que llegue Marc, ¿de acuerdo?

—De acuerdo —musité.

—El único baño del piso lo encontrarás en la primera puerta de la derecha del pasillo —me indicó—. En el armario hay toallas. ¿Necesitas algo de ropa limpia...?

—Creo que todavía me queda alguna cosa por aquí. —Rebusqué en la mochila y saqué ropa interior, unos vaqueros cortos y una camiseta negra de tirantes.

—Te meteremos el resto en la lavadora —señaló Julia, que se llevó mi bolsa sin darme tiempo a quejarme.

Les hice caso y me di una ducha, que me sentó de maravilla. Qué grandes te parecen las cosas pequeñas cuando se desvanecen de tu vida.

Al salir, ya vestida y con el pelo húmedo, fui directamente al comedor, donde el televisor permanecía encendido, aunque el pequeño Jan ni miraba los dibujos animados. El crío jugaba con una pequeña pelota, como si regateara a algún futbolista imaginario, mientras él mismo narraba la jugada imitando un locutor de radio también imaginario. Su gato había adoptado el papel de público, puesto que lo miraba sentado desde el sofá. Me fijé en el nombre que rezaba la camiseta del niño, Lamine Yamal, y el número 19. Supuse que sería uno de los jugadores del equipo.

Me senté despacio en el filo del sofá, mirando de reojo al felino, como si pensara que iba a atacarme. Él, sin embargo, se dedicó a lamerse una pata.

—Hola... —Jan quiso saludarme al advertir mi presencia, pero frunció el ceño en mitad del saludo—. No me has dicho cómo te llamas.

—Sky —le respondí.

—Eso es «cielo» en inglés —señaló arrugando su naricilla.

Puse los ojos en blanco.

—¿Tú también? —rezongué.

—¿Te gusta el fútbol, Sky? —Ignoró mi protesta.

—No sabría decirte —le respondí con sinceridad—. No lo sigo mucho, la verdad. Sé que tenemos la Premier League y poco más.

—En Inglaterra hay un montón de jugadores buenos —me reveló—, pero el mejor equipo del mundo es el Barça. —Se señaló la camiseta con orgullo infantil.

—Ya veo —sonreí—. Y supongo que llevas la de tu jugador favorito.

—Me la regaló Marc —señaló con solemnidad—. Él me dice que tengo que entrenar mucho, pero que un día podré jugar en el Barça de los mayores. Ahora entreno con los prebenjamines y no tenemos liga ni nada, pero he marcado doce goles esta temporada.

No me dio tiempo a meditar sobre la relación tan cercana que mantenían los habitantes de esa casa con su joven vecino. La puerta de la cocina se abrió y Martina avisó de que la comida estaba lista. Hasta mí llegó un olorcillo a guiso casero, que me hizo la boca agua y rugir el estómago. No ingería nada decente desde hacía siglos.

—¡Ya pongo yo la mesa, mamá! —exclamó Jan, que me un gesto para que lo siguiera.

Como si fuera algo habitual en él, se acercó a un cajón del mueble, sacó un mantel y lo extendió sobre la mesa. Después lo seguí hasta la cocina, una estancia en la que apenas cabíamos los cuatro. Julia probaba el guiso, Martina preparaba una ensalada y Jan sacaba cubiertos de un cajón.

—Coge tú los vasos, que yo no llego —me pidió el niño, señalando un armario alto.

Ni siquiera me sentí extraña en una diminuta cocina, o ayudando a colocar unos vasos con dibujos de los Looney Tunes que, seguramente, habían contenido alguna crema de chocolate. Lo que de verdad me hizo sentir fuera de contexto fue ver a una familia tan compenetrada, a un niño feliz y lleno de sueños o un hogar repleto de amor. Risas, complicidad, cariño... eran cosas que no solían abundar en mi casa. Mejor dicho..., resultaban inexistentes.

—Los sábados toca ensalada de alubias —anunció Martina—. ¿Te gustan las alubias?

—Seguro que sí —sonreí—. Ya he probado algo de la gastronomía española y me ha encantado. Además, estoy muerta de hambre.

—Vosotros sois más de pasteles de carne, ¿no? —bromeó Julia.

Mientras las anfitrionas servían los platos, sonó el timbre de la puerta.

—¡Abro yo, abro yo! —exclamó Jan mientras corría hasta la entrada.

—Debe de ser nuestro otro invitado. —Julia me guiñó un ojo.

No entendí el gesto hasta que me topé con Marc en mitad del comedor. Jan lo seguía y le parloteaba con devoción, como si se tratase de alguna especie de super-héroe.

—¿Qué tal, cielo? —me saludó con su sonrisa travie-sa, aquella que me seguía provocando un desconocido cosquilleo en la tripa—. Te veo mejor que anoche.

Le dediqué una sonrisa forzada. De nuevo, los ner-vios por tenerlo tan cerca me hicieron frotarme las pal-mas de las manos en los pantalones.

—Gracias por recordarme que has tenido que sal-varme dos veces en poco más de veinticuatro horas —le dije con retintín.

—¿Y no ha sido así, inglesita? —Se cruzó de brazos.

—Supongo que sí —suspiré derrotada—. Gracias, Marc.

—Parece que te acabes de atragantar con un hueso de aceituna —se burló—. ¿Tan poco acostumbrada es-tás a dar las gracias?

—No es eso... —musité.

—Vamos, vamos, dejaos de cháchara —intervino Martina—. La comida está en la mesa.

Observé cómo todos tomaban asiento. Me quedé sin respiración un instante cuando vi cómo Marc acer-caba una quinta silla. Con el continuo parloteo de Jan, no me había dado cuenta de que se habían dispuesto cinco cubiertos. Me senté con cautela en la única silla libre, al lado del joven taxista. Supuse que sería algo habitual que él comiera allí, puesto que se sirvió con toda familiaridad un poco de ensalada y llenó los vasos con el agua fría de una jarra de cristal.

—Vengo a comer aquí una vez a la semana —me explicó, como si hubiera percibido mis dudas—, el día del fin de semana que me toca trabajar, normalmente los días pares.

—Todavía no me aclaro con ese tema. —Compuse una mueca.

—¿Qué tal te ha ido hoy en el aeropuerto? —se interesó Julia.

—Bien. —Se encogió de hombros—. Ya sabéis, el verano es bueno, con los turistas y eso. Habrá que aprovechar para cuando vengan el invierno y las vacas flacas.

Me quedé un instante embelesada por él. Marc, relajado entre aquellas personas con las que no lo unía nada más que vivir en el mismo edificio, sonreía y hablaba de su trabajo y de su jornada laboral mientras engullía la comida sin apenas masticar.

—¿Cuánto tiempo llevas trabajando de taxista? —me atreví a preguntar.

Él clavó en mí sus increíbles ojos, que, con el sol incidiéndole directamente en el rostro, parecían de bronce líquido. Durante un segundo desvió la vista hacia las anfitrionas y después volvió a centrarla en mí. Fue solo eso, un segundo, pero capté un atisbo de incomodidad.

—Un año y medio, más o menos —respondió justo antes de fijar la mirada en su plato y seguir comiendo.

—Serías muy joven cuando empezaste —comenté después de beber un poco de agua—. ¿Cuántos años tienes?

—Veinticuatro —respondió al tiempo que se encogía de hombros—. Sí, soy de los taxistas más jóvenes, supongo.

Julia y Martina se miraron entre sí. Me quedó bastante claro que conocían el motivo por el que Marc daba tan pocas explicaciones y, por supuesto, que ellas tampoco iban a darlas.

—Marc también juega al fútbol —intervino Jan sin dejar de masticar—. Él es muy bueno —me dijo con formalidad.

El aludido se limitó a sonreír y a revolverle el pelo.

—Vamos, come, pequeñajo. Tienes que ponerte fuerte para cuando empieces a entrenar en septiembre.

—Bueno, cuenta tú —me alentó Martina—. ¿Qué te trae por Barcelona? ¿Simple turismo o...?

—Está buscando a su abuela —la interrumpió Marc.

Lo miré perpleja y él hizo regresar su bonita sonrisa de incisivos ligeramente separados. Me fijé en que, al sonreír, le desaparecía el hoyuelo que mostraba en su barbilla cuando se quedaba serio y pensativo.

—Supongo que anoche hablé más de la cuenta —rezongué.

—Un poco —dijo Marc con un divertido mohín. Un instante después, el hoyuelo volvió porque su expresión se tornó más seria—. La primera noche me comentaste que había cambiado de dirección sin avisarte, pero que tú tampoco la habías alertado de tu visita.

—Sí, algo así. —Asentí—. Decidí presentarme en Barcelona sabiendo únicamente que mi abuela vivía en la calle del Camp Nou. Me pasé toda una mañana mirando en todos los buzones hasta encontrar su nombre.

Julia lanzó un silbido.

—Uf, menudo curro te pegaste.

—¿Y luego resultó que ya no vivía allí? —inquirió

Martina, que había apoyado la barbilla en las manos, atenta a mi narración.

—Una vecina me dijo que se había mudado —les expliqué—, que había decidido vivir en un piso más pequeño... —Suspiré—. No sé... Me resulta bastante extraño que mi abuela no me comentase nada. Nos lo contábamos todo...

«No todo», me susurró una vocecilla.

—Pero nunca la has visto —apuntó Marc—. ¿Cómo es posible? ¿Por qué no has venido nunca a Barcelona o ella a Londres?

—Porque... porque...

Una mano cálida se posó sobre la mía. Era la de Martina.

—Tus razones tendrás, tranquila. —Le dedicó una mirada de advertencia a su vecino y le habló en un tono algo jocoso—: Recuerda, Marc, que el resto del mundo también tiene secretos, que no eres el único.

—Ya, perdona —se excusó el chico mientras se frotaba la nuca y dibujaba una media sonrisa—. Me he puesto muy preguntón, lo siento.

—No pasa nada —respondí mientras terminábamos de dar buena cuenta de los trozos de sandía que había dispuesto Julia en varios platos de postre—. Es que es todo demasiado raro y complicado...

Encontré una salida a mis explicaciones cuando vi cómo se levantaban todos para retirar los platos de la mesa. Hicimos una especie de cadena humana y nos fuimos pasando los utensilios usados para que Martina los fuera metiendo en el lavavajillas.

—¿Y qué piensas hacer? —me preguntó Julia mientras terminaban de limpiar la cocina—. ¿Vas a volver a Londres o seguirás buscando a tu abuela?

—¿Y dónde va a buscarla? —intervino Martina—. Si ya no tiene más datos y los vecinos no saben nada...

—No sé qué voy a hacer —suspiré—. Me niego a volver a casa sin saber qué ha pasado con mi abuela, pero no tengo ni idea de por dónde tirar.

—Tus padres... ¿no saben dónde está? —inquirió Martina con cautela.

—Ellos... ni siquiera saben que estoy en España, mucho menos buscando a mi abuela.

El aire se llenó del eco de las preguntas que nadie se atrevía a hacer.

—Déjame que te ayude —me sugirió Marc tras el espeso silencio—. Al menos, podrías moverte más fácilmente por la ciudad. Circular con un taxi es más rápido —me aclaró.

Lo miré con recelo, tratando de buscar alguna de sus sonrisas, sus guiños o su tono de broma. Pero no encontré nada de eso. Hablaba en serio.

—No voy a seguir molestando a personas por haberme embarcado en mi propia cruzada —le dije ofuscada.

—¡No molestas! —objetó Marc—. Si fuera así, no me habría ofrecido.

—Ya, pero... —chasqué la lengua— tú tienes tu trabajo. Acabas de decir que has de aprovechar el verano y el aeropuerto...

—Hoy ya he cubierto la hoja diaria, y mañana no puedo salir a trabajar porque les toca hacerlo a los taxistas con licencia par, así que inventa otra excusa.

—Marc tiene razón, Sky —señaló Julia—. Él puede moverse con facilidad por la ciudad. Y así no estarás sola en esa cruzada que mencionas. ¿No te parece que tener a alguien a tu lado lo hace todo más fácil?

—Pero ¡no puedo exigiros más! —me lamenté—. Por mucha pena que os dé, no puedo aparecer de repente en vuestras vidas, vivir en vuestra casa, comer vuestra comida y dejar que me lavéis la ropa...

—¡No nos das pena! —exclamó Martina—. Es solo que... la gente se ayuda, Sky. Aunque a veces creamos que podemos con todo, necesitamos un apoyo de vez en cuando. ¿Quién sabe si mañana mismo vamos a necesitar tu ayuda cualquiera de nosotros? ¿No nos la ofrecerías?

Quise hablar, pero demasiadas palabras se agolparon en mi garganta. Miré a mi alrededor y contemplé a un puñado de desconocidos pendientes de mí, a dos mujeres de mirada dulce, al niño de grandes ojos castaños que soñaba con ser futbolista y al chico de cabello revuelto, de las muñecas llenas de pulseras y de la sonrisa más bonita del mundo. Al menos, lo era para mí.

Ah, y para rematar la escena, un gato pelirrojo, que acababa de frotar su cola por mis tobillos, se plantó a mi lado, tranquilamente sentado sobre sus patas traseras, como si pretendiera sumarse al grupo de apoyo.

—Yo... no quiero parecer desagradecida, pero..., de verdad, tengo que hacer esto por mí, no porque nadie me lo diga. No para contentar a los demás. Sin saber si es lo correcto, lo mejor o lo más prudente. Quiero saber hasta dónde soy capaz de llegar por mí misma, sin personas a mi alrededor que decidan por mí. —Se me quebró la voz—. Aunque siga sin saber quién soy o qué quiero...

—Eh, eh, tranquila —me apaciguó Marc, que se aproximó a mí y me apartó un mechón de pelo que me cruzaba la cara—. Yo tampoco sé quién eres o qué quieres, pero no me importa, en serio. Solo pretendo acompañarte, para que no vuelvas a tener que correr asustada en mitad de la noche o llamar por teléfono a un desconocido porque te encuentras sola. Porque recuerda que estar solo es una puñetera mierda. —Me dedicó una media sonrisa.

¿De qué me sonaba eso?

—¡Uf! —soltó Julia—. Yo, después de ese discurso tan intenso, dejaría que me acompañase sin dudar —bromeó con una risilla.

—Deja que lo hablen ellos —le pidió su mujer mientras la tomaba de la mano y desaparecían del salón.

Nadie se percató de que Jan nos miraba con sus grandes ojos muy abiertos.

—Me limitaré a acompañarte, sin opinar ni decidir —me aseguró Marc mientras se cerraba una cremallera imaginaria en sus labios.

Alcé una ceja.

—Bueno, vale, opinaré un poco. Pero nada de decidir.

No pude hacer otra cosa que echarme a reír.

—Vale —respondí.

—Y, de paso... —añadió Marc de forma bastante teatral—, solo si tú quieres, por supuesto..., puedo enseñarte un poco la ciudad.

—Claro, eres taxista. —Reí—. Tienes que conocer hasta el último rincón de Barcelona.

—Pues un día tuvo que llevarme a jugar un partido y nos perdimos por el camino —refunfuñó Jan.

Marc se mordió un instante el labio inferior, gesto que consiguió que brotaran en mi vientre un montón de burbujas calientes.

¿He dicho... calientes?

Por suerte, emitió una carcajada y Jan y yo acabamos riendo también.

Capítulo 18

Sky

Eran las horas de máximo apogeo del calor, así que Marc y yo nos aprovisionamos de gorras, crema solar y botellas de agua. Tal y como me había asegurado, que condujera un taxi nos facilitaba la tarea de movernos por la ciudad.

—Pero ¿no es ilegal utilizar los carriles bus-taxi para uso particular?

—Por eso he puesto el taxímetro en marcha. —Me señaló la pantalla donde los números empezaron a correr.

—Eso es para que sepa el dinero que te voy a deber —le insinué alzando una ceja.

—Sabes que no, inglesita.

—Bueno, sí, lo sabía. —Reí—. Pero quería que lo dejaras claro. Deberías saber que apenas tengo dinero, por lo que lo de recorrer Barcelona en taxi se sale del todo de mi presupuesto.

—Pues qué mal, cielo, porque esperaba que pagáramos al menos el combustible a medias.

Noté cómo el calor se concentraba en mis mejillas.

—El combustible... —musité.

—¡Deja de pensar en que vas a arruinarme en cualquier momento! —Rio.

Le di un codazo en el brazo.

—Y tú deja de ser un graciosillo.

—¿Te he dicho ya que me da la sensación...?

—De que me hace falta reír. —Puse los ojos en blanco—. Sí, ya me lo has dicho.

Él se limitó a conducir y yo volví a clavar la vista en su antebrazo derecho, puesto que se había quitado la camisa y, en manga corta, lucía los tatuajes que arrancaban en la muñeca y se perdían bajo la manga de su camiseta. El conjunto que formaba la tinta, sumado a las pulseras y los anillos, resultaba tan atrayente que no me cansaba de mirarlo.

—¿Te... incomodan? —quiso saber.

—No, no —respondí de inmediato—. Todo lo contrario, me... gustan. Me gustan mucho.

—¿Mucho? —repitió con una pizca de sorna.

—Quería decir... bastante.

—Has dicho mucho —me pinchó.

—Todavía me lío con el idioma —rezongué.

—No pasa nada porque confieses que te gusto.

Lo que atacó a mis mejillas en aquel momento no fue el calor, sino un fuego que casi me quema la piel.

—¡¿Qué dices?! —lo increpé indignada—. ¡Me refería a los tatuajes!

—¿Estás segura? —siguió en tono jocoso—. No sé si te has liado con el idioma...

Le di un manotazo en el hombro y exclamó un «¡ay!», que no se tragó ni él. Aun así, reí. Reí como hacía tiempo que no reía. Y no lo digo porque fuera una risotada escandalosa o porque me pasara minutos riendo de forma convulsiva. Me refiero a esa clase de risa que te sale del alma y te hace olvidar todos tus problemas. A esa clase de risa que dicen que alarga la vida y que, por un momento, te hace sentir tan fuerte que te enfrentarías a todos los desafíos del mundo.

¿Cómo era posible? Me encontraba en un taxi, en mitad de una ciudad extraña, con un chico que no era más que un desconocido, aunque algo en mi interior me dijera que podía confiar en él. Pudo ser un simple latido, la forma que tiene nuestro corazón de distinguir a las personas. Porque los latidos son únicos, diferentes entre sí, como un lenguaje intraducible y propio que nos transmite cada certeza.

En cuanto al lugar..., era lo de menos. Mi abuela me lo había dicho muchas veces: «No es dónde sucedan las cosas, Sky, es con quién».

Dejé de reír cuando Marc me dedicó una media sonrisa traviesa, tierna, íntima. El aire del interior del vehículo se volvió tan pesado que me pareció que el espacio se encogía cada vez más.

—Qué majas son Julia y Martina —le comenté al tiempo que desviaba la vista hacia los edificios de viviendas que nos rodeaban.

—Sí —admitió él—. Son geniales.

—No parece que tengáis la típica relación de vecinos —tanteé.

—No. —Suspiró de forma teatral—. Voy a tener que contarte una historia muy sórdida. —Sin mirarlo, supe que estaba bromeando—. Una noche había bebido más de la cuenta y, cuando llegué al rellano, me equivoqué de puerta e intenté abrir la contigua a la mía. Iba tan pedo que comencé a dar puntapiés en la madera y a despotricar, hasta que se abrió la que yo había creído mi puerta. Cuando vi a las dos mujeres y a un niño pequeño, quise que se me tragara la tierra.

—Qué lástima habérmelo perdido —reí.

—Pero —prosiguió—, en lugar de mandarme a la mierda, que habría sido lo lógico, se apiadaron de mí y me hicieron entrar y sentarme a una mesa. Ni siquiera me había percatado de que ya era de día y lo que estaba haciendo aquella familia era desayunar. Me plantaron delante un café cargado y una tostada, y me obligaron a tomármelo todo. Mientras masticaba, me di cuenta de que el niño me miraba con interés. Me preguntó qué me había pasado y, bajo la mirada de advertencia de sus madres, le contesté que me encontraba mal, pero que se me pasaría con un buen desayuno. Desde entonces, no paso de las dos copas.

—Te convertiste en un referente para el crío —le señalé—. Quieres transmitirle lo de la vida sana y eso, supongo. ¿Es porque también te gusta el fútbol?

Tras un breve silencio, giré la cabeza y observé el movimiento de su nuez de Adán, como si le costase trabajo tragar. Un instante después, sonrió, aunque advertí un atisbo de tristeza apenas perceptible.

—Supongo. Somos fanáticos del Barça y del fútbol en general. Además de acompañarlo a varios de sus entrenos, lo he llevado a algún partido de nuestro equipo favorito. Solo por ver su alegría infantil merece la pena.

—Habéis forjado una bonita amistad los cuatro —susurré.

—Sí, he tenido suerte —admitió—. Y, aunque parezca algo sencillo *a priori*, tener amigos de verdad resulta muy complicado.

La palabra «amistad» se me había empezado a atragantar. Y no solo por la traición que había sentido por la que creía mi mejor amiga, sino porque me había hecho creer durante años que la amistad era algo diferente.

—En fin... —concluí—. ¿Por dónde empezamos? —quise saber.

—Había pensado en volver a la casa de tu abuela —me sugirió—. Por si hay algo que se te escapara, o por si pudiéramos hablar con algún otro vecino...

—Me parece bien. —Asentí—. ¿Está muy lejos de aquí?

—No —respondió—. Este es el barrio de Sants, donde yo vivo. —Señaló un edificio gris rodeado de multitud de vehículos, entre los que destacaban las filas de taxis amarillos y negros—. Esa es la estación de Sants, la más importante de Barcelona.

Metí los datos que me dio Marc en mi teléfono y comprobé que la dirección de mi abuela distaba unos pocos minutos de allí.

—Va a ser complicado que aparques por aquí —le recordé a Marc cuando avistamos el campo de fútbol.

Él me guiñó un ojo justo antes de estacionar detrás de otros vehículos idénticos.

—Esto es una parada de taxi —me informó—. No te preocupes, es algo que solemos hacer los taxistas. Nos ayudamos entre nosotros.

El contraste del aire acondicionado del coche con el exterior me produjo un fuerte sofoco. A esas horas de la tarde estábamos a más de treinta grados. Le di un sorbo de agua a mi botella.

—¿Estás bien? —me preguntó Marc con preocupación al tiempo que me encajaba un poco más la gorra.

—Sí, sí, tranquilo. Tengo sangre mediterránea, recuerda —bromeé, azorada por su gesto protector.

Cuando nos plantamos frente al edificio de mi abuela, ambos nos lo quedamos mirando con los brazos en jarras. Por suerte, en esos momentos nos protegía su sombra y la de los árboles de las aceras. Aunque no las había recorrido todas, me dio la impresión de que muchas calles de Barcelona parecían más frescas gracias a la cantidad de árboles que las custodiaban.

—Y, ahora, ¿qué? —suspiré.

—No sé —suspiró Marc, que se protegía la cabeza con una gorra idéntica a la mía—. ¿No recuerdas algún detalle más de vuestras conversaciones? Datos, nombres, lugares...

—No —susurré, aunque, sin pensarlo, mi mente estaba repasando todas aquellas llamadas telefónicas que habíamos mantenido.

«Siempre he creído que el destino existe, mi niña, y que, llegado el momento, te ofrece una señal para que tú misma elijas tu camino».

—¿Y cuál es esa señal, abuela? —musité impaciente mientras miraba la fachada del edificio, como si la respuesta fuese a salir de repente del balcón que correspondía a su piso.

—¿Te mencionó a amigas, vecinas...? —tanteó Marc—. ¿Te habló de tu abuelo, de algún otro familiar...?

—No le queda más familia —recordé—. Mi abuelo murió hace tiempo. Solo me contó cómo se habían conocido...

«A veces, los instantes más sencillos, los lugares más corrientes o los gestos más pequeños son suficiente para hacerles saber a dos personas que estaban destinadas a encontrarse».

—Sé que te va a angustiar mi propuesta —comentó

169

Marc—, pero he pensado que deberíamos preguntar en hospitales...

Yo seguía divagando, recordando.

«Gestos sencillos».

«Una señal».

«¿Por qué das por hecho que él dio el primer paso?».

—... para descartar accidentes o... —proseguía Marc.

—¡Espera! —lo interrumpí—. Creo... creo que se me ha ocurrido algo.

En aquel mismo instante, uno de los vecinos del inmueble salía del portal. Corrí para sujetar la puerta e impedir que se cerrara. Marc me siguió y me miró interrogante, pero se limitó a acompañarme hasta la fila de buzones en la que, tan solo dos días atrás, había localizado el nombre de mi abuela en uno de ellos. Sin pensarlo, introduje los dedos por la ranura.

—¿Qué buscas? —terminó por preguntarme al ver mi expresión concentrada.

—No lo sé —respondí mientras trataba de ignorar el canto afilado del metal contra mi mano—. He recordado algo. Mi abuela me contó que, para tener una primera cita con mi abuelo, averiguó dónde vivía y le dejó una nota en su buzón...

Por fin, tanteé algo con la punta de los dedos. Era algo fino pero sólido, como un alambre. Hice pinza con el índice y el corazón, lo atrapé y tiré de él. Abrí mucho los ojos cuando descubrí la pequeña bolsa que atravesaba ese alambre y el contenido que se adivinaba en su interior.

—¡Una llave! —exclamó Marc.

—También hay una nota o algo así —murmuré mientras sacaba el papel de la bolsa y lo desdoblaba. Apenas pude reprimir las ganas de llorar cuando vi aquella letra que ni tan siquiera conocía, aunque no tuviera duda de la autoría de las palabras allí escritas.

Te lo dije, mi niña. El destino nos da las señales que nos pueden guiar en nuestro camino, ese que nos lleva adonde necesitamos estar.

—Abuela... —musité.

Marc no hizo amago de intentar leer la nota, pero se la mostré igualmente.

—¿Crees que puede ser...?

—¿La llave del piso? —respondí esperanzada—. ¡Solo tenemos que comprobarlo!

«Tenemos». Como si fuese lo más natural del mundo pensar en un «nosotros».

Fue curioso, aunque en ese momento no me diera tiempo a analizarlo. Hasta ese día, las personas que formaban parte de mi vida se habían incluido en ella sin que yo pudiese elegirlas. Mis padres, mi novio, sus amigos, todos ellos me habían sido impuestos por algún motivo, por sangre o por interés. Incluso Pippa se había aferrado a mí por el simple hecho de ser más débil que ella. Solo había habido una persona en el mundo a la que yo había incluido en mi vida por mi cuenta: mi abuela.

Hasta que apareció Marc.

Tras nuestro descubrimiento, no tuvimos paciencia ni para esperar el ascensor. Subimos los tres pisos a toda velocidad hasta detenernos frente a una de las puertas, la misma en la que yo había caído rendida cuando nadie apareció tras ella. Contuve el aliento en el momento de insertar la llave. Si la puerta no se abría...

Pero sí, lo hizo. Dos vueltas después, un clic me hizo saber que sí, que estaba entrando en casa de mi abuela.

—¿Abuela? —pregunté, con la diminuta esperanza de que todo aquello hubiese sido un juego para que yo la encontrara—. ¿Hola?

Pero nadie contestó.

Volví a contener la respiración. Por unos instantes, imaginé escenas terribles en las que me encontraba a mi abuela tirada en el suelo, muerta, sin que nadie hubiese podido socorrerla. Por lo que me había dicho la vecina, se había marchado, ella misma se había despedido, pero, aun así, todavía creía en la posibilidad de encontrármela allí, frente a mí.

No hizo falta encender la luz, puesto que las persianas estaban a media altura y pude observar lo que me rodeaba. Después de atravesar un minúsculo recibidor, accedí directamente al comedor, que parecía quedar engullido por una gran y oscura librería llena de libros, recuerdos, fotografías y un par de plantas mustias. No olía a cerrado. Hasta mí llegó un sutil aroma, mezcla de perfume, jabón para la ropa y ese algo más que hace que cada casa huela diferente. Así debía de oler mi abuela, y esa idea se me atascó en el pecho porque daba la sensación de que ella lo llenaba todo sin estar presente.

Me acerqué al mueble y tuve que llevarme la mano a la boca cuando descubrí que las fotografías encerraban imágenes de las vidas pasadas de mis abuelos y de mi madre. Todas aquellas fotografías que había echado de menos de pequeña estaban allí, como si alguien quisiera mostrarme que yo tenía unos antecedentes familiares, unos abuelos y una madre que, un día, también fue niña, adolescente y más joven. Eso fue lo que más me llamó la atención, las imágenes que mostraban a una pareja con una niña que se parecía mucho a mí. Demasiado.

Por último, cogí la foto que supuse más reciente de

mi abuela y la sostuve entre las manos. Se trataba de una mujer de alrededor de los setenta años, con el pelo corto teñido de color caoba. Posaba muy arreglada, maquillada y con una blusa azul de seda. Y sonriente, muy sonriente, aunque esa sonrisa no acabara de llegar hasta sus dulces ojos castaños.

Sonreí. Me resultó impactante contemplar a esa persona a la que yo le había otorgado un físico muy diferente. Como un simple cliché, la había imaginado con el cabello cano, con más arrugas y una vestimenta más clásica y oscura. Qué tontería. Mi abuela todavía era joven, y muy guapa. Más guapa que su hija y su nieta. No había más que echarles un vistazo a las fotografías en las que aparecía ella, con menos años, para comprobarlo.

—Por fin te conozco, abuela —susurré—. Aunque no es esta la forma que llevo imaginando cinco años.

Alcé la vista y me encontré con la mirada preocupada de Marc.

—¿Estás bien?

Asentí y sonreí, aunque fui consciente de la tibieza de las lágrimas que me surcaban las mejillas.

—Perdona —le dije mientras me limpiaba con el dorso de la mano—. Es que está siendo todo muy... repentino. Y extraño. Me había hecho a la idea tantas veces de que abrazaría a mi abuela, de que me prepararía un café con leche y nos sentaríamos a hablar y a contarnos tantas cosas...

Miré de reojo un sofá vacío, donde, por un segundo, nos visualicé de esa forma.

—Me he tomado la libertad de recorrer el piso —me informó Marc—. Para asegurarme de que no había nadie.

—Gracias —le dije.

De todos modos, yo también me asomé a cada una de las estancias: una pequeña cocina, limpia y recogida, un baño, una habitación de matrimonio y otra individual.

Entré primero en esta última y tuve que reprimir la turbación que me asaltó al descubrir el que habría sido el santuario de mi madre. Aquel dormitorio era como un viaje al pasado, con una cama cubierta por una colcha estampada con autobuses rojos de dos pisos y varios Big Ben, como si ya entonces mi progenitora hubiese adivinado su destino. Otro recordatorio de la época fueron las estanterías cargadas con libros de Ken Follet, Noah Gordon o Matilde Asensi, y algunos CD de Malú, La Oreja de Van Gogh o El Canto del Loco. Las paredes estaban decoradas con pósteres de películas, como *Titanic*, *La vida es bella*, *Seven* o *Matrix*.

¿A mi madre le gustaba la novela histórica? ¿Le apasionaba el cine?

Jamás me había comentado nada. Y me di cuenta de lo triste que resultaba pensar que no la conocía en absoluto. Aunque ese pensamiento bien podía extenderse a mi padre.

Entré después en la habitación más grande, donde todavía olía a perfume femenino. Deslicé la mano por la colcha de color rosa claro y me fijé en la mesilla de noche, donde un vaso y una caja de pastillas hacían compañía a un despertador, que se había quedado sin pilas, y una lamparita.

Fruncí el ceño y dirigí la vista al tocador, sobre el que se disponían diversos tarros de crema, un par de botes de perfume y una figurita de cerámica, que representaba a una pastorcilla con un ramo de flores en las manos. A continuación, me acerqué al armario y abrí sus puertas. Tras recibir una oleada de olor a lavanda, el corazón me dio un vuelco.

—¿Qué sucede? —quiso saber Marc al verme tan pensativa.

—¿No te parece extraño? —le indiqué—. Se supone que mi abuela se ha mudado, pero siguen aquí todas sus cosas. —Señalé las perchas cargadas de blusas y pantalones y los estantes repletos de jerséis, chales o bolsos.

—Puede que haya pensado llevarse su ropa poco a poco —sugirió Marc.

—Pero ¿ni sus cremas? —inquirí—. Incluso sus pastillas para dormir siguen en la mesilla.

El joven taxista también frunció el ceño.

—Sí que es raro, sí —admitió.

Dispuesta a intentar averiguar algo que me respondiera todas aquellas dudas, abrí el resto de los armarios de la casa, miré en cajones, huecos e, incluso, debajo de la cama. Hasta que llegué a una conclusión.

—Solo falta su documentación personal —le dije a Marc—. ¡No lo entiendo!

Me dejé caer en el sofá derrotada, y Marc se sentó a mi lado. Lo vi sacar su móvil del bolsillo de los vaqueros.

—Si no te importa, voy a ir descartando algo —me indicó al tiempo que buscaba los números de los hospitales de Barcelona.

—Está bien —concedí.

Marc llevaba ya tres negativas cuando una caja con girasoles estampados me llamó la atención. Estaba en el suelo, al lado del sofá, y no la habría visto si no me hubiese sentado justo allí. La cogí y la observé un instante antes de levantar la tapa. En su interior yacía una carta manuscrita, doblada y sin sobre. La desdoblé y leí las primeras líneas. Estaba escrita en inglés.

—Es una carta de amor —balbucí.

Marc suspiró cuando, una vez más, lo informaron de que Ángela Duarte no se encontraba en aquel hospital.

—¿Qué lees tan concentrada? —me preguntó.

—Creo que es una carta que mi madre le escribió a mi padre —le contesté—. Mira —le mostré—, está fechada en septiembre de 2003. Parece que se conocieron aquel verano...

Capítulo 19

Barcelona, 2 de septiembre de 2003

Querido B:

Antes de nada, espero que mi escritura en inglés te parezca correcta. Y si me dijeras que está perfecta, me harías la chica más feliz del mundo. Por supuesto, sería gracias a ti porque ni todos los años de estudio de Filología Inglesa ni todos los veranos como au pair en Irlanda han conseguido lo que has logrado tú en estos dos meses: que lea, escriba y pronuncie la lengua de Shakespeare casi a la perfección.

Te fuiste hace tan solo tres días y ya te echo de menos, aunque oír tu voz a través del teléfono mitigue esa tristeza. No logro concentrarme en nada porque solo puedo pensar en ti, en los días de sol y playa compartidos, en las tardes visitando cada rincón de Barcelona o en nuestras locas escapadas a la Costa Brava. Aunque, si he de serte sincera, son los momentos más sencillos e íntimos los que más añoro: pasear juntos por la playa al atardecer, leer un mismo libro, correr hasta tu apartamento cada vez que sabíamos que íbamos a estar solos...

¿Te das cuenta de lo relativo que es el tiempo? Solo he pasado dos meses contigo y ya me parece que llenan toda mi existencia, como si mi vida antes de ti me pareciera una especie de bruma desdibujada y gris. Sin embargo, el tiempo contigo ha pasado como un suspiro, mientras que, lejos de ti, me resulta interminable.

Tan relativo...

Llámame siempre que puedas, por favor, aunque oír tu voz me siga recordando lo lejos que te has ido. Y escríbeme también porque es una forma de hablarnos sin prisas.

Mientras tanto, me alimentaré soñando con volver a verte, con besarte, con abrazarte; con encontrarme con tus ojos cada vez que me miras creyendo que no me doy cuenta.

Qué fuerte, ¿verdad? Nunca habría pensado que un verano sería suficiente para enamorarse, cuando la verdad es que ni siquiera he necesitado ese tiempo para saber que he encontrado a mi alma gemela. Lo supe nada más conocerte.

Tu sonrisa, mi latido. No hizo falta nada más.

No dejes de llamarme. Y escríbeme pronto.

Te quiere,

A

Capítulo 20

Sky

Ni siquiera me había dado cuenta de que había leído la carta en voz alta. Seguía tan perpleja por aquellas palabras escritas...

¿En serio mis padres habían estado tan enamorados?

—No lo entiendo —murmuré.

—¿Qué es lo que no entiendes? —inquirió Marc.

Giré la cabeza y me encontré con aquellos ojos color miel, cuyas larguísimas pestañas parecían más negras por el sol que entraba por la ventana y que impactaba contra el rostro masculino. A aquella mínima distancia pude apreciar los pequeños puntitos oscuros que empezaban a sombrear su bigote y su barbilla, el lunar situado bajo su ojo derecho o la cicatriz de su ceja izquierda.

—Mis padres no se quieren —le revelé—. Se casaron porque mi madre se quedó embarazada de mí. Jamás he visto en ellos un gesto de cariño, una mirada cómplice, una sonrisa de las que guardan secretos...

—Tú no eres la culpable de las decisiones de tus padres, Sky —me dijo Marc.

—De lo que soy culpable es de obligarte a escuchar mis dramas... otra vez —bufé mientras me frotaba la frente con los dedos.

—¿Eso crees? —susurró—. ¿Que me estás obligando a estar contigo?

¿Me acababa de mirar la boca?

—Tal vez no a estar conmigo, pero sí a ayudarme.

De repente nos envolvió un aire más pesado, tan denso que temía que no fuese capaz de respirarlo. Su cercanía hacía que mi corazón bombeara más rápido, algo que nunca me había sucedido con nadie.

Marc elevó una de las comisuras de su boca.

—Créeme, inglesita. Tú no me has obligado a nada.

Fui yo la que esa vez se quedó mirando fijamente sus labios. Algo me estaba ocurriendo, algo que no entendía, y eso me causaba mucha frustración. Estaba tan acostumbrada a no tener que pensar en el siguiente movimiento, a no tener que preocuparme por nada, ni siquiera por sentir..., que aquello me dio miedo.

Un segundo después, me puse en pie para alejarme del origen de mi turbación y me acerqué a la ventana. El tráfico seguía incesante y las terrazas de los bares empezaban a llenarse, aunque las altas temperaturas apenas hubiesen dado una tregua. Me sentía nerviosa y acalorada, y no entendía el motivo.

«Pero no es malo que te estés abriendo con este chico —pensé—. Al fin y al cabo, con Marc tienes una gran ventaja. No es más que un desconocido que, con toda seguridad, no vas a volver a ver en cuanto te marches de España, así que puedes contarle todo lo que quieras sin temor a las consecuencias. No tienes a nadie más con quien hacerlo. Aprovecha esta oportunidad».

—A mí lo que me parece extraño —señaló Marc a continuación— es que hayas encontrado «casualmente» esa carta. ¿Por qué esa? ¿Ya no hay más?

—No sé —suspiré—. Ahora mismo estoy espesa, cansada y agobiada. —Me pasé la mano por la frente y noté el sudor—. No puedo ni pensar.

—Vale. —Marc se puso en pie—. Te propongo algo.

—Si es invitarme a un granizado de fresa, no voy a quejarme. —Compuse una mueca por aquella petición tan directa.

—¿Te gustan los granizados de fresa? —me interrogó con una mueca de repulsión.

—¡Pues claro! —le respondí indignada—. ¿A quién no le gusta cualquier cosa con sabor a fresa?

—A mí —señaló llevándose la mano a la garganta—. Me resulta demasiado empalagosa. Prefiero el limón.

—El limón es ácido —contrataqué encogiendo mis facciones, como si hubiese tenido un limón en la boca en ese momento—. No lo soporto.

Me miró con incredulidad.

—¿No se supone que es lo que le echáis al té?

—No me gusta el té —le dije entre risas—. Prefiero el café con leche.

—Tus raíces mediterráneas, ¿no?

—Supongo. —Me encogí de hombros.

Marc me miró con ternura, la misma que vi en él la noche que asalté su taxi y descubrí sus bonitos ojos a través del espejo.

—Luego, si quieres, te invito al granizado con más sabor a fresa de la ciudad —me aseguró—. Pero mi propuesta creo que resulta un poco más entretenida.

—Me hizo un gesto con la cabeza para que lo siguiera—. ¿Vamos?

—Sí —sonreí—, vamos.

Cerré con llave el piso, sintiendo pena y una presión en el pecho que no lograba apaciguar.

«No sé si pretendes decirme algo, abuela, pero volveré a averiguarlo, te lo prometo».

Necesitaba distraerme un poco, dejar de pensar en mi familia, en traiciones o en cartas de amor inesperadas. Una distracción que no incluyera alcohol, por lo pronto.

Cuando nos encontramos entre el bullicio que abarrotaba la acera, sucedió algo a lo que, por aquel entonces, decidí no darle mayor importancia. Dos chicos que debían de rondar los dieciséis años parecieron sorprendidos al cruzarse con Marc. Con el rabillo del ojo pude ver cómo uno le daba un codazo al otro, se daban la vuelta y se dirigían hacia nosotros con sus rostros emocionados. Ambos sacaron sus teléfonos de sus bolsillos.

—¡Eh, perdona! ¿Podemos hacernos una foto contigo?

Percibí a la perfección la tensión en el cuerpo de Marc, que no se dignó ni girarse hacia ellos.

—¿Te están hablando a ti? —le susurré.

—No, no —dijo con una sonrisa que no ocultaba su nerviosismo.

Los chicos, sin embargo, aceleraron sus pasos hasta colocarse delante de nosotros.

—Eh, tío, solo una foto, porfa.

—Os estáis confundiendo —murmuró Marc, que apenas levantó la vista del suelo.

—No nos estamos confundiendo —aseguró uno de ellos—. Eres Torres. Va, tío, solo una foto.

—O que nos firme la camiseta. —El otro estiró su camiseta blanca—. ¿Tienes un boli o algo así...?

—De verdad que os confundís —insistió Marc, que me cogió del brazo para instarme a seguir sus pasos, cada vez más rápidos—. Yo solo soy un taxista —murmuró antes de que echáramos a correr.

No hice ningún comentario, pero, cuando ya estuvimos en el coche, recordé que el chico del hostal donde pasé la primera noche lo saludó llamándolo Torres.

Quizá solo era una coincidencia.

***

—Y esto, como ya habrás supuesto, es el Camp Nou, que todavía está en obras.

—¿Me vas a hacer un *tour* turístico por la ciudad? —le pregunté poco después de que nos incorporáramos al tráfico.

—Si no te apetece...

—Sí, sí —lo corté—. Es solo que... me sabe mal que tengas que gastar tu tiempo y tu combustible...

—A ver, cielo —señaló con su ironía habitual—, que no me paso el día trabajando. También salgo de vez en cuando, a dar una vuelta, a tomar algo... Tengo amigos y esas cosas, ¿sabes?

—Vale, vale. —Levanté las manos—. Usted perdone por preocuparme por su economía.

—Mi economía no es nada del otro mundo, pero puedo permitirme unas horas de relax —me aclaró—. ¿Tú vas mal de pasta?

—La verdad es que sí —suspiré—. Mi familia...

Pensé en los Clifford, en que no sabían dónde me encontraba, en que seguían esperando que me casara

183

con mi novio rico. Y pensé en Harvey y en Pippa, y en mi vida sin motivaciones o estímulos, en secretos y confidencias que únicamente había hablado con mi abuela. Pero ella ya no estaba. Estaba Marc. Siempre resultaría más fácil confesar mis secretos a un extraño que, precisamente por eso, no se tomaría la molestia de juzgarme.

—Me enteré hace poco de que mi familia está en la ruina —le expliqué al tiempo que nos incorporábamos a la avenida Diagonal—. Y por eso... tengo que casarme con Harvey, mi novio, que es rico.

—¡¿En serio?! —exclamó alucinado—. Pero ¿esas cosas todavía se hacen?

—Creo que más de lo que nos imaginamos —respondí con una sonrisa a pesar de todo.

—¿Y qué obtiene la otra familia a cambio? —me preguntó con cautela.

En ningún momento me sentí rara o expuesta por tener que contarle a Marc algo que avergonzaría a cualquiera. Fue como despojarme de las capas y las corazas que me habían tapado y silenciado toda la vida para dejar únicamente a la vista lo que yo era de verdad.

—Pertenecer a la aristocracia inglesa —resumí.

Marc me miró un instante antes de volver a centrarse en el tráfico que ya colapsaba la larguísima avenida.

—No me jodas —murmuró—. ¿Quién eres? ¿La heredera al trono británico?

—¡No! —reí—. Mi padre solo es un lord.

—Ah, vale, solo es un lord —repitió con ironía—. ¿Debo llamarte, entonces, lady Sky?

—¡No! —volví a negar entre risas—. El título fue pasando de padres a hijos durante siglos, pero, con las reformas del siglo XX, dejó de ser hereditario. Mi padre será el último lord Clifford, pero sigue teniendo el prestigio de un apellido que se remonta a la época de los Tudor.

—Lady Sky Clifford —murmuró Marc.

—Te he dicho que no voy a heredar el título. —Puse los ojos en blanco.

—Pero suena bien, ¿no? —Me guiñó un ojo.

Algo tan simple como aquel gesto me acarició el corazón. Quizá todavía no quería admitirlo, pero había algo en aquel chico de cabello revuelto y sonrisa contagiosa que estaba consiguiendo que mi mundo conocido se tambaleara.

El mundo de Sky. Mi mundo. Un mundo que había tenido que desordenar para encontrarle a cada cosa su hueco.

Pero ¿quién era realmente Sky Clifford?

De repente, me sentía libre de contar mis sentimientos, de abrirme, de conocerme. De repente, me sentí yo.

¿Que quién era Sky Clifford?

Yo. ¡Yo! Una sola palabra, un pronombre, pero que encerraba todo un universo. Un universo propio. El que yo no había sido capaz de controlar, aunque lo empezaba a conocer en una ciudad que solo había visto en libros o pantallas y junto a un puñado de desconocidos.

—No, no suena nada bien. —Reí más relajada que nunca.

—Resumiendo —prosiguió Marc—, tu madre es de Barcelona, conoció un verano a tu padre, se enamoraron, se casaron y se instalaron en Londres.

—Suena más bonito que decir que ella se quedó embarazada para pescar un novio rico o aristócrata, qué sé yo.

—¿Eso crees que hizo tu madre?

—Mi abuela siempre me ha dicho que no, pero ¿cómo explicas que haya renegado de sus raíces, ocultándole a todo el mundo que es española e, incluso, apartando a su madre de su vida? Solo puede ser porque se avergüenza de su pasado.

—¿Por qué no se lo preguntas a ella directamente?

—Porque es un tema tabú —refunfuñé—. El día que lo descubrí, con once años, me hizo prometerle que lo olvidaría y que nunca en la vida debía volver a preguntar. Que ella era inglesa y punto.

—Vaya. —Emitió un silbido—. ¿No te parece una reacción demasiado exagerada solo por aparentar ser lady Clifford, oriunda del Reino Unido?

—No sé. —Encogí un hombro—. Ni siquiera mi abuela ha querido aclarármelo.

—Eso sí que es alucinante —señaló Marc—. Has estado, durante años, hablando por teléfono con tu abuela ¡a escondidas!

—Era como tener mi propio secreto —le expliqué—, algo solo mío. Como si mantener conversaciones con mi abuela sin que nadie lo supiera me hiciera un poco más interesante. Aunque solo fuese a mis propios ojos.

—¿En serio, inglesita? —se extrañó Marc, arqueando al máximo sus cejas oscuras—. ¿Quién te ha dicho que tú no eres interesante?

—Esas cosas no es necesario que te las diga nadie —rezongué—. Se notan, se sienten. Se saben.

—Pues déjame que discrepe, cielo. Porque a mí me pareciste interesante nada más verte abrir la puerta de mi coche. —Bajó la voz—. Brillas, Sky. Brillas tanto que, en cuanto te vi reflejada en el espejo retrovisor, me deslumbraste.

—Será porque te grité que me sacaras de allí. —Puse

los ojos en blanco para disimular el caos de sensaciones que me estaban transmitiendo sus palabras—. O porque te pedí que me llevaras a la luna.

—Créeme, Sky. —Me miró un diminuto instante para no desatender la conducción, una décima de segundo, y, aun así, fue la primera vez que me sentí acariciada por una mirada—. Te habría llevado a la luna si hubiese podido.

Siempre me había creído invisible para el resto del mundo, pero, quizá, mientras pasamos desapercibidos para algunas personas, existen otras a las que logramos deslumbrar sin ser conscientes de ello.

Observé a Marc de reojo en silencio y lo supe. Supe que para él no era invisible.

—Gracias —me limité a decir mientras me removía inquieta en el asiento.

Por suerte, justo en aquel momento, Marc giraba en una intersección y se incorporaba a otra calle. La reconocí enseguida, aunque solo la hubiese visto en fotografías durante los años que llevaba queriendo saberlo todo sobre aquella ciudad.

—Es el paseo de Gracia —le dije con entusiasmo mientras me deleitaba en la visión de los edificios modernistas—. ¡Mira! Qué pasada ver juntas la Casa Lleó Morera, la Casa Amatller y la Casa Batlló.

—La famosa «Manzana de la discordia» —puntualizó Marc con una sonrisa.

—Sí —asentí sin dejar de seguir con la vista aquellas fachadas tan famosas—. Ahora mismo me estoy imaginando en aquella época. Incluso visualizo los carruajes, los hombres con sus bombines y sus grandes bigotes o las damas con largos vestidos y sombreros con plumas. Me encanta imaginar que estoy en otra época.

Percibí la mirada inquisitiva de Marc.

—¿Qué pasa? —le reproché a la defensiva—. ¿Te parece una idiotez?

—Claro que no —respondió con un punto de turbación—. ¿Te gusta la historia o simplemente te interesa esta ciudad por tus antecedentes familiares?

—Siempre me ha gustado la historia —le aclaré—, de cualquier época. Pero, encaminada como estaba a estudiar Empresariales, tuve que centrarme en los números. Solo se me permitió escoger como optativa Historia de Inglaterra.

—Y seguro que era tu favorita —añadió Marc.

Inspiré profundamente. Aquella confesión solo se la había hecho a mi abuela. Ni siquiera a Pippa le había hablado de mis preferencias académicas.

—Sí —admití.

—Lo dices como si fuera algo malo.

—Porque nunca se lo había confesado a nadie más que a mi abuela.

—¿Por qué? —quiso saber.

—Pues porque a los diecisiete años ya tuve marcado mi futuro, que no era otro que trabajar en Elektric, la empresa de la familia de mi novio. ¿Para qué iba a interesarme por otra cosa?

—¿Y qué pasa con tus sueños? —cuestionó—. ¿Qué pasa con lo que quieras tú?

—Ese era y es el problema —bufé—. Que no me interesa nada. Que no tengo sueños.

—Tengo la impresión de que no ves lo que yo veo, Sky —me dijo con seriedad.

—No me conoces —farfullé.

—No, no te conozco —señaló—. Y, aun así, he sido capaz de ver que te interesas por algo y que tienes sueños. Lo que ocurre es que alguien se ha encargado de no dejarte soñar.

Desvié de nuevo la vista hacia la ventanilla, aunque ya no era capaz de fijarme en nada del paisaje urbano que se me presentaba por primera vez.

—Lo siento, perdona —se disculpó Marc en un susurro—. No tenía derecho a decirte algo así. No sé qué me pasa contigo. Lo siento —repitió.

—No te disculpes —señalé—. Es la verdad.

—Aun así —insistió—. No soy quién para cuestionar tus actos ni los de tu familia.

—No importa, en serio.

Sonreí y me giré para mirarlo de nuevo. Sentí una especie de crujido en el pecho al descubrir que su semblante travieso había dado paso a una expresión tan seria y cargada de arrepentimiento.

Un instante después, como si hubiese notado mi desconsuelo, volvió a regalarme una de sus pícaras sonrisas.

—¿Me perdonas? —Hizo un puchero, que, cómo no, me hizo reír, aunque traté de disimularlo todo lo que pude.

—Hum. —Me llevé el dedo índice a la boca y mordisqueé mi uña—. No me va a quedar otro remedio. Si me enfado contigo me quedo sin transporte gratis.

—Bueno. —Compuso una mueca—. No es lo que habría esperado, pero está bien. La sinceridad es un plus, aunque a veces esté sobrevalorada.

—¿Y qué esperabas que te dijera? —Reí—. ¿Que no hace falta que te perdone porque no soy capaz de enfadarme contigo?

Sentí, una vez más, calor en las mejillas.

—Eso me gusta más, inglesita. —Sonrió.

—Pues eso sí que me enfada, ¿ves? —Me crucé de brazos—. Cuando me llamas «inglesita» o «cielo»..., uf, me pones de los nervios.

—Pero ¿te refieres a los nervios como conductores de impulsos nerviosos o a los que te hacen sentir inquieta cuando te hago esto?

Me guiñó un ojo. Y yo me quedé con la boca abierta.

—Mira que eres tonto —refunfuñé mirando al techo del coche—. ¿Por qué no me haces el favor de llevarme a la Sagrada Familia?

—En ello estoy, inglesita —me pinchó.

Abrí el bolso y busqué mi cartera.

—Ah, y esta vez invito yo. Pagaré las dos entradas.

—¿Qué entradas?

—Las del templo de la Sagrada Familia —le aclaré exasperada.

—Estás de broma.

—¿Por qué iba a estar de broma? —le reproché.

—Por esto.

Marc me señaló un grupo de gente que permanecía parado en mitad de la acera.

—Y eso es...

—El final de la cola, cielo.

Abrí mucho los ojos al descubrir una interminable fila de gente que, al parecer, esperaban para entrar en el famoso monumento. Era una cola que recorría calles y manzanas enteras.

—Un fin de semana de julio es imposible entrar si no tienes las entradas compradas desde enero por lo menos —me aclaró Marc.

—Vale —resoplé—. Me conformaré con verla desde fuera.

A pesar de todo, me impresionó muchísimo contemplarla de cerca. Marc, apiadándose de mí, se detuvo un momento en una parada de taxi y me acompañó lo más cerca posible para que pudiera hacer fotos. Al vernos, unas chicas con acento alemán se ofrecieron a hacernos una a los dos juntos.

—No —les dije—, nosotros no somos...

—Vamos, no les hagas el feo a las pobres.

Como una pareja de turistas más, Marc y yo posamos delante del templo. Durante un instante nos hicimos un lío con las manos, sin saber dónde o cómo colocarlas. Al final, él me pasó un brazo por los hombros y me acercó sutilmente a su cuerpo. Y, mientras para el resto del mundo solo nos estábamos haciendo una foto, a mí se me detuvo el corazón un instante al percibir su barbilla sobre mi cabeza, el roce de sus vaqueros en mis piernas desnudas, su olor inconfundible a sol, cuero y sal...

La sonrisa de una de las chicas al devolverme el teléfono me hizo ser consciente de que aquel sutil abrazo había terminado. Y me turbó sentir el vacío, como si hubiésemos sido dos piezas que encajaran a la perfección y alguien las hubiese separado.

Marc, ajeno a mi desconcierto, caminó en dirección al coche, aunque, en cierto momento, giró sobre sus talones y frunció el ceño al verme parada en mitad del río de turistas que lo llenaban todo.

—¿Te apetece ya ese granizado? —inquirió al tiempo que se quitaba la gorra, se pasaba el dorso de la mano por la frente y se la volvía a colocar.

—Eh..., sí, claro. —Caminé hacia él—. Necesito refrescarme ya —masculló entre dientes.

—¿Has dicho algo? —me preguntó mientras accionaba el mando de la llave.

191

—¿Yo? —exclamé con voz demasiado aguda—. ¡Nada! ¿Qué voy a decir?

—Me había parecido...

—¿El qué? —lo corté invadida por el pánico. ¿Y si me había oído y pensaba que lo había dicho porque él me acaloraba?

«Pues habría acertado, guapa», dijo una vocecilla en mi cabeza, que me recordó a mi abuela.

Él se limitó a sonreír y a introducirse en el taxi, como si se regodeara en mi vergüenza.

—Capullo... —susurré.

Capítulo 21

Sky

En todo momento me hice una idea diferente de lo que sería tomar algo con Marc. Porque intuí que no sería algo convencional cuando paró en una calle, junto a una heladería, y salió del coche después de decirme que volvería enseguida. Unos minutos después, apareció con dos vasos de plástico con tapa y sendas pajitas, y me pidió que los sostuviera.

—Pues... te agradezco la invitación —titubeé mientras él avanzaba con el taxi por unas calles empinadas y estrechas, y yo mantenía las manos en alto con los vasos—. Pero esperaba salir del coche y que me diera un poco el aire, aunque sea caliente y húmedo...

Él se limitó a esbozar una sonrisa sin llegar a mirarme, ocupado como estaba en encontrar un aparcamiento. Cuando lo hizo, bajó del coche y lo rodeó para abrirme la puerta y sostener los dos vasos. Luego cogí uno de ellos para que pudiera cerrar.

—Pensaba que podría apetecerte tener unas buenas

vistas de la ciudad —me dijo mientras comenzaba a bajar por la empinada calle.

Aceleré para ponerme a su altura.

—Tengo entendido que uno de los mejores sitios para tener Barcelona a tus pies es la escalinata del Palacio Nacional de Montjuic —le comenté mientras seguía sus pasos.

—Sí, es cierto —aseguró—. Pero, a estas horas y en estas fechas, me parece demasiado concurrido.

Continué a su lado mientras accedíamos a través de una gran reja abierta a lo que me pareció algún tipo de parque. Leí la inscripción en el cartel de la entrada: JARDINS DEL TURÓ DEL PUTXET.

—Oh, vale, me suena haberlo visto en TikTok —le dije mientras subíamos una escalera de piedra—. Es una mezcla entre bosque y jardín, ¿no?

—Algo así —respondió—. No está en su mejor momento por culpa de la sequía, pero sigue siendo un buen lugar desde donde contemplar la ciudad.

Seguimos un camino de losas entre arbustos floreados, hayas y pinos hasta dar con una empinada escalinata que nos llevó a la parte más alta del parque. Mientras atravesábamos un sendero de tierra bordeado de romeros y adelfas, las ramas de los árboles parecieron abrirse a nuestro paso para mostrarnos la ciudad bajo un cielo tan azul que te obligaba a entrecerrar los ojos. Junto a la barandilla había un solitario banco de piedra, al que Marc se subió, como si fuese la localidad más privilegiada para disfrutar del espectáculo. Alargó el brazo como invitación y me agarré a su mano para subir con él.

—Oh, qué pasada —murmuré al admirar aquel gran pedazo de Barcelona, de cielo y de mar.

—Son unas vistas chulas, sí —admitió él—. Aunque si prefieres que vayamos al museo...

—No —señalé—. Este lugar está genial.

Marc bajó después del banco de un salto y se sentó sobre él a horcajadas. Yo lo imité y me acomodé delante.

—Me gusta venir de vez en cuando —me explicó justo después de sorber por la pajita un poco de su granizado de limón—. Hay parques para niños y áreas para perros, pero, desde aquí, apenas se oye nada.

Cerré los ojos un instante. Solo un rumor lejano de críos rompía el silencio de aquel rincón que habían formado las ramas de un par de frondosos abetos.

—Tienes razón —admití un momento antes de sorber también un trago de mi granizado de fresa—. Hum, qué rico está, por favor. De los mejores que he probado.

—¿Seguro? —me preguntó arrugando la nariz—. ¿No está demasiado empalagoso?

—Claro que no. Está buenísimo —insistí, deleitándome en el frescor que me producía el hielo en la boca y al bajar por mi garganta—. ¿Quieres probarlo?

Acerqué el vaso a su rostro.

—No. —Hizo una mueca de desagrado—. Ya te he dicho que no me gusta para nada ese sabor.

—Pero ¿lo has probado?

—Por supuesto que he probado cosas con sabor a fresa.

—¿Cuándo?

—¿Cómo que cuándo?

—¿Cuándo fue la última vez que lo hiciste?

—Pues... no sé. Hace años, imagino.

—¿Años? —Bufé—. No puedes juzgar algo que llevas años sin probar. —Acerqué la pajita a su boca—. Vamos, pruébalo.

—Tengo ya el sabor del limón —se quejó—. Voy a liar una mezcla...

Arqueé una ceja, fruncí los labios como una niña enfurruñada y aproximé todavía más la pajita a su boca.

—Vaaale —concedió—. Pero solo un poco.

Marc aferró el cilindro de plástico entre los dedos y se lo llevó a los labios. Durante el instante en el que bebió, alzó sus largas pestañas y clavó sus ojos en los míos. Solo fue eso, una mirada, pero sentí una honda presión en el estómago, como si alguien me hubiese puesto encima algo pesado y caliente. Se resumía en algo tan sencillo como darle a probar una bebida a un chico, pero, para mí, fue un momento íntimo, de conexión... y de algo más. Su mirada enredada con la mía, sus labios donde antes habían estado los míos, su lengua recogiendo una gota de color rosa de la comisura de su boca... Ni siquiera en situaciones de mayor intimidad con Harvey había sentido aquel vacío en mi vientre, aquel calor, aquel cosquilleo por toda la piel.

—No está mal —acabó cediendo—. Debo reconocer que lo esperaba peor. —Acercó su vaso a mi rostro—. Ahora, prueba tú el mío.

—Uf —renegué—, el limón me da mucha grima...

Arqueó ambas cejas.

—¿Cuánto tiempo hace que no pruebas algo de este sabor? —inquirió con retintín—. No puedes juzgar algo que llevas años sin probar...

—Vale, vale —refunfuñé—. Lo probaré.

Me llevé a los labios la pajita y sorbí un poco de aquel granizado de limón. En esa ocasión, fui yo la que levantó la vista y chocó de frente con dos iris de color miel. Había algo sensual en el simple hecho de posar mis labios donde antes habían estado los suyos. De nuevo, me pareció que compartía con Marc algo más que una bebida, como si un simple recipiente de plástico pudiera convertirse en el hilo conductor de dos corazones.

Cuando aparté la boca, Marc carraspeó.

—¿Qué tal? —murmuró con voz ronca.

—Mal. —Cerré los ojos, apreté los labios y todo mi cuerpo se estremeció por la acidez que todavía permanecía en mi lengua—. ¡Puaj!, sigo sin soportarlo.

—¡Va, hombre! —se quejó—. ¡Yo he admitido que tu fresa estaba aceptable!

—¡Eso es porque la fresa es más soportable que el limón! —exclamé—. ¡Admítelo de una vez!

—¡No voy a decir eso! —rio—. ¡Nunca!

Ambos reímos mientras continuábamos bebiendo.

—Supongo que somos la muestra de que cada persona es distinta —proclamó Marc—. De que las diferencias no nos hacen mejores ni peores. Solo eso, diferentes. —Advertí enseguida el cambio de tono, de solemne a irónico—. Por ejemplo, que vosotros vayáis por la izquierda mientras el resto del mundo lo hace por la derecha.

—¡No somos los únicos! —me indigné.

—Oh, cierto. Creo que también en Zambia y Barbados.

—¡No es verdad!

Una vez más, Marc soltó una risotada y yo no pude resistirme. A su risa. Al rizo castaño que le cayó sobre la frente. A sus dientes mordiendo el labio inferior, donde se acumulaban diminutos cristalitos de hielo.

—Admite de una vez que vais al revés del mundo —me aguijoneó.

—Quizá tengas razón —suspiré al tiempo que gira-

197

ba la cabeza hacia las vistas de la ciudad. El azul del cielo empezaba a adquirir el tono grisáceo que precede al abanico de naranjas y rosas, tiñendo en el proceso al mar, las montañas y los edificios.

Durante varios minutos nos dedicamos a dar pequeños sorbos y a mirar el paisaje. Una ligera brisa, ya más fresca, me acarició el rostro, los hombros y las piernas, algo que agradecí encarecidamente después de tantas horas de calor.

Miré de reojo a Marc. No sé por qué lo hice, solo que deseaba hacerlo. Y lo descubrí contemplándome, justo antes de que ambos desviáramos nuestros ojos, como si los dos quisiéramos hacerlo sin que el otro se diera cuenta. El corazón empezó a latirme muy deprisa por temor o por vergüenza, pero, al mismo tiempo, sentía la imperiosa necesidad de volver a enredar mi mirada con la suya. Fue ese querer y no querer que sentimos justo antes de hacer algo trepidante, impulsivo o peligroso, como montarnos en una gigantesca montaña rusa que nos dejará mareados y aturdidos, pero, aun así, nos morimos por subirnos en ella.

—¿Qué te parece si nos vamos? —murmuró Marc—. Tengo hambre y, como comiencen a rugirme las tripas, perderé todo mi encanto.

Una broma. Justo lo necesario para reiniciarnos.

Puse los ojos en blanco mientras me levantaba del banco y lanzaba el vaso a una papelera.

—Tranquilo —le dije—. Las mías también comenzarán a rugir de un momento a otro. Aunque solo sea por solidaridad.

***

Una media hora más tarde nos encontrábamos en la concurrida terraza de un bar, devorando platos con croquetas, patatas bravas, tortilla y chocos rebozados. Al levantar la vista, todavía con la boca llena, pillé a Marc mirándome. Tragué de golpe para poder hablar.

—En mi defensa diré que, desde que ocurrió toda la movida, apenas he comido algo decente, a excepción de las alubias de Julia.

—Yo no he dicho nada —dijo sonriente.

—Pero me estás mirando como si temieras que fuera a dejarte sin comer.

—La verdad es que estaba temiendo que no me dejaras probar ni un trozo de patata. Te has zampado casi todo el plato.

A pesar del brillo de sus ojos y de la media sonrisa traviesa, agarré un choco y se lo lancé a la cara.

—¡Eh! —exclamó a la vez que lo atrapaba al vuelo y se lo llevaba a la boca—. Si una parte te la comes y la otra la tiras... ¡me quedo sin cenar!

Le lancé un palillo y él se cubrió con los brazos de forma teatral.

—¿Puedes dejar de hacer bromas? —le dije con sorna—. Si tu preocupación era que riera, ya lo estoy haciendo. —Forcé una sonrisa y le mostré todos los dientes.

—¿A qué te referías con lo de «la movida»?

La pregunta me pilló desprevenida.

—¿No crees que ya te he contado buena parte de mi vida? —apunté—. ¿Qué me dices de la tuya?

Sus ojos dejaron de brillar y el hoyuelo de su barbilla se intensificó. Eran los síntomas de un Marc fuera de bromas.

—¿Qué quieres que te cuente? —La pregunta sonó a capitulación.

—Oye, no te estoy obligando —me quejé—. Solo pretendía que me contaras algo de tu familia, de cómo acabaste siendo taxista con licencia propia...

—La licencia era de mi padre —me aclaró.

—¿Era?

—Él... murió.

—Oh, vaya, lo siento —susurré.

De forma instintiva, posé mi mano sobre la suya. Noté bajo los dedos el tacto metálico de sus anillos.

—Tranquila —murmuró al tiempo que bajaba la vista hasta nuestras manos. Levantó el dedo pulgar y lo deslizó sobre la pulsera que rodeaba mi muñeca y que él me había regalado—. Ocurrió hace dos años. Un infarto fulminante.

—Debe de ser horrible cuando no te lo esperas —aludí.

—Sí —musitó—. Fue inesperado... y terrible.

—¿Y decidiste seguir sus pasos o ya habías trabajado antes de taxista?

—No. —Su vista se perdió en algún punto indefinido de aquel bar, aunque, de forma inconsciente, no dejó de deslizar la yema de su dedo sobre mi pulsera—. Nunca lo había hecho.

—¿Qué hacías antes?

Sus ojos del color del bronce volvieron a encontrarse con los míos.

—Pues..., mmm...

Me quedó claro que no pensaba responder.

—¿No fuiste a la universidad? —opté por preguntar.

—¿Me lo preguntas o me lo reprochas?

Parpadeé desconcertada ante su tono hostil.

—Perdona —farfulló al tiempo que deslizaba los dedos entre su pelo y lo desordenaba más todavía—. Me pongo un poco gilipollas con ese tema. —Suspiró—. Me matriculé en la carrera de Derecho, pero no llegué ni a presentarme. Y mi padre me dio la vara demasiadas veces por, y cito textualmente, «desperdiciar una oportunidad que él no tuvo».

—Iba a preguntarte por qué no quisiste estudiar, pero temo que vuelvas a mirarme mal...

Se frotó el rostro con las manos con tanta fuerza que acabó enrojeciéndose la piel.

—Ya sabes. —Encogió un hombro—. Tú quieres dedicarte a algo que te apasiona, tus padres no dejan de machacarte para que estudies «algo con futuro...». —Dibujó unas comillas en el aire—. Tienes demasiadas broncas con ellos, te largas de casa y, al final, tu padre se muere, llevándose como último recuerdo una discusión que jamás lograrás borrar de tu cabeza.

—Yo... —murmuré angustiada—, no quería hacerte recordar. No pensaba que...

—No es culpa tuya, tranquila. —Volvió a posar su mano sobre la mía para seguir acariciando la pulsera, como si hubiese recordado que ese gesto lo tranquilizaba.

—Pero no debería haberte forzado a explicarme nada —le dije en un tono reprobatorio hacia mí misma—. Que yo haya decidido contarte mi vida no implica que tú tengas que contarme la tuya.

Él elevó un instante una de las comisuras de su boca.

—Ya te he dicho que tú no me obligas a nada, inglesita.

—¿Te parece que demos por finalizado este día tan... extraño? —le pregunté.

—Sí —suspiró al tiempo que se ponía en pie—. Me he levantado a las cuatro de la mañana y empiezo a delirar por el sueño —bromeó.

—Oh, vaya —masculé mientras nos dirigíamos a la salida—. Y yo acaparándote toda la tarde. Deberías haberme dicho que tenías que descansar...

—Vale, lo admito. Te acuso de haberme robado una siesta. De esas siestas de verano de las que te levantas sudado y con la almohada mojada de babas. Hum —cerró los ojos—, son las mejores.

Puse los ojos en blanco mientras nos montábamos en el coche.

—Tranquiiiila —me dijo—, mañana me levantaré más tarde. ¿A qué hora quedamos?

—No voy a robarte otro día de tu vida —rezongué con los brazos cruzados—. Esto ya ha pasado de anécdota. Voy a dormir esta noche en casa de tus vecinas porque tengo allí todas mis cosas y ya es tarde, pero, mañana, me instalaré en casa de mi abuela y trataré de averiguar algo por mi cuenta.

—Si prefieres hacerlo sola..., respetaré tu decisión, claro.

—No es que prefiera hacerlo sola —refunfuñé—. Lo digo porque... porque no soy nadie para ti, Marc. Solo soy una desconocida con un montón de problemas que...

—Y yo solo soy un taxista con otro montón de problemas, pero quiero ayudarte, Sky.

Oírlo pronunciar mi nombre podía compararse con beber un sorbo de chocolate caliente. La sensación en mi cuerpo era la misma, una mezcla de tibieza y placer.

—No tienes ninguna obligación —insistí—. Por mucha pena que te dé.

—¡No me das pena! —protestó—. Quiero hacerlo porque me gusta estar contigo. ¿Cuál es el problema?

No me había dado cuenta de que ya estábamos en el

aparcamiento subterráneo del edificio en el que vivía Marc y que el coche estaba parado. De repente, sentí que nos envolvía el aire del reducido espacio; un aire tan denso que costaba respirarlo. Ambos nos miramos como si acabáramos de bajar las dos plantas corriendo por la escalera. Inspiré con fuerza y expulsé el aire lentamente.

—Está bien —accedí mientras me apeaba del vehículo—. Mañana, que tienes fiesta, podrás acompañarme.

Marc no dijo nada, ni siquiera en nuestro trayecto en el ascensor hasta el cuarto piso. Una vez en el rellano, titubeamos un instante, antes de que él se dirigiera a una puerta y yo a la otra.

—Gracias —opté por decirle—. Por... todo.

Él me mostró la sonrisa que seguía haciendo agitar las alas de las mariposas que hasta entonces no había conocido.

—De nada, cielo. Hasta mañana.

Seguíamos uno frente al otro, como si no supiéramos qué hacer como despedida. Aunque tampoco era una despedida. Nos íbamos a ver al día siguiente. Con un «buenas noches» estaba más que bien, ¿no?

Entonces, ¿por qué Marc miraba mi boca y yo miraba la suya? ¿Por qué no decíamos nada? ¿Y por qué imaginé que se acercaba y me besaba?

Descubrí poco tiempo después que hay silencios que dicen más que las palabras. Que existen miradas que atraviesan el alma y que no puedes escapar de ellas. Y que son los momentos que no llegas a vivir, aquellos que solo se hallan en tu cabeza, los que te acaban dejando la huella más profunda. Porque aquel beso que solo imaginé perduraría en mi mente como si de verdad hubiese existido. Quizá fuese cierto que los mejores besos son los que no se dan, aunque aún tenía que llegar el día en el que rebatiera esa teoría.

Todavía envueltos en el silencio, Marc se acercó a mí, tanto que su rostro quedó a solo unos centímetros del mío. Su cuerpo ocultó el aplique de la pared, por lo que contemplé sus facciones a contraluz y me quedé sin aliento. Aun así, su olor rico y ya inconfundible penetró en mis fosas nasales. Me quedé tan quieta que temí que se notaran los bombeos de mi corazón a través de la camiseta.

De pronto, Marc sonrió, alargó el brazo y dio un par de golpes en la puerta.

—Es algo que hemos hablado muchas veces —me susurró—. Cuando sea tarde, mejor llamar suavemente que tocar el timbre, para no despertar a Jan.

Tardé unos segundos en reaccionar, embelesada como estaba en sus labios.

—Oh, sí, claro. —Di un paso atrás en el momento en que se abría la puerta y aparecía Julia.

—Hola, chicos —saludó ella.

—Ho-hola, Julia —titubeé—. Perdona la hora...

—Tranquila, mañana no madrugamos. —Hizo un gesto con la mano, como si apartara el aire—. ¿Entras ya?

—Sí, sí, claro. —Miré a Marc un segundo—. ¿Te parece bien quedar a las nueve?

—Perfecto —sonrió—. Nos vemos mañana.

—¡Pásate a desayunar! —le dijo Julia sin alzar la voz.

Él asintió y se dirigió a su puerta. Mientras introducía la llave en la cerradura, se giró y nuestros ojos se encontraron durante un momento, antes de que la dueña del piso cerrara e interrumpiera aquel contacto.

—Qué mono es, ¿verdad? —me susurró Julia.

Di las gracias mentalmente porque el recibidor

estuviese a oscuras y mis mejillas arreboladas no pudiesen verse.

—Es majo, sí.

Sin darle tiempo a más comentarios, me adentré hasta el salón, únicamente iluminado por la pantalla del televisor. Entre la penumbra azulada distinguí a Martina, que se hallaba en el sofá con su hijo dormido sobre su regazo. Melocotón, a su vez, permanecía enroscado a los pies del niño.

—Siento que se haya hecho tan tarde —le dije en voz baja—. Mañana cogeré mis cosas y me marcharé.

—¿Adónde? —preguntó Julia, que ya estaba a mi lado.

—He podido entrar en casa de mi abuela. —Sonreí—. Mañana os cuento.

—No es tan tarde —señaló Martina al tiempo que se enderezaba con cuidado de no despertar a su hijo y detenía con el mando la película que estaban viendo.

—Voy a llevarlo a la cama. —Julia se acercó, tomó al niño en los brazos y salió del comedor. El gato saltó del sofá y se fue tras ellos.

—Ven, siéntate un poco. —Martina dio unas palmaditas a su lado.

No pude negarme y me acomodé junto a ella. Las aspas del ventilador del techo y la ventana abierta refrescaban la estancia.

—Cuenta, cuenta —me dijo con entusiasmo.

Le hablé de la llave en el buzón, de las sensaciones encontradas al descubrir parte de la historia de mi familia materna, de la carta...

—Debe de resultar muy frustrante. —Martina me dedicó una mirada benevolente—. La falta de respuestas, seguir sin encontrar a tu abuela...

—Sí —suspiré—. Me siento en una especie de limbo, pero a la vez con la necesidad de seguir recorriendo un camino que noto que me han estado cortando hasta ahora. Quiero encontrarle algún sentido a tanto secretismo, a mi propia vida. Necesito saber quién soy. —Suspiré—. Lo malo es que siento... miedo. Temo que la verdad que pueda encontrar vaya a resultarme más dolorosa que las mentiras y los secretos que han marcado todos estos años.

—Entiendo tu temor —razonó Martina—, pero hay situaciones en las que debes asumir el mando, tomar la iniciativa, porque nadie puede vivir tu vida por ti.

De nuevo, me abría ante una desconocida. Estaba segura de que se debía a saber que aquellas personas solo estaban de paso. Y, por primera vez, me dolió aquel pensamiento.

—Ese es el problema —le aclaré—. Cuando has pasado toda tu existencia permitiendo que otros decidan por ti, y, de repente, te dejan sola, sientes pánico ante cualquier decisión que tengas que tomar. Si me dejaba llevar por otra persona para algo tan nimio como elegir un vestido para una fiesta, ¿cómo voy a saber encontrar mi propio futuro? ¿De dónde voy a sacar la personalidad?

Martina suspiró y sonrió al mismo tiempo.

—Ay, Sky. Si vivir fuese tan complicado, la mayoría de la gente se encerraría en una cueva. Yo creo que se aprende, simplemente, viviendo. Déjate llevar. Conócete. Experimenta. También es bueno vivir los momentos tal como vienen.

Como ya me había pasado con Marc, sentí en aquel momento que no estaba sola. Alguien que no era mi abuela me hacía sentir que le importaba, y eso... me abrumó y me conmovió a la vez.

Julia apareció en aquel instante en el vano de la puerta.

—Jan se ha despertado y quiere que le lea un cuento —le dijo a su mujer—. Me quedo un rato con él.

—Gracias, cariño. —Le lanzó un beso—. Enseguida voy. —Luego me miró y se encogió de hombros—. La vida cambia hasta límites insospechados cuando tienes un hijo. —Rio.

—Jan es un niño con suerte. —Sonreí—. Nunca he respirado tanta paz y tanto amor en una casa.

Martina se abstuvo de hacer ningún comentario sobre aquella apreciación. La idea de que mi propio hogar carecía de cariño quedó flotando en el aire.

—Sí —apuntó—. Yo también creo que es un niño afortunado, aunque tan pequeño haya tenido que luchar por ello más de una vez.

—Ya... —comprendí—. Al mundo no suele bastarle con ver feliz a la gente. Algunos solo intentan indagar en las vidas de los demás para encontrar algo oscuro que desmonte esa felicidad aparente.

—Y más si no entras en el grupo de «familia convencional» —se lamentó Martina—. A algunos padres del colegio o del fútbol, o incluso a los vecinos, lo que más parece interesarles de nosotros es quién es la madre biológica de Jan, si fue concebido de modo natural o recurriendo a un donante...

Negué con la cabeza indignada.

—Ni siquiera piensan en el niño —me enfurecí—. Es muy pequeño.

—Pero lo están obligando a crecer y a defenderse. —Mostró una sonrisa sibilina—. Hace poco nos llamó su tutora de clase. Nos contó que un alumno había dicho en voz alta que Jan no tenía papá, que todo el mundo tenía uno. Entonces, mi hijo se puso en pie desafiante y preguntó quién tenía la suerte de tener dos mamás como él.

—Bravo por él —sonreí.

—La vida es demasiado corta y preciosa como para desperdiciarla con cosas que no valen la pena, ¿no te parece?

—Eso mismo me dijo mi abuela muchas veces. —Suspiré cansada y después bostecé.

—Vayámonos a descansar —propuso Martina mientras se ponía en pie—. Mañana vamos a llevar a Jan al parque de atracciones del Tibidabo y tengo que estar despejada. —Compuso una divertida mueca.

Ya acostada en la cama, revisé los mensajes. Harvey me había enviado una fotografía de un despacho de la empresa, otro diferente del que me habían asignado meses atrás, uno mucho mejor. Bajo la imagen decía: «Te está esperando para cuando regreses con energía renovada».

—Joder —musité.

Para mí, yo ya no tenía novio, pero para él y nuestros padres todo seguía adelante. No quería estar con él, mucho menos prometerme, pero tampoco podía cortar porque nos dejaba a mi familia y a mí misma en la calle. O porque defraudaba a mis progenitores. O porque me enfrentaría a un futuro impredecible que me daba pavor. De una forma u otra, me sentí una hipócrita y un fraude.

Le contesté con varios emojis de caritas con corazones en los ojos para quitármelo de encima y pasé al siguiente mensaje, que era de Pippa. Resoplé. Mi mejor amiga hasta hacía poco me preguntaba si todo iba bien. Me decía que me echaba de menos. Que nada era igual sin mí. Por un instante, me vi llamándola, pidiéndole perdón, o perdonándola, cualquier cosa por volver a ser amigas, por regresar a mi vida cómoda y sin preocupaciones. Dos lágrimas me rodaron por las mejillas. A veces duele hacer lo que debes hacer. Me limité a responderle que todo estaba OK.

Por último, les dije a mis padres que la campiña en verano estaba preciosa y que tardaría unos días más en regresar.

Antes de apagar la luz, revisé la galería del teléfono. Allí estaban las fotografías con Marc delante de la Sagrada Familia. Deslicé los dedos pulgar e índice para ampliar la imagen en una de ellas y poder contemplar nuestros rostros de cerca. Sonreí al recordar el momento, aunque se me veía bastante más relajada de lo que había estado en realidad.

Y, con aquella sonrisa, cerré los ojos.

Capítulo 22

Sky

Al día siguiente, tras hacer cola en el cuarto de baño, me reuní con el resto de la familia para desayunar. Marc ya estaba en el comedor cuando aparecí. Sonrió al verme y mi respuesta fue sonreír también. Fue a decirme algo, pero Jan irrumpió como un ciclón en la estancia.

—¡Marc! ¡Marc! ¡Vamos al Tibidabo! ¡Vamos al Tibidabo! ¡¿Quieres venir?! —Me miró a mí después—. ¡¿Queréis venir?!

—No puedo, campeón. —Le revolvió el pelo—. Tengo que ayudar a Sky en una investigación.

El crío abrió al máximo sus ojos castaños.

—¿Qué vais a investigar?

—Tengo que encontrar a mi abuela, que ha desaparecido —respondí yo.

—Hala... —susurró con expresión de asombro, como si acabáramos de decirle que éramos agentes secretos.

—Pero iremos otro día —aseguró Marc—. Tenemos que enseñarle el parque a Sky, que apenas conoce Barcelona.

—¡Vale! —El pequeño asintió con ganas.

Después de desayunar café con leche, magdalenas y tostadas con margarina, fui al que había sido mi dormitorio durante dos noches y recogí mi mochila ya preparada.

—Nos da pena que te vayas —señaló Julia—. Pero entendemos que en casa de tu abuela tendrás más libertad.

Las abracé a las dos.

—Gracias por todo —les dije—. Espero que volvamos a vernos.

—¡Más te vale! —rio Martina.

—¡Despídete también de Melocotón! —Jan alzó su gato hacia mí y no tuve más remedio que acariciarle la cabecita. El felino cerró los ojos y ronroneó un instante—. Él también te va a echar de menos, Sky. Ya sabes que le gustas.

Me agaché a la altura del niño y le di un beso en la mejilla.

—No es una despedida —le aseguré—. Volveremos a vernos pronto.

Las últimas palabras hicieron que se me formara un nudo en la garganta, por lo que me di prisa en salir de aquella casa antes de que me doliera todavía más marcharme. Una vez en la calle, Marc me abrió el maletero de su coche para que metiera mis cosas.

El sonido de un mensaje en su móvil hizo que él se apartara unos metros, por lo que, al dejar mi equipaje, vislumbré una mochila al fondo del maletero. Se había volcado y de ella sobresalían unos libros y carpetas con el logo de la Universidad de Barcelona.

—¿Ya está? —me preguntó Marc, cuya presencia me hizo sobresaltarme.

—Sí, sí —respondí. Pero tardé un segundo más de la cuenta en apartar los ojos de aquella mochila y Marc descubrió la trayectoria.

—Pues en marcha —dijo, sin embargo, mientras bajaba el portón.

Le pregunté sobre lo que había visto cuando ya nos habíamos incorporado al tráfico de los alrededores de la estación de Sants.

—¿Eran viejos apuntes de la carrera de Derecho? —me interesé—. ¿Piensas retomarla?

Marc emitió un suspiro de exasperación.

—No y no —respondió cortante.

—Vale. —Alcé las manos en clara ironía—. Perdona por volver a preguntarte por algún aspecto de tu vida.

—Me cuesta, Sky, lo siento —me dijo desviando solo un instante la mirada del tráfico—. Debo de parecerte un capullo que solo sabe preguntar y que se atreve a dar consejos cuando su propia vida es una mierda.

—«Consejos vendo que para mí no tengo.» —Sonreí con una pizca de tristeza—. Mi abuela siempre tenía algún refrán para cualquier situación.

—Pues ese mismo es el que me habría dicho a mí, seguro. —Marc sonrió.

Llegar a la calle Riera Blanca terminó con la conversación.

Cuando abrí la puerta del piso, volví a entrar con cautela, como si, de nuevo, esperase que mi abuela apareciera en cualquier momento riéndose a carcajadas por haberme gastado una de sus bromas. Pero no, no era una broma. No habló nadie. No había nadie.

—¿Has pensado en algo? —me preguntó Marc cuando accedimos al salón.

—Voy a buscar en la habitación de mi madre —respondí—. No me preguntes qué porque no tengo ni idea. Solo que... tendré que empezar por algo, digo yo.

Una vez plantada en el dormitorio de mi progenitora, me quedé mirando lo que me rodeaba y exhalé un suspiro. Abrí el armario, donde encontré unas pocas prendas de ropa pasadas de moda y tres cajas de zapatos, que contenían eso, calzado. Se mezclaba el desánimo de no encontrar nada y la sensación de estar invadiendo un territorio prohibido para mí, tal y como me había sucedido ocho años atrás. Pero, a diferencia de aquel aciago día, no estaba encontrando nada. Ni siquiera sabía qué buscaba.

—¡Sky! —gritó Marc—. ¡Creo que deberías ver esto!

Arrastrando los pies, volví al salón, donde contemplé a Marc delante de la librería que almacenaba libros y fotografías. Me señaló el estante más bajo, oculto detrás de un tiesto de cerámica que contenía un potus cuyas hojas casi secas parecían clamar por un poco de agua.

—No lo habíamos visto porque la planta ocultaba ese tramo, pero fíjate bien —insistió al tiempo que apartaba el macetero—. Es una enciclopedia.

Me arrodillé delante del mueble y, al fijarme en los libros, la emoción se apoderó de mí. Se trataba, como había señalado Marc, de una enciclopedia de varios tomos, de aquellas antiguas con duras cubiertas oscuras y letras doradas.

—*Historia de Inglaterra* —leí en los lomos. Saqué el primer volumen del mueble y me puse en pie.

—He recordado lo que me dijiste ayer —murmuró

mi compañero de investigación—; que era tu asignatura favorita y que solo lo sabía tu abuela. ¿No te parece una señal?

—Supongo que sí, pero...

Conforme hablaba, pasé con rapidez las páginas del tomo, por lo que hice caer al suelo algo que había permanecido dentro del libro. Marc se agachó y me lo tendió.

—Parece otra carta —me dijo.

En efecto, era otra carta manuscrita y sin sobre, como la descubierta el día anterior en una caja junto al sofá, aunque con distinta letra.

—Rápido —apremié a Marc—. Vayamos sacando cada uno de los tomos para mirar en su interior.

Entre los dos fuimos agitando cada uno de los libros y, como habíamos previsto, en el interior de cada uno de ellos apareció una carta. Después, aparté un jarrón con flores secas de la mesa y coloqué las misivas sobre la superficie cubierta por una fina capa de polvo. A continuación, puse a la izquierda las de mi madre y a la derecha las de mi padre. Por último, las ordené cronológicamente, aunque había saltos bastante grandes en el tiempo. Había siete en total, más la que permanecía en una caja con girasoles pintados. Supuse que, en tiempos en los que el teléfono móvil ya formaba parte de la vida de las personas, la escritura de una carta se convertía en una especie de acto romántico, algo complementario, casi anecdótico.

—Vaya. —Marc lanzó un silbido—. Esto sí que parece una señal en toda regla.

—Mi abuela quería que yo leyera estas cartas —susurré sin dejar de mirarlas—. Sabía que yo vendría y que ella no estaría, pero ¿por qué? ¿Por qué no estás, abuela? ¿Qué quieres decirme?

Cerré las manos en sendos puños y a punto estuve de llorar de impotencia.

—¿Qué te parece si empiezas por leerlas? —me sugirió Marc en un murmullo.

—Sí —suspiré—. Confío en mi abuela, así que seguiré sus señales, aunque no tenga ni idea de lo que significan.

—Te dejaré privacidad y...

—¡No! —lo corté al tiempo que le aferraba el brazo. Las yemas de mis dedos dejaron improntas blancas entre la tinta del tatuaje que le cubría la piel—. Quédate conmigo, si no te importa...

—Claro que no —musitó—. Abriré las ventanas para ventilar un poco y nos sentaremos en el sofá.

—Perfecto —susurré.

Capítulo 23

Querida A:

Por supuesto que tu escritura en inglés es perfecta, tanto como tu pronunciación. ¡Hasta tu risa suena en inglés! En cuanto aparezcas por aquí, nadie que no sepa de tu procedencia sospechará que no eres oriunda de las islas británicas. Estoy orgulloso de ti, pero por tu esfuerzo y tu perfeccionismo. Ya sabes que a mí no me importaría que tuvieras el más español de los acentos, pero ambos sabemos también que no se trata solo de mí.

Dejemos pasar unos meses, solo te pido eso. Dame tiempo a arreglarlo todo. Si fuera cualquier otro, rompería el compromiso, me plantaría delante de mi padre y le diría que no pienso casarme con otra que no sea la mujer que amo.

Pero los Clifford... no son una familia cualquiera. Y, aunque te parezca que todo lo que me envuelve es demasiado rancio y anticuado, no me parece justo quedarme sin nada o pasar a ser un paria. Mi madre está muerta y mi padre es un cabrón sin sentimientos, pero tengo a mi

hermano, a quien quiero con toda mi alma. Tengo tantas
ganas de que lo conozcas... Siento que os vais a entender
muy bien, y que los tres podemos crear un buen futuro
para los Clifford. ¡A ver si sienta la cabeza y se busca no-
via de una vez!

Yo también te echo de menos, amor. Y también me
alimento del recuerdo de nuestros días juntos, del mejor
verano de mi vida, de tu rostro, lo único que veo cuando
cierro los ojos.

Te llamaré, por supuesto que te llamaré. Lleva siem-
pre el teléfono encima para que pueda decirte que te
quiero, pedirte que me esperes y asegurarte que estare-
mos juntos muy pronto.

Siempre tuyo,

B

Capítulo 24

Sky

Al finalizar la lectura, tuve que parpadear varias veces para mantener las lágrimas a raya. El amor que destilaban aquellas letras me había atravesado el pecho y rozado el corazón. Que mi padre le dijera todas aquellas cosas a mi madre... se salía de todo mi entendimiento.

—¿Estás bien? —murmuró Marc al tiempo que posaba una mano sobre la mía. Su dedo pulgar, rodeado por un anillo de plata, se movió en lentas pasadas sobre mi piel.

—Sí —susurré—. Es solo... lo que te dije. Resulta tan difícil de entender que sintieran tanto amor al principio... —Miré a Marc—. Si los vieras ahora, fliparías. Parecen un par de desconocidos. —Desvié la vista de nuevo a la carta—. ¿Crees que fui yo quien destrozó sus sentimientos?

—No lo sé, Sky —dijo con seriedad—. Como ya dedujimos ayer, se conocieron en Barcelona porque tu padre pasaba aquí el verano. Según parece, por lo que hemos leído hoy, el futuro lord Clifford tenía una novia en Inglaterra, pero le aseguró a tu madre que rompería el compromiso para casarse con ella. Siempre y cuando le diera un tiempo para convencer a tu abuelo de que su nuera no sería una noble inglesa.

—Ahí podría cobrar sentido que mi madre hiciera desaparecer todo vestigio español. Pero ¿y después de morir mi abuelo? ¿Por qué siguió ocultando sus raíces? ¡Y a su propia madre!

—Pudo ser una especie de pacto con el viejo lord —sugirió Marc—. «Serás lady Clifford siempre y cuando nadie se entere de que no eres noble ni inglesa».

—¿Incluso después de muerto? —me exacerbé.

—Ese pudo ser el trato —insistió Marc.

—En todo caso, mis padres acabaron casándose por obligación. —Suspiré—. Conmigo en camino, el viejo lord Clifford tuvo que claudicar, supongo. Un embarazo cambiaba las cosas.

—Tal vez por eso lo hicieron —sugirió.

—¿A qué te refieres?

—Pues que, como tú has dicho, un hijo en camino los obligaba a casarse, por aquello del buen nombre de la familia o su posición en la noble sociedad inglesa. Si tu abuelo se negó a la relación, tus padres pudieron ver en un embarazo la única salida a estar juntos. —Me miró con una sonrisa tierna—. Quizá no fuiste todo lo indeseada que supones.

—Tal vez —cavilé—. Pero solo es una teoría.

—Aun así, se supone que se querían, ¿no? —apostilló Marc—. No puede decirse que fuera una obligación si deseaban estar juntos.

—Quizá, por eso, por conspirar de esa manera, mi

abuelo les hizo la vida imposible y los acabó amargando —susurré—. Porque, pasara lo que pasase entonces, lo que está claro es que ellos ya no se quieren.

Mis últimas palabras me llevaron a releer la carta.

—Pasara lo que pasase... —repetí en un susurro antes de exponer lo que estaba pensando—. Mi padre menciona a mi tío, con el que mantenía una relación muy estrecha. No sé mucho de él, solo que era el menor y creo que el favorito de mi abuelo. Murió en un accidente de tráfico. No sé exactamente en qué fecha, solo que fue antes de que yo naciera. Así que tuvo que ser por aquel entonces.

—Eso pudo cambiar las cosas. —Marc se llevó una mano a la barbilla y pasó los dedos índice y pulgar por los pocos pelillos que cubrían su mentón—. Imagino a un viejo lord Clifford tan triste y amargado que acabó pagando su dolor con su otro hijo y su nuera. ¿Qué recuerdas de tu abuelo?

—Poca cosa. Y no porque yo no tuviera más de siete u ocho años cuando murió, sino porque apenas hablaba conmigo. Las pocas veces que aparecía por casa se limitaba a darme sermones sobre lo que significaba ser un Clifford. Él seguía viviendo en su vieja mansión en la costa de Cornualles, y, tras su fallecimiento, la casa se vendió. Aunque, por lo que he sabido después, estaba hipotecada hasta los cimientos.

—Parece que en tu familia había más abolengo que liquidez. —Marc esbozó una mueca—. Supongo que querrás leer alguna carta más —sugirió.

—Vamos allá...

***

Querido B:

Ha vuelto a ser maravilloso pasar contigo un fin de semana. Exprimimos al máximo las horas y consigues que cada vez te quiera más y esté más segura de que eres mi otra mitad, mi persona favorita, mi único amor.

Pero temo no tener bastante con esos efímeros encuentros, con besos acelerados o con conversaciones telefónicas, a pesar de hablar contigo casi cada día. Deseo poder abrazarte o besarte cuando yo quiera. Que me consueles cuando tenga un mal día y quiero poder hacer lo mismo cuando tú estés triste. Quiero compartir contigo nuestros buenos y nuestros malos momentos. Y dártelo todo porque necesito todo de ti.

Sé que diste un paso muy importante rompiendo el compromiso, pero yo también he puesto mi granito de arena esperando, esperando...

Dime que será posible, cariño.

Te quiere,

A

***

Londres, 15 de diciembre de 2003

Mi querida A:

Siento tanta felicidad que no me cabe en el pecho. Como ya te he asegurado por teléfono, vas a venir a pasar las Navidades conmigo y mi familia. Quiero que vengáis tú y tu madre, que os sintáis como en vuestra casa porque muy pronto lo será, tuya y mía.

Y no te preocupes por mi padre. Él ya ha aceptado que pienso hacer lo mejor para mí, no lo mejor para él y un apellido que empieza a pesar demasiado. Y si no cumple su promesa, te juro que me iré contigo, a España, y viviremos felices y alejados de tanta hipocresía. Tengo a mi hermano para hacerse cargo del legado, del título y del peso que haya que soportar.

Pero seguro que no va a hacer falta que huyamos, por muy romántico que suene. Se cumplirá nuestro sueño de vivir en Londres, te lo prometo.

Siempre tuyo,

B

***

Londres, 8 de enero de 2004

Mi querida A:

Lo siento, mi vida. Lo siento muchísimo. Tu estancia en Londres no fue lo maravillosa que esperábamos por culpa de mi padre, al que ahora odio con toda mi alma. No debería haberte tratado así, con tanta prepotencia, humillándoos a ti y a tu madre. Es como si no se tomara en serio nuestros sentimientos. O pensara que no eres más que un capricho para mí.

No soporto más esta incertidumbre. Necesito que me cojas el teléfono, oír tu voz, sentir que lo nuestro no se ha resquebrajado por culpa de un hombre anclado en el pasado.

Aun así, viajaré a Barcelona en cuanto pueda. Solo abrazándote me quedaré tranquilo. Pero, lo más importante, lo que debes tener en cuenta, es que lo haré, mi vida. Le daré un ultimátum a mi padre y si sigue en sus trece, me marcharé. Lo dejaré todo y me iré contigo.

Siempre tuyo,

B

Barcelona, 6 de marzo de 2004

Querido B:

Te amo. Es lo único que debes tener presente. Te amo como nunca he amado a nadie y, con total seguridad, como no amaré a nadie jamás. Tus viajes a Barcelona, nuestros encuentros y nuestros abrazos son lo mejor de mi vida, lo más auténtico y maravilloso.

Pero tenemos que ser realistas, cariño. Venirte conmigo supone que lo dejes todo, que renuncies a lo que es tuyo, a lo que te pertenece por derecho. Estás acostumbrado a una existencia acomodada, a grandes espacios, a lujos y comodidades que desaparecerían de tu vida con el simple chasquido de unos dedos.

¿Y tu hermano? En tus sueños de futuro siempre estaba él. También tendrías que renunciar a su presencia.

Por todo ello, creo que lo mejor es que rompamos. Cuando leas estas letras, ya habremos hablado, pero necesito expresar con calma lo que entiendo y lo que siento. Puede que encuentres algún trazo borroso debido a las lágrimas que me resbalan por el rostro y acaban cayendo en el papel, pero son lágrimas inevitables y necesarias.

No dudes de que te quiere,

A

***

Barcelona, 19 de junio de 2004

Querido B:

Es la primera vez que te doy una noticia antes por carta que por teléfono, pero necesito expresarme primero, ordenar mis pensamientos, respirar.

Nuestra reconciliación, nuestro deseo de seguir adelante cueste lo que cueste, ha traído consecuencias. Tengo una falta. Me he hecho la prueba. Tres veces.

Estoy embarazada.

A

***

Barcelona, 1 de julio de 2004

Querido B:

¡Sí! ¡Mil veces sí!

Ya lo sabes, claro, porque ya te lo he gritado por teléfono, pero quiero que quede constancia.

¡Sí! ¡Me casaré contigo!

Te quiere más que nunca,

A

Capítulo 25

Sky

Al terminar de leer la última carta, de forma instintiva, alargué la mano para coger la siguiente y continuar con la historia, de la que, en ciertos momentos, olvidaba quiénes eran los protagonistas. Pero solo fui capaz de rozar la superficie de la mesa.

—Era la última, Sky —anunció Marc.

—Ya veo. —Suspiré—. Estoy casi segura de que la comunicación se cortó por la muerte de mi tío. Imagino el desconcierto que tuvo que apropiarse de la familia con dos noticias tan relevantes y a la vez tan dispares: el fallecimiento del benjamín y el embarazo de la novia española del hijo mayor.

—Tiene sentido.

—Pero... ¿y ya está? —me quejé—. ¿Qué quiere decirme mi abuela con esto?

—No sé... —titubeó Marc—. Que tus padres se querían; que tu madre no se quedó embarazada para pescar a un noble, aparentemente; que tu abuelo era un reaccionario y un carca...

—¿Y para eso me deja una llave y una nota en el buzón de un domicilio del que ha desaparecido? —protesté—. ¿Para eso se toma la molestia de esconder las cartas en una enciclopedia? —Mi voz se quebró—. ¿Qué pasó después? ¿Qué ocurrió para que el amor que sentían mis padres desapareciera? O, lo que es peor, para que acabaran ignorándose el uno al otro. —Un sollozo escapó de mi garganta—. ¿Y dónde está ella, si puede saberse? ¡Dónde está mi abuela, joder!

Me llevé las manos a la cara cuando el llanto se adueñó de mí, por eso no pude ver el movimiento de Marc. Pero sí pude sentir cómo me agarraba por los hombros, me acercaba hasta él y me rodeaba con sus brazos. En cuanto me sentí envuelta por su calor y su olor, me aferré con fuerza a su camiseta, hundí el rostro en su pecho y lloré, sin pudor, sin límite, sin contención. Él me apoyó la barbilla en la cabeza y comenzó a murmurar suaves palabras de consuelo mientras me acariciaba la espalda con una mano y el pelo con la otra. Y, aunque me habría quedado allí eternamente, me aparté de él un instante después, y, sin decirle nada, me dirigí al baño para lavarme la cara y secarme con un poco de papel. Después, regresé al salón.

—No sé cuántas veces me has visto llorar ya —le dije avergonzada.

Él inclinó la cabeza y me miró con una sonrisa pequeña.

—Estos días estás riendo más porque no solías hacerlo muy a menudo —señaló—. Quizá te ocurre lo mismo con el llanto.

Desvié la mirada. Tenía razón. Desde la noche de la

decepción de Harvey estaba llorando todo lo que no había llorado en diecinueve años. Despertar a la realidad, darme cuenta de la farsa de mi vida o reaccionar ante tanta falsedad había sido la parte buena. Aunque, como todo en esta vida, también había una parte mala. Que ya no me dejase arrastrar implicaba sentir. Encontrarme a mí misma y conocerme conllevaba ser consciente de las verdades que duelen.

—¿Quieres que vayamos a dar una vuelta? —propuso Marc—. Te iría bien despejarte un poco y...

—No. —Negué con la cabeza—. No me apetece, lo siento. Yo... quiero estar sola un rato, por favor.

Sin mirarlo, percibí la decepción y la impotencia que emanaron de Marc.

—Claro —musitó—. Llámame si... necesitas algo.

Volví a asentir.

—Gracias —susurré.

Cuando oí el chasquido de la puerta al cerrarse, me dejé caer en el sofá, cogí uno de los cojines que lo adornaban y me lo apreté contra el pecho.

***

Me quedé un rato quieta, ensimismada en la nada, sin apenas sentir o pensar. Pero, pasados unos minutos, me levanté de un salto del sofá y me planté en mitad del salón con los brazos en jarras.

—¡Actívate, Sky! —me ordené a mí misma—. Ya llevas aletargada demasiados años. ¡Muévete y haz algo!

Impulsada por mis propios demonios, me acerqué a la librería que ocupaba toda una pared y comencé a mover cualquier objeto que contuviera. Abrí todos los libros, saqué las fotografías de sus marcos, levanté cada figurita..., pero no hallé nada. Después, rebusqué en todos los cajones, debajo de los cojines y de los muebles. Deshice las camas, vacié los armarios y revolví la cocina y el baño.

Nada.

Emití un grito de frustración.

—Va, va, abuela, dime algo —insistí con impaciencia—. Mándame otra señal. Pero que no sea sobre mis padres o los motivos que llevaron a mi madre a renegar de sus raíces. Ya sé que me he pasado años dándote la vara con el tema, pero lo que de verdad me interesa ahora mismo es saber dónde estás. Venga, abuela...

Por supuesto, no recibí señal alguna. Lo único que noté fue el sudor que me cubría el cuerpo, por lo que decidí darme una ducha, cambiarme de ropa y llamar a Marc.

—Si has hecho otros planes, no importa —le dije a través del teléfono mientras contemplaba por la ventana cómo había caído la tarde—. Bajaré a uno de los bares a comer algo y...

—Baja, inglesita —me cortó—. Mis planes, últimamente, se empeñan en contar contigo.

No fui consciente del alivio que sentí, de la sonrisa que dibujé, de la emoción burbujeante que me invadió. Simplemente, bajé hasta la calle, utilizando la escalera porque la breve espera del ascensor me habría supuesto una eternidad. Abrí la pesada puerta de forja y allí estaba, el chico del cabello desordenado y la sonrisa cautivadora, apoyado en su coche amarillo y negro. Aceleré el paso para ponerme a su altura y me sorprendí a mí misma teniendo que contener el impulso de lanzarme a sus brazos. No recordaba cuándo me había alegrado tanto la presencia de una persona.

No obstante, fruncí el ceño.

—¿Cuánto tiempo llevas aquí? —inquirí preocupada.

—Pues... —miró la hora en el móvil—, todo el rato, desde que me despachaste. No me he movido de aquí, esperando que me llamaras.

—Pero... —comenté aturdida—, de eso hace horas...

Marc se echó a reír.

—Ya has vuelto a tomarme el pelo —refunfuñé.

—Tranquila, inglesita. He llegado hace menos de diez minutos. Me fui a hacer unas compras y, al pasar por aquí, pensé que lo mismo me echabas de menos...

Reí. Si es cierto que reír alarga la vida, estoy segura de que, junto a Marc, podría llegar a ser centenaria.

—¿Adónde desea que la lleve la señorita? —me preguntó a la vez que alzaba una de las comisuras de la boca, convirtiendo el interior de mi estómago en un caos de mariposas aleteando frenéticas—. ¿A la luna?

«Sí, si me acompañas», estuve a punto de decirle.

—No he comido nada desde el desayuno. —Sonreí mientras nos acomodábamos en el coche—. Me inclinaría más por algún lugar para comer..., que ya sería cenar.

—Ya lo había pensado, cielo. —Me guiñó un ojo y yo reí, simplemente, para disimular el sonrojo, el entusiasmo, la felicidad.

Solo unos minutos después, nos encontrábamos en la terraza de un restaurante, sentados a una mesa cubierta con un mantel de cuadros rojos y blancos. Sobre nuestras cabezas, varias ristras de bombillas otorgaban un toque de magia e intimidad al lugar.

Emití una carcajada cuando el camarero colocó una paella de marisco para dos en el centro de la mesa. A continuación, nos sirvió un plato a cada uno.

—Supongo que no la has probado nunca —señaló al tiempo que agarrábamos nuestros cubiertos, dispuestos a dar buena cuenta de aquel manjar.

—¡No! —exclamé—. ¡Pero lo estoy deseando!

Nunca había disfrutado tanto de una cena. Y no solo porque la comida me pareciera deliciosa, sino por el lugar, la compañía, la conversación. Comí mientras Marc me contaba anécdotas ocurridas con el taxi, algunas para reír y otras para llevarse las manos a la cabeza, desde gente que se largaba sin pagar aprovechando un semáforo hasta parejas que se liaban en el asiento trasero.

Cuando terminamos, abrí el bolso, saqué la cartera y extraje una tarjeta. Marc comenzó a protestar, pero le coloqué un dedo sobre los labios. Traté de ignorar su aliento tibio en mi piel.

—Ah, ah. Esta vez pago yo. Ya puedes decirme lo que quieras.

Él, sin embargo, me aferró la muñeca y me miró con seriedad, mostrando el hoyuelo de su barbilla.

—Yo no tengo que casarme con nadie para que mi familia no sea desahuciada —me soltó.

—¡Te estás aprovechando de haberte confiado mi vida! —protesté—. Además, ya no me viene de una maldita paella —bufé.

—¡Es el dinero de tus estudios, Sky!

—¿Por qué me llamas por mi nombre en los peores momentos? —refunfuñé.

—Porque es en los peores momentos cuando necesitas cerciorarte de que la gente está a tu lado.

Al final, lo hicimos al modo salomónico: pagar la mitad cada uno.

***

A pesar de haber bebido solo agua en la cena, al montarnos en el coche me sentí presa de una extraña euforia, como si mi mente se negara a dar por terminada la noche.

—Sé que mañana vuelves a madrugar —comencé a decirle a Marc, que me miró con una mueca divertida—, pero me gustaría acercarme a un sitio que solo he visto en vídeos de viajeros...

—Vale —aceptó mientras arrancaba el motor—. Si quieres, puedes pagarme la carrera, por si eso te hace sentir mejor.

Parpadeé un tanto confusa.

—Era broma, cielo. —Me guiñó un ojo, gesto que, por muchas veces que repitiera, me seguía agitando por dentro—. ¿Y qué lugar es ese?

—La Fuente Mágica —respondí con entusiasmo.

Marc esbozó una mueca sin apartar la vista del tráfico.

—Está fuera de servicio —anunció—. Es una de las restricciones llevadas a cabo por el ayuntamiento por el tema de la sequía.

—Oh, vaya —musité decepcionada—. No me enteré de eso. Qué mal...

Contemplé de reojo la expresión seria pero pensativa de Marc.

—No puedo ofrecerte nada parecido para ver —señaló—. Pero si te habías hecho a la idea de mezclar luz y música..., puedo proponerte algo.

—¿El qué? —inquirí expectante.

—No voy a decírtelo. —Me dedicó una sonrisa traviesa con un toque perverso.

Solo unos pocos minutos después, Marc estacionó su coche en una parada de taxis del paseo de San Juan.

Decidí no preguntar más y dejarme llevar por él, que se abría paso entre la gente que paseaba aprovechando el frescor que proporcionaba la noche. Dejamos atrás unos bancos de piedra que, a esas horas, estaban ocupados en su totalidad por personas que charlaban, miraban sus móviles o, simplemente, disfrutaban del aire nocturno.

Me detuve cuando Marc se acercó a una valla con una alta reja que custodiaba una iglesia, no muy grande pero llamativa y bonita.

—¿Qué hacemos aquí? —le pregunté.

Él se llevó un dedo a los labios para que permaneciera en silencio. No dije nada cuando vi que enlazaba sus dedos con los míos y tiraba de mi mano para que lo siguiera. Desde el principio me dio la impresión de que estábamos haciendo algo poco legal, sobre todo cuando caminamos pegados a los muros de la iglesia. El remate vino cuando me señaló una verja que debíamos saltar.

—Pero... —titubeé.

Él volvió a llevarse el dedo índice a los labios.

—Confía en mí —susurró.

Alucinada, contemplé cómo se encaramaba a la reja y, desde arriba, me ofrecía su mano para que hiciera lo mismo.

—Como me metas en un lío —susurré mientras me impulsaba—, ¡me echarán de España y no podré volver!

Marc se limitó a sonreír y a tirar de mí, aunque caminando con sigilo. Tan concentrada estaba en que no nos vieran que no fui consciente de la música que llegaba desde algún lugar cercano y del resplandor dorado que formaba una nube sobre nuestras cabezas.

—¿Se puede saber dónde estamos? —inquirí en voz baja mientras subíamos por una escalera de piedra.

—Es un colegio privado —me respondió sin mirarme, únicamente pendiente de que no hubiera nadie por allí—. Cuando era pequeño, me colé más de una vez con mis amigos, solo por darnos el gusto de meternos en un cole tan pijo.

Llegamos, por fin, al segundo piso, a unas galerías con arcadas que rodeaban un patio interior, algo que podría sonar normal si no fuese porque lo hicimos ¡arrastrándonos por el suelo! Las punteras de mis deportivas empezaron a cubrirse de rozaduras, lo mismo que mis rodillas.

De pronto, me entró una risa floja que no podía controlar. Tuve que morderme el labio inferior para no delatar nuestra presencia.

—Dios —reí entre susurros—. Si me vieran ahora lord y lady Barnaby Clifford..., o el señor Abernathy... ¡O Sterling! —Continué riendo—. Qué gustazo me daría, por favor...

Marc, recostado como yo contra la pared de la galería, me miró con ternura.

—Diría que ya ríes lo suficiente —musitó—. Creo que lo he conseguido.

Dejé de reír un instante, aunque mi boca siguiera curvada hacia arriba.

—No te atribuyas todo el mérito. —Puse los ojos en blanco.

—¿No piensas admitir que te hago reír? —me preguntó con un deje de fingida decepción.

La respuesta era obvia, pero no surgió de mi boca. Aunque la oí perfectamente en mi cabeza.

«Sí, Marc, me haces reír. Me haces olvidar. Me haces feliz».

En mitad de aquel chisporroteo de miradas, fui por

fin consciente del sonido suave de la música que llegaba del patio. Marc se arrodilló en el basto suelo y me incitó a hacer lo mismo. Junto a él, percibiendo el cosquilleo de su pelo en mi mejilla y el roce de su camiseta en mi brazo, me aferré al filo del murete que nos separaba del vacío y ambos asomamos la cabeza para contemplar lo que tenía lugar unos metros más abajo.

—Marc... —musité—. Qué bonito...

En el patio de aquel colegio religioso se habían dispuesto filas y filas de pequeñas lamparillas que imitaban cientos de velas encendidas. Las diminutas luces componían un espectáculo luminoso que irradiaba paz, armonía y calma. Sentí que aquello sería lo más parecido a estar en el cielo.

Entre las velas, un público silencioso acomodado en sillas de madera se dedicaba a escuchar la música que envolvía el aire y llegaba a los oídos como en una caricia. Un cuarteto de cuerda interpretaba una melodía, que, tras unos segundos, logré reconocer.

—Son canciones de ABBA —le susurré a Marc—. Aunque suenan... diferente.

La iluminación creaba una atmósfera tan íntima que conseguía que la música la sintieras hasta en los huesos.

—Van cambiando el estilo —me explicó él—. Solo es un pequeño concierto con velas, pero me parece que mola mucho, ¿no crees? Y gratis... suena aún mejor —bromeó.

Me giré hacia él. La oscuridad no me permitía ver más que la sombra de sus rasgos. En sus ojos, sin embargo, titilaba el resplandor dorado de las velas, componiendo una imagen irreal, como si Marc fuese una criatura fantástica.

—Sí —susurré—. Mola muchísimo.

Nos centramos de nuevo en el cuarteto, para seguir escuchando la música y dejarnos envolver por la magia del momento, del lugar... y de la compañía.

***

Me dio un poco de pena que aquella noche ya no fuera a compartir charlas con Julia o Martina, a oír las risas de Jan o a ver cómo Marc abría la puerta de al lado. Me acompañó, eso sí, hasta el rellano del piso de mi abuela, donde ya había llegado el momento de despedirse hasta... no sabía cuándo.

—Bueno, inglesita —me dijo al tiempo que se desordenaba todavía más el pelo, si es que eso era posible—. Mañana curro, pero podemos vernos por la tarde para seguir acompañándote en tus pesquisas. —Sonrió.

Los días anteriores había estado dispuesta a convencerlo de que no era necesario. Pero ya no. No pensaba renunciar a Marc el tiempo que pudiese tenerlo.

—Vale —acepté—. Llámame, pero después de tu siesta húmeda de sudor y babas —bromeé.

Él también rio.

Hay acciones en nuestra vida que las pensamos y repensamos, a las que damos mil vueltas o analizamos en busca de pros y contras. Luego hay otras en las que nos lanzamos de cabeza, sin paracaídas, sin red. Y eso hice yo esa noche, lanzarme completamente a ciegas.

Marc estaba frente a mí, tan dubitativo como yo. Se había metido las manos en los bolsillos de los vaqueros y me miraba con una media sonrisa tímida.

—Pues... hasta mañana, cielo...

Quise besarlo. Porque sí. Porque lo deseaba desde la primera vez que lo había contemplado bajo la luz mortecina del interior de su coche. Porque no me importaba que apenas lo conociera. Porque, de alguna manera, el destino lo había puesto en mi camino, y, como ya sabemos, al destino le encanta jugar con nosotros para que nos sucedan cosas cuando menos te lo esperas. Y conmigo había jugado, pero bien.

Así, con un rayo de locura que jamás me había alcanzado, me acerqué a Marc, le posé las manos en el pecho y me puse de puntillas para acercar mi rostro al suyo. Cuando mi boca estuvo apenas a unos milímetros de su boca, Marc me aferró las muñecas y me apartó de él.

Lo miré más desconcertada que nunca en mi vida.

—Yo... lo siento, Sky —musitó—. Yo no... no...

Fue como recibir una patada en el estómago, un cubo de agua fría, un empujón junto a un precipicio. Aquella acción solo podía significar dos cosas: que no le gustaba o que estaba con alguien.

—P-perdona —balbucí mortificada. Había recibido unas señales que, a la vista estaba, había malinterpretado. Por primera vez en mi vida, maldije mi falta de experiencia.

—No es por ti, Sky —insistió—. Soy yo, que...

La típica excusa.

¡Me quise morir!

Me di la vuelta y, con dedos temblorosos, abrí la puerta del piso de mi abuela, la cerré a mi espalda y me dejé caer contra ella. Los ojos se me cerraron de vergüenza cuando oí el sonido de las puertas del ascensor.

—Tonta, tonta, tonta... —musité.

Tras tragarme un gemido lastimero, corrí hasta el sofá y me tiré sobre él.

Allí seguiría a la mañana siguiente.

Capítulo 26

Marc

Era la tercera vez que me sonaba el teléfono en el interior del coche y, nuevamente, colgué. La gente de mi entorno sabía y entendía que, mientras llevara pasajeros en el taxi, no atendería sus llamadas. Además, estaba seguro de lo que quería la persona que insistía en hablar conmigo. Ella, como tantas veces, pretendía convencerme de algo que yo no estaba dispuesto a hacer. Al menos, no todavía.

Quizá no estuviese preparado nunca.

Dejé al grupo de turistas en las Ramblas junto a la puerta de su hotel y, tras recibir una propina por ayudarlos con las maletas, regresé al coche y reemprendí la marcha. No había llegado ni al primer semáforo cuando comenzó a sonar la estridente musiquilla que me avisaba de una llamada. Suspiré al contemplar en la pantalla el nombre que llevaba apareciendo toda la mañana. Descolgué desde los mandos del volante.

—¿Qué quieres, Judit? —pregunté con fastidio.

—¿Cómo que qué quiero? —exclamó ella en un tono

cargado de una hostilidad que ya esperaba—. ¡¿Qué voy a querer?! ¡Que vengas a casa de una vez!

—Estoy liado...

—¡Y una mierda!

—Esa boca, canija...

—Ese es tu problema, Marc, que sigues pensando que soy una cría. ¡Y ya he cumplido diecisiete años!

—Uuuh, qué mayor —le dije con mordacidad—. Todavía tienes siete menos que yo, *canija*. —Remarqué la última palabra.

—Y, aun así —prosiguió—, soy lo suficientemente adulta como para darme cuenta de lo mal que te comportas con mamá. ¡¿De qué vas?! —clamó indignada—. ¿De chico rebelde que pasa de su familia para parecer más guay?

—Sabes que no es eso...

Mi hermana siguió sin dejarme respirar.

—A ella también la afectó la muerte de papá, Marc...

—Permíteme que lo dude —musité.

—¡No digas eso! ¡¿Tú qué sabes, si no la ves más que de higos a brevas?! ¿Hasta cuándo vas a ignorarla de esa manera?

—¡No lo sé, Judit! —exploté—. No me presiones, ¿vale?

Oí el suspiro femenino a través del altavoz.

—No quiero presionarte, Marc, pero, no sé..., podrías llamarla de vez en cuando. O, mejor, pasarte por casa alguna vez, aunque solo fuera para saludar. Por nuestra casa, Marc, donde siempre hemos vivido...

—Que sí, que sí —bufé al tiempo que me frotaba la cara.

—Que sí, ¿qué? —me pinchó—. Que vendrás..., ¿cuándo?

—Te he dicho que estoy liado —rezongué. Quizá era la excusa más manida y patética del mundo, pero no podía gritarle los verdaderos motivos a una adolescente.

Aunque esa adolescente ya no lo fuera tanto y conociera perfectamente mis razones.

—Mamá tenía derecho a rehacer su vida, Marc. —Judit suavizó su tono—. El amor es así, hermanito, llega cuando menos te lo esperas.

—¿Aunque haga cuatro días contados que has enterrado a tu marido?

—Ya se conocían de antes —me dijo con una condescendencia que me irritó, como si fuera yo el hermano pequeño—. Arnau estuvo a su lado, la apoyó, la cuidó...

—Procura no ser tan explícita —gruñí—. Prefiero no saber los detalles.

—Eres un cabezota —suspiró mi hermana—. Él es un buen tío...

—Vale, me alegro —la corté secamente—. ¿Algo más?

—Sí —refunfuñó—. Que me gustaría verte, aunque no te merezcas ni un segundo de mi presencia.

—Vaaale —concedí—. ¿Cuándo te iría...?

—Ahora mismo —me interrumpió—. Acabo de salir de la estación, así que estoy por tu barrio, en una cafetería, cerca de la plaza de Sants. Te mando la ubi.

—¿No estabas haciendo unas prácticas de monitora?

—Eh..., bueno, sí, más o menos.

—¿Qué haces ahí, entonces?

—¿Me estás marcando? —soltó con fastidio.

—Uy, usted perdone por querer saber dónde anda mi hermana pequeña —respondí exasperado.

—¿Vas a acompañar a esa hermana a tomarse una Coca-Cola fría o también la vas a ignorar? —rezongó.

—¿En qué quedamos? —la chinché—. ¿Te marco o te ignoro?

—Mira que eres tonto, ¿eh?

—Estoy ahí en diez minutos —masculló.

***

La distinguí antes de cruzar la calle. Mi hermana permanecía sentada a una mesa de la terraza de una cafetería, bajo una sombrilla que la protegía del sol abrasador de un mediodía de julio. Ante ella, un vaso del que apenas quedaba un rastro de hielo indicaba que ya casi se había terminado el refresco.

La observé aprovechando que parecía muy concentrada en su teléfono. Su espesa melena castaña le descansaba sobre la espalda y los hombros, y le ocultaba gran parte del rostro. Llevaba una camiseta negra de tirantes y unos vaqueros cortos tan rotos y deshilachados que no pude evitar sonreír.

Antes de que hubiese llegado a su altura, como si me presintiera, alzó la cabeza, me vio y me sonrió. Una onda caliente se apoderó de mi pecho al contemplar su bonito rostro, su sonrisa sincera y unos ojos azules que la genética familiar se encargó de otorgarle solo a ella.

Judit se levantó, corrió y se lanzó a mis brazos. Cerré los ojos al inspirar el familiar aroma de su pelo. Mi hermana olía a infancia, a días de playa y castillos de arena, a hogar.

—¡Qué pronto has llegado! —Rio tras darme un sonoro beso en la mejilla, y se me quedó mirando un instante—. Eres mi pesado hermano mayor y a veces te ataría un bloque de hormigón al tobillo y te lanzaría al mar, pero no se puede negar que cada día estás más guapo.

Alcé una ceja.

—¿Qué vas a pedirme?

—¡Nada, idiota! —Rio y volvió a sentarse. Yo lo hice frente a ella—. ¿Acaso no te he dicho nunca que me pareces guapo para ser mi hermano?

—Claro. Cada vez que quieres algo.

Puso los ojos en blanco.

—Que no, tonto. Bueno, otra Coca-Cola, si puede ser.

—Creo que ingieres demasiada cafeína para tu edad... y para ser deportista —rezongué mientras le hacía un gesto al camarero.

Ella se limitó a poner morritos mientras nos servían los refrescos.

—¿Qué tal van esas prácticas? —le pregunté tras dar un trago a mi vaso. Tenía que reconocer que la mezcla de burbujas, hielo y limón entraba bien con el calor.

La mirada de mi hermana se ensombreció. Algo la hacía sentir culpable, la conocía demasiado bien. Como si de alguna forma me traspasara sus pensamientos, bajé la mirada al suelo. Al otro lado de su silla había una mochila azul marino, en la que, aunque solo pudiese ver su parte trasera, intuía perfectamente el escudo que la adornaba por delante.

Miré a Judit. En mi interior se agitó un caos, mezcla de orgullo, rabia y tristeza.

—¿Estás de monitora en la Ciudad Deportiva del Barça? —musité.

—Sí —suspiró—. Pidieron voluntarias entre las jugadoras para ayudar algunos días en el campus de verano. Ya sabes..., un montón de niños y niñas...

—Sí, ya sé. —Compuse una expresión adusta, que

241

luego suavicé—. Perdona, Judit. Es injusto que tengas que sentirte culpable por hacer lo que te gusta. Y tampoco es justo que tengas que esconderte de mí.

—Pero es que te entiendo, Marc —me dijo con un deje de pesar—. Si a mí me hubiese ocurrido lo mismo que a ti..., también lo habría pasado fatal. Y eso que yo jamás llegaré a tu nivel.

—No puedes saberlo con certeza...

Me miró con las cejas levantadas.

—Marc, Marc... —señaló con retintín—. Tú y yo sabemos que me aceptaron en el equipo por ser tu hermana. Me siento afortunada de jugar en el Barça B, pero tengo muy claro que me limitaré a disfrutar mientras pueda, que no será mucho tiempo.

—¿Piensas seguir estudiando? —le pregunté un poco más seco de la cuenta.

Ella puso los brazos en jarras.

—Eso sí que es injusto —refunfuñó—, que pretendas que yo lo haga mejor que tú para enmendar tus errores.

—No —espeté—. Quiero que mi experiencia te sirva de algo, que no es lo mismo.

—Vale, vale. —Posó su mano sobre la mía y me miró con ternura—. No quiero que nos peleemos, porfa.

—Yo tampoco, canija. —Le devolví una mirada tierna, aunque llevara implícita la espera de una respuesta.

—Que sííí, —acabó respondiendo en tono comprensivo—, que iré a la uni cuando acabe el insti, tranqui. Escogí el bachillerato científico porque quiero estudiar Biología Marina. Ya sabes que me va todo lo que tenga que ver con proteger los mares y los océanos y eso.

—Qué guay. —Le hice un gesto con la cabeza para

señalar el taxi—. Te lo digo para que no te quedes sin opciones.

—Eso es una especie de penitencia que te autoimpusiste —me recriminó—. ¿Por qué te desvinculaste del todo del mundo del fútbol? Podrías entrenar...

—Te lo he dicho mil veces, Judit —la corté—. Porque, si no puedo jugar, no pienso volver a pisar el césped. Solo me permito ir de público, que ya es bastante concesión por mi parte. Además, tengo que vivir de algo.

—Pero te hiciste taxista por papá —me soltó a bocajarro, como si sus palabras no fueran a clavarse en mi pecho como balas recién disparadas—. No me lo niegues.

Cerré los ojos ante ese nuevo disparo.

—Ay, perdona. —Mi hermana se sentó en la silla que había a mi lado para rodearme con los brazos y besarme en la mejilla una y otra vez—. Lo siento, lo siento, lo siento. Sé que ese tema te duele, pero no tienes que sentirte culpable de nada, Marc. Si supiésemos cuándo va a morir la gente nos comportaríamos de otro modo con ellos.

—Eso es lo malo, Judit. —Apoyé la cabeza en la de mi hermana—. Que deberíamos demostrarles a nuestros seres queridos cuánto nos importan siempre, no porque sepamos que van a morir. Y yo debería haberme portado mejor con papá, simplemente, porque era mi padre y porque se lo merecía. Se mataba a trabajar para que yo... —Se me quebró la voz.

—No te tortures más, por favor —me susurró sin dejar de acariciarme los dedos. Después cambió de tema para que me recompusiera—. Llevas más anillos y pulseras que antes, ¿no? —inquirió al tiempo que señalaba aquellos adornos.

—Va, elige una —le dije, anticipándome a su petición. No era la primera vez que lo hacía. De las pulseras que rodeaban sus muñecas, al menos la mitad eran mías. Solía comprarlas en una de las muchas tiendas de artesanía del barrio Gótico.

Ella frunció el ceño.

—Me gustaba una que mezclaba hilos negros y azules. ¿Dónde está?

Titubeé y Judit captó mis dudas.

—¿Tienes algo que contarme, Marc? —señaló con cierto tonillo.

—No sé de qué me hablas... —disimulé.

El recuerdo de la persona a la que le había regalado aquella pulsera consiguió ponerme nervioso. Todavía no era consciente del motivo, que no era otro que el consabido temor a lo desconocido. Sobre todo, cuando te pilla desprevenido.

Qué extraña es a veces la percepción del tiempo. Mi mente llevaba dos años recreando la escena en la que mi pierna se quedaba atrás y sentía el desgarro, el dolor insoportable y mis propios gritos. Una escena que, cada mañana, al despertar, imaginaba que acababa de suceder, tan vívidos eran los sueños. Aunque, en cuanto deslizaba los dedos por la cicatriz de la rodilla, comprendiera el tiempo real que había transcurrido. Sin embargo, se me hacía inverosímil pensar que Sky solo llevase unos días en mi vida.

Y pensé en ello. En que conoces a una persona que hasta ese momento no existía para ti y, de golpe, se convierte en el centro de tus pensamientos, de tus sueños, de tus sonrisas. Y sientes que la conoces desde siempre. Que cuando no está cerca te cuesta un poco más sonreír. Que si está presente los colores parecen más brillantes, y cuando se aleja todo se vuelve un poco más gris. Evocas conversaciones y momentos antes de irte a dormir solo para revivirlos durante la noche, analizarlos y... darte de hostias porque tu comportamiento ha sido el de un auténtico capullo.

¿Cómo es posible que una sola persona consiga tantas cosas en tan poco tiempo?

—Si tienes novia —insistió Judit con una sonrisilla—, puedes contármelo.

—No tengo novia —señalé con tono de aburrimiento.

—*Valep*. —Se cruzó de brazos—. Dime, entonces, dónde está esa pulsera.

Abrí la boca para contestarle que la había perdido o alguna otra trola semejante, pero no pude. No me gustaban las mentiras, mucho menos entre mi hermana y yo. Ella era mi mayor verdad, mi refugio, mi puerto seguro. Admito que retenía alguna información porque todos guardamos secretos, pero nunca con intención de mentirle.

—Se la he regalado a alguien —farfullé.

—¿En serio? —se interesó—. ¿A quién?

—A una chica.

—Hasta ahí llego —se quejó—. Quiero saber a qué chica.

—No la conoces.

—Lo imagino —rezongó—. ¿Puedes hablarme de ella? —Abrió los brazos en señal de exasperación—. ¡Tú siempre has querido saber con quién andaba! ¡Es justo que ofrezcas lo que exiges!

—No es lo mismo, y lo sabes —refunfuñé.

—Oh, claro, porque yo soy una chica y tú un tío que puede salir con quien le dé la gana...

—Que nooo —la corté—. La diferencia es que tú eres una cría.

—Ya no soy tan niña —bufó.

—Pero sí menor de edad.

—Vale, pues como menor de edad desamparada —se mofó—, exijo saber con quién anda mi hermano. A saber: nombre, edad, ocupación, dónde la has conocido...

Sonreí ante aquel interrogatorio.

—Te he dicho que no salgo con nadie —sonreí—, así que no voy a aceptar tu tercer grado.

—Tú no le vas regalando tus pulseras a cualquiera —insistió testaruda—. Necesito saber con quién voy a tener que compartirlas. —Sonrió perversa.

Lancé una carcajada.

—Qué pesada eres —claudiqué—. Solo es una amiga.

Esperaba que fuera así, después de... No quería ni acordarme.

—Ya. —Mi hermana se cruzó de brazos—. No esperarás que me quede satisfecha con esa mierda de respuesta.

—¿Te pido un vaso de lejía para limpiar esa boca? —la amonesté.

—¡¿Qué quieres?! —se quejó—. Puede que una larga lista de chicas haya pasado por tu vida, pero nunca has tenido novia, Marc, es lógico que me interese.

—No han sido tantas. —Fruncí el ceño.

Ella puso los ojos en blanco.

—Oh, por favor, hermanito. Guapo, deportista, famoso... Lo tenías todo para que se te abalanzaran encima. Y, ahora, seguro que eres el taxista más buenorro del área metropolitana y más allá.

—No vas a sonsacarme nada, te lo advierto —gruñí—. Así que deja de pelotearme.

Judit se puso en pie, como impulsada por un resorte.

—Vale, pues me voy. Pero no esperes que esto quede así. —Señaló una de mis muñecas—. Quiero la de las bolitas de colores.

Volví a soltar una risotada.

—De acuerdo, toma. —Me quité la pulsera y se la puse en la palma de la mano, como si fuera un pago por mi silencio.

—Tu chantaje me sirve... de momento. —Se rodeó la muñeca con ella y extendió el brazo para mirarla satisfecha.

—Anda —sonreí—. Será mejor que regreses a casa.

—Me llevas, ¿no?

—Claro, para eso soy taxista —respondí con un toque de sarcasmo.

***

Una media hora después llegamos al paseo de Valldaura, donde se ubicaba el edificio en el que había vivido siempre con mi familia. Aunque, como ya había hecho otras veces, paré en la anterior esquina.

—Supongo que es una pérdida de tiempo pedirte que subas —suspiró mi hermana.

—Completamente —respondí sin vacilar.

Ella se encogió de hombros.

—Tenía que intentarlo. —Sonrió y rodeó mi cuello con los brazos para darme un beso. Yo también la besé en la mejilla—. Dentro de unos días comienza la pretemporada. Vendrás a verme, ¿no?

Meneé la cabeza y sonreí.

—Pues claro, canija.

—¿Solo o acompañado?

Volvió a hacerme reír.

—Lárgate, anda.

Abrió la puerta del coche y se bajó.

—¡Gracias, hermanito! —exclamó antes de cerrar—. ¡Te quiero!

—Yo también —musité mientras la veía alejarse y un manto de nostalgia me envolvía.

Capítulo 27

Sky

Miré satisfecha el resultado mientras me deshacía de los guantes de goma. Si iba a permanecer más tiempo en casa de mi abuela, lo primero que tenía que hacer era rodearme de orden y limpieza. Puede que yo nunca hubiese necesitado limpiar mucho en casa, pero si para algo me había educado bien mi madre fue para tener decente mi cuarto y no esperar a que el servicio debiese hacerlo todo.

El día anterior, mientras trataba de encontrar algo revelador en aquel piso, lo había dejado del revés, así que me puse manos a la obra y lo ordené de nuevo. También aproveché para pasar un plumero por los muebles y regar las plantas, por si un poco de agua podía obrar el milagro de devolverlas a la vida.

Lo que venía a continuación era llenar un poco la despensa. Bajé a la calle y me encontré con mucho más movimiento que el domingo, el día anterior. Los comercios estaban abiertos y le otorgaban al barrio una vida más allá de los turistas.

Aunque lo primero que hice fue ir al supermercado más cercano y aprovisionarme de lo más básico, como conservas, leche, café y galletas, me acerqué después al mercado municipal, donde los productos frescos expuestos formaban un colorido mosaico de frutas, verduras, carne y pescado. Mis conocimientos culinarios eran peor que básicos, por lo que llené una bolsa con lechugas, tomates, melocotones y un trozo de sandía que me hizo salivar nada más verla.

—Tienes que comprarte un carrito, niña, o no podrás con todo y te destrozarás la espalda.

Me giré hacia esa voz conocida y abrí mucho los ojos al encontrarme con la anciana que conocí la primera vez que accedí al edificio.

—¡Señora Antonia! —la saludé.

Ella me sonrió y me dio un abrazo.

—Hola, bonita. ¿Para quién es la compra? —Frunció el ceño—. ¿Ha vuelto Ángela y no me he enterado?

—No —respondí con pesar—. Me había dejado una llave en el buzón y por eso he podido entrar. Pero sigo sin noticias de ella.

—Qué extraño —murmuró la mujer mientras ambas cruzábamos las puertas del mercado y bajábamos por una rampa hasta la acera—. Dejarte una llave sin darte sus nuevas señas...

—Ya —suspiré.

Le di la razón a la vecina. Quizá ya era extraña nuestra relación telefónica a escondidas del resto de la familia, pero seguía sin tener sentido que mi abuela me hubiese dejado aquel rastro de señales y pistas. ¿Con qué objetivo?

—Así que ¿ahora vives tú aquí? —me preguntó la señora Antonia cuando salimos del ascensor al rellano—. ¿El piso no se ha vendido?

—No creo que mi abuela me hubiese dejado una llave si ese hubiera sido el caso —le comenté.

«Y un puñado de cartas de amor escondidas en una enciclopedia», pensé.

—Tienes razón, hija —admitió ella—. Pues, ya sabes, cualquier cosa que necesites, aquí estamos mi marido y yo. —Señaló su puerta.

—Gracias, señora Antonia.

—A ti, cielo.

Una sombra cruzó por mi mente al oír aquel apelativo cariñoso, puesto que me hizo recordar que Marc no me había llamado ni enviado ningún mensaje. Aunque, por otro lado, seguía sintiendo tanta vergüenza cuando pensaba en lo que había ocurrido en el rellano que casi me parecía mejor no saber nada de él.

Después de comer una ensalada, a la que le había echado de todo, una tortilla un poco quemada y un gran trozo de sandía, recogí la cocina y me senté en el sofá. Agradecí con un suspiro de placer haber encontrado un viejo ventilador al fondo de un armario, por lo que se me hizo más llevadero el calor de las primeras horas de la tarde.

Dormité un rato, pero no lograba un sueño profundo, así que me puse a mirar el teléfono. Tenía un par de llamadas perdidas de Harvey, un audio de Pippa y un mensaje de mi padre, que se quejaba de que no decía nada. Ignoré a los dos primeros y respondí a mi progenitor con un «tengo el móvil apagado para desconectar, pero todo va bien».

Solté con un bufido el teléfono sobre el sofá. A un lado, junto a la lámpara de rincón, seguía la caja de girasoles, donde había guardado todas las cartas. La cogí, la abrí y releí algunos párrafos, pero seguían sin aclararme nada. En todo caso, aún me turbaban aquellas palabras impregnadas de un amor que yo jamás había visto, sentido o compartido.

Devolví la caja a su sitio y desvié la vista hacia la enciclopedia que había contenido las misivas. Despacio, con sigilo, como si tuviera que esconderme de lo que estaba haciendo, me levanté del sofá y me senté en el suelo con las piernas cruzadas, delante de la estantería.

Durante un rato, me quedé mirando aquellos libros de lomos con letras doradas, como si tiraran de mí y yo me resistiera a acercarme por... ¿por qué? ¿Sentía vergüenza por sentir esa atracción? ¿Imaginaba las caras de reproche de mis padres o de Harvey?

«¿Por qué te importa tanto lo que piense el resto?», oí en mi cabeza la voz de mi abuela.

Y la respuesta a esa pregunta era que no, que, en realidad, me importaba un comino lo que pensara el resto. Que la culpa había sido en gran parte mía por acomodarme en una vida sin decisiones, dejando que los demás se ocuparan de decidir, como si hubiese vivido en una cómoda cárcel y a mí me hubiese parecido bien.

«Pregúntate por qué no te gustas; qué es lo que te gustaría cambiar. Y si estás dispuesta a hacer algo para remediarlo».

Me clavé los codos en las piernas y me froté las sienes mientras meditaba aquellas preguntas. Lo primero que pensé fue que el problema no era que yo no me gustase, sino que no sabía quién era. Me había pasado la infancia entre los silencios de un padre y las recriminaciones de una madre que nunca estaba contenta, corroborando así que yo era la causa de su desgraciada vida. Llevaba años y años dejándome arrastrar, sin preocuparme por mí, por mis deseos o mis sueños. No era que me hubiese rodeado de capas para ocultar mi personalidad; es que no tenía personalidad. Y, al contrario de lo que pensaba a los once años, no me sentía parte de nada. No tenía un lugar en el mundo.

Y, entonces, alcé la vista, la fijé en aquellos libros y fue como si hasta ese momento no los hubiese visto. Fue como un clic en mi cabeza que avisara de que se había activado el interruptor de encendido. Porque hasta entonces había estado apagado.

Tiré del primer tomo y lo apoyé en mis piernas. Al abrir la cubierta, las páginas crujieron y desprendieron el inconfundible olor a libro viejo, a humedad, a tesoros por descubrir. Empecé a leer la introducción y continué con el resto de los capítulos, que ilustraban los textos con fotografías, gráficos o ilustraciones. Nunca me cansaba leer sobre los comienzos de Inglaterra. Y, así, me sumergí en la lectura que, como siempre, me resultaba tan fascinante, en los primeros hallazgos arqueológicos, en Stonehenge, y, más tarde, en romanos, celtas y la reina guerrera Boudica, en pictos, anglos y sajones. Cuando quise darme cuenta, me había leído los tres primeros libros, y solo dejé de hacerlo por el dolor de trasero y espalda que me había causado la postura.

Devolví los ejemplares a la estantería y me puse en pie. De repente, me sentía más ligera, casi ingrávida, como si durante el rato de lectura se hubiese ido disolviendo un peso que había llevado sobre los hombros durante toda mi vida.

Salí al balcón y me dejé caer en la barandilla para observar las ramas de las palmeras mecidas por la suave brisa estival, el intenso y ruidoso tráfico o la gente que comenzaba a invadir las aceras. Y fue extraño y a la vez increíble percibir mucho más los colores, los sonidos, los olores, como si hasta entonces hubiese permanecido tras un cristal esmerilado, recibiendo de forma amortiguada todo lo que me rodeaba.

Tal vez no había estado perdida, sino escondida.

Y sonreí. Y reí. A cualquiera podría haberle parecido una tontería estar así después de una simple lectura, pero para mí significaba un cambio, un despertar; saber algo de mí, reconocerme. No quiero decir que hubiese tenido una revelación divina. A veces, no hace falta que sea un gran descubrimiento o un momento especial. A veces, sencillamente, ocurre algo, conoces a alguien... y te descubres a ti misma.

—No te gusta lo que estás estudiando, Sky —musité al tiempo que mis dedos presionaban el pasamanos y los nudillos se me ponían blancos—. No te gustaría en absoluto trabajar en un despacho en el que te limitarías a apuntar cifras. Estás harta de aguantar las caras de reproche de tus padres, la falsedad de tu novio y la condescendencia de tu amiga, que te recuerda continuamente que sin ella estarías perdida, cuando has tenido que largarte lejos para encontrarte.

Suspiré. No por admitir a viva voz lo que no quería dejaba de existir el problema de mi familia, que me había hecho responsable de evitar la ruina que se cernía sobre nosotros.

Pero, había dado un paso, ¿no? Ya no me sentí como una marioneta a la que todo el mundo movía tirando de alguna de las cuerdas. Había dado un buen tirón y me había desprendido, al menos, de un par de ellas.

Con un ánimo que ni siquiera reconocía en mí, corrí hasta el salón y fui en busca de mi teléfono. Necesitaba contarle a alguien que me había descubierto, aunque solo hubiese sido un poquito.

El problema era... ¿a quién?

Probé de nuevo a llamar a mi abuela, pero su teléfono seguía inoperativo. Después de ella..., solo me quedaba Marc. Aunque, tras lo que había ocurrido, no sabía si la confianza que habíamos creado se habría resentido.

Aun así, le eché valor y marqué su número. Al fin y al cabo, quizá yo le estaba dando una importancia al casi beso que, en realidad, no tenía. ¡Tampoco era para tanto que un chico me hubiese rechazado!

—¿Qué ocurre, cielo? —me contestó Marc al otro lado.

Suspiré de alivio.

—Hola, Marc. Yo... solo quería decirte que tenías razón. Que sí tengo sueños. Que, como tú dijiste, no me habían dejado soñar. Y que, aunque me vea obligada a renunciar a ellos, sé que están ahí. Y eso me hace ser alguien a quien empiezo a conocer un poco porque nunca he sabido quién soy. —Reí de una forma un tanto triste—. Quizá no sepa del todo lo que quiero, pero estoy segura de lo que no quiero. Y eso es algo bueno, ¿no?

Silencio. Mi corazón se detuvo, incluso mientras Marc comenzaba a hablar.

—Claro que es bueno, inglesita —respondió tras unos segundos, en los que solo lo oí respirar—. Es bueno... y me alegro. Me alegro muchísimo por ti. Aunque... me das un poco de envidia, ¿sabes?

—¿Envidia? —inquirí desconcertada.

—Sí, envidia, por dar ese paso que ni yo mismo me atrevo a dar.

—¿Y por qué no lo das? —susurré.

—Porque no soy tan valiente como tú.

—¿Yo? —gemí—. ¿Valiente? Está claro que no me conoces.

—Mucho más de lo que te imaginas, inglesita —murmuró.

Agarré con fuerza el móvil. No supe qué decir.

—Ahora... tengo que irme —anunció—. Pero te llamaré y volveremos a vernos. Si tú quieres, claro...

—Sí —dije sin vacilar—. Nos vemos, Marc.

Cuando colgué, me sentí llena de una energía que debía canalizar de alguna forma. Me refresqué un poco, me cambié de ropa y me recogí el pelo en una coleta alta. Bajé hasta la calle y me dediqué, sencillamente, a caminar entre la gente, a respirar, a dejarme envolver por la brisa cálida de una tarde de verano. Sin apenas darme cuenta, mis pasos me llevaron a la entrada del museo del F. C. Barcelona, que se encontraba en aquella misma calle, y, siguiendo un impulso, entré. Pensé en el pequeño Jan, en la ilusión con la que hablaba de su equipo, del orgullo que expresaba por ser parte de aquel legendario club. Tuve que hacer un buen rato de cola para ser un lunes, pero conseguí acceder a las salas y pasillos que albergaban enormes fotografías de jugadores y jugadoras, trofeos o camisetas. Me interesé por la historia, comenzando por la parte futbolística, donde se exponían fotos con las plantillas y listados con los nombres. Había pensado hacer el recorrido de forma ligera, pero, en cierto momento, me detuve. Algo me había llamado la atención en una de las fotografías, algo que me resultaba familiar. Aunque, más que algo, diría que fue *alguien*. Pasmada, contemplé la sonrisa de Marc, que posaba en pie, con las manos a la espalda, como el resto de los compañeros de la tercera fila.

Miré el año. Aquella era la plantilla de la temporada 2021-2022. Y no había lugar a dudas, porque, en el listado, junto al número 7, rezaba un nombre: MARC TORRES, EXTREMO DERECHO.

De inmediato, recordé a los muchachos que lo reconocieron por la calle, aunque él disimulara y les hiciera creer que se habían equivocado.

—¿Qué te ocurrió, Marc? —murmuré sin dejar de mirar al chico de la fotografía.

Capítulo 28

Sky

El sonido del timbre me hizo dar un respingo. Durante un momento me sentí confusa, como si no recordara dónde me encontraba o qué estaba haciendo.

Bajé la vista a mis piernas cruzadas, donde reposaba un libro. Al igual que el día anterior, me había sentado en el suelo, junto a un ventilador, y me había sumergido en la lectura de los tomos que mi abuela había elegido para su estantería. Tras acabarme toda la enciclopedia sobre la historia de Inglaterra, había descubierto otros ejemplares relacionados con el pasado de España y las horas habían pasado sin que me diese cuenta.

El timbre volvió a sonar. Me levanté y, antes de abrir, eché un vistazo a través de la mirilla. Sonreí al ver a Marc, aunque el sentimiento de vergüenza siguiera clavado en mí como finísimas agujas en mi vientre.

—Hola —lo saludé con un atisbo de timidez.

—Hola —me correspondió con una sonrisa.

Durante un momento, me quedé quieta, parada frente a él, sin poder apartar la vista de sus ojos cristalinos, sus largas pestañas o su cabello alborotado. Como solía hacer cuando trabajaba, llevaba unos vaqueros y una camiseta negra, aunque se daba un toque de distinción con una camisa de rayas blancas y negras con los puños remangados. De esa forma, al bajar la vista, pude ver bien sus manos, los objetos que las adornaban y los tatuajes del brazo derecho.

—¿Puedo pasar? —me pidió tras ver que los segundos pasaban y yo seguía pasmada frente a él.

—Sí, sí, claro.

Sonreí y me hice a un lado para que entrara, aunque se detuvo de golpe al ver el montón de libros desperdigados por el suelo del salón. Se giró hacia mí mientras alzaba las comisuras de la boca.

—Supongo que te referías a esto cuando me contaste que habías descubierto lo que querías.

Esbocé una mueca y sentí el calor en las mejillas. Había sido demasiado impetuosa llamándolo para contarle... ¿qué? ¿Que me habría gustado estudiar otra cosa?

Sonaba tan banal al día siguiente...

—Lo siento —le dije mientras me afanaba en recogerlo todo—. Ya ves tú qué tontería, llamarte para eso...

—Me gustó que me llamaras —señaló mientras, acuclillado a mi lado, cerraba libros y me los iba pasando. Sentí su mirada fija en mis movimientos, pero, todavía con un resquicio de bochorno, para qué negarlo, evité que mis ojos se encontraran con los suyos—. Y no es ninguna tontería. Descubrir quién eres o, al menos, quién te gustaría ser es un gran paso, Sky. Es como si te hubiesen atado las alas y, de pronto, hubieras descubierto que eres capaz de moverlas a pesar de las ataduras. El próximo paso podría ser deshacer los nudos y echar a volar.

—Ya, bueno... —Me aparté un mechón de la cara y traté de engancharlo en la pinza que me lo recogía en la coronilla—. Me vine un poco arriba, cuando sé perfectamente que lo tengo bastante difícil. —Me atraganté con mi propia saliva antes de soltar lo siguiente—. Con lo de la ruina de mi familia y eso...

—Con «eso» te refieres a que tienes que casarte con tu novio —murmuró—, el de los patinetes eléctricos.

Pensar en ello me provocaba tal agitación que me acababa mareando.

—¿Ya has terminado de currar? —le pregunté. No me apetecía en absoluto hablar de ese tema, y menos con él—. ¿Quieres que vayamos a... algún sitio?

—Ah, sí, a eso he venido. —Se frotó la nuca y se despeinó más todavía—. Saliendo del aeropuerto me ha llamado Martina. Apuntaron a Jan a un campus de verano al que va por las mañanas y me ha pedido que vaya a recogerlo. Ella trabaja en una floristería y hoy le ha fallado su ayudante, así que no puede dejar la tienda sola. Julia, que trabaja de enfermera en el Hospital Clínic, por supuesto, tampoco puede.

Lo miré algo desconcertada.

—He venido a preguntarte si te apetece acompañarme. A Jan le hará ilusión verte...

—Sí... ¡Claro! —Di un par de vueltas sobre mí misma—. ¡Dame unos minutos para cambiarme!

Corrí hasta la habitación de mi abuela, donde me había apropiado de una parte de su armario para guardar mis cosas. Abrí las puertas y exhalé un bufido. No había sido consciente hasta ese momento de la poca ropa que me había llevado conmigo, pensando siempre en que solo pasaría unos días con mi abuela. Renegando, tiré de un pantalón corto blanco y una blusa sin mangas de color azul. Me calcé después con mis sempiternas zapatillas blancas y corrí hasta el baño. Frente al espejo, comprobé que mis mejillas aparecían arreboladas y mis ojos estaban brillantes, por lo que decidí prescindir del maquillaje, que, además, me haría sudar a chorros. Me solté el pelo, lo cepillé... y me pareció que estaba hecho un desastre, bufado y encrespado por el calor. Regresé de nuevo a la habitación y rebusqué en mi mochila, donde recordaba haber guardado un par de pañuelos para el pelo. Escogí el de color azul, a juego con la camiseta, me lo coloqué sobre la cabeza y lo até en la nuca. Me miré en el espejo de la cómoda y descubrí que no estaba mal. Podría parecer algo ridículo, pero el mero hecho de elegir o decidir sobre mi atuendo y verme guapa sin tener que esperar el visto bueno de nadie me llenó de satisfacción. Como un sencillo premio. Como una pequeña victoria. Aunque ya no creo que nada sea pequeño cuando se trata de quererse a uno mismo.

—Ya estoy —le dije a Marc de vuelta en el salón. Cogí un pequeño bolso para las llaves, la cartera y el móvil—. ¿Nos vamos?

Él me miró y abrió un instante la boca, pero se quedó sin decir nada.

—¿Ocurre algo? —le pregunté mientras salíamos del piso.

—No, no, nada... —farfulló.

Ya en el taxi, Marc pareció recuperar su humor habitual mientras se desenvolvía entre el tráfico y accedía a una vía más rápida.

—¿Has descubierto algo nuevo sobre tu abuela? —me preguntó—. ¿Alguna carta más?

—No —suspiré—. Todo sigue igual. Su teléfono,

inoperativo, y cero señales que me puedan aclarar algo más.

—¿Y qué piensas hacer? Me refiero a si todo sigue así, sin noticias...

—He llegado a pensar en poner una denuncia —le aclaré—, pero no sabría ni qué decirle a la policía.

—Si te parece —me dijo al tiempo que buscaba un aparcamiento—, podríamos pedirle a Julia que investigara un poco por los historiales clínicos. Y si no encuentra nada, vamos a la poli y le explicamos el caso.

Hasta ese momento, algo rígido parecía haberme tensado el pecho, mientras pensaba que entre Marc y yo todo había cambiado. ¡Y todo por un impulso! ¡Por un casi beso! ¡Yo, que jamás había sido impulsiva! Pero, al volver a oírlo hablar de «nosotros», esa rigidez pareció disolverse como un azucarillo en leche caliente.

—¿Crees que Julia podría ayudarme?

—Habrá que preguntarle, pero seguro que sí.

Bajamos del coche y accedimos al recinto de la ciudad deportiva. Seguí a Marc a través de túneles y pasillos hasta que llegamos a la zona de la tribuna, donde un par de hombres con camisetas del club lo saludaron.

—¿Qué pasa, Marc? —le dijo uno de ellos.

—Por aquí... —se limitó a contestar él.

Bajamos a la altura del campo, detrás de las vallas publicitarias, desde donde podían verse varios grupos de niños y niñas con monitores y entrenadores que les iban dando instrucciones. En ese momento colocaban diversos obstáculos para componer alguna clase de circuito. Jan nos vio enseguida y, tras pedirle permiso a su instructor, se acercó corriendo.

—¡Hola, Marc! ¡Hola, Sky! —nos saludó entusiasmado.

Su rostro era pura felicidad y se podía hasta palpar el orgullo que sentía por vestir una camiseta con el escudo de su equipo.

—Hoy no ha podido venir mamá —le explicó Marc—. Así que, cuando acabes, te vendrás con nosotros.

—¡Qué guay! —exclamó—. ¿Podemos ir a comer pizza donde siempre? —El crío abrió al máximo sus ojos grandes y esperanzados—. Porfa, porfa, porfa, Marc...

—Vaaale —respondió él—. Iremos a la pizzería.

—¡Bieeen! —gritó Jan con los brazos en alto—. ¿Tú también vienes, Sky? —me preguntó.

Miré a Marc.

—¿Quieres venir a comer pizza con nosotros, inglesita? —inquirió con una sonrisilla.

—Me apetece muchísimo —respondí.

Mientras tomábamos asiento en las gradas, observé cómo Jan regresaba corriendo y riendo junto a sus compañeros. Uno de los monitores le dijo algo, miró hacia nosotros y saludó con la mano. Me di cuenta de que era una chica. Marc le devolvió el saludo con una cálida sonrisa y me revolví inquieta en mi asiento, como si, moviéndome, pudiera desprenderme del malestar que me incordiaba.

Tenía pinta de que la causa de su rechazo iba a resultar ser la segunda opción: Marc estaba con alguien y, aunque ya hubiese tenido en cuenta esa alternativa cuando me apartó, corroborarlo de primera mano me dolió más de lo que habría esperado.

—¡Pero si es Torres en persona! ¿Cómo va eso, chaval?

Al grito del hombre que apareció a nuestra espalda,

Marc se tensó de inmediato, aunque enseguida recompuso el gesto, se levantó al tiempo que se daba la vuelta y se abrazó al desconocido. Yo, para no invadir su intimidad, continué centrada en los juegos de los niños, aunque no pude evitar oír algunas frases sueltas.

«¿Has pensado ya lo de...?».

«Sí, pero no me interesa de momento...».

«Como quieras, muchacho... Una puerta abierta...».

«Te lo agradezco, Rafa...».

El hombre se marchó y Marc se sentó a mi lado. Durante varios minutos se dedicó a mirar a los críos, a animarlos, a chascar la lengua con fastidio cuando algo no le salía bien a Jan, aunque con un entusiasmo que advertí un poco fingido. Lo miré de reojo. Quizá solo hacía unos días que lo conocía, pero supe de inmediato que algo bullía en su cabeza.

—Fui jugador del primer equipo —me soltó de repente—. Fui jugador del Barça.

Giré la cabeza y lo miré sorprendida. Él también me contempló y esbozó una sonrisa tristona. Estoy segura de que pensó que mi sorpresa se debía a su confesión, cuando, en realidad, lo que me asombró fue que me lo dijera.

Omití decirle que lo había descubierto la tarde anterior, pero que decidí esperar a que él me lo contara a su ritmo, si es que ese era su deseo. Al fin y al cabo, desconocía la historia completa. Ni siquiera la había buscado por internet, como si indagar sobre él en la red fuese un asalto a su intimidad.

—¿Durante cuánto tiempo? —le pregunté.

—Juego... jugaba al fútbol desde muy pequeño, en el colegio, en mi barrio... Era buenísimo. —Se miró los pies y sonrió—. Manejaba el balón con soltura, me los regateaba a todos, marcaba goles... Me fueron fichando equipos cada vez más importantes, hasta que un ojeador del Barça se fijó en mí. Tenía dieciséis años.

—¿Y te ficharon?

—Sí, para el juvenil. —Volvió a sonreír mientras desmenuzaba un resto de patata frita con la zapatilla—. Imagina lo que supuso eso para mí y mi familia. ¡Iba a ganar dinero jugando al fútbol!

—¿Cuánto? —le pregunté.

—Unos cincuenta mil el primer año, que luego se iban incrementando. Pero pasé más tarde al Barça Atlético, en el que el salario era de cien mil. Y dos años después, con veinte, me fichó el primer equipo, donde, en principio, iba a ganar un millón y medio de euros por temporada.

—Guau —musité.

—Incluso jugué varios partidos con la selección española —añadió con un orgullo desgastado—. Era todo perfecto. Mi vida me parecía perfecta.

Dejé que buceara un poco más por su pasado antes de volver a preguntar.

—¿Y qué pasó?

Exhaló una sonrisa mordaz antes de proseguir. La patata frita había quedado hecha migas, pero él seguía pisoteando los diminutos restos.

—Lo que nunca tuve en cuenta a pesar de los sermones de mi padre, que no paraba de decir que estudiara, que me labrara un futuro más allá del fútbol, que conocía casos de chicos que lo habían dejado todo por la pelota y acababan con un tobillo destrozado, sin formación, sin poder jugar y sin futuro. Pero... ¡eso no me podía pasar a mí! —se lamentó—. Yo era Marc Torres, la nueva promesa del fútbol... Joder, qué gilipollas se puede llegar a ser cuando te sobra el dinero y te falta calle.

—¿Te... lesionaste? —indagué.

—Sí —suspiró—. En una jugada de lo más absurda, me dejé la rodilla. La peor lesión que puede tener un futbolista: rotura del ligamento cruzado anterior más rotura de menisco interno. Comencé con reposo y después con técnicas superavanzadas de rehabilitación. Pero no mejoraba del todo y tuvieron que operarme. Hubo complicaciones y a la primera operación la siguieron dos más. Más reposo, más rehabilitación. El míster volvió a contar conmigo unos minutos en un partido de liga, pero me tuve que retirar. No había nada que hacer. Mi rodilla estaba muerta. Yo estaba muerto como futbolista. Se acabó.

Desde el día anterior había intuido algo así, pero oírlo hablar con aquella tristeza, aquella rabia, aquella impotencia... hizo que sintiera tanto su dolor como su angustia. Sin pensarlo, alargué la mano y cubrí la suya, que se encontraba sobre su muslo. En respuesta, él giró la muñeca y enlazó sus dedos con los míos. Y me miró por primera vez desde que había comenzado su relato. Sus preciosos ojos color miel estaban apagados, como si todo su rostro se hubiese cubierto por una sombra. Nunca había visto sus labios así, apretados en una fina línea.

Por un momento pensé que me dolía verlo de esa manera, sin su habitual sonrisa canalla, sin el brillo de sus ojos, sin su «cielo» o su «inglesita». Pero solo fue un segundo, lo que tardé en reconocer que Marc era algo más que esos gestos divertidos. Él me había hecho reír en multitud de ocasiones, sí, pero también me había ayudado, apoyado y comprendido pese a ser una desconocida. Porque todas las personas tenemos nuestras luces y nuestras sombras, y si alguien te gusta, es que estás dispuesto a estar a su lado en los momentos buenos y en los malos.

Sí, me gustaba Marc, ya era un hecho. En medio de tanta incertidumbre, dudas y nuevos descubrimientos, había algo que se mantenía inalterable: mi atracción por el chico de la sonrisa tan bonita como imperfecta. Porque las imperfecciones son las que, muchas veces, nos hacen únicos, incluso perfectos a ojos de quien nos mira con el corazón.

—Y aquí me tienes —prosiguió con un deje de ironía—, un futbolista retirado a los veintidós y convertido en taxista porque no sabe hacer otra cosa.

—Al menos, cumpliste un sueño y conseguiste hacer lo que te gustaba durante años —le dije mientras seguíamos con las manos unidas—. Que sufrieras una lesión tan grave fue algo que no pudiste predecir ni controlar.

Se encogió de hombros y suspiró.

—Pero debería haber tenido un plan B, como me dijo tantas y tantas veces mi padre.

—Eras famoso y muy joven —lo justifiqué—. Seguro que tenías un coche deportivo último modelo, un montón de chicas a tu alrededor, pasta... Todo eso puede cegar a cualquiera.

—Varios de mis compañeros estaban estudiando —se reprochó—. Pero yo me creía el más guay de todos y me reía de ellos cuando los veía estudiar en mitad de una concentración. Jodido gilipollas...

—¿De eso te sientes culpable? —quise saber—. ¿De que tu padre te aconsejara que estudiases y tú no le hicieras caso?

Negó con la cabeza.

—Si solo fuera eso...

Un grito femenino interrumpió aquella íntima conversación. Marc, al oírlo, retiró su mano de la mía.

—¡Marc! ¡Has venido!

La chica que había saludado antes se acercó corriendo hasta nosotros y se lanzó sobre él. A continuación, se sentó en su regazo y lo rodeó con los brazos mientras no paraba de reír y de besarlo en la mejilla. De reojo pude ver que parecía más joven que yo. Iba vestida como el resto de los monitores y llevaba su larga melena castaña recogida en un moño en lo alto de la coronilla, lo que permitía apreciar su bonito rostro, en el que destacaban sus ojos azules. Con una expresión traviesa, la chica le lanzó una mirada a mi mano derecha y después abrazó con más fuerza a Marc para susurrarle algo al oído. Ambos rieron por algún secreto que solo debían de conocer ellos dos.

Aparté la vista. Me sentí una intrusa y quise desaparecer, disolverme, evaporarme.

—Bueno, bueno —canturreó la joven—. ¿No piensas presentarme?

—Sí, claro —aceptó Marc, en el que se podía apreciar la tensión—. Judit, te presento a Sky. Sky, ella es Judit...

—¡Encantada de conocerte! —Sin dejarlo terminar a él, se acercó a mí y me plantó dos besos, que apenas pude corresponder. Señaló mi cabeza—. Qué pañuelo tan chulo. Te queda genial.

—Encantada, Judit —musité—. Y gracias.

—Oh, no eres española. —Le dedicó a Marc una mirada extraña, como si le reprochara algo.

—He venido de Londres a... pasar unos días.

—¿Solo unos días? —inquirió con un mohín de decepción—. Vaya...

—Judit... —la amonestó Marc, aunque sin dejar de mirarla con una familiaridad y un cariño que me turbaron.

De repente, la tal Judit me tomó la mano y señaló la pulsera que me había regalado Marc la noche que nos conocimos. Sentí el ardor invadir mis mejillas. ¿Iba a enfadarse porque su novio le hubiese hecho un regalo a una desconocida?

—Así que aquí estaba la pulsera que más me gustaba...

—Qué casualidad. —Marc puso los ojos en blanco y se echó a reír.

¿En serio? ¿Yo quería desintegrarme y Marc se ponía a reír?

Lo más absurdo de todo era que ella también estaba riendo.

—De casualidad, nada. —Con toda confianza, la chica le pellizcó el labio inferior—. Siempre consigo las que más molan. —Me mostró sus muñecas, ambas rodeadas de pulseras parecidas a las que lucía Marc. Reconocí al instante la de bolitas de colores—. Mira, Sky, ¿a que son guapas?

—S-sí —musité.

«Vamos, Sky, ¡evapórate!»

—¿No tendrías que ir a cambiarte? —le sugirió Marc.

—¡Sí! —Se puso en pie—. ¡Por cierto! Me ha dicho Jan que vais a comer pizza. ¡Me apunto!

—Vaaale —aceptó él—. Pero lárgate ya al vestuario, que tienes que ducharte y ayudar al crío.

La chica bufó mientras me miraba.

—¿Contigo también es tan gruñón?

269

—Pues...

—Ah, no, perdona, que solo se pone así con su hermana pequeña. —Le sacó la lengua—. Pero no te fíes, Sky. No te dejes encandilar por esa sonrisa de niño bueno. —Me guiñó un ojo antes de salir corriendo hacia los vestuarios.

«¿Hermana pequeña?»

—Perdona a mi hermana —corroboró Marc con un suspiro—. Es un poco... impetuosa. Y nada discreta.

—Ya —reí aliviada—. Pero es muy simpática.

—Es lo mejor que tengo en esta vida —murmuró.

Vale, lo de sentir alivio me duró poco. Si Marc no estaba con nadie, significaba que el motivo por haberme hecho una cobra en toda regla era el número uno. O sea, que no le gustaba en absoluto. No soportaba ni que lo besara.

No supe cuál de las dos opciones resultaba peor.

Nos dirigimos hacia el edificio en busca de la salida y esperamos a Jan y Judit, que aparecieron poco después, cambiados y con el cabello húmedo.

En el camino hacia el coche, el niño se colocó a la altura de Marc y no dejó de hablarle de las actividades del día con todo su entusiasmo infantil. Judit se situó a mi lado y, aunque intentaba disimular, no dejó de mirarme con curiosidad.

—Así que... amiga de mi hermano —señaló con fingido desinterés.

—Bueno... —titubeé—, todo lo amiga que alguien puede hacerse de una persona en cinco días.

—¿Y cómo os habéis conocido? Si no es mucho preguntar...

Miré hacia delante. Marc seguía entretenido con la diatriba del pequeño.

—Tu hermano me salvó.

Parpadeó perpleja.

—¿De qué?

Le conté de forma resumida lo que ocurrió la noche de los acontecimientos.

—¡Ostras! ¡Eh, Marc! ¡Desconocía esa faceta tuya de superhéroe!

Percibí el calor en las mejillas. Justamente, la discreción no iba con ella.

Marc se giró y me miró con aire interrogativo.

—Tranquilo —intervino Judit tras sacarle la lengua—, solo le he preguntado cómo os habéis conocido, nada más íntimo que eso.

«¡Ay, por Dios!»

Volví a percibir la incomodidad que cubría a Marc. Y volví a querer desintegrarme por la vergüenza.

En cuanto llegamos al coche y se iluminaron los intermitentes, corrí hacia la parte de atrás para sentarme junto a Jan. Marc frunció un instante el ceño, pero no dijo nada cuando su hermana se colocó a su lado.

Llegamos unos minutos más tarde a una coqueta pizzería con decoración italiana, camareros italianos y olor a Italia. Yo me senté al lado de Jan y frente a Judit, a la que se veía de lo más interesada en mí. Seguro que pensaba que había algo entre su hermano y yo porque no cesó de hacer preguntas hasta averiguar mis verdaderos motivos para haber viajado a Barcelona.

—Entonces —quiso saber mientras se llevaba una porción de pizza a la boca—, ¿todavía no tienes ni idea del paradero de tu abuela?

—Nada —suspiré.

—Le he comentado que podríamos pedirle ayuda a

Julia —intervino Marc, que se encargaba de la comida de Jan.

—¡Claro! —exclamó entusiasmada Judit—. El Clínic es el hospital que corresponde a los vecinos de esa parte de Barcelona. Seguro que tiene que haber algún historial médico.

—Mi mamá es enfermera —aseguró Jan, cuyo rostro pringado de tomate le daba un aire muy gracioso—. Ella cura a personas.

—Claro que sí, cariño —le dijo Judit con ternura.

—Y mami vende muuuchas flores y plantas. —Compuso un divertido mohín—. Un día jugué a la pelota en la tienda, le di a un cubo con flores que estaba lleno de agua y se cayó al suelo. Mamá se enfadó un montón —señaló con un matiz travieso—. Pero no me castigó ni nada. Solo me dijo que debía respetar el trabajo de otras personas —enunció con solemnidad.

—Sí, ya —señaló Judit con retintín—. Después de confiscarte la pelota.

Jan correspondió al comentario abriendo la boca y mostrando restos de comida masticada. Cuando pensé que alguien lo reprendería, Judit respondió haciendo lo mismo.

—Qué guarros sois —dijo Marc justo antes de morder un pedazo de pizza de mortadela y pistacho, masticarlo y abrir la boca para mostrar su contenido.

—¡Dios! —Reí—. ¡No os salváis ni uno!

—¿Qué ocurre, inglesita? —me retó Marc mientras seguía masticando—. ¿Las hijas de los lores no pueden hacer... esto? —Volvió a abrir la boca.

—¡Ya vale! —Alcé las manos y continué riendo.

—¡¿Tu padre es un lord?! —exclamó Judit en mitad de las carcajadas.

—Sí, hermanita, como lo oyes —respondió Marc—. Te presento a lady Sky Clifford, descendiente directa de Enrique VIII.

—¡Que no! —Le lancé un pedazo de borde de pizza.

Los cuatro reímos hasta que me dolió la barriga. Y me di cuenta de lo sencillo que puede ser a veces un momento de felicidad. Un grupo de amigos, unas bromas y unas pizzas, suficiente como para guardar esa escena en la galería de tus recuerdos. Porque la vida no se compone de cosas, sino de momentos, de personas a las que les importas, de una sonrisa canalla, de la mirada de un chico que te agita..., aunque tú no le gustes a él.

—¿Qué estudias en Londres?

La entrevista de Judit no decaía, a pesar de las risas.

—Administración de Empresas —respondí.

—Uf. —Compuso una mueca de desagrado—. Suena aburridísimo. Solo te lo aceptaré si me dices que tus padres tienen una empresa chulísima en la que te mueres por trabajar.

—No precisamente... —musité al tiempo que mis ojos se encontraban con los de Marc. Él asintió de manera sutil, como si de esa forma me animara no solo a contárselo a su hermana, sino a convertir en palabras lo que hasta entonces solo había pensado.

Miré a Judit con convicción.

—En realidad, odio esa carrera. ¡La odio con todas mis fuerzas! —le confesé.

Ella parpadeó por mi intensidad. Marc, en cambio, alzó una de las comisuras de la boca.

—A mí lo que de verdad me gustaría estudiar es Historia u otra carrera relacionada con ella —aclaré—: Historia del Arte, Arqueología, Antropología... —Suspiré ruidosamente—. No sé, tendría que concretar, pero, como ni siquiera voy a tener la opción, ni me lo he planteado.

—Pues Historia y Empresariales se parecen como un huevo a una castaña —bufó Judit —. ¿Por qué no abordaste el tema en casa?

Alcé ambas cejas.

—Tu padre te obliga a trabajar en su empresa —tanteó.

—Ni siquiera eso —le expliqué—. Mis padres me obligan a trabajar en la empresa de la familia de mi novio-exnovio.

—¿Tu novio-exnovio? ¿Qué diantres significa eso?

Por instinto, por haberlo hecho tantas veces, bajé la mirada. Pero, un instante después, la alcé y miré sin vacilación a la chica. Ella no me estaba examinando ni juzgando. Judit, al igual que su hermano, Julia o Martina, se habían limitado a escucharme. En un principio había creído que me había desahogado con ellos porque eran personas que no volvería a ver en la vida. Pero luego comprendí que hay gente que, sencillamente, se gana esa confianza, independientemente de si vas a volver a verla o no.

—Significa que, como mi familia está en la ruina más absoluta, me obligan a casarme con él porque sus padres son dueños de una superempresa de patinetes eléctricos. ¿Habéis visto algún gran premio de Fórmula 1? Pues, cuando lo veáis, fijaos en la marca que patrocina al equipo McLaren y en los patinetes que usan los pilotos. Todo es Elektric —solté con un fastidio y un desdén que jamás me había atrevido a emplear para referirme al imperio de mis suegros.

—Me suena —señaló Judit—. Pero, entonces, ¿es tu novio o tu ex?

—Las dos cosas —proseguí con una sonrisa falsa,

que mostraba mis dientes—, ya os lo he dicho. Se supone que, después de dos años de relación, si es que se puede llamar así a lo que yo tenía con Harvey Townsend, todos esperan que nos casemos para unir su enorme cantidad de pasta con el rancio abolengo de mi familia arruinada. Peeero resulta que, en la fiesta en la que se celebraba su graduación, me subió a su cuarto y, cuando quise darme cuenta, me estaban besando dos personas porque el muy gilipollas pretendía montar un trío. Y rompí con él.

Marc estaba bebiendo agua en ese momento y, de la impresión, el trago salió disparado de su boca y acabó empapándose la pechera de la camiseta. Se puso a toser hasta el punto de que Judit tuvo que darle unos golpes en la espalda.

—¿Qué es un trío? —preguntó Jan.

—Ay, madre... —musité. Con mi rabioso entusiasmo no había sido consciente del público que me estaba escuchando.

—Lo... lo siento —susurré avergonzada—. Tenía tantas ganas de soltarlo que..., en fin...

—¿En serio? —inquirió Judit totalmente pasmada—. ¿Tu novio te obligó a... eso? —Miró a Jan con disimulo.

—No me obligó —rezongué—. Según él, era una sorpresa.

—¿Y no se le ocurrió pensar que a ti no te gustara esa clase de... sorpresas? —se indignó.

—Está claro que no —bufé.

—¿Y tienes que casarte con ese tío? —exigió saber Marc después del ataque de tos.

—No quiero, pero ¡¿qué hago?! —solté exasperada.

—Alguna otra solución tiene que haber, no me jo... robes. —Marc volvió a mirar al pequeño.

—¿Qué es un trío? —insistió Jan—. Jooo, nadie me responde. Tendré que preguntarles a mis mamás...

—¡¡No!! —chillamos todos.

Para desviar al niño del interés por aquella palabra, me llevé con rapidez a la boca el último trozo de pizza que me quedaba en el plato y lo mastiqué solo un poco.

—¡Mírame, Jan!

Abrí la boca y mostré el contenido. El crío soltó una carcajada y alzó una mano para mostrar su palma.

—Ya eres de los nuestros —anunció—. ¡Chócala, Sky!

Tragué de golpe, aunque el nudo que se me había formado en la garganta no se debía solo a la comida. Choqué mi mano con la de Jan, y, a continuación, con la de Judit y Marc.

«Ya soy de los vuestros», pensé.

Nunca una frase tan sencilla me había emocionado tanto.

Capítulo 29

Sky

—Esperemos que, con su memoria de crío de cinco años, se le olvide la conversación. —Judit señaló al niño, que se había dormido en mi regazo en el trayecto en coche hasta la casa de la chica.

—Me siento fatal —me lamenté—. De veras, chicos, me he lanzado y...

—Tranquila, Sky, tampoco ha sido tan malo...

Los hermanos me miraron por el espejo retrovisor y acabamos estallando en risas.

—¡Podría haber sido peor! —soltó Judit.

Marc detuvo el coche cuando llegó a la esquina de una calle que separaba sus carriles llenos de tráfico con una larga isleta sembrada de árboles.

—Bueno... —suspiró la chica mientras se apeaba del taxi.

—No me preguntes lo de siempre —la atajó Marc—. Porque la respuesta es no.

—Ni se me ocurriría —gruñó ella. Se acercó después a mi ventanilla y bajé el cristal—. Ha sido genial conocerte, Sky. Espero volver a verte y que me cuentes cualquier novedad.

—Lo mismo digo, Judit.

La chica me dio dos besos y luego rodeó el coche para dirigirse a su hermano y darle un sonoro beso en la mejilla.

—Nos vemos, hermanito.

—Nos vemos, canija.

Marc reemprendió la marcha y me sonrió a través del espejo interior. Fue como revivir la primera mirada que habíamos compartido.

—¿Todo bien por ahí detrás?

—Sí. —Miré el rostro sereno de Jan. Todavía conservaba restos de tomate alrededor de la boca—. Está frito.

—Los coches deben de tener algo balsámico en el aire —comentó mientras yo miraba embelesada sus manos en el volante—. Mi madre me contaba que, cuando yo era un bebé y no dejaba de llorar, le pedía a mi padre que me llevara en el taxi. Era mano de santo. Me quedaba dormido a los cinco minutos.

—Es algo bonito que contar —murmuré.

—Sí —musitó él.

—¿Ya no tienes buena relación con tu madre? —me atreví a preguntar.

—¿Por qué me preguntas eso? —Esa vez no contemplé sus ojos en el espejo.

—Porque... no la habéis mencionado ni una vez. Y, al llegar a la que supongo fue tu casa, no le has mandado recuerdos a través de tu hermana o...

Lo oí suspirar.

—Perdona, Marc. No quería...

—Tranquila, Sky. —Vi encogerse sus hombros—. Ella... tiene pareja. Se casó con otro hombre.

«Que no es mi padre», pareció flotar en el aire.

—Tú la ves como madre, pero también es una mujer adulta —opiné.

El silencio nos envolvió durante unos segundos.

—Sí, eso es lo que me repite mi hermana una y otra vez —dijo con un punto de furia—. Y quizá os daría la razón si, al menos, hubiese pasado tiempo. Ese puto tiempo que se supone que cura y que mi madre no se dignó esperar. Ese tío..., Arnau, ya estaba viviendo en mi casa tres meses después de la muerte de mi padre.

Me mantuve unos instantes en silencio antes de hablar.

—No sé mucho de muertes —declaré—, pero sí de madres que no quieren o no saben querer a sus hijos. Y, por lo poco que has contado, la tuya sí ha sabido quererte. Al menos, tienes eso.

Volvimos a permanecer en silencio hasta que llegamos al edificio en el que vivían él, Julia y Martina. Marc estacionó, salió del coche y tomó a Jan en brazos. Yo me ocupé de abrir el portal, llamar el ascensor y tocar el timbre de sus vecinas.

—Aquí te traemos al bello durmiente —le dijo Marc a Julia cuando esta abrió.

—Ay, mi niño —susurró ella mientras acariciaba la mejilla del pequeño. A continuación, se apartó para dejarnos pasar—. Llévalo a su cama, por favor —le pidió a Marc.

Esperé en el comedor a que volvieran Julia y Marc mientras me entretenía en observar la estancia. Todo se veía limpio, pero sin el punto obsesivo que caracterizaba mi propia casa o las que yo estaba acostumbrada a ver. Aquella era una vivienda pequeña que no debía de rebasar los setenta metros cuadrados y con muebles de Ikea, en la que podías encontrar un libro abierto en el sofá, una pelota de fútbol bajo la ventana, un álbum de cromos en el suelo o un gato subido encima de la mesita de centro mirándome con sus ojos dorados. Y, junto a ese pequeño caos, también convivían un jarrón con margaritas lilas sobre la mesa, varias plantas entre los libros de las estanterías de la pared y un apetecible aroma a café flotando en el aire. Tanto el leve desorden como aquellos detalles domésticos eran los que conseguían que una casa se convirtiera en un hogar. En un verdadero hogar.

Tan absorta estaba que no me di cuenta de que Marc ya había regresado al salón y me miraba apostado bajo el vano de la puerta que comunicaba con el pasillo. Ninguno de los dos dijo nada. Nos limitamos a mirarnos hasta que Julia apareció.

—Gracias por todo, chicos. —Suspiró—. Llevamos unos días de locos —explicó—. Fijaos la hora que es y Martina no ha vuelto. Yo acabo de venir del hospital...

—Ya sabéis que podéis contar conmigo —terció Marc—. No os preocupéis, en serio.

—Ha sido muy divertido ir a ver a Jan —añadí—. Mientras esté por aquí, contad conmigo también.

—Sois un par de soles. —Julia sonrió—. Sentaos un momento y os pongo algo fresco...

—Sí, nos sentaremos —la atajó Marc—, pero no es necesario que nos sirvas nada. —Me miró a mí—. Queríamos preguntarte algo... y pedirte un favor, si es posible.

—Por supuesto. —Señaló el sofá, en el que nos acomodamos los dos mientras ella lo hacía en un sillón fren-

te a nosotros. Melocotón se subió de un salto a su regazo—. Vosotros diréis.

—Se trata de la búsqueda infructuosa de la abuela
de Sky —comenzó Marc—. Empezamos a preocupar-
nos porque no se sepa nada de ella.

—¿Habéis preguntado en hospitales? —quiso saber
Julia—. ¿A la policía?

—He ido llamando a todos los centros hospitalarios
de la ciudad y alrededores —explicó Marc—, pero no
consta ningún ingreso de Ángela Duarte.

—Y, de momento —intervine yo—, no he pensado
en una denuncia porque, como ya os conté, mi abuela
me dejó una llave en el buzón, además de unas cartas de
mis padres. Todo parecen señales, como miguitas de pan
que seguir para llegar a alguna meta.

—Ya. —Julia nos miró a ambos mientras acariciaba
la cabecita de su gato—. ¿Y en qué podría ayudar?

—El Clínic es el hospital que corresponde a esa parte de la ciudad —expuso Marc—. Hemos pensado que,
si a su abuela la visitaba allí algún especialista, debe de
haber un historial del que extraer algún dato... No sé,
cualquier cosa que pueda ayudar a Sky a encontrarla.

Vi el semblante de duda en el rostro de Julia.

—Perdona —le dije azorada—. Seguro que te estamos poniendo en un compromiso, y, al fin y al cabo,
dudo que su registro de visitas vaya a esclarecernos nada.

—Con la Ley Orgánica de Protección de Datos en la
mano no es que sea lo más legal del mundo —nos informó Julia—, pero, como poder, sí, puedo acceder a su
historia clínica del hospital. Si me pedís que indague en
la compartida, la HC3, donde todo el sistema sanitario
público catalán se conecta, quedaría un registro con
mis datos, eso sí.

—No, no —precisé—. Únicamente te pediría que buscases en el historial del hospital. —Cerré los ojos y clavé dos de mis dedos en la frente—. Déjalo, Julia. Ni siquiera tendría que pedirte eso.

—No pasa nada, en serio. —Me sonrió y posó una mano en mi brazo—. Si tuviera que dar alguna explicación diría que es familiar mío y asunto resuelto.

Cogió su móvil de la mesa y buscó sus notas.

—A ver, qué datos tienes de ella. Necesitaría los máximos posibles.

—Se llama Ángela Duarte —mencioné mientras ella anotaba—. Vive, o vivía, en la calle Riera Blanca, número 9. También puedo pasarte su número de teléfono, aunque lleva un par de semanas sin dar señal.

—¿No tienes ni idea del segundo apellido?

—No —suspiré—. Ella... nunca me lo dijo.

Recordé las iniciales que constaban en el teléfono de mi madre cuando descubrí el número de mi abuela: «ADM». Nunca supe el significado de la última letra.

—Vale. —Julia volvió a dejar el móvil encima de la mesa—. Puede que así sea un poco más complicado, pero no imposible. El único problema es que tengo libres los dos próximos días y no me incorporo hasta el viernes por la noche. Trabajo fines de semana alternos.

—Tranquila —le dije—, cuando puedas. Y perdona por pedirte algo así. Si no fuera por lo preocupada que estoy...

—Son cosas que hacen los amigos. —Sonrió—. Marc y tú cuidáis de mi hijo, yo aporto un granito de arena en la búsqueda de tu abuela...

Marc se puso en pie y el resto lo hicimos a continuación.

—Gracias de todos modos, Julia. —El chico le dio un beso en la mejilla y ella rio. Yo le di un abrazo justo después.

—Si no pudieras o fueras a tener algún problema...

—Que nooo —insistió—. El sábado, seguramente, ya podré deciros algo.

Nos despedimos de Julia, que cerró la puerta del piso justo antes de que Marc pulsara el botón de llamada del ascensor.

—No habrás pensado en acompañarme a casa —le dije con el ceño fruncido.

—Claro que no, cómo se me ocurriría.

Acto seguido, lo vi introducirse en el reducido habitáculo.

—Pero... ya estás en tu casa. —Señalé su puerta—. Es una tontería que vayas y vengas todo el tiempo. Puedo coger cualquier transporte público y...

Marc tiró de mí cuando las puertas del ascensor comenzaban a cerrarse y entré por los pelos.

—¿Me estás escuchando? —le exigí.

—Claro que te estoy escuchando, inglesita.

—¿Y? —inquirí mientras, correteando detrás de él, atravesábamos el portal para salir a la calle.

—Y nada —respondió al tiempo que accionaba el mando del coche y se iluminaban los intermitentes. A continuación, abrió la portezuela del conductor—. Va, sube al coche, que mañana vuelvo a madrugar y tengo que acostarme temprano.

—¿En serio? —rezongué mientras rodeaba el vehículo, abría la puerta de mi lado y me acomodaba en el asiento del acompañante—. ¿Insistes en llevarme, pero te quejas de que es tarde?

—No me estoy quejando —señaló con pereza mientras arrancaba el motor—. Solo te estoy metiendo un poco de prisa.

—Marc... —suspiré—. Está bien que me ayudes, me acompañes, me invites... Pero ¡no es necesario que te comportes como mi mayordomo!

Giró la cabeza, sorprendido.

—¿Tienes mayordomo?

—Qué bien te lo montas para cambiar de tema. —Puse los ojos en blanco.

—¿Tienes o no tienes?

—Síí, tengo mayordomo. Sterling trabaja en mi casa desde que tengo uso de razón.

—¿Cómo se dirige a ti? —Sus ojos brillaban de regocijo por saberme incómoda—. Señorita Sky, supongo.

—Sí. —Volví a suspirar.

—¿Y cómo me llamaría a mí si apareciera por tu casa?

Mi corazón se derritió un poco al imaginar esa remota posibilidad.

—Señorito Marc, claro. —Sonreí.

—¿Cómo es tu casa? —me preguntó mientras seguía conduciendo—. ¿Es un palacio? ¿Una mansión? —prosiguió en tono jocoso.

—No, graciosillo —le respondí con retintín—. Solo es una casa de estilo georgiano, con dos plantas y frente al Támesis que data del siglo...

Capté su risa contenida.

—¡Bueno, vale, sí, se podría considerar mansión! —refunfuñé—. Y, aunque siempre me ha encantado vivir en ella, ahora mismo preferiría que fuese un apartamento de dos habitaciones que no estuviese embargado por el banco.

—Ya. —Marc compuso una mueca—. Lo siento.

Cuando llegamos al domicilio de mi abuela, supuse que se despediría en el taxi, o como mucho en el portal. Pero, ante mi desconcierto, entró en el ascensor conmigo.

—No hace falta que me acompañes hasta la misma puerta —le advertí con cautela.

Un instante después, estábamos en el rellano y yo introducía la llave en la cerradura. De reojo, observé cómo Marc se revolvía el pelo, gesto que, en pocos días, ya conocía muy bien. Lo hacía cuando estaba nervioso o no sabía cómo abordar alguna cuestión.

—Yo... quería hablar contigo. —Señaló el pequeño recibidor—. ¿Puedo pasar un momento?

—Claro —musité.

Cerré y seguí a Marc hasta el comedor. Accioné el mando del ventilador de techo y abrí la ventana. Hasta nosotros llegaron los sonidos de la calle, del tráfico y de la gente que ya ocupaba a esas horas las terrazas de los bares. El color naranja del cielo empezaba a dar paso a la oscuridad y la luna ya asomaba entre las siluetas de los edificios.

Me di la vuelta y me quedé frente a Marc.

—¿Quieres sentarte...?

—No —respondió con rapidez—. Solo será un momento.

—Tú dirás. —Lo alenté a hablar al ver que se mantenía estático, con las manos en los bolsillos del pantalón vaquero.

—Lo que pasó... el domingo por la noche...

«Ay, madre», pensé.

De pronto, el sofoco no se acumulaba tan solo en mis mejillas, sino en todo mi cuerpo. ¡Qué vergüenza! ¿Para qué sacaba aquel tema? ¿Para recordarme que no le gustaba?

—Lo siento, Marc —titubeé al tiempo que deslizaba las palmas por mis pantalones cortos, como siempre que me ponía nerviosa—. No sé qué me pasó, de verdad... ¿Podrías olvidarlo, por favor?

—Ese es el problema —susurró—, que no puedo olvidarlo.

—Fue un arrebato que...

Me callé de repente.

—¿Qué... qué quieres decir? —musité.

—Que no puedo olvidarlo, Sky, porque yo también quería besarte.

Mi corazón se saltó un latido.

Marc soltó un suspiro de frustración y se pasó las manos por la cara y el pelo.

—Joder, Sky. En realidad..., deseo besarte desde la noche que nos conocimos. Desde el primer maldito momento en que te vi. Desde el instante en que tus ojos se cruzaron con los míos en un simple espejo retrovisor. Solo han sido unos días, pero a mí me parece que llevo deseando besarte una puta eternidad.

Los latidos se volvieron frenéticos en mi pecho.

—Pero... entonces... ¿por qué...? —logré balbucir.

Él bajó la vista hasta una de sus muñecas. Con los dedos de la otra mano comenzó a juguetear con sus pulseras.

—Yo nunca... he tenido novia, Sky, ni relaciones duraderas. Ha habido chicas, sí, sobre todo en mi etapa de futbolista, pero solo había atracción, ganas de pasarlo bien... —Se encogió de hombros—. Rollos pasajeros, ya... sabes.

—Sí, supongo —susurré.

—Jamás había sentido algo diferente —prosiguió—. Nunca había tenido esas ganas de que amaneciera, de acabar la jornada de trabajo y mirar el móvil. —Alzó la vista y clavó en mí sus bellos ojos del color de la miel—. Hasta ahora. O hasta hace cinco días. —Bajó la voz—. De locos, ¿verdad?

Yo seguía quieta, como si me hubiesen inyectado algún tipo de paralizante muscular. Excepto en el pecho, que se movía a toda velocidad.

—Sigo sin... entender —conseguí balbucir.

—Pues que... solo estás de paso. Dentro de unos días... ¡desaparecerás! Y no es eso lo peor. —Vi cómo sus manos se cerraban en sendos puños—. Maldita sea, Sky, te aguardan en Inglaterra una carrera, un trabajo, un novio... y unos padres que esperan que te cases con él. Joder —renegó—, ¡con el tío que te propone tríos y te engaña con otras!

—Pero yo no quiero eso, Marc, tú lo sabes...

—¿Y qué cambia que tú no quieras si acabas haciéndolo? —me preguntó con un deje de pesar.

Sus hombros cayeron como si aceptara una derrota y eso me hizo reaccionar.

—Yo... no había pensado en lo que podía esperar en Inglaterra —le aclaré—. Me limité a dejarme llevar por lo que quería y deseaba, que era estar contigo.

Marc me lanzó una mirada con un atisbo de mordacidad.

—¿Un rollo de verano o algo así?

—No lo sé —respondí—. Era la primera vez que decidía algo de esa forma, así, sin pensar en las consecuencias. Solo sé que nunca, hasta ese momento, había deseado nada tanto como besarte.

Me daba vergüenza mirarlo después de mi confesión, pero ya tenía poco que perder. Levanté la cabeza y me encontré con la intensa mirada de Marc.

—Siento no poder ofrecerte algo más de lo que ves, Marc. No sé cuánto tiempo más voy a estar en esta ciudad, ni siquiera en este país. No tengo ni idea de cómo voy a poder librarme de una relación que no quiero o cambiar un futuro que se me antoja negro y vacío. De lo que sí estoy segura es de que me gustaría que estuvieses conmigo ese poco tiempo de incertidumbre. Que fueses mi amigo.

—Eso me va a resultar complicado —soltó en un bufido.

Sentí como si algo se me rompiera por dentro, aunque me desconcertó que Marc se acercara tanto a mí.

—¿Ya no... ya no me ayudarás? —balbucí.

Él me miró con desconcierto.

—Claro que seguiré ayudándote. ¿Cómo puedes pensar...?

—Acabas de decir que no puedes ser mi amigo —le recordé.

Marc se aproximó un poco más, hasta que las puntas de sus zapatillas tocaron las mías. Hasta que tuve que inclinar hacia atrás la cabeza para poder contemplarle el rostro. Hasta que sentí que me inundaba su aroma a cítricos, cuero y sal.

Cuando sus dedos rozaron un mechón de mi pelo y me lo colocaron detrás de la oreja, creí que mis pulmones dejarían de funcionar.

—Me resulta cada día más complicado ser simplemente tu amigo, sí. —Emitió un audible suspiro—. Y la alternativa es ser algo más durante muy poco tiempo, sabiendo que te marcharás y, posiblemente, no volverás. Y pensar en eso me deja muy jodido, inglesita.

—¿Entonces...?

Dibujó una breve sonrisa.

—Entonces —repitió—, solo puedo elegir entre estar como hasta ahora o vivir contigo un rollo de verano que puede dejarme muy tocado.

Tragué saliva.

—¿Y qué has elegido? —susurré.

—¿Qué eliges tú?

Solté el aire que había estado conteniendo. Siempre me había dado vergüenza expresar tanto mis deseos como mis sentimientos, pero allí estaba yo, en una ciudad desconocida donde se encontraban mis raíces, en una casa deshabitada que trataba de decirme algo y junto a un chico que, en solo unos días, había sido capaz de comprenderme más que yo misma. Y, sí, expresando lo que sentía, quizá por la fuerza extra que me había proporcionado otro de los cada vez más incesantes recuerdos de mi abuela.

«No te escondas detrás de nadie, no ocultes tus deseos ni tus sentimientos. Porque la vida se va, pequeña, como agua entre los dedos. Y las personas también nos vamos, y lo que queda, al final, es lo que vivimos. No llegues a tener que arrepentirte de no haber elegido lo que deseabas. Y nunca des nada por sentado».

—Elijo que me beses —le dije por fin, sin apartar mis ojos de los suyos—. Elijo estar contigo los días que se nos concedan, sin pensar en otra cosa que no seamos tú y yo.

Cuando Marc me acunó el rostro entre sus manos e inclinó la cabeza hacia mí, los ojos se me comenzaron a cerrar, pero forcé los párpados a mantenerse abiertos el tiempo suficiente. Ese tiempo que precede a un beso. Esos segundos en los que el corazón se te acelera, las piernas te flaquean y el estómago te llega a doler. Ese instante de desasosiego que te gustaría que acabara y, al mismo tiempo, que no terminara nunca.

Mis ojos se cerraron justo en el momento en que los labios de Marc se posaron sobre los míos. Mis manos se aferraron a su camiseta, a la altura de su pecho, para sostenerme mientras recibía uno de esos besos que sabes que jamás podrás olvidar. Uno de esos besos que te elevan hasta el cielo, te dan una vuelta a la luna y te hacen regresar de golpe a la Tierra.

Marc, después de lamerme los labios, presionó suavemente para que los abriera e introducir su lengua y enredarla con la mía. Pude, por fin, saborear su boca, beberme sus suaves gemidos y ofrecerle los míos. Temblé por dentro. Mi corazón latió con fuerza. Un fuego desconocido me inundó las venas. Nunca había percibido tanta intensidad, ni siquiera en los momentos más íntimos con Harvey.

Cuando dimos por finalizado el beso, me sentí como si mi cuerpo se hubiese quedado sin huesos, blando, maleable, pero dispuesto a seguir envuelto en los brazos de Marc.

Él se apartó un poco de mí y me dedicó una de aquellas sonrisas, tan suyas y ya tan mías. Deslizó después la yema de su pulgar por mi labio inferior, mi mejilla y la línea de mi mandíbula.

—Para mañana presagian más calor todavía —me anunció.

Parpadeé desubicada, aunque no me deshice de su abrazo.

—¿Qué te parece si, cuando vuelva del trabajo, nos vamos a la playa?

Sonreí y apoyé la frente en su hombro.

—Me encantaría —susurré.

—Bien. —Me retiró el rostro y me colocó dos dedos bajo la barbilla para alzarlo—. Julia no podrá decirnos nada, posiblemente, hasta el fin de semana. Te propongo que, hasta entonces, nos dediquemos solo a comernos los días.

—Me parece perfecto. —Sonreí.

Marc se apartó de mí, aunque me tomó de la mano para acercarse a la puerta. Antes de abrir, se giró, volvió a acunarme el rostro y me dio un dulce beso en los labios, que me dejó ansiosa de mucho más. Le rodeé el cuello con los brazos y presioné su boca con la mía para abrirla y profundizar el beso. Marc rio, todavía sin despegar sus labios de mí, tratando de zafarse.

—Tengo que descansar —trató de convencerme—. Mañana nos vemos.

Asentí con la cabeza, sonriendo como una tonta. Él abrió la puerta, me dio un rápido beso en la boca y me guiñó un ojo.

—Hasta mañana, cielo —me dijo antes de cerrar.

Aunque permanecí unos segundos con la frente apoyada en la puerta, me sentí invadida por una grata aunque desconocida euforia. Salté, canté y bailé por todo el salón sin dejar de reír como una loca. Me asomé a la ventana y contemplé la silueta oscura de Marc tres pisos más abajo. Accionó el mando del coche y, después de abrir la portezuela, miró hacia arriba. La luz de las farolas no lo iluminaba lo suficiente, pero pude ver perfectamente su sonrisa y su guiño antes de que se introdujera en el vehículo. Cuando las luces rojas traseras se mezclaron con el resto del tráfico, emití un sonoro suspiro y me dejé caer sobre el sofá como si fuese un saco de patatas. Me sentí un poco tonta porque ¡nunca me había sentido así!

Mi vista viajó hasta la mesita auxiliar, donde había dejado el bolso. Saqué el móvil y, por enésima vez, probé a llamar a mi abuela. Tras el intento fallido, no me di por vencida. Presioné el icono de mensaje de voz y comencé a hablar.

—Hola, abuela. No sé si escucharás este mensaje en algún momento, pero ¡tengo tantas cosas que contarte! No sé ni por dónde empezar, aunque creo que podría resumirse en dos cosas: una, decirte que tengo sueños, ¡sueños míos! Dos, que me gusta un chico. Pero que me gusta de verdad porque su mirada es cálida, porque sus brazos son casa y porque su sonrisa me hace aletear docenas..., no, cientos de mariposas. Lo que tantas veces me dijiste que debía experimentar... lo he vivido por fin. Y resulta tan... alucinante. —Suspiré—. Gracias por enseñarme tantas cosas, yaya. Ojalá pueda decírtelo en persona muy pronto. Te quiero mucho. Un beso.

Capítulo 30

Sky

Siempre me había encantado la lluvia. Por eso pensaba que había nacido en el lugar ideal, puesto que Londres se despertaba muchos días cubierto por un cielo gris, húmedo y lluvioso. Y, esos días, sabía que iba a pasar gran parte del tiempo en casa, observando desde la ventana a la gente con sus paraguas, las superficies oscuras de los charcos o las líneas de lluvia dibujadas por los faros de los coches, todo ello visto a través de los surcos plateados que dejaban las gotas al resbalar por los cristales.

Sin embargo, como descubrí en mi estancia en Barcelona, aquel placer no encerraba más que el miedo a enfrentarme al mundo real. Si llovía y hacía frío ya tenía una excusa para no salir. Sin embargo, una mañana soleada representaba un día más que afrontar.

Pero, ante mi sorpresa y emoción, asomarme a la ventana del piso de mi abuela y contemplar el cielo azul y la gente paseando en chanclas era como una dosis de felicidad en vena. Un sol radiante significaba un día más que disfrutar, con decisiones y retos incluidos que ya no me daban miedo. Sí, seguía existiendo un gran problema al que me tendría que enfrentar, pero, al menos, ya no me sentía sola. Y lo único que había hecho para lograrlo había sido compartir ese problema con otras personas que, aunque no tuviesen la solución, aliviaban el peso, que, sin ellos, cargaría yo sola.

Acababa de descubrir lo que era la amistad.

***

Pasé la mañana haciendo algunas compras por el barrio y me enteré de que, al final de la calle, había una biblioteca, que llevaba el nombre de Miquel Llongueras, un reputado arqueólogo, algo que percibí como una señal.

La bibliotecaria me explicó muy amablemente que podía expedirme una tarjeta de usuario con una fotocopia de mi pasaporte, pero que solía requerirse la firma de algún residente español que respondiera por mí. Indecisa, le comenté que estaba viviendo en casa de mi abuela. Le di su nombre y el domicilio y decidió que tenía suficiente para hacerme la tarjeta y poder sacar algunos libros.

Y, allí, entre las hileras de volúmenes de la sección de Historia, me sentí genial, contenta, libre. Me sentí yo. Me hice con varios ejemplares, algunos en castellano y otros en inglés, y le di las gracias a la mujer.

Dediqué una parte de la mañana a leer y la otra, a prepararme para pasar la tarde en la playa con Marc. Me repasé con una cuchilla el poco vello que pudiese haber brotado en mi piel desde que, junto a Pippa, me hice varias sesiones de depilación láser. Todavía recuerdo las veces que no me admitieron la tarjeta. Según mi madre, era culpa de los del banco, que eran todos unos ineptos.

¿Cómo iba yo a intuir que apenas quedaban fondos?

Recibí un mensaje de Marc y me descubrí sonriendo como una boba mientras lo abría y lo leía. Me avisaba de que llegaría al cabo de una hora, y concluía el texto con una carita de guiño y una bandera británica. Me reí al tiempo que una sensación dulce y tibia me recorría el pecho.

Me puse el bikini debajo de un minivestido playero de color amarillo y, tal y como habíamos quedado, preparé la mochila para llenarla con algo de comer, ya que él se encargaría de traer la bebida. Guardaba una toalla y ropa para cambiarme cuando sonó el timbre. Sin quererlo, mi corazón dio un salto. Seguía albergando la quimera de que mi abuela aparecería en cualquier momento.

Con sigilo, me acerqué a la puerta y por la mirilla vi a la señora Antonia. La decepción que me invadió me hizo sentir mal, por lo que le sonreí a la mujer cuando abrí. Mis ojos se desviaron de su rostro amable hacia sus manos, que sujetaban varios recipientes con tapa.

—Hola, bonita —me saludó—. Ayer vinieron mis nietos a comer a casa y preparé tanta comida que me sobró un montón. —Alzó las manos con las fiambreras—. Y he pensado que te podría ir bien comer algo casero español. Me sabe tan mal que estés tan solita...

Sonreí al percatarme de que miraba al interior del piso con curiosidad.

—No tendría que haberse molestado, pero muchas gracias. —Le hice un gesto hacia el recibidor—. ¿Quiere pasar un momento?

—Sí, sí —respondió resuelta al tiempo que accedía

al piso y se encaminaba al salón—. Oh —advirtió con un deje de satisfacción—, qué limpio y recogido lo tienes todo. ¡Si hasta las plantas siguen vivas!

—Supongo que no se fiaba de que no tuviera la casa hecha un asco. —Sonreí.

—Perdona, cariño —dijo compungida—. Pero Ángela era un poco maniática del orden y la limpieza, y me entristecía pensar que su casa estuviese abandonada... Perdona, bonita, por pensar mal de ti por ser joven. Los viejos también tenemos prejuicios y deberían reprendernos por ello —refunfuñó.

—No pasa nada, señora Antonia —traté de apaciguarla.

—Pues, mira, ahora me siento más tranquila al darte esto. —La mujer, demostrando que se sabía perfectamente el camino, recorrió parte del pasillo hasta llegar a la cocina y depositó los recipientes sobre la encimera—. Te he traído filetes empanados, tortilla de patata y cebolla, y ensaladilla rusa. —Me pellizcó ligeramente el brazo—. Anda, que te irá bien comer en condiciones, con lo flacucha que estás. —Emitió una suave carcajada—. ¡Aunque sea lo que siempre decimos las abuelas!

Mis labios se curvaron, pero hacia abajo. Ojalá yo hubiese oído todas esas frases de mi abuela en persona.

—Ay, lo siento, mi niña —se lamentó la mujer al tiempo que me tomaba una mano y se la llevaba a los labios—. Tú sin encontrar a Ángela y yo aquí diciéndote tonterías.

—No se preocupe, señora Antonia. Y gracias de nuevo por la comida, pero hoy me voy a la playa y me disponía a hacer algún sándwich para llevar...

—Quita, quita —me cortó—. Qué sándwich ni qué leches en vinagre. ¿Vas a ir sola?

—No —respondí algo cortada—. Voy con Marc, un amigo que...

—¡Ah, sí! —volvió a interrumpirme—. Ese chico tan majo con el que me he cruzado en un par de ocasiones en el rellano. ¡El taxista! Es muy educado, siempre saluda. —Me miró con ojillos brillantes—. Y muy guapo. Que una es vieja, pero no ciega.

Me exasperé conmigo misma por ruborizarme tan fácilmente.

—Así que te llevas mi comida —prosiguió la mujer—, unos cubiertos y servilletas, y verás lo bien que coméis en la playa. Ni platos os harán falta. Podéis comer en el propio táper. Pero luego me los devuelves, ¿eh?, que son de los buenos.

—Por supuesto —sonreí—. Muchísimas gracias, señora Antonia.

El timbre de abajo sonó en aquel momento. Me acerqué al recibidor y contesté por el telefonillo.

—¿Quién es?

—Hola, cielo —me saludó Marc—. Estoy en doble fila, pero si necesitas que suba un momento...

—No, no. Bajo enseguida —le dije antes de colgar.

Con ayuda de la vecina, metí los recipientes, servilletas y cubiertos en la mochila y me la coloqué al hombro.

—Llevad agua —me recordó la mujer mientras salíamos del piso—. Y gafas de sol, y gorra, y crema solar. El sol cada día es peor, y los extranjeros os ponéis enseguida como gambas...

—Sí, llevo de todo —le dije después de cerrar con llave y llamar el ascensor—. Gracias de nuevo, señora Antonia.

—No hay de qué, bonita.

Antes de salir a la calle, me miré en el espejo del interior de la portería. En casa ya me había recogido el pelo en una coleta y me había echado protector solar por todo el cuerpo. Le sonreí a mi imagen mientras me colocaba las gafas de sol y salí después al día caluroso que se presentaba en su máximo apogeo.

Caminé deprisa hacia Marc y su taxi. Durante aquellos pocos pasos noté que se me aceleraba el corazón y una especie de vértigo se adueñaba de mi estómago. Después de lo que había pasado la noche anterior, de nuestras confesiones y los besos, no estaba muy segura de cómo íbamos a abordarlo. Sin embargo, en cuanto Marc me miró y sus pupilas se dilataron, todos mis nervios se disolvieron y se transformaron en una sensación dulce y cálida.

—Hola —le dije al llegar a su altura. Llevaba unos vaqueros cortados por debajo de las rodillas, una camiseta negra de manga corta y unas gafas de sol sobre la cabeza, que se enredaban con su pelo.

—Hola, cielo —me respondió en un tono lento y sensual mientras me cogía la mochila y se la colgaba al hombro—. Qué bien te sienta el amarillo.

—Porque he cogido un poco de color estos días. —Puse los ojos en blanco—. Hasta hace poco me hacía parecer una enferma de ictericia —bromeé.

—Pues a mí me pareces muy sana —susurró, tan cerca de mí que inspiré con fuerza el olor a sol de su pelo y a la crema solar de su piel. Sus manos se posaron en mi cintura y me pegaron a su cuerpo. Se mantuvo luego en silencio, repasando cada uno de mis rasgos como si pretendiese memorizarlos; mirándome de una forma en que nadie me había mirado jamás.

—¿Qué pasa? —le pregunté divertida.

—¿Puedo besarte? —quiso saber—. Me refiero aquí, en la calle, en mitad de la gente.

—Quiero que me beses aquí, en la calle, en mitad de la gente —respondí con firmeza.

—¿Seguro que no te dará vergüenza o te parecerá raro...?

Negué con la cabeza.

Marc elevó una de las comisuras de su boca y me clavó los dedos en la cintura para atraerme hacia él todo lo posible. Inclinó la cabeza y depositó sus labios en los míos. Solo fue un beso breve, dos segundos de unión de nuestras pieles, pero a mí me dejó temblando. Como la noche anterior, él sonrió un instante sin haberse despegado del todo de mí.

—Me gusta besarte —susurró contra mis labios.

—Y a mí que me beses —respondí de la misma forma.

Nos apartamos el uno del otro, aunque noté que sus manos se demoraban un instante en mis caderas antes de llevarlas al asa de la mochila.

—Por cierto —señaló mientras abría el maletero—. ¿Qué llevas aquí? Pesa como si cargases con un jamón entero.

Reí.

—Mira dentro de alguno de los táperes —le sugerí—. Vas a flipar.

Marc desprendió la esquina de una de las tapas y abrió al máximo sus ojos dorados.

—¡Hostias! Carne empanada, tortilla, ensaladilla... ¿Te has pasado la mañana en la cocina, inglesita?

—No —reí—. Qué más quisiera yo que cocinar tan bien. Me lo ha traído todo la señora Antonia, la vecina.

—Pues nos vamos a alimentar bien —dijo sonriente al tiempo que abría una nevera portátil y me señalaba el contenido— porque yo he echado agua, refrescos y fruta pelada y troceada.

—¿De verdad? —le dije con emoción infantil—. ¿Hay melón?

—Por supuesto —respondió mientras bajaba el portón del maletero—. Melón del bueno, no lo que sea que haya en las fruterías de Londres. —Compuso una mueca de repulsión.

—¡Oye! —exclamé tras acomodarnos en el coche y ponernos el cinturón—. ¿Qué sabes tú de lo que hay en Londres? ¿Acaso has estado allí?

—Pues sí —reveló después de arrancar el motor—. Nos tocó varias veces enfrentarnos a equipos de la Premier, entre ellos el Chelsea, el Arsenal o el Tottenham, que están en tu querido Londres.

—Ay, es cierto. —Esbocé una mueca de arrepentimiento—. Ya no me acordaba de que fuiste un futbolista muy famoso y debiste de recorrer medio mundo.

—A ver, no era Messi —bromeó—, pero creo que habría llegado lejos si no hubiese sido por la lesión.

—Seguro que sí —respondí con una gran sonrisa al ver que él hablaba del tema mucho más relajado—. Nunca te he buscado en internet. —Saqué el móvil de un pequeño bolsito que llevaba en bandolera—. Voy a ver qué dice...

—Supongo que encontrarás fotos de mi etapa de jugador —dijo con un encogimiento de hombros—. O alguna referencia a lo que... me pasó y todo eso.

Aquel comentario me hizo desistir de buscar información, pero demasiado tarde. En la pantalla surgieron varias fotografías de Marc vestido como jugador azulgrana, posando, jugando o entrenando. Incluso había una en la que aparecía de la mano de una chica rubia a la salida de una discoteca. Bloqueé el móvil.

—Sí —gruñí—. Solo hay fotos y ya te tengo muy visto.

Él alzó una ceja y me miró divertido.

—¿Tan horrible salgo?

—No precisamente. —Miré hacia la ventanilla como una adolescente celosa—. Sales con una rubia despampanante.

Marc emitió una carcajada.

—No tengo ni idea de quién me hablas. —Cesó su risa y se encogió de hombros—. Ni me acuerdo. A veces creo que todo fue un sueño.

Volví a mirarlo y sentí una pizca de culpabilidad por haberme molestado al verlo con una chica cuando lo que importaba era el dolor y la frustración que arrastraba.

Todavía pensaba en cómo animarlo un poco cuando me di cuenta de que nos estábamos alejando de Barcelona.

—¿A qué playa vamos? —le pregunté—. Esto es una autopista.

—No voy a quejarme de las playas que tenemos en la ciudad —comentó—, pero, para una vez que voy a llevarte a una, quiero que sea especial, diferente. Vamos a la Costa Brava.

—Recuerdo que mi madre la menciona en una de sus cartas —señalé mientras buscaba información en el teléfono y surgían imágenes de calas de aguas turquesas—. Hay playas muy bonitas en esa zona. ¿A cuál me llevas?

—Dejemos que haya un poco de sorpresa. —Me guiñó un ojo y siguió conduciendo.

La hora y media que duró el recorrido la pasamos

hablando de lo que veíamos, sobre todo al salir de la autopista y pasar por varios pueblos, tanto de interior como de costa, que me parecieron tan bonitos que Marc aminoraba la marcha solo para que yo pudiese fotografiarlos. Luego miraba las imágenes en el móvil y me invadía una extraña desazón al no tener con quién compartirlas.

Marc pareció notar esa inquietud.

—Eh, inglesita. Seguro que, en cuanto empieces el nuevo curso, presumirás ante tus compañeros de todas esas fotos y de tu estancia en España.

—Sí —murmuré—, supongo.

Acabé por guardar el móvil y centrarme en disfrutar del paisaje. Por fin, pude comprobar que llegábamos a nuestro destino, un pueblo llamado Begur, tan bonito que me mantuvo con la cabeza fuera de la ventanilla para no perderme nada.

—Qué pasada... —susurré.

Atisbé a ver las ruinas de un castillo en la cima de una montaña, aunque mi emoción aumentó conforme dejamos atrás aquel pueblo lleno de encanto y de calles, plazas y edificios medievales.

—Luego damos una vuelta si quieres —me dijo Marc—. Ahora es mejor que nos dirijamos a una playa donde comernos esos filetes. Estoy hambriento.

—Yo también —reí—. Pero ¿dónde está esa espectacular playa?

—Yo no la tacharía de espectacular, sino de..., ya lo verás.

Fuimos recorriendo calles estrechas, repletas de curvas y que daban la sensación de que acabarían por tragarse el taxi o precipitándonos al mar. Por fin, sin embargo, Marc detuvo el coche junto a un pequeño grupo de pinos.

—Creo que es aquí si no recuerdo mal —comentó mientras se quitaba el cinturón y salía del coche.

—Ah, ¿que no estás seguro? —rezongué tras apearme yo también.

Marc se limitó a ponerse las gafas de sol, abrir el maletero y sacar la mochila y la nevera portátil. Y a sonreírme, claro.

—Vale —suspiré—, confiemos.

Los dos bajamos por un camino escarpado entre rocas, si es que eso se podía llamar camino, durante varios minutos. Yo me limité a pegarme a su espalda y a seguirlo mientras trataba de no romperme la crisma y de que el sol no me derritiera.

—Las cosas, cuanto más bonitas y especiales, más cuesta conseguirlas. —Marc hizo aquella afirmación sin volverse, así que no llegué a saber si lo decía solo por la playa o por algo más.

Me detuve abruptamente cuando alcé la vista y contemplé un pedazo de mar con los tonos de azul más bonitos que había visto en mi vida. Ni siquiera había pensado que pudiese existir tal cantidad de tonalidades.

—Marc... —musité—, qué preciosidad...

—Sí, es una pasada —corroboró él—. Por suerte, no me he equivocado de camino.

Ambos saltamos desde las rocas hasta aquella diminuta pero preciosa y solitaria cala. La arena era gruesa y blanca, y había varios pinos junto a la pared rocosa. Aunque lo que verdaderamente quitaba el aliento era la superficie del agua, que parecía cubierta por una capa de diamantes a los que el sol les arrancaba destellos iridiscentes. Me quedé unos segundos hipnotizada.

—Lo bueno de este sitio es que no hace falta traer sombrilla —dijo Marc mientras depositaba los bártulos bajo las ramas de los pinos, que dejaban pasar solo resquicios de rayos de sol.

Me quité las sandalias, me aproximé a la orilla y dejé que las suaves olas lamieran mis pies.

—Es un lugar precioso —insistí—. ¿De qué lo conoces?

—Venía con mis padres y mi hermana hace años. —Esbozó una sonrisa nostálgica—. Hemos tenido suerte de que todavía no la hayan descubierto los guiris.

—Yo sí la he descubierto, y soy una guiri —bromeé.

—Ya no tanto —aseguró Marc—. Cada vez hueles más a sol y a mar Mediterráneo. —Esbozó un gesto travieso—. Aunque todavía con algo de regusto a té y *scones* —se guaseó.

Levanté un pie para salpicarlo, pero no pareció importunarlo un poco de agua. Entre risas, se quitó el calzado, la camiseta y los pantalones, y se quedó con un bañador tipo bóxer de color azul marino con la cinturilla blanca, aunque no me dio tiempo a verlo mejor porque corrió hasta la orilla, atravesó las pequeñas olas y se zambulló de cabeza. Unos segundos después, contemplé su cabello entre la superficie cristalina.

—¡Pensé que primero querrías comer! —le grité.

—¡Mejor si estamos frescos! —exclamó—. ¡Vamos, ven! ¡El agua está genial!

Emocionada y ansiosa, me quité el vestido, lo lancé al suelo y corrí hasta el mar. Cuando empecé a sumergirme me pareció un poco fría, pero no me di tiempo a pensarlo. También me zambullí y emergí al lado de Marc.

—¿Qué tal, inglesita? —me preguntó sonriente mientras se movía para no hundirse.

—¡Genial! —reí—. ¡Esto es lo mejor para el calor!

—¡Y solos! —rio él—. ¿No te parece casi paradisíaco?

—Sí —asentí sonriente.

Casi un paraíso que tardaría mucho tiempo en olvidar.

Mi risa se apagó conforme más consciente era de la cercanía de Marc. Su rostro húmedo, su cabello mojado, que parecía contener diminutos brillantes por el reflejo del sol, sus ojos bordeados por las largas pestañas, que, empapadas, parecían aún más espesas...

Un extraño contraste se apoderó de mi cuerpo. El agua me refrescaba, pero sentía una especie de ardor por dentro. Marc también había dejado de sonreír y me miraba tan intensamente que el poco aire que nos separaba se volvió casi irrespirable.

—Vo-voy a ir sacando la comida —balbucí.

—Vale —musitó él.

Me alejé nadando hasta la orilla y corrí hasta donde se encontraban nuestras cosas. Me sequé con mi toalla y, ante un ataque de timidez que todavía no podía evitar, me puse la camiseta que había llevado de repuesto. Después dispuse otra toalla como mantel y fui colocando encima las fiambreras abiertas, los cubiertos y las servilletas. Abrí también la nevera portátil que había traído Marc y elegí una lata de Coca-Cola. Le estaba dando un trago cuando apareció él, que cogió su toalla para secarse el pelo y la cara, y acabó sentado frente a mí.

—A ver qué manjares tenemos por aquí... —bromeó.

Tragué con dificultad el sorbo de refresco y me quedé absorta ante la imagen masculina. Marc, desde el principio, me había parecido guapo; más que guapo. Pero verlo con tan solo un bañador ajustado... me dejó sin aliento y acalorada, muy acalorada. Contemplé su torso desnudo, sus anchos hombros o el tatuaje completo de su brazo. Al fijarme en su rostro sonriente, descubrí que su cabello se había ondulado tanto que varios rizos le caían por la frente y se enredaban entre las pestañas. Me imaginé a un joven Poseidón recién salido del mar.

Madre mía... ¿De dónde había salido aquel chico?

Bajé la vista. Y no solo porque su físico me atrajera tanto. Era algo más. Marc me gustaba, todo él, con sus sonrisas y su empeño por hacerme reír, pero también por su parte más vulnerable y por la más oculta. Y sentí un vértigo que no había experimentado nunca. Un vértigo que me emocionaba a la vez que me daba miedo. Porque siempre había permanecido en un mundo sin emociones, sin sobresaltos, y aquel nuevo sentimiento me inquietaba, pero también me hacía sentir más viva que nunca. Y estaba más que dispuesta a saltar.

En cierto momento, sin embargo, mis ojos, en su recorrido por su cuerpo, se toparon con una fina cicatriz que le atravesaba la rodilla. Alcé la mano y deslicé las yemas por aquella fina línea que era el recuerdo físico del dolor y la frustración de un chico que había saboreado el éxito y el fracaso en tan poco tiempo.

—Lo siento —murmuré.

—Ya no importa. —Se encogió de hombros—. Como tú dijiste, al menos tuve la suerte de vivirlo durante unos años. Hay miles de chicos que aman el fútbol a los que nadie descubre, y otra buena cantidad que se queda por el camino también por culpa de las lesiones, pero mucho antes que yo. Tengo amigos que, con solo catorce o quince años, sufrieron esguinces incurables, roturas de clavícula o luxaciones de hombro que no les dejaron perseguir más el sueño de ser futbolistas profesionales.

—Me alegro de que hables de ello conmigo —le dije con evidente alivio.

—Yo también. —Sonrió.

A continuación, sentados con las piernas cruzadas, Marc y yo devoramos la comida de la señora Antonia sin que apenas quedaran sobras. Incluso acabamos con los trozos de melón y sandía que Marc había preparado. Me sentí llenísima y, tras recoger los recipientes, me dejé caer sobre la toalla. El sol de la tarde había cambiado de posición y me daba prácticamente en todo el cuerpo, por lo que aquel calorcillo me amodorró un poco y se me cerraron los párpados.

—¿Te vas a echar la siesta, inglesita?

Abrí un ojo.

—Me siento como si acabase de devorar una vaca —rezongué—. No puedo ni moverme.

—Yo también estoy lleno —sonrió—, pero prefiero darme un baño antes de tumbarme como un lagarto al sol.

Mientras me incorporaba, contemplé cómo Marc volvía a zambullirse en el agua. Aproveché para quitarme la camiseta, echarme más crema solar y volver a tumbarme para ponerme un poco más morena. Descubrí aquellos días que, a pesar de mi palidez, a mi piel no le costaba demasiado coger un tono más dorado. Estaba claro que mis genes mediterráneos eran los responsables, pero aparté aquel tema de mis reflexiones. No quería pensar en mi familia, en mis orígenes ni en nada que enturbiase aquel momento de paz. Una paz que se vio alterada cuando un estremecimiento me sacudió todo el cuerpo y un grito me surgió de la garganta. Abrí los ojos, me incorporé de golpe y descubrí a Marc sacudiéndose el pelo para salpicarme. Las gotas

307

de agua me parecieron cubitos de hielo en mi piel caliente.

—¡Te mato! —grité—. ¡Joder, Marc! ¡Casi me da un infarto!

Él se desternillaba de la risa.

—No he podido resistirme —continuó riendo al tiempo que se tumbaba sobre su toalla.

—Esta me la guardo —gruñí mientras volvía a echarme bajo el sol.

Entreabrí los ojos ante el repentino silencio. Marc se había colocado de lado y apoyaba la cabeza en su mano mientras me miraba. Contemplé cómo se le dilataban las pupilas, cómo su nuez de Adán se le deslizaba por la garganta y cómo su pecho, salpicado de brillantes gotitas, subía y bajaba.

Mi corazón aceleró los latidos. Con aquella mirada intensa, fui, por primera vez, consciente de mi cuerpo bajo el escrutinio de Marc. Y todavía más consciente cuando alzó una mano y la acercó a mi muñeca para acariciar con el pulgar la pulsera que me había regalado. Después, las puntas de sus dedos se fueron deslizando por mi brazo, mi hombro, mi tórax, sin llegar a rozar la tela de mi escueto bikini negro. Ahogué un gemido cuando llegaron a mi estómago y rodearon la hondonada de mi ombligo. Cerré los ojos y, con la respiración cada vez más acelerada, dejé que las sensaciones me invadieran. Yo, supongo que como muchas chicas de mi edad, no estaba del todo satisfecha con mi cuerpo. Veía defectos por todas partes y envidiaba unas piernas más largas, unos labios más gruesos o una piel más suave. Pero, aquel día, Marc, con sus manos temblorosas y su mirada cargada de anhelo, me hizo sentir la chica más guapa y deseada del mundo.

Los dedos masculinos continuaron su camino bajando por mi cadera y me recorrieron el muslo y la rodilla, y, a continuación, subieron de nuevo hasta mi estómago y entre mis pechos hasta llegar a la garganta y mis labios.

Emití un nuevo gemido. En realidad, jadeaba como un pez que trata de respirar fuera del agua. La piel se me calentaba, la sangre corría rauda por mis venas y un ardor casi doloroso se me instaló entre las piernas. Clavé mis ojos en los de Marc, que me miraban con un ansia que me dejó aturdida.

De pronto, su cabeza estaba demasiado cerca. Su frente se apoyó en la mía y sus labios se hundieron en mi pelo mientras me instalaba su mano abierta sobre el vientre. Mis dedos se clavaron como garras en la arena.

—Sky —susurró en un gemido, que se parecía más a un lamento—. Joder, Sky...

Percibí su aliento acelerado en mi sien, en mi cuello y en mi hombro. Y yo solo podía intentar seguir respirando.

—Mierda —gruñó un momento antes de apartarse de mí y ponerse en pie—. Creo que... será mejor que vuelva al agua.

Mientras lo vi zambullirse de nuevo en el mar, no reaccioné con vergüenza, que habría sido lo más normal en mí. Lo que me invadió fue satisfacción y una oleada de fuerza. Y me sentí poderosa. Sin pensarlo dos veces, tiré de la goma de mi coleta para soltarme el pelo, me levanté y corrí hasta el agua sin dejar de reír eufórica, feliz.

—¡Eh, espera! —le grité al ver que se alejaba.

Corrí, chapoteé y nadé hasta llegar a su altura.

—Perdona, Sky —me dijo mientras se retiraba el

exceso de agua del pelo—, pero si te acercas a mí, el problema se agrava...

—¿Qué problema? —le susurré mientras me aproximaba más a él, hasta estar a tan solo unos centímetros de su cuerpo.

Marc todavía respiraba con rapidez y sus ojos no se desviaban de mi boca.

—Tú —musitó con la mirada turbulenta—. Tú eres ahora mismo mi problema.

—¿Para qué? —insistí.

—Para mantenerme apartado de ti —respondió sin dejar de mirarme.

Hasta ese momento habíamos respetado cierta distancia entre nosotros, como si nos temiéramos, como si el espacio que nos separaba se hubiese convertido en una zona de seguridad que, si la atravesábamos, podía hacernos sufrir.

Pero yo ya estaba harta de limitar mis actos. Si no arriesgas, no vives. Si no vives, cada día mueres un poco. Y yo elegí vivir, aunque solo fuera por un tiempo finito.

—Pero es que yo no quiero que te apartes de mí —susurré.

Deshice la mínima distancia que nos separaba, pegué mi cuerpo al suyo y le rodeé el cuello con los brazos. Las sensaciones de nuestras pieles unidas bajo el agua me abrumaron, pero eso fue, precisamente, lo que me hizo seguir. Porque quería sentir. Porque deseaba experimentar. Porque tuve la sensación de que, tanto mi corazón como mis sentidos, nunca habían sido utilizados. Mis percepciones y mis reacciones eran nuevas para mí, y no estaba dispuesta a pensar en los pocos días que me quedaban allí, en mi regreso o en lo que me esperaría los siguientes años de mi vida. Solo quería seguir sintiendo. Solo deseaba estar con Marc.

Antes de que él pudiese alejarse de nuevo, me aferré con más fuerza a su cuello y le rodeé las caderas con mis piernas. Ambos emitimos un jadeo cuando nuestros cuerpos encajaron el uno en el otro.

—Joder, Sky —gimió Marc justo antes de apoderarse de mi boca y besarme con un ansia que parecía haber reprimido durante días. Enredó sus manos en mi pelo empapado y después las fue bajando por mi espalda hasta posarlas en mi trasero. Un jadeo surgió de mi boca. Un gemido brotó de la suya.

Yo también busqué primero su nuca para enredar las manos en sus rizos, y también las fui descendiendo para acariciar su ancha espalda, sus hombros, sus brazos y, por fin, su pecho. Incliné hacia un lado la cabeza para profundizar aún más el beso, para poder tocarlo más, abrazarlo más...

Nos apartamos un instante para coger un poco de aire, mirarnos un instante con los ojos velados y volver a besarnos, en esa ocasión sin tanta premura, saboreándonos a conciencia. Sin embargo, nuestras manos no cesaron de moverse, de tocar y descubrir. Marc abandonó un instante mi boca para besarme la garganta, la curva de mi cuello, mi hombro. Yo eché hacia atrás la cabeza para facilitarle el camino de besos, cada vez más apasionados, más íntimos, más exigentes. Con el ímpetu de sus labios, Marc hizo a un lado la tela de mi bikini y acogió uno de mis pechos en su boca. Un ramalazo ardiente me atravesó el cuerpo y temí partirme en dos.

—Marc... —gemí al tiempo que me retorcía y hundía el rostro en su hombro.

Él, a pesar de mi ruego, se apartó de mí casi con brusquedad.

—Mierda, Sky —jadeó—. Vamos a acabar haciéndolo en la playa como sigamos así...

—¿Tan malo sería? —jadeé también.

—No, pero... —Se pasó los dedos entre su cabello húmedo—. No querría que una primera vez entre nosotros fuese así, como un «aquí te pillo, aquí te mato». —Deslizó después el pulgar por mi labio inferior con infinita ternura—. No contigo, Sky.

En nuestro arranque de pasión, no habíamos sido conscientes de que el sol había quedado oculto tras unas nubes oscuras. No fue hasta que un trueno rasgó el cielo y unas gruesas gotas impactaron contra nuestros rostros que nos dimos cuenta de la tormenta que ya se había formado.

—¡Está lloviendo! —grité divertida.

—Será mejor que nos vayamos —señaló Marc tras mirar al cielo—. Esto no tiene muy buena pinta.

—Tampoco pasaría nada —comenté mientras lo seguía hasta la orilla—. Ya estamos mojados. —Reí.

—Es una tormenta de verano —me explicó mientras nos secábamos a toda prisa, nos vestíamos y recogíamos las bolsas—. Duran poco, pero pueden ser fuertes. Además, está bajando la temperatura.

En ese momento, un rayo cegador surgió de entre los negros nubarrones para avisar del fuerte trueno, que retumbó demasiado cerca. Marc me dio la mano para correr hasta el escarpado sendero entre las rocas y comenzamos a ascender mientras lo que habían sido gotas se iban convirtiendo en un auténtico aguacero. El agua nos empapó en pocos segundos y apenas veíamos el suelo que pisábamos.

—¡No me sueltes la mano! —gritó Marc por encima del sonido de la lluvia.

—¡No se me ocurriría! —le dije al borrón en el que se había convertido.

El trayecto se nos hizo interminable, aunque, con las ganas de llegar a la cima, apenas fui consciente del frío que se iba apoderando de mi cuerpo, de los chapoteos de mis pies en las sandalias, del castañeteo de mis dientes.

En cuanto el coche apareció ante nosotros, Marc accionó el mando y nos lanzamos a abrir las puertas y a guarecernos en el interior como si fuese el lugar más seguro del mundo.

—Uf, por fin —exclamó—. Había llegado a pensar que me había equivocado de camino o que el coche había desaparecido.

Me miró con una expresión entre divertida y aliviada, y yo sonreí, aunque notase la tiritera por todo mi cuerpo. A ambos nos chorreaba el pelo, la cara y la ropa, y nos pareció una situación tan absurda que estallamos en carcajadas.

—Con el calor que estoy pasando en España —dije entre risas—, y el día que voy a la playa acabo con más frío que en Londres en pleno enero.

Marc reaccionó con otra risotada mientras ponía el coche en marcha y accionaba la calefacción.

—A ver si así entramos en calor, aunque, con la ropa mojada... —Sacó las toallas de la mochila y me dio una de ellas—. Toma, sécate un poco al menos.

Me pasé la toalla por la cara y el pelo para quitar el exceso de agua, pero seguía incómoda y con frío por el bikini y el vestido empapados.

—Yo he traído ropa seca para cambiarme. —Le señalé mi mochila a Marc.

—Qué previsora —dijo él mientras terminaba de frotarse el pelo, que acabó formando bonitas ondas entre la tela de colores.

Lo miré en silencio, titubeante, y él comprendió.

—Oh, sí, claro. —Hizo un gesto hacia el asiento trasero—. Pasa ahí detrás y cámbiate. Te dejaré privacidad, no te preocupes.

—Lo sé —susurré. Confiaba plenamente en Marc.

La lluvia caía en cascadas sobre los cristales y el ruido contra el metal se volvía a veces ensordecedor. Nunca me habían dado miedo las tormentas, pero los truenos restallaban a veces tan fuerte que me hacían estremecer. El contraste de temperatura y nuestros alientos empañaron las ventanillas, con lo que el interior del coche pareció aislarse totalmente del resto del mundo.

Pasé como pude entre los dos asientos y ocupé la parte trasera. Con rapidez, me quité por la cabeza el vestido y, sin poder evitarlo, alcé la vista hasta el espejo interior. Allí me encontré con el cabello y parte del rostro de Marc, que se afanaba por graduar la temperatura de la calefacción. Sin apartar la mirada del espejo, me deshice del bikini mojado y me puse las prendas secas que había echado: camiseta, pantalones cortos y ropa interior. Durante aquellos instantes, en los que el ruido de la lluvia apenas dejó oír los roces de la tela mojada, Marc no llegó a alzar la vista para intentar mirar mi reflejo. Eso me dejó una inquietante sensación de decepción, aunque, al recordar que él no había querido seguir en el agua, comprendí que tampoco habría querido aprovechar mi momento de desnudez para enrollarnos en el coche. Eso me gustó de Marc, como tantas cosas me gustaban de él.

Sonreí. Y tuve la sensación de hacerlo constantemente siempre que estaba a su lado.

—¿Ya estás? —me preguntó cuando ocupé el asiento delantero, ya cambiada.

—Sí —respondí mientras me acomodaba—. ¿Qué vamos a hacer?

—Esperar a que escampe un poco —respondió—. Pero es mejor que pare un rato el coche, no vaya a ser que nos quedemos sin batería por la calefacción. ¿Tienes frío todavía?

La verdad era que, con la ropa seca, mi cuerpo ya no tiritaba, pero el pelo húmedo me había destemplado un poco.

—No, estoy bien...

Marc debió de notar mi vacilación. Palmeó ligeramente su regazo.

—Ven..., si quieres.

Volví a dudar un instante, pero estaba segura de que no iba a estar en ningún sitio mejor que junto al cuerpo de Marc. Esquivé el freno de mano, me coloqué sobre sus piernas y me recosté en su pecho. De inmediato, Marc me rodeó con los brazos y me besó en el pelo.

—Nos iremos en cuanto amaine —me aseguró.

Me agarré a su camiseta, cerré los ojos e inspiré su olor a mar. Él me deslizaba su mano por la espalda, arriba y abajo, en una cadencia no demasiado lenta para proporcionarme calor. Pasados unos segundos, abrí los ojos y descubrí lo cerca que tenía uno de sus brazos. Alcé una mano y reseguí con la yema de un dedo los intrincados dibujos de su tatuaje. Él detuvo su movimiento.

—¿Qué significan? —le pregunté.

—De todo un poco. —Se encogió de hombros—. Momentos de mi vida, estados de ánimo...

Sin dejar de deslizar la punta del dedo por su piel

tatuada, alcé la cabeza. Lo primero que vi fue su boca. Después su mejilla. Luego sus ojos. Él apartó un mechón húmedo de mi frente y lo recolocó sobre el resto en un gesto delicado. A continuación, bajó la cabeza y depositó sus labios en los míos. Aunque ya no era la primera vez que me besaba, una corriente eléctrica me atravesó el cuerpo. Acuné su rostro con las manos y me incorporé poco a poco sobre su regazo hasta sentarme a horcajadas sobre él y poder besarlo más profundamente. Enredé las manos en su pelo y él colocó las suyas en mis caderas, que se movían descontroladas, haciendo chocar nuestros sexos por encima de la ropa. Noté mis pechos pesados, mis braguitas cada vez más húmedas y mi sangre ardiente recorriéndome las venas. Marc emitió un gemido y yo me tragué otro. Por un momento, olvidé que estuviéramos en un coche o que una tormenta descargara sobre nosotros. Solo quería seguir besando a Marc, lamer su lengua, frotar mi cuerpo contra el suyo, sentir su piel desnuda...

—Para, para, Sky... —jadeó unos minutos después. Ambos unimos nuestras frentes mientras respirábamos el aliento del otro.

—Perdona —balbucí.

—No tienes que pedirme perdón, Sky —murmuró—. Yo también lo estoy deseando, pero si no me parecía buena idea que nuestra primera vez fuese en el agua, echar un polvo rápido en el coche no me parece mejor opción.

—Tienes razón —susurré, convencida pero frustrada—. Parece que llueve menos, ¿no? —Sonreí.

Él rio contra mis labios.

—Eso parece.

Reticente, regresé a mi asiento. Marc puso el coche

en marcha y accionó los limpiaparabrisas para retirar el exceso de agua acumulada.

—Espera. —Posé mi mano en la suya cuando fue a meter primera—. Antes de nada, yo quería decirte que... me lo he pasado muy bien hoy. —Sus ojos color miel buscaron los míos—. Ha sido uno de los días más locos, pero también más bonitos de mi vida. Lo voy a recordar durante mucho tiempo. Gracias.

Los bellos ojos de Marc se apagaron un poco.

—Ya... —murmuró—. Pero preferiría que no mencionaras a cada momento que solo acabaré siendo un recuerdo.

No supe qué decir. Marc pisó el acelerador y puso rumbo a Barcelona.

***

No hablamos mucho durante el trayecto hasta la casa de mi abuela. Marc conectó su música, *Manos rotas*, de Dellafuente y Morad, y nos dedicamos a observar cómo las nubes se iban abriendo y dejaban pasar algunos rayos de sol. Un bonito arcoíris surgió en el horizonte en mitad de un cielo todavía gris. Cuando paró el taxi frente al número 9, alargué el brazo hacia el asiento trasero para coger mi mochila. No tenía muy claro cómo despedirme de él.

—No hace falta que subas —le dije con la absurda esperanza de que me rebatiera como siempre. Él seguía mirando al frente sin soltar el volante.

—Eso pensaba decirte —respondió—, que no puedo entretenerme más. El coche se ha llenado de arena por dentro y por fuera está hecho un asco. Debo ir a limpiarlo para que a los clientes no les dé angustia montarse aquí. —Esbozó una tímida sonrisa.

—Claro —acepté para ocultar mi decepción.

Por un instante, me quedé mirando su perfil. Me moría de ganas de darle un beso antes de irme, abrazarlo, hundir mi rostro en su cuello, inspirar su olor para llevármelo conmigo. Pero él seguía inmóvil, esperando que me bajara. Solo al accionar la manija, apearme del coche y cerrar la puerta, Marc bajó el cristal y se giró hacia mí.

—Hasta mañana, Sky.

Me incliné para estar a la altura de la ventanilla.

—¿Vendrás... mañana?

Él dibujó una sonrisa y entornó ligeramente los párpados.

—Claro que sí. El jueves es mi día de descanso intersemanal, ¿recuerdas?

—Sí. —Sonreí ante el recuerdo de nuestro primer encuentro. Al día siguiente, se cumplía una semana.

—Si te parece, vendré a eso de las nueve o así. No desayunes. Quiero invitarte a..., bueno, ya lo verás.

—De acuerdo. —Asentí aliviada—. Hasta mañana, entonces.

A pesar de la complicidad recuperada, Marc accionó de nuevo el elevalunas, me hizo un gesto con la mano y se marchó con su taxi.

Capítulo 31

Sky

Faltaban diez minutos para las nueve de la mañana del día siguiente cuando sonó el timbre de la puerta. Fruncí el ceño delante del espejo del baño, donde todavía me estaba arreglando. Ya me había vestido y cepillado el pelo, pero había decidido aplicarme *eyeliner* para resaltar mis ojos y estar un poco más guapa. Lo malo era que solo había delineado un párpado.

Con sigilo, me acerqué a la puerta. Ya le había devuelto las fiambreras a la señora Antonia, así que dudaba de que fuera ella. Miré por la mirilla y sonreí al descubrir a Marc esperándome en el rellano.

—Llegas pronto —le dije al abrir—. Todavía estaba maquillándome y...

Me callé al percibir la determinación en Marc, que cerró la puerta y, un instante después, me acorralaba contra la pared y me besaba de forma desesperada. Enredó las manos en mi pelo, acaparó mi boca y la devoró sin contemplaciones. Juraría que llegué a quedarme sin aire, pero no me importó. Rodeé su ancha espalda con los brazos y me perdí en aquel beso que sabía a sol, a mar, a aire, a lluvia, a risas y a latidos frenéticos.

Cuando nuestras bocas se desenredaron, jadeábamos por la falta de aliento.

—Perdona —susurró Marc, con su frente en mi frente y sus labios todavía en los míos—. Lo que te dije ayer... Fui un capullo y un gilipollas.

—Pero tienes razón...

—No —me cortó—. Tú me has dejado muy claro desde el principio lo que hay y yo lo he aceptado. No hay condiciones. No hay promesas. No hay futuro. Solo estamos tú y yo.

—Solos frente al mundo. —Reí.

—Sí —sonrió él—, solos frente al mundo. —Me dio un beso en la frente y después condujo su boca hasta mi oído—. ¿Te vienes? —me susurró.

Un escalofrío trepó por mi espalda.

—¿Adónde?

—A perderte.

—Ya he estado perdida.

—Pero no conmigo.

Aparté mi rostro del suyo y me deleité en la miel de sus ojos.

—Tienes razón —musité—. Pero no contigo.

Tras maquillarme el otro ojo, bajamos hasta la calle y nos acercamos al taxi, que, como el nuevo día, resplandecía.

—Cualquiera diría que ayer tuvimos que poner la calefacción —resoplé—. Apenas ha comenzado el día y ya estoy sudando. Por cierto —añadí—, menudo meneo le diste al coche. Está limpísimo.

—¿«Meneo»? —me preguntó Marc con expresión divertida—. ¿Seguro que tienes claro el significado de esa palabra?

Noté el calor instantáneo en mis mejillas.

—Yo... se lo oí decir muchas veces a mi abuela. Me decía: «Hoy le he dado un meneo a la cocina, que buena falta le hacía». Se refería a limpiarla, ¿no? ¿Cuál es el problema?

Marc soltó una carcajada.

—Ninguno, inglesita, ninguno. Es solo que... también quiere decir otras cosas.

Le di un manotazo en el hombro.

—Deja de hacerme pasar vergüenza, haz el favor —refunfuñé.

—Es que te pones adorable cuando te ruborizas —cizañeó.

Me quedé con la boca abierta y sin réplica cuando vi que comenzaba a caminar.

—¿No nos montamos en el coche? —le pregunté desconcertada.

—Hoy no, inglesita. —Alargó la mano y me la tendió—. Hoy toca pasear.

Deshice los pasos que me separaban de él y enlacé mis dedos con los suyos. El calor de su piel y el tacto metálico de sus anillos ya me eran tan familiares que, agarrada a Marc, me sentía en casa.

Caminamos por las calles peatonales del barrio. Aunque ya me había movido bastante por la zona, no había ido más allá del mercado municipal. Pasamos al lado de una floristería, de un quiosco y de varias tiendas de ropa que aún conservaban la antigua esencia de los comercios tradicionales.

—Aquí es —me dijo Marc cuando llegamos a un

establecimiento del que surgía un delicioso aroma a aceite caliente y azúcar.

Me indicó un lugar donde sentarme en el exterior y me pidió que esperase. Unos minutos después, él mismo salió con una bandeja, que depositó sobre la inestable mesa metálica.

—Oh, esto es...

—Churros con chocolate —respondió—. Por favor, no puedes venir a España y no desayunar este manjar —dijo de manera teatral antes de sentarse.

Decidido, Marc cogió uno de aquellos dulces, lo mojó en el chocolate y se lo llevó a la boca.

—Vamos —me apremió—. ¿No te apetecen?

—Muchísimo. —Reí.

Imité a Marc y probé una de aquellas delicias tras hundirla en la taza de chocolate.

—Hum, por favor. —Tuve que pasarme una servilleta por la boca—. Qué ricos los churros.

Me sobresalté al ver a Marc intentando no atragantarse con la risa. Tuvo que ponerse una servilleta de papel en la boca para no expulsar lo que tenía a medio masticar.

—¿Qué pasa? —Fruncí el ceño—. ¿Qué he dicho ahora?

—Dilo, dilo otra vez —me apremió mientras tragaba.

—Qué ricos los churros...

Una nueva carcajada. Y se hizo la luz.

—Eres un graciosillo. —Le tiré una servilleta usada—. ¿Te estás riendo por cómo pronuncio las erres con mi acento *british*?

—Lo siento —continuó riendo—. Ha quedado de lo más gracioso. Aunque, si lo prefieres, hay otra manera de llamar a esta clase de churros.

—¿Cuál? —quise saber.

—Porras.

—¿Porras?

Solté un bufido al ver a Marc carcajearse de nuevo. ¡Hasta lágrimas le empezaron a brotar de la risa! Furiosa, mojé un churro en el chocolate y se lo estampé en toda la nariz. Pero, antes de apartar la mano, él me aprisionó la muñeca, abrió la boca y le dio un bocado a aquella masa dulce. Ni su nariz embadurnada de chocolate le restó sensualidad al gesto.

—Mira que eres tonto —le dije mientras yo misma lo limpiaba con una servilleta.

No me di cuenta de que él introducía mientras tanto un dedo en la taza y me lo pasaba después por el labio inferior. Antes de poder reaccionar, ya se había apoyado en la mesa para acercarse y darme un beso.

—Hum —dijo relamiéndose—. Besos de chocolate. Lo mejor del mundo.

Lo mejor del mundo era compartir esos besos con Marc una mañana calurosa, en una callejuela de Barcelona.

***

—¿Adónde me llevas ahora? —le pregunté una vez que nos montamos en el taxi—. Ya que no pude ver la Sagrada Familia, dime que, al menos, puedo visitar el Park Güell, las Ramblas... Oh, ahora que lo recuerdo. Leí hace tiempo una novela, por supuesto, a escondidas de mi madre, ya que era en español: *La catedral del mar*. Me gustaría ver esa iglesia.

—¿Y tu gusto por ciertos libros no te dio una pista de que te gustaba la historia? —me preguntó sonriente.

—Supongo que no lo quería ver. —Compuse una mueca—. Estaba tan ciega... —Suspiré.

—Eh, vamos, inglesita. —Colocó su mano sobre la mía, que descansaba en una de mis piernas, y me la apretó suavemente—. No pienses en eso ahora. Ahora estás aquí, conmigo, perdiéndonos —me recordó.

—Espero que tener de guía a un taxista sirva para no perderme demasiado —bromeé.

Marc rio un instante antes de llevarse mi mano a los labios y besarme los dedos.

—Procuraré que nos perdamos lo justo. —Me guiñó un ojo.

Sonreí y desvié la vista hacia la ventanilla para que no me viese inspirar. Aquellos gestos pequeños, aquellas palabras, los guiños... Si hubiese existido una manera de atrapar esos momentos, los habría guardado en un frasco para volver a revivirlos cuando me marchase de allí.

—Aún no me has dicho adónde vamos.

—Todos esos sitios tan famosos que mencionas están muy bien —señaló—, pero, como sabes, o, al menos, estás descubriendo, hace un tiempo que no soy un tipo de grandes multitudes. Me gustaría mostrarte algunos lugares un tanto... diferentes.

—¿Con algo de historia? —tanteé.

—Por supuesto —respondió con una gran sonrisa—. Marchando un poco de historia para la señorita.

Marc continuó conduciendo hasta que llegamos al barrio Gótico. Por ser un taxi, pudo aparcar bastante cerca de aquel casco histórico. Sin tener que pensarlo, como algo natural, nos agarramos de la mano y caminamos por una plaza llena de gente. Advertí, majestuosa, la fachada de la catedral y, aunque paramos un momento a admirarla, Marc tiró de mí para continuar con nuestra ruta. Cruzamos un pequeño puente y caminamos por estrechas callejuelas hasta llegar al patio de un edificio de origen medieval que albergaba cuatro columnas romanas.

—Oh, lo que queda del templo de Augusto —exclamé—. Es de lo poco que hay de la antigua Barcino. —Miré a Marc con emoción—. Gracias por traerme aquí —le dije justo antes de sacar varias fotografías.

Atravesamos después la plaza de Sant Jaume, donde reconocí el ayuntamiento y el Palau de la Generalitat, y Marc me guio después por unos pasajes para ver, entre otros lugares pintorescos, un hotel que se había construido en la casa donde nació el pintor Joan Miró.

Inspiré hondo, abrí los brazos y miré hacia la estrecha franja de cielo entre los edificios. Se respiraba historia en aquellas calles, oscuras y angostas, pero llenas de encanto.

—Es mejor venir en otra época, con menos turistas. —Marc esbozó una mueca mientras señalaba con un gesto los regueros de gente que abarrotaban el espacio, cargados la mayoría de ellos con mochilas e inmortalizando cada instante con sus móviles.

—Lo supongo —le respondí con una sonrisa—. Pero me está encantando ver el barrio igualmente. Ya sabes, imagino por aquí los carros llenos de sacos de trigo, asnos con alforjas y campesinos y mercaderes. Hasta me parece oír los cascos de los caballos y los gritos de los vendedores.

Marc rio y, de forma espontánea, me rodeó la cintura con el brazo, me atrajo hacia sí y me dio un beso en el pelo.

—Vamos —me dijo todavía sonriente—, regresemos al coche. Todavía me gustaría enseñarte algunas

325

cosas más. ¿Sabías que tenemos una réplica de la Estatua de la Libertad? Más pequeña, claro.

—¿En serio? ¿Dónde?

—En una biblioteca. ¿Quieres verla?

—Por supuesto —sonreí.

Ya en el coche, de camino a nuestro próximo destino, la pantalla del coche se iluminó con una llamada entrante. Era Judit. Marc aceptó la llamada con una sonrisa.

—¿Qué pasa, canija?

—¿Te pillo bien, Marc? —preguntó la chica con un atisbo de preocupación.

—Estoy en el coche. —Me miró un instante—. Con Sky.

—¡Oh! —exclamó Judit—. *Hi, Sky!*

—Hola, Judit. —Sonreí.

—¿Qué ocurre? —quiso saber su hermano.

—No, no, nada. Pensaba que, como era tu día de fiesta, estarías tirado en el sofá o algo por el estilo. Ya... me las arreglaré.

—¿Qué pasa? —rezongó Marc.

Ella suspiró.

—Pues que para venir al campo ya he vivido toda una odisea. La línea de tren que debo coger tiene una avería que va para horas. Y he pensado que si mi hermano no tuviese nada que hacer y pudiera recogerme y llevarme a casa...

—Claro que no tiene nada que hacer —me adelanté a Marc—. Me encantará volver a verte con los críos. ¿Estará Jan?

—Sí, lo estoy viendo salir del vestuario.

—Genial —dije al tiempo que miraba a Marc—. Vamos para allá.

—¡Gracias, Sky! ¡Me alegrará volver a verte!

—¿Gracias, Sky? —refunfuñó Marc.

—Sabía que te ibas a picar. —Judit rio—. Gracias, oh, magnánimo hermano —se guaseó—. ¡Nos vemos dentro de un rato!

La chica colgó y me puse a reír.

—Siento que no podamos seguir con la ruta —se lamentó Marc mientras cambiaba el sentido de la marcha en una rotonda.

—Ni se te habría pasado por la cabeza decirle que no a tu hermana, ¿me equivoco?

—No —sonrió—, no te equivocas.

—Tenéis una relación muy bonita —le comenté—. Muchas veces he echado en falta no haber tenido hermanos. Aunque, después de pensarlo bien, llegaba a la conclusión de que ya había bastante con tres infelices Clifford. Para qué añadir más.

Marc se mantuvo unos segundos en silencio antes de hablar.

—Todos tenemos instantes o situaciones en nuestra vida que nos gustaría cambiar, incluso borrar —manifestó tras la pausa—. Pero si fuésemos capaces de hacerlo, dejaríamos de ser nosotros, ¿no crees? ¿Estarías dispuesta a hacer desaparecer a la Sky que conoces?

—Nunca he pensado en ello.

—A mí me gusta la que he conocido —declaró—. Lo importante es... ¿te gustas tú?

Lo pensé solo un instante. Sonreí.

—Pues ¿sabes una cosa? Sí, me gusto. Quizá, hasta ahora, me angustiaba el hecho de pensar en cómo me verían los demás, cuando lo que de verdad importa es cómo te ves a ti mismo.

—Me alegro de que hayas cambiado de opinión. —Marc sonrió.

Me envolvió una emoción grata, de satisfacción, de seguridad; las mismas sensaciones que experimentamos al estar en casa, en un lugar seguro y cálido.

Y eso era lo que me hacía sentir Marc. Podía hablarle de cualquier cosa y no me cabía duda de que me escuchaba y me comprendía, por muy banal que pareciera mi preocupación. Aunque resultase extraño pensar así de una persona que acababa de entrar en mi vida, confiaba plenamente en él. Y descubrí esos días, también, lo importante que es tener a alguien en quien confiar.

Llegamos, por fin, a la ciudad deportiva. Desde las gradas divisamos a Judit y a Jan, que corría detrás de la pelota antes de lanzarla contra la portería y volver a colocarse en la fila con el resto de los jugadores. Un silbido nos hizo levantar la vista y reconocimos a Julia y a Martina, que agitaban las manos para llamar nuestra atención. Fuimos hasta ellas y nos sentamos a su lado.

—¡Podríamos haberla acercado nosotras! —exclamó Julia cuando Marc les habló del motivo que nos había llevado hasta allí.

—Tranquila, no importa. —Marc sonrió al tiempo que aceptaba unas gominolas que nos ofreció Martina.

—Seguro que todavía no te ha enseñado toda la ciudad —me dijo Julia.

—No, pero he visto un montón de cosas interesantes —respondí.

Miré a Marc y después bajé la mirada al pensar que aquellas dos mujeres pudieran descubrir lo que había surgido entre nosotros. Me había dado cuenta de que, en cuanto habíamos accedido al recinto deportivo,

Marc me había soltado la mano que hasta entonces había enlazado con la suya.

—¿No os ha dado por ir a la playa con este calor? —inquirió Martina.

—Sí, fuimos ayer —apostillé—, a una cala de Begur. Aunque una tormenta nos hizo largarnos a toda prisa.

—¿En serio? —Martina rio—. Hijo mío, ¿cómo se puede ser tan gafe?

—Muy graciosa —rezongó Marc al tiempo que le lanzaba una gominola a su vecina.

Todos reímos, y yo me maravillé de lo cómoda que me sentía entre aquellos desconocidos que ya no lo eran para mí.

Entre risas, chuches y gritos infantiles, apenas logré reconocer el zumbido que emitía mi teléfono. Lo saqué del bolso y solté un exabrupto al ver que era Pippa quien me llamaba. Colgué y, casi inmediatamente, volvió a zumbar. Corté la llamada una vez más, pero ella insistió una tercera, y una cuarta. Exasperada, me puse en pie y me disculpé con el resto antes de subir hasta la última fila de asientos, donde apenas había nadie.

—¿Qué quieres, Pippa? —le dije tras descolgar.

—Joder, ya era hora —rebufó.

¿Acaso pensaba que seguía siendo mi prioridad? ¿Que correría y lo dejaría todo por ella, como siempre había hecho?

—¿Qué pasa? —insistí.

—Me ha visto tu padre.

Noté brotar el sudor por cada poro de mi piel.

—¿Y qué le has dicho? —murmuré.

—Que conste que he tratado de soltarle una historia que sonara creíble, pero..., ya sabes, tu padre siempre me ha inspirado un poco de mal rollo, tan serio, con esos ojos grises tan penetrantes...

—Mierda, Pippa —suspiré.

—No te estoy diciendo que le haya revelado dónde estás —repuso molesta—. Solo le he dicho que necesitabas pensar y que decidiste viajar sola.

—¿Y no te ha sonsacado adónde?

—Pues no. La verdad es que me dio las gracias por contárselo y se dio media vuelta.

—Joder... —farfullé mientras me frotaba los ojos—. Seguro que, a estas horas, ya debe de saberlo mi madre.

—Lo siento, Sky, en serio —se lamentó Pippa. Sonaba sincera.

—No pasa nada. —Solté un largo suspiro—. Al fin y al cabo, soy una persona adulta. Puedo largarme unos días a donde me dé la gana.

El silencio se apoderó de la línea durante unos segundos. Tanto Pippa como yo sabíamos que aquella afirmación no cuadraba conmigo.

—Harvey también está molesto contigo —dijo mi ex mejor amiga.

La mención de mi todavía novio me puso tensa.

—¿Él? —pregunté con ironía—. ¿Está molesto él? Pues qué pena más grande —bufé.

—Sky, tía, no para de llamarte y de enviarte mensajes, y dice que no le contestas nunca. Recuerda que, para él, seguís juntos.

—¿Y ya has ido a consolarlo? —le pregunté con una rabia impropia en mí. Incluso con todo lo que había pasado me sentí mal. Yo no era así.

—Te juro que no nos hemos visto —aseguró—. Solo hemos hablado por teléfono. Me ha dejado claro que no vamos a volver a vernos, que no piensa cagarla de nuevo contigo y que espera que lo perdones por lo de la noche de su fiesta.

—¿Le has contado que sé lo vuestro? —le pregunté todavía airada—. ¿Que me enteré de que se acostaba contigo y conmigo al mismo tiempo? Y vete tú a saber con cuántas más —barboté.

—No. —Suspiró—. Si al final decides que lo sepa, es mejor que se lo cuentes tú.

Un trago amargo me subió hasta la garganta al pensar en ello. Tal vez yo nunca había estado realmente enamorada de Harvey, pero era mi novio, mi persona de confianza, y me había traicionado. Aunque lo que de verdad me amargó fue imaginar a mi amiga desnuda entre los brazos de Harvey, con el que habría quedado tantas veces después de haberse despedido de mí con un beso y un abrazo en el autobús. Ella, mi supuesta mejor amiga.

Un zumbido me alertó de otra llamada entrante. Miré la pantalla y, entonces sí, me temblaron de verdad las piernas.

—Mierda, mierda, Pippa, me está llamando mi padre, y seguro que tiene a mi madre al lado. ¿Qué narices voy a decirles?

Lancé aquella pregunta sin pensar, acostumbrada como estaba a pedirle consejo a mi amiga.

—Puede que pensaras que lo hacía por algún tipo de plan maquiavélico —señaló ella—, pero te prometo que te lo he dicho siempre con la mayor sinceridad del mundo. Enfréntate a tus padres, Sky. Diles de una vez que tú no tienes por qué hacer lo que digan ellos o lo que se espera de una Clifford.

—¿Y los mando a todos a la calle? —subrayé con un punto de desesperación.

—¡Tú no tienes la culpa! —exclamó con obstinación—. ¡Que arreglen ellos sus problemas! Y te prometo —añadió— que no te lo digo para que me dejes el camino libre con Harvey ni nada parecido. Te juro, Sky, que te lo digo de corazón. Porque te sigo queriendo... —Se le quebró la voz.

—Quizá yo también te siga queriendo, Pippa, pero ya no confío en ti.

—Lo sé, y me lo merezco —admitió—. Me cegó mi obsesión por Harvey, mis malas decisiones, la envidia que sentía de ti...

—¿Envidia? —la corté—. ¿Tú de mí?

—Sí —sollozó—. Siempre he envidiado la posición social de tu familia, tan conocida y respetada. Tenías la vida que yo quería, la casa, el novio, el futuro en Elektric... Y eras mejor que yo, Sky, mucho mejor persona que yo.

—Pero, Pippa... —titubeé—. Fui yo la que me sentí mal muchas veces. Tenías unos padres que os querían de verdad a ti y a tu hermano, un hogar lleno de alegría y complicidad, mientras que en mi casa..., bueno, sabes perfectamente el poco amor que se ha respirado siempre allí. No me hacían ni puñetero caso.

—Ya ves, Sky —añadió ella con un lamento—. Qué rara es la vida, ¿verdad? —Emitió una risilla cargada de tristeza—. Supongo que todo se complicó cuando, después de llevar media adolescencia suspirando por Harvey Townsend, resulta que comienza a salir en serio contigo.

—Si lo hubiese sabido, quizá...

—Nada habría cambiado, Sky. —Oí un suspiro entrecortado, como si reprimiera un sollozo—. Intenté odiarte muchas veces, pero no podía. Te quería, pero al mismo tiempo deseaba que fracasaras en algo y... —Sollozó, al fin—. Lo siento, Sky, lo siento mucho...

—Yo también lo siento. —Me froté la frente aturdida—. Me duele que te sintieras así, Pippa. En realidad, yo te admiraba, no te envidiaba.

Terminé colgando. Comprobé que tenía tres llamadas perdidas de mi padre.

—Joder —farfullé mientras trataba de desenredar la congoja de mi pecho.

Me acerqué donde estaban los demás. Judit y Jan se habían duchado y cambiado y reían y parloteaban junto a Marc. Julia y Martina ya no estaban.

—¡Sky! —gritó el niño, que se lanzó sobre mí y se abrazó a mi cintura—. Mis mamás me dejan que me vaya otra vez con vosotros. ¡Vamos a comer pizza, vamos a comer pizza!

Me incliné hacia él y le besé la mejilla y el pelo, que olían a jabón infantil.

—Hemos pensado que Julia y Martina se merecen una tarde para ellas solas. —Judit se acercó y me dio un abrazo—. Si no te importa pasar otra tarde con un futbolista frustrado, una de segunda y otro en proyecto —bromeó.

Sentí unas inmensas ganas de abrazar a aquella chica durante mucho rato. ¿Cómo es posible que ya los quisiera a todos ellos? ¿Se puede sentir apego por personas y lugares que, tan solo una semana atrás, ni siquiera conocías?

Debieron de leer la impotencia en mi cara.

—¿Qué ocurre, Sky? —me preguntó Marc con preocupación.

—Nada. —Titubeé y señalé el teléfono—. Bueno...,

que mis padres han descubierto que no estoy en la campiña con Pippa y no paran de llamarme.

—¿Te lo ha dicho tu... amiga? —quiso saber Judit.

—Sí —resoplé.

—Si no estás de humor —intervino Marc—, nos iremos a casa...

—No —lo interrumpí—. Vosotros seguid con vuestros planes. Solo faltaba que viniera yo a desbaratarlos. He visto taxis en la puerta. Cogeré uno. Bastante me he ahorrado contigo —intenté bromear.

—Ni hablar —rezongó Marc mientras echaba a andar hacia la salida del complejo deportivo—. Te acompañaremos a casa.

—No estás tú solo en esto, Marc —le dije—. Está tu hermana, y Jan...

—Podemos pedir pizzas a domicilio y comer en casa de mi hermano —intervino Judit—. ¿Qué te parece, Jan?

—¡Vale! —aprobó el niño sin vacilar. Un segundo después se ponía a la altura de Marc y caminaba a su lado. Estaba claro que el crío entendía que lo válido era la compañía y no el lugar.

—¿En serio? —Elevé las manos, frustrada.

Judit enlazó su brazo con el mío y me instó a caminar detrás de ellos.

—Deja de quejarte —me dijo divertida—. Y contéstame a una cosa: ¿qué rollo te traes con mi hermano?

—¿A... a qué te refieres?

—Oh, venga, Sky, que eres apenas dos años mayor que yo. Y conozco a Marc. No lo veía así desde... Vale, nunca lo he visto así por una chica. Las empleaba como pañuelos de un solo uso y se quedaba tan fresco.

—No... no tenemos nada, Judit. Solo... solo...

—Ya. —Suspiró y me frenó un poco para alejarnos de los chicos—. Nunca me he metido en la vida de mi hermano. —Se encogió de hombros—. Y admito que no me gustaría que le hiciesen daño, Sky.

Se me cerró la garganta y no pude hablar. Ella me apretó contra su cuerpo en señal de apoyo.

—Aun así, creo que no podemos controlar lo que sentimos ni el impacto que dejamos en otras personas.

—¿Me estás dando un consejo, jovencita? —bromeé.

Ella rio.

—¿Quieres que te cuente un secreto? —me susurró—. Estoy saliendo con un jugador del Barça. Del primer equipo; de los famosos.

La miré perpleja.

—No vayas a pensar que es un viejales o algo por el estilo —rio—. Solo tiene tres años más que yo, pero ya empieza a despuntar en el equipo.

Después se puso un dedo en los labios.

—Ni una palabra de esto a mi hermano —me pidió—. Porque, como persona que me quiere, me hablaría de su propia experiencia y me advertiría del peligro de ilusionarme con alguien que no me va a tomar en serio porque está centrado en el fútbol. Algo de lo que yo ya soy consciente. Y, aun así, voy a seguir viéndome con él. ¿Por qué no iba a hacerlo? ¿Por un futuro que nadie conoce?

—¿Me estás dando permiso para seguir con lo que sea que tenga con tu hermano? —pregunté divertida.

—Más o menos —respondió antes de echarse a reír.

Me cogió de nuevo del brazo y yo la correspondí. Me invadió la pena al pensar que había hecho una amiga para tan solo unos días. Desaparecería de mi vida como todos los demás.

Capítulo 32

Sky

Quizá alguien piense que ya era mayorcita para temer a mis padres, pero, en ocasiones, resulta complicado cambiar cosas que llevan demasiado tiempo arraigadas. Había crecido con el mal humor de mi madre y la desidia de mi padre, y, aunque tenía edad para exigirles que dejaran de programar mi vida, todavía me sentía más segura si seguía cierto camino trazado, como si caminara sobre los raíles de un tren sin poder salirme de la vía. Por no hablar de que todavía dependía de ellos económicamente, lo que hacía bastante complicado coger la puerta y largarme de casa.

Por todo ello, resultaba de lo más paradójico que la economía de mi familia hubiese pasado a depender de mí. Bueno, no de mí, pero sí de mis decisiones. Vamos, que estaba en mis manos salvar a los Clifford de la ruina. El problema era... ¿a qué precio?

Oh, poca cosa. Resultaba tan barato como hipotecar mi vida y anularme como persona.

Para mear y no echar gota, como diría mi abuela.

Me mantuve casi una hora mirando el teléfono, ya sola en casa. Sentada en el sofá, con el móvil en la mano, mis piernas no dejaban de moverse, haciendo repiquetear mis zapatillas contra el suelo en un golpeteo rítmico, que me ponía de los nervios a mí misma.

Por fin, inspiré hondo, me armé de un valor que poco había empleado y pulsé el número de mi progenitor. Solo un tono después, descolgó.

—Ya era hora, Sky —me dijo él, aparentemente en calma—. Me tenías preocupado.

—Lo siento, papá. —Suspiré y traté de aplacar el temblor de mi voz—. No es fácil llamar a tus padres para confesar que les has mentido.

—Te ha llamado Pippa, supongo —advirtió.

—Sí —respondí—. Y yo supongo que ya has hablado con mamá. ¿La tienes al lado?

—No —contestó con cierta cautela—. Y no he hablado con ella porque no dispongo de toda la información.

—Te has enterado de que no estoy en la campiña; de que os mentí —lo rebatí.

—Pero no se lo he dicho —repuso.

—¿Por qué? —susurré.

La línea permaneció en silencio unos segundos, antes de que mi padre ignorara mi pregunta formulándome otra.

—¿Estás en España? —quiso saber. Nunca su voz me había parecido tan suave y tranquila, a pesar de que siguiera siendo tan grave como siempre. Lo imaginé en su oscuro despacho, con un cigarrillo entre los dedos y el humo velando sus rasgos.

Inspiré con fuerza.

—Sí —respondí.

—Ahí tienes el motivo.

—¿Lo sabías? —pregunté desconcertada.

—Lo imaginaba —musitó—. Sabía que llegaría el día y que nadie podría evitarlo.

—¿De verdad? —exclamé con toda la mordacidad del mundo—. ¿Te has imaginado que estaba en España? ¿Y eso por qué? —inquirí añadiéndole un punto de furia a la ironía—. ¿Crees que tengo algún motivo para estar visitando este país que no sea tumbarme en la playa o pillar una borrachera de sangría?

—Sky...

—¡Respóndeme! —lo corté alterada—. ¿Sabías que descubrí el secreto de mamá hace ocho años?

—Sí —dijo en un largo suspiro—. Ella me lo dijo.

—Vaya —solté mordaz—, ahora resulta que tú y mamá os contáis cosas.

Silencio.

—Entonces —proseguí—, ¿tú también decidiste que debía seguir oculto? ¿Por qué? —Subí el tono de voz—. ¡¿Por qué, papá?!

—Yo no decidí nada, Sky, te lo prometo —confesó manteniendo la compostura.

—Oh, claro —espeté con rabia—, la culpable es mamá, por supuesto. Pero yo creo que tú tienes tanta o más culpa que ella... ¡porque tampoco me dijiste nada! ¡Nunca!

—Por favor, Sky... No es lo que tú piensas...

—Yo no pienso nada, papá. —Se me empezó a quebrar la voz—. No tengo ni maldita idea de nada.

—Yo... solo puedo decirte que lo siento —murmuró un desconocido lord Clifford. Estaba segura de que era la conversación más larga y personal que habíamos mantenido en la vida—. Nunca he pretendido que te sintieras así —continuó—, y lamento no haber sido un mejor padre para ti.

Un nudo se me formó en el pecho.

—Esto no se trata de juzgaros como padres —le dije—. Se trata de no saber ni quién soy por culpa de un montón de secretos y mentiras.

—Ya no podemos retroceder en el tiempo ni cambiar las cosas que han pasado —subrayó—, pero sí las que están por venir.

—Pues podrías empezar por contarme dónde está mi abuela —le exigí.

—¿Tu abuela? —mencionó con desconcierto.

—Ángela, mi abuela materna —insistí.

—Ya sé quién es tu abuela —señaló—. La conocí antes de... casarme con tu madre.

—Lo sé —le dije con un punto de soberbia—. Ella me lo contó.

Esperé impaciente la reacción de mi padre a aquella afirmación. Pero no fue la que esperaba.

—Lo suponía.

—¿Cómo que lo suponías? —lo encaré—. ¿Sabías que...?

—¿Que hablabas con tu abuela por teléfono? Sí, lo sabía.

Perpleja, me dejé caer en el respaldo del sofá.

—Un día regresé a casa antes de tiempo —me explicó—. Supongo que pensabas que no había nadie porque, al pasar por delante de la puerta de tu dormitorio, te oí hablar en español. Me quedé unos instantes allí parado, escuchándote reír y bromear, maravillado por tu fluidez con tu idioma materno.

—Pero, entonces —musité—, mamá también lo supo...

—No —refutó—. No se lo conté a tu madre, ni siquiera al cerciorarme de que continuabas hablando con Ángela con regularidad.

A cada respuesta de mi padre, más desconcertada me sentía.

—¿Por qué? —susurré.

—Porque era tu derecho, Sky. Un derecho que te habíamos negado desde tu nacimiento. —Percibí una exhalación, que visualicé cargada de humo—. No creo en el destino ni en esas cosas —añadió—. Pero, cuando supe que habías creado un vínculo con tu abuela, me convencí de que algunas cosas están escritas, destinadas a pasar. Por más que te apartamos, que te alejamos y que te mentimos..., acabaste averiguando la verdad. Al menos, parte de la verdad.

—Ahora ni siquiera me importa a qué verdad aludes, papá —le dije en tono de reproche—. No me interesan vuestros secretos, vuestras mentiras o vuestra hipocresía ante los demás. Ahora, lo que más me preocupa es saber dónde está la abuela.

—No lo sé, Sky. Desde que sospeché que estabas en España, di por sentado que vivías con ella.

—Vivo en su casa —le revelé—, pero ella no está. Me dejó una llave en su buzón y... hasta hoy, que sigo buscándola.

Omití el hallazgo de las cartas. Al fin y al cabo, me sentía como si les hubiese robado a mis padres parte de su pasado. Solo esperaba que mi abuela justificara de algún modo haberme permitido leerlas.

—¿Una llave en el buzón? —repitió mi padre consternado—. No lo entiendo. ¿No te ha llamado o...?

—Nada —suspiré—. Empiezo a estar preocupada. Por eso le hemos pedido a una amiga enfermera que localice su historial médico, por si nos aclarara algo.

Intuí la sonrisa de papá.

—¿«Hemos»? —preguntó divertido—. ¿Amiga?

—Sí, bueno...

—No te estoy pidiendo explicaciones, Sky —me aclaró—. Solo... me resulta gratificante que incluyas a otras personas. ¿Cuánto tiempo llevas allí? ¿Una semana?

—Sí —sonreí—. A mí también me parece raro, pero...

—No es raro —susurró mi padre—. Eres muy especial, Sky, y eso la gente lo nota. Es lógico que hayas hecho amigos.

Tuve que morderme el labio inferior para paliar el temblor. Nunca había anhelado tanto un abrazo de mi padre. Por primera vez en mi vida, ansiaba apoyar la cabeza en su pecho, sentir el tacto de su chaqueta de *tweed* e inhalar su olor a tabaco, aquel que siempre había odiado.

—¿Por qué... por qué nunca hemos hablado de todo esto, papá? —Me tragué un sollozo—. ¿Por qué he tenido siempre la sensación de que apartabas la vista cuando te miraba?

Me pareció oír un sonido gutural.

—No era mi intención —se limitó a susurrar—. Lo siento. Lo siento...

—Deja de decir eso. —Me froté la frente con los dedos para paliar la congoja—. Por lo que parece, tú tampoco sabes dónde está la abuela. ¿Crees que mamá puede saberlo?

—Sé que ella habla con su madre de vez en cuando, a escondidas, como tú. —Percibí su sonrisa—. Pero, ahora que ha salido el tema, creo que lleva unos días algo contrariada. Estemos donde estemos, saca el móvil y lo mira con preocupación. Sospecho que tampoco la localiza.

—¿Le vas a decir...?

—No —respondió una vez más—. No le voy a decir nada a tu madre de tu paradero. De momento.

—No sé los días que voy a quedarme...

—Quédate el tiempo que necesites —me alentó—. Hasta que averigües algo de Ángela.

Dudé durante varios segundos si hacía o no el siguiente comentario. Dudas, temores, desconfianza, resentimiento...

—Se supone que he de empezar a trabajar en Elektric el 1 de agosto —tanteé.

El silencio se extendió tanto que llegué a pensar que mi padre había colgado.

—Se supone —dijo por fin.

Una bocanada amarga me inundó la garganta. La conversación con mi progenitor había sido tan... diferente que llegué a creer que algo habría cambiado. Qué ilusa.

—En fin, papá, tengo que irme —le comenté, por decir algo.

Habría seguido hablando mucho más tiempo con él, pese a todo. La camaradería surgida entre los dos me había acariciado el corazón. Pero la realidad volvía a imponerse. Todas las preguntas que pensaba hacerle volvieron a quedar encerradas en un pequeño cuarto de mi mente que llevaba años cerrado con llave.

—Sí, sí, claro —contestó.

Ninguno de los dos cortaba la llamada. Ambos sentíamos que el muro de hormigón que siempre nos había mantenido en mundos separados se había resquebrajado, aunque fuese un poquito. Se había abierto una grieta y dejaba pasar un diminuto rayo de luz.

—Solo una duda más, papá —le pedí.

—Dime, Sky.

En mi cabeza se amontonaban docenas de preguntas: «¿Por qué alguien reniega de sus orígenes? ¿Por qué dejasteis de amaros mamá y tú? ¿Por qué...?».

Sin embargo, sabía que, a pesar del aquel extraño acercamiento, debía centrarme en alguna cuestión más concreta, más precisa, más computable.

—Si mamá no se hubiese quedado embarazada, ¿te habrías casado con ella?

No veía a mi padre, pero fui capaz de intuir sus ojos cerrados, sus labios apretados, su cigarrillo temblando entre los dedos.

—No —musitó.

Y, después, colgó.

Capítulo 33

Sky

Hay personas que aparecen en tu vida y consiguen alterar todo tu mundo. No tienen que hacer grandes gestas ni pronunciar las palabras más hermosas. Es suficiente con que estén ahí, frente a ti, enredando su mirada con la tuya, emanando un olor que desearías llevar siempre contigo, regalándote sonrisas tan sinceras que te preguntas cómo has podido vivir sin ellas.

Y no necesitas más. Solo saber que vive en el mismo mundo al que perteneces tú.

***

—Hola —le dije a Marc cuando me abrió la puerta de su casa.

—Hola —correspondió él con la sorpresa en el rostro.

Después de haberme pasado la tarde contemplando las distintas tonalidades del cielo conforme pasaron las horas, le había echado un vistazo al móvil y había comprobado que tenía varias llamadas perdidas y mensajes de Marc. Le había contestado con un audio para decirle que todo estaba bien, que me había quedado adormilada. Luego me había duchado y arreglado con la falda vaquera y el top negro que había lucido la olvidable noche en la que decidí ir a una discoteca. A continuación, había cogido el metro para llegar al domicilio de Marc.

—Perdona por presentarme así, sin avisar.

Dije aquello al verlo con un pantalón corto de deporte, una vieja camiseta de color caqui... y unas gafas de fina montura dorada, que le otorgaban un aire intelectual y adorable.

—No pasa nada, tranquila —me dijo mientras se hacía a un lado para dejarme entrar.

Cuando cerró la puerta, los dos nos quedamos unos instantes parados en mitad del pequeño recibidor.

—¿Te he pillado ocupado? —Sonriente, señalé sus gafas.

Él, turbado, se las quitó y se giró con rapidez hacia el salón, como si acabara de ser consciente de algo.

—No, no —señaló al tiempo que se acercaba a la mesa que había junto a la ventana, cerraba una carpeta y bajaba la tapa de un portátil. Retiró un plato y un vaso y recogió varias prendas de ropa que había sobre el sofá—. Perdona el desorden —murmuró justo antes de desaparecer por la puerta del pasillo.

En los pocos segundos que tardó en volver, comprobé que, a pesar de que aquel salón tenía las mismas dimensiones que el de sus vecinas, no se le parecía en nada. Los únicos muebles de aquella estancia eran una mesa con dos sillas, un sofá y una mesita baja, donde se disponía un televisor, una consola, libros y videojuegos con fotografías de futbolistas en las carátulas. Las paredes blancas estaban completamente desnudas. Aquel apartamento tenía todo el aspecto de ser un lugar de paso, en el que su ocupante había decidido que no viviría mucho tiempo..., o que no le importaba.

—¿Cómo estás? —me preguntó al volver al comedor—. ¿Has hablado con tus padres?

—Con mi padre —le aclaré—, pero no me apetece hablar mucho de eso.

—¿Quieres salir a tomar algo o...? —preguntó señalando la ventana.

Atrapé su brazo.

—No —le dije—. Preferiría que me abrazaras.

Marc me regaló su sonrisa más bonita, su mirada más intensa y una expresión de infinita ternura. Aferró mis muñecas con suavidad, me atrajo hacia su cuerpo y me rodeó con los brazos.

—¿Así? —musitó.

—Más fuerte —susurré—. Aprieta, Marc. Aprieta todo lo que puedas.

Él me obedeció y, de inmediato, noté cómo sus brazos presionaban con más fuerza. Yo hice lo mismo, rodear su espalda y apretar también. Mi rostro quedó hundido en su pecho, hasta que no percibí otra cosa que no fuese su olor y los latidos de su corazón. Noté su barbilla en mi cabeza y sus labios entre el pelo.

—¿Mejor? —me susurró pasados unos minutos.

Fuimos aminorando la fuerza, pero sin dejar de abrazarnos. Levanté la cabeza para poder mirarlo.

—Gracias —musité—. Me hacía mucha falta.

—Pues ahí estaré, cada vez que lo necesites. —Alzó una de las comisuras de su boca—. Abrazos gratis.

Todavía con la sonrisa bailando en los labios, me deslizó las puntas de sus dedos por la mejilla.

—¿Sabe *milady* lo bonita que es?

Sonreí.

—Usted tampoco está mal, *milord*.

Ambos reímos.

—¿Y los besos? —le pregunté a continuación—. ¿También son gratis?

Marc dejó de sonreír y me miró con tal intensidad que sus pupilas acabaron ocupando todo el iris de sus ojos.

—Todos los que quieras —respondió.

Él bajó la cabeza, yo me puse de puntillas y unimos nuestros labios. Primero de forma suave, como pellizquitos. Pero, en cuanto presioné para abrirle la boca e introducir mi lengua, Marc emitió un gemido, que sonó a lamento. Me aferró la melena con una mano, con la otra me acunó el rostro y siguió besándome hasta que nuestros gemidos llenaron el aire.

Prácticamente sin aliento, interrumpí el beso, aferré el bajo de su camiseta y tiré de ella para quitársela por la cabeza. Volví a maravillarme con su torso ancho y duro, con su brazo tatuado y con las pulseras, que le abarcaban las muñecas, e hice lo que más deseaba en aquel momento: depositar mis labios en la piel caliente de su tórax. El cuerpo de Marc se tensó y de su garganta brotó un quejido.

Me aparté de él y lo miré con determinación. Un instante después, me deshice del top y dejé a la vista el sujetador de encaje negro sin tirantes. Marc inspiró con tanta fuerza que pensé que habría absorbido todo el aire de la estancia.

—¿Estás... segura? —susurró.

Sonreí al tiempo que bajaba la cremallera de mi falda y dejaba caer la prenda hasta el suelo para quedarme solo con el conjunto negro de ropa interior.

—Nunca he estado más segura de nada —respondí tras darle una patada a la falda—. Y te lo dice alguien que apenas ha tomado decisiones en su vida. Alguien que, hasta ahora, no sabía ni lo que quería.

—Pues parece que, en este momento, tienes una ligera idea —señaló sonriente mientras me tomaba por la cintura y me elevaba del suelo—. Agárrate a mí, inglesita.

Le rodeé las caderas con las piernas y, sin dejar de mirarlo, dejé que me condujera a su habitación. Al llegar allí, me soltó y se lanzó contra mi boca para besarme como si necesitase mis besos para respirar. Entre el lío que nos hicimos con los brazos, logré llevar mis manos a la espalda para desabrocharme el sujetador. Marc interrumpió los besos para mirarme. Aunque su expresión era de puro deseo, sus labios dibujaron una media sonrisa al ver mis pechos desnudos. Lentamente, deslizó los nudillos por mis puntas más sensibles, que se irguieron de inmediato. Cerré los ojos e incliné la cabeza hacia atrás cuando un torrente de placer inundó mis venas.

—Marc... —susurré.

Él me cubrió la boca con la suya, sin dejar de pellizcarme con suavidad los pezones, de hacerlos rodar entre los dedos, de acariciarlos. Me sentí como si mi cuerpo hubiese estallado en llamas y me estuviesen devorando. En mitad de aquel fuego, mis manos se lanzaron sobre la cinturilla de los pantalones de Marc. Pero él me aferró las muñecas y me detuvo.

—Espera, espera, tranquila. —Me colocó un mechón de pelo tras la oreja y sonrió—. Si sigues por ahí, habremos acabado demasiado pronto, cielo.

Me limité a mirarlo sin comprender por qué no le decía que me importaba un comino acabar en diez segundos. Lo necesitaba. Lo deseaba. Sin embargo, cedí y dejé que me tumbara sobre su cama. Él se colocó a mi lado y llevó su mano hasta mi vientre para luego comenzar a bajarla despacio. Mis pechos subían y bajaban al ritmo de mi respiración.

—¿Sabes? —me dijo mientras colocaba su mano en el vértice de mis piernas—. He soñado con esto, Sky. Todas y cada una de las noches. —Torció la boca en un mohín—. Y de los días —añadió.

Yo no podía dejar de mirarle la mano, sus dedos rodeados de anillos tanteando el borde de mis braguitas. Un instante después, se colaron bajo la tela al mismo tiempo que se inclinaba y acercaba su boca a uno de mis pechos para rodearlo con la lengua. A pesar del respingo que dio mi cuerpo, cerré los ojos y apoyé la cabeza en su hombro. Mis caderas comenzaron a moverse mientras el placer se iba enredando a mi alrededor, como hebras calientes de un ovillo de lana. Cuando Marc apartó la mano y la boca, abrí los ojos y me centré en sus ojos brillantes de deseo y en sus labios ligeramente abiertos. Sin una mísera duda, enganché los dedos en el elástico de mis braguitas y tiré hacia abajo. Con un movimiento de los pies, me deshice de ellas. Y continué mirando a Marc. Él tragó saliva justo antes de alargar la mano hacia la mesilla y abrir el cajón. Revolvió el interior ruidosamente y extrajo un envoltorio. Sin esperar a que lo hiciera él mismo, tiré de la cinturilla de sus pantalones cortos y se los quité. Una ola caliente se aposentó en mi estómago al verle el cuerpo desnudo. Aunque... nada me había preparado para la sensación que me embargó cuando Marc se pegó a mí y comenzó de nuevo a besarme mientras sus manos dibujaban mi cuerpo.

No era la primera vez que hacía el amor. No era la

primera vez que acariciaba. No era la primera vez que me acariciaban. Pero, sorprendentemente, esas veces anteriores se difuminaron y me sentí como si nunca hubiese vivido algo igual. Porque nunca me había sentido así. Fue como si la capa que recubría mi cuerpo se hubiese desprendido y me hubiese brotado piel nueva. Una piel que se erizaba, se calentaba y se consumía como si jamás hubiese sido tocada.

Cuando Marc entró en mi cuerpo, me abracé a él con fuerza y alcé las caderas para sentirlo más adentro. Él soltó un jadeo y me besó con un atisbo de desesperación.

—Nunca, Sky —gimió—. Nunca...

—Nunca... ¿qué? —jadeé.

Las sensaciones se me estaban desbordando. El cuerpo de Marc estaba sobre el mío, su tórax contra mis pechos, su miembro duro en mi interior. Necesitaba que se moviera al mismo tiempo que temía que mis sentidos explotaran.

—Nunca... he sentido... esto —jadeó—. Con nadie...

Coloqué una mano en su mejilla y busqué sus ojos.

—Yo tampoco —respondí.

Por fin, Marc bajó la cabeza para besarme mientras sus caderas comenzaban a moverse, a buscarme, a llevarme al cielo. Me aferré con fuerza a sus hombros e hice algo que jamás habría imaginado: gritar su nombre mientras el placer me lanzaba a las estrellas.

Capítulo 34

Marc

Hacer lo adecuado. ¿Qué diablos significa esa frase? Lo mismo que si cambiamos «adecuado» por «indicado» o «conveniente». Supongo que sería algo parecido a hacer lo mejor para algo o para alguien. ¿Y qué es lo mejor? ¿Quién dicta qué es lo que te conviene? ¿O se trata de distinguir más fácilmente lo que no nos conviene?

«Vale, Marc, deja de divagar de una vez. La estás cagando. Punto».

Emití un suspiro mientras me pasaba las manos por el rostro y el pelo, que ya noté húmedos por el sudor. Me incorporé sobre la cama, me apoyé en el cabecero y cogí el móvil de la mesilla para mirar la hora. Eran las ocho de la mañana.

—Joder —susurré.

«Con razón estoy sudando ya», bufé para mis adentros.

Todavía sentado sobre las sábanas arrugadas, giré la cabeza para mirar a Sky, que dormía a mi lado. Ella no parecía tener el mismo problema con el calor, puesto que, mientras yo había pasado la noche sobre la cama bajo las aspas del ventilador, ella se había enredado en las sábanas.

Sonreí. Después me incliné hacia ella y deposité un beso en su hombro. Ni se inmutó.

Una oleada de ternura me invadió al contemplar cómo arrugaba un poco la nariz y los labios, pero seguía durmiendo. Su larga cabellera oscura se desparramaba por la almohada y parte de su rostro, por lo que aparté con cuidado el mechón que ocultaba su mejilla. De esa forma, pude contemplar los dos arcos que formaban sus pestañas sobre sus altos pómulos, su nariz pequeña, sembrada de pecas nuevas por la exposición al sol, o su boca con el labio superior algo más grueso, rasgos que le daban un ligero aire aristocrático. Sonreí al pensar en su origen y sus regios antepasados.

Joder, otra vez aparecía aquella ternura.

¿De qué está hecho un corazón? ¿Cómo es posible que nos haga sentir tanto con gestos tan simples? El roce de una piel, un suspiro entre sueños, contemplar a alguien en silencio. El recuerdo de un primer beso. De esos besos por los que piensas: «Joder, ha merecido la pena esperar».

«La sigues cagando, Marc».

Sí, la estaba cagando, y mucho. ¿Y cómo lo sabía? Pues porque tenía miedo. El problema era que, cuanto más miedo sentía, más ganas tenía de ella. De Sky. De nosotros.

«¿Nosotros?», me dijo una de esas voces a las que les gusta cachondearse de ti.

No había un «nosotros». Nunca lo habría.

«¿De eso te estás quejando? —continuó la voz—.

¿De que no cabe ninguna posibilidad de tener una relación con Sky? ¡Si eso es lo último que siempre has querido!».

Lo sabía, ¡claro que lo sabía!, pero ¿qué le dices a un maldito corazón que va a su bola y late por su cuenta?

Y ahí era cuando entraban esas palabras: «Liarte con una chica que te parece tan inocente como valiente, tan preciosa como sexy, que te remueve las entrañas con solo mirarte y se adueña de tus latidos con una simple sonrisa, pero que desaparecerá dentro de unos pocos días porque vive en un país que ni siquiera es de la Unión Europea... no es precisamente lo más adecuado/conveniente/indicado».

«¡Que le den a lo adecuado/conveniente/indicado!».

Volví a mirar a la chica inglesa. A la chica que, tan solo una semana atrás, era una auténtica desconocida. La que se marcharía cualquier día y me dejaría hecho una mierda. La que, en ese momento, intuía que no sería capaz de arrancar de mis pensamientos durante un tiempo jodidamente largo.

—Joder —barboté de nuevo mientras me levantaba de la cama. Me puse los pantalones cortos, que aparecieron en un rincón, y salí de la habitación para dirigirme al baño. Necesitaba una ducha con urgencia.

Mientras caminaba por el pasillo, el sonido del timbre de la puerta me hizo dar un respingo. Me acerqué al recibidor y, sin acordarme de que iba desnudo de cintura para arriba, abrí la puerta.

—Buenos días —saludé a Martina, que puso los ojos en blanco al verme.

—A ver —me dijo en tono jocoso—, no me gustan los penes, pero si te presentas así... no estoy muy segura de que acabe cambiando de opinión.

—Muy graciosa —reí—. ¿Vas a pasar o vas a seguir mirándome como si no supieras por dónde empezar?

—Capullo. —Me dio un puñetazo en el hombro, aunque sin deshacerse de la sonrisa—. No, no voy a entrar porque me voy a trabajar. He venido porque, al bajar al garaje a por mi bicicleta, he visto tu taxi, y no está nunca si no es tu día de descanso. Hoy es viernes, ¿verdad? —Se rascó la barbilla—. Lo mismo me he hecho un lío.

—Sí, es viernes —suspiré—. Y no, hoy no es mi día de descanso y no he salido a trabajar.

—Me ha parecido raro y he querido asegurarme de que no estabas enfermo o algo.

—Gracias por preocuparte. —Me acerqué a ella y le di un beso en su cabellera cobriza—. Pero estoy bien.

—De nada. Y me voy ya, que llego tarde a abrir la floristería y...

De pronto, mi vecina le echó un vistazo al interior de mi casa y se le abrieron los ojos como platos.

—Eso que veo colgar de una silla del comedor... ¿es el bolso de Sky? Y lo del suelo es... ¿ropa?

No me dio tiempo a responder.

—¡¿En serio?! —Se lanzó sobre mí y me dio un abrazo—. ¡Ya era hora, por Dios! Desde la primera vez que os vimos juntos ya se palpaba la tensión. ¡Y qué tensión!

—Vale, buen dato. —Me sorprendió sentir un leve calor en las mejillas. Me llevé las manos al pelo y me lo revolví todavía más.

—¿Está... dentro? —preguntó, divertida.

—Sí —sonreí—. Parece que los timbres no le molestan.

La sonrisa de mi vecina, sin embargo, se apagó un segundo después.

—Marc, cariño. —Posó una mano en mi antebrazo tatuado—. Sabes que se va a ir, ¿verdad? Y dentro de muy poco.

Emití un hondo suspiro.

—Claro que lo sé.

—Yo soy la primera que animo a cualquiera a vivir la vida —continuó—, a experimentar y a aprovechar el tiempo, que luego pasa y solo deja estrías como demonios. —Compuso una mueca y se señaló el vientre—. Pero me da la impresión de que esa chica inglesa no es un mero capricho para ti, ¿me equivoco?

—No te tenía por una vecina chismosa —bromeé. Más que nada, para no tener que contestarle.

—No soy chismosa. —Se cruzó de brazos—. Solo me preocupo por un vecino que también es mi amigo. O eso creo. —Frunció el ceño en un gesto de disgusto.

—Vaaale, perdona. —La abracé y casi quedó engullida por mi pecho desnudo.

—¿Crees que disfrutar de los músculos de un tío bueno computa como experiencia hetero?

La aparté de mí y solté una risotada. Ella también rio.

—Que sepas que me alegro por ti y por Sky —dijo a continuación—. No tenía pensado sacar mi vena más romántica, pero puede que estuvierais destinados el uno al otro de algún modo.

Bufé.

—Vale, vale. —Se dirigió al ascensor—. Pues tened un rollo de verano, disfrutad del sexo y pasadlo bien.

—Creo que prefiero tu vena romántica, muy a mi pesar —bromeé.

Seguí sonriendo mientras la veía desaparecer tras las puertas automáticas. Después entré en casa, cerré y, al darme la vuelta, me encontré con el rostro de Sky asomado tímidamente desde el hueco del pasillo.

—¿Se ha ido ya? —preguntó.

—¿Te da vergüenza que sepan que has pasado la noche conmigo?

—Sabes que no es por eso —resopló al tiempo que salía de su escondite. Comprobé que se había puesto una camiseta negra que le iba bastante grande y que debía de haber sacado de mi armario.

Me fui acercando a ella despacio.

—Porque ayer no me pareciste muy vergonzosa, precisamente —la pinché.

—Y tú a mí no me pareciste el capullo de siempre —contratacó.

Justo después, desapareció y se dirigió de nuevo al dormitorio. La seguí despacio, con sigilo, y, cuando la encontré de espaldas, me lancé sobre ella a toda velocidad, la agarré por la cintura y la hice caer conmigo sobre la cama.

—¡¿Qué haces?! —preguntó con una mezcla de sorpresa y diversión.

Me coloqué de rodillas, con una pierna a cada lado de su cuerpo, mientras le abría los brazos y la sujetaba por las muñecas. Por un instante, me aproveché de la broma para contemplar su rostro delicado, su expresión despreocupada y su melena oscura, que destacaba en las sábanas como una mancha de tinta sobre el papel.

Poco a poco, bajé la cabeza hasta que mi boca quedó a tan solo unos centímetros de la suya.

—Estar contigo —le respondí antes de unir mis labios a los suyos.

Y, cuando estaba seguro de que me apartaría, Sky me sorprendió respondiendo a mi beso y aferrándome la espalda con las manos para hacerme caer sobre ella. Durante un momento, las risas se convirtieron en las respiraciones que llenaron el aire, en los chasquidos de nuestros labios, en los suaves gemidos que produjo su garganta cuando introduje mis manos bajo la camiseta y acaricié la suave piel de su estómago y de sus pechos. Aunque supongo que mi garganta hizo lo mismo cuando sus manos me recorrieron el torso, los hombros y la nuca.

Separamos nuestras bocas cuando empezamos a quedarnos sin aire, a pesar de que fueron besos tiernos, lentos, casi perezosos.

—Buenos días —le susurré. Verla allí, sonriendo despreocupada, sobre mi cama, entre mis sábanas, debajo de mí... Joder, fue como recibir una patada en el puto pecho. En el buen sentido, me refiero, porque no hacía daño. Bueno, sí, dolía un poco, pero más por saber que esos instantes dejarían de existir en mi vida en cualquier momento.

—Buenos días. —Unos segundos después, sin embargo, me apartó de golpe, me tiró sobre la cama y ella se incorporó—. ¡Es verdad! —exclamó—. ¡Lo que ha dicho Martina! ¡Hoy no has ido a trabajar! —Se llevó una mano a la boca—. ¿Te has dormido por mi culpa?

Abrí los ojos al máximo.

—¡Hostia! ¡Joder! ¡¿Y ahora qué?! ¡El jefe me despedirá!

Sky frunció el ceño.

—¿El jefe? ¿Qué jefe?

Me acomodé sobre el colchón y crucé las manos bajo la nuca mientras dibujaba una sonrisa indolente.

—Yo mismo... ¡Au! —exclamé cuando sentí el impacto de la almohada en mi cara.

—Mira que eres tonto —bufó.

—Oye, alguna ventaja hemos de tener los autónomos —le dije mientras me rascaba la frente, donde más fuerte me había dado la almohada—. Ya que, si no trabajo, no cobro, al menos que nadie me imponga un horario. Soy mi propio jefe y dueño de mi destino —apunté llevándome la mano al pecho de manera teatral.

—No quiero ser la causante de que hoy no trabajes ni cobres, ni de que cambies tu destino. —Frunció los labios en un delicioso mohín.

—¿Y quién te ha dicho que hayas sido tú la causante? —La agarré de una muñeca y la coloqué a mi lado. Ella, de inmediato, me cubrió el torso con el brazo—. Qué presuntuosa... ¡Ay! —volví a quejarme cuando me pellizcó en el costado.

—¿Me vas a decir algo en serio o qué?

Me di la vuelta para tenerla de frente.

—Vale, cambiaré de horario. Trabajaré esta tarde. Así gano algo de pasta para mi noche de viernes de garitos.

—¿Garitos?

—Bares —le expliqué—. Hago una ruta con los colegas por los garitos del barrio del Born. Cuando trabajo al día siguiente no puedo alargar mucho la cosa, pero mañana tengo fiesta.

—Me sigo haciendo un lío con eso. —Compuso una mueca.

—A ver. Es fácil. —Me senté sobre la cama y ella hizo lo mismo—. Los taxistas debemos respetar dos días de descanso a la semana. En mi caso, como se señala en mi licencia, uno es el jueves y el otro es el día del fin de semana que sea número impar porque mi licencia termina en 7. Mañana es 27 de julio, por tanto, fiesta. Saldrán a trabajar los taxistas cuya licencia termine en número par. Y, el domingo, lo haremos al revés.

—Parece bien organizado —señaló.

—Todavía hay quien se lía, pero sí, nos apañamos bien.

—¿Qué se necesita para ser taxista? —se interesó.

—Tener carnet de conducir con una antigüedad mínima de un año y pasar un examen teórico para obtener la credencial de taxista y que emite el IMT, el Instituto Metropolitano del Taxi —le expliqué—. Luego, para trabajar, hemos de pagar una pila de impuestos y nuestros coches han de someterse a multitud de revisiones, por no hablar de la pasta que cuesta una licencia. Te lo digo para que, a la hora de necesitar un taxi, escojas uno de verdad, de los de toda la vida. —Sonreí.

—Por supuesto. —Sonrió también.

Nos quedamos unos segundos en silencio, en ese silencio agradable entre dos personas que se sienten cómodas compartiendo tiempo y espacio. Después, aparté un mechón de pelo de su hombro y lo llevé a su espalda.

—¿Quieres pasar tú primera a la ducha? —le pregunté.

—Sí, por favor. —Levantó el brazo y se olió la axila—. Falta me hace.

Tomándola por sorpresa, me acerqué a esa zona y le di un beso.

—¡No hueles a nada! —exclamé.

—¡No! —gritó ella al tiempo que saltaba de la cama—. ¿Qué haces? ¡Qué asco!

—¿Es asco o vergüenza? —la chinché.

—Un poco de todo —farfulló mientras buscaba su ropa y sus cosas y se encaminaba al baño.

Cuando cerró tras de sí, me dirigí a la cocina y me puse a canturrear mientras preparaba una cafetera y la ponía sobre la vitrocerámica. Tenía también una de esas de cápsulas para las jornadas en las que me levantaba a las cuatro de la mañana y no me apetecía pararme. Pero, los días que desayunaba en casa, prefería utilizar la cafetera italiana, esperar con paciencia a que el borboteo inundara el aire con el aroma inconfundible de un café recién hecho.

Miré después por los armarios de la cocina. Por un instante, me asaltó el pánico al pensar que podía no tener una mísera galleta para desayunar. Respiré aliviado cuando encontré un paquete de pan de molde, que, para mi suerte, no estaba caducado. También descubrí un bote de mermelada de melocotón sin abrir, una tarrina de margarina en buenas condiciones y, por supuesto, leche y azúcar. Eso sí que no faltaba nunca en mi casa.

—Ya estoy —avisó Sky, que se presentó en la cocina con el pelo mojado y la misma ropa que llevaba la noche anterior.

—Qué rápida. —Sonreí al tiempo que colocaba los productos sobre la encimera y encendía la vitro.

—No te flipes —dijo con una mueca torcida—. He tardado poco porque no tengo aquí mis productos para el pelo, cremas ni maquillaje.

—¿«No te flipes»? —le repetí divertido—. Parece que le estás cogiendo bien el punto a las expresiones españolas.

—Estoy teniendo un buen maestro. —Sonrió.

Me acerqué a ella en plan depredador y le aproximé mi boca al oído. Me asaltó el olor cítrico de mi gel de ducha y mi champú, que, mezclados con el suyo propio, resultaba un aroma único.

—Me encanta darte clases, cielo.

Sky estalló en una carcajada cristalina, que me acarició el corazón, como siempre que reía.

Esperé que su reacción fuese llamarme «tonto», darme un tortazo en el pecho y seguir riendo, pero, de nuevo, la inglesita me sorprendió aquella mañana. Sentir su aliento en mi oreja me endureció todo el cuerpo. Y, cuando digo todo, me refiero a absolutamente todo.

—Cuando quieras —me susurró—, me das un curso intensivo.

A continuación, me deslizó su boca por la mandíbula y acabó besando la zona del cuello donde me latía el pulso. Casi estallo en aquel momento como si fuera un maldito adolescente y no un tío de veinticuatro años.

Al mirarnos, el aire que nos rodeaba pareció comprimirse. Leí en sus ojos oscuros y brillantes que ella también recordaba la noche anterior. Lo que habíamos compartido; lo que habíamos sentido. Y, a pesar del recuerdo de la intimidad y el placer, lo que de verdad henchía mi pecho era pensar en la actitud de Sky, el cambio y su paso de ser una chica tímida y perdida a mostrar aquel halo de seguridad. Y me encantaba.

—Parece que estuvo bien —le susurré.

Me miró alzando una ceja.

—¿Esperas que te halague o te haga una reseña? —dijo socarrona.

—Joder, no. —Reí—. Solo quería asegurarme de que no viniste a mi casa por..., no sé, alguna pelea con tu novio-exnovio, tus padres o tu amiga. Que no te arrepientes.

—¡No! —exclamó desconcertada—. Vale, sí, tuve mis más y mis menos con mi padre, pero no decidí lanzarme a tus brazos por eso. Simplemente, me he cansado de esperar a que los demás den el primer paso. Quería estar contigo. Deseaba estar contigo. Y vine para estar contigo. Porque, ahora mismo, eres para mí ese lugar seguro, cálido e inamovible donde siempre voy a querer estar.

Aquellas palabras me hicieron aferrarle el rostro y besarla de forma casi desesperada. Ella acompañó a mi lengua con la suya y paseó con firmeza las manos por mi torso desnudo. Yo introduje las mías bajo su falda, y habría acabado arrancándole las bragas y subiéndola a la encimera si el gorgoteo de la cafetera no nos hubiese hecho dar un respingo y separarnos.

Apagué el fuego.

—Creo que es mejor que me meta en la ducha —barboté.

—Sí —señaló ella sofocada al tiempo que se recomponía la ropa—. Iré preparando las tostadas.

—Perfecto porque no sé lo que tardaré —le dije mientras salía de la cocina—. Según el tiempo que tarde en obrar su efecto el agua fría.

Reí sin darme la vuelta al sentir la carcajada de Sky.

Capítulo 35

Marc

Con solo la ropa interior y una camiseta, salí del baño y me encontré a Sky sentada a la mesa del comedor. Con una bandeja que ni siquiera recordaba, había llevado todo lo que yo había dejado preparado más dos tazas con café con leche. La sorprendí untando mermelada en una de las tostadas. Observé, de reojo, mi portátil y mi carpeta, que todavía se hallaban a un lado de la mesa.

—Siento no tener mermelada de fresa —le dije mientras me sentaba frente a ella y me hacía con una de las tostadas—. La apuntaré en mi lista de la compra.

—La de melocotón está bien —comentó antes de darle un sorbo a su taza—. Por cierto —añadió con fingido desinterés—, he echado un vistazo a esos apuntes.

Me quedé inmóvil, con los dientes clavados en la tostada.

—Supongo que no me sorprende —rezongué.

—¿Me estás llamando cotilla?

Alcé una ceja.

363

—Bueno, vale —refunfuñó—. Es que... estaban ahí, tan a mano que... era imposible resistirse. ¡Pero el portátil no lo he mirado!

—Oh, menos mal —bufé con sorna—. Te lo agradezco.

Fue una chorrada decir eso. Porque no me importaba en absoluto. Ya no.

Durante unos segundos, sin embargo, solo se oyó el sonido de las cucharillas en las tazas o en el bote de la mermelada.

—Vaaa, venga, lo estás deseando —le dije con un asomo de sonrisa—. Puedes preguntar.

—¿En serio?

—Sí, en serio.

—Vale. —Apoyó los brazos en la mesa y me miró a los ojos—. Por lo poco que he visto, no me parecen apuntes de la carrera de Derecho.

—No lo son —le aclaré—. Son apuntes del Grado en Ciencias de la Actividad Física y del Deporte, lo que aquí llamamos INEFC.

—¿Son los estudios necesarios para ser entrenador? —inquirió.

—No es la única salida. —Me rasqué la nuca—. Pero sí, esa sería la idea.

—¿Has decidido estudiar ahora o...?

—Lo decidí poco después de empezar con el taxi —le expliqué—. Como te he dicho antes, puedo fijarme mi propio horario, cambiarlo cuando quiera o hacer las horas que pueda. Trabajar para mí mismo me da la flexibilidad necesaria para asistir a clase por las mañanas, trabajar por la tarde o al revés. Incluso puedo aprovechar las horas de espera en las paradas o en el aeropuerto para estudiar o realizar tareas.

—¿Has terminado, entonces, el primer curso? —prosiguió.

—Sí, pero me ha quedado una asignatura. El profesor me ha dado la oportunidad de aprobarla con un trabajo. —Señalé el portátil—. Es lo que estaba haciendo ayer cuando viniste.

—Oh, vaya. —Hundió el rostro entre las manos—. Y yo quitándote tanto tiempo...

—Eh, tranquila. —Se las aparté para que me mirase—. Lo acabo de entregar. —Sonreí y ella me correspondió.

—Me da la sensación de que lo llevas en secreto —señaló con cierta cautela.

—No lo sabe nadie. —Suspiré avergonzado—. Bueno, ahora, tú.

—¿Por qué? —quiso saber—. ¿Ni siquiera tu hermana?

Un dolorcillo se instaló en mi pecho al pensarlo.

—No. —Me revolví el pelo y me froté el rostro—. Pensaba que sería una gilipollez, que lo abandonaría a la primera de cambio o que no pasaría del primer trimestre...

—Aunque así hubiese sido —apuntó Sky—, Judit no te habría juzgado.

Me asaltó una oleada de ternura porque saliera en defensa de mi hermana.

—Lo sé —rezongué—. Supongo que tiene que ver más con mi propia inseguridad, con mi miedo a un nuevo fracaso... y con las veces que prometí que nunca volvería al fútbol.

—Recuerdo a aquel hombre que habló contigo en las gradas del campo —me comentó—. No oí gran cosa, pero me pareció que te animaba a intentarlo...

—Sí —refunfuñé—, lo mismo que Judit o que muchos de mis amigos. Ellos pensaron que, después del infierno que pasé, lo único que tenía que hacer era convertirme en entrenador para quitarme la espinita. —Hundí la cabeza entre las manos—. Como si fuera tan fácil renunciar definitivamente a tu sueño. O fuera tan fácil pasar página. «Ya que no volverás a jugar en toda tu puñetera vida, entrena a los críos, lo que haría cualquier futbolista fracasado».

—Seguro que no pensaron eso —me dijo con suavidad—. Aun así, parece que cambiaste de opinión.

—Lo estoy intentando —salté a la defensiva—. Puede que... no lo consiga.

—Nadie te querrá menos si ocurre eso. —Sky entrelazó los dedos de su mano con los míos—. Ya demuestras tesón y valentía al intentarlo. Mírame a mí. —Su expresión se tornó triste y contempló el vacío—. Yo no he sabido nunca lo que quería. Nunca he intentado nada. —Volvió a observarme—. Y aquí estoy, dando consejitos. —Esbozó una mueca.

—Me estás animando y apoyando. —Presioné con más fuerza su mano—. Supongo que es lo que haría una buena amiga.

Sky parpadeó durante unos instantes, como si no esperase aquella afirmación. Me pareció que sus ojos se humedecían y se le tensaba la boca, y estuve a punto de decirle que era lo único que podíamos ser porque ella se acabaría marchando, pero habría resultado injusto porque habría sido como culparla de una situación que ella no controlaba.

—Claro —musitó—. Somos amigos —señaló de una forma un poco más convencida.

—Aunque también seamos un rollo de verano —le dije para relajar el ambiente—. La princesa y el taxista —bromeé—. Suena hasta épico, ¿verdad?

Ella puso los ojos en blanco y se levantó para recoger la mesa.

—En fin —suspiró—. Si todavía tienes que irte a trabajar, será mejor que me marche. Aprovecharé para ir a dar una vuelta por ahí.

—¿Te quieres venir conmigo esta noche? —le dije. En realidad, había pensado pedírselo desde que le había hablado de mis noches de viernes.

—¿Contigo y con tus amigos en vuestra ruta de garitos? —señaló divertida mientras poníamos las tazas en el fregadero.

—No se trata de noches de chicos ni nada por el estilo —le aclaré—. A veces, tanto Lucas como Nil aparecen con alguna chica.

—Y supongo que tú también. —Alzó una ceja.

—Pocas veces. —Me hice el despistado—. ¿Qué me dices, entonces?

—No sé...

—No me digas que no te apetece salir un rato de fiesta —insistí—. Bailar, divertirte, beber con moderación... —Dibujé una mueca con los labios por el recuerdo de la noche que tuve que ir a buscarla—. Mis colegas también son taxistas, pero son solo un par de años mayores que yo. Seguro que te caerán bien.

—Ni siquiera me traje ropa de salir para que mis padres creyeran que me iba realmente a la campiña... —continuó lamentándose.

—Pues cómprate algo si te apetece —le sugerí—. Creo, si no me equivoco, que tienes por Barcelona una amiga que estaría encantada de acompañarte.

Primero frunció el ceño, pero luego se le iluminaron los ojos.

—¡Te refieres a Judit! —exclamó.

—Sois amigas, ¿no?

—Sí —dijo con un atisbo de emoción—, somos amigas.

—Pues llámala. —Cogí mi móvil—. Espera, te paso su número.

Sky me lanzó una mirada traviesa y me guiñó un ojo. Casi me explota el pecho y otra parte por debajo de mi cintura.

—Perdona, pero ya lo tengo —me informó.

—*Valep*. —Sonreí—. ¿Alguna pregunta más sobre mi vida o ha quedado satisfecha tu curiosidad? —bromeé.

—Pues, ahora que lo dices... —Se llevó el dedo índice a la boca y se mordisqueó la uña—. Tengo una pregunta más.

—Dispara.

—¿Podrías volver a ponerte las gafas que llevabas ayer?

Se mordió el labio inferior para disimular la risa.

—¡No! —le grité indignado al tiempo que me alejaba hacia el comedor—. ¡Ni hablar!

—¡Va, va, va, porfa! —insistió ella mientras me perseguía—. Estabas tan mono...

—Te he dicho que no...

—¡Que te quedan genial, te lo juro!

—¡Mentira! —me indigné—. ¡Parezco un friki!

—¡Para nada! ¡Estás muy guapo, en serio!

Sin que lo esperara, se lanzó sobre mi espalda y se montó a caballito, de forma tan súbita que mis piernas fallaron y ambos caímos sobre el sofá entre risas. Aunque lo que salía de la boca de Sky eran auténticas carcajadas descontroladas.

La miré mientras se revolcaba sobre los cojines y se llevaba las manos a la barriga, presa del ataque de risa.

Si ya me había parecido bonita el día que la conocí, en aquel momento me pareció la chica más preciosa que había visto en mi vida. La alegría que desbordaba hacía que sus ojos parecieran más grandes y oscuros, su piel, más brillante y su boca, más deseable. Y eso hice yo, desearla, pero no solo físicamente. Habría querido abrazarla y decirle que yo... que yo...

«Ya estás perdido, Marc», pensé.

Capítulo 36

Sky

Cuando me encontré a Judit en la plaza de Cataluña con otras dos chicas, sentí un atisbo de inquietud, de inseguridad. Pero, en cuanto me abrazó y me presentó a Laia y a Cristina, todos mis temores se evaporaron. Sus amigas me parecieron majísimas y enseguida me encontré muy cómoda con ellas. Su amistad se remontaba a muchos años atrás, desde que, en el colegio, compartieran su afición por el fútbol. Así que, además de estudiar en el mismo instituto, habían tenido la suerte de que se fijaran en ellas para jugar en equipos femeninos del Barça, aunque no en la misma categoría.

—Ellas están a punto de compartir plantilla con Alexia Putellas y Aitana Bonmatí —explicó Judit—, mientras que yo voy a seguir en el B..., y porque soy hermana del legendario Marc Torres. —Compuso una divertida mueca.

—No empieces —se quejó Laia, que llevaba el largo pelo castaño recogido en una coleta, que le llegaba casi a la cintura—. ¡Ya veremos si nos llaman al final!

—¡Es cierto! —corroboró Cristina, cuya melena rubia le caía por los hombros—. Además, ¿qué importa? —Abrazó a Judit y le dio un beso en la mejilla—. Pase lo que pase, nos vamos a querer igual.

—Lo sé. —Judit rio.

No pude evitar rememorar mis risas y mis momentos bonitos con Pippa. Me embargó la añoranza y la tristeza porque ya no volverían nunca más. Podría perdonarla, incluso recuperar la amistad, pero ya nada sería igual. Y dudaba mucho de que aquello sucediera.

Las tres chicas me despertaron un ramalazo de envidia. Aunque, como si mi cara fuese un libro abierto, Judit me rodeó los hombros con un brazo y me pegó a ella.

—Y, hablando de mi hermano... —Un montón de alarmas se activaron en mi cabeza —. A ver si adivináis quién está liada con él.

—¡Judit! —exclamé apartándome de ella.

—¡¿Te has liado con mi amor platónico?! —exclamó Cristina con un exagerado puchero—. ¡Así no hay manera de ligármelo, chicas! ¡Siempre está con alguna tía buena!

¿Con lo de «tía buena» se refería a mí?

—Entiéndelo —le siguió el juego Judit—. Sky es de Londres, nada menos, y, encima, hija de un lord y descendiente de los Tudor... o algo así.

—¡¿En serio?! —reaccionaron sus amigas.

—Claro que no. —Puse los ojos en blanco—. Bueno, sí, en realidad, sí, pero...

—Hala, ¡qué guay! —chilló Laia—. ¡Cuenta, tía, cuenta!

Fulminé un segundo a Judit con la mirada porque seguía sin entusiasmarme ser el centro de atención. Pero, pasado ese insignificante tiempo, comprendí que lo único que había pretendido ella había sido incluirme en el grupo, que me sintiera parte de ellas y de la conversación.

—A ver, a ver —intervino ella cuando sus amigas continuaron acribillándome a preguntas—. Hemos venido a acompañar a Sky a comprarse algo de ropa para salir esta noche con Marc, no para que nos entusiasmemos con su árbol genealógico.

—No vamos a salir solos —refunfuñé—. También estarán sus amigos.

—Pero tú vas a ir con él, ¿no? —insistió Judit.

—Sí, bueno...

—¡Pues venga! —exclamó Laia al tiempo que señalaba la concurrida calle peatonal que se abría ante nosotras—. ¡Que nos vamos de compras!

Judit ya me había informado por teléfono de que pasearíamos por la avenida Portal del Ángel, una de las zonas comerciales más populares de Barcelona. Además de la cantidad de tiendas que se ubicaban allí, también pasamos por un pequeño mercado de artesanía con productos de lo más originales. En cierto momento, se me ocurrió alzar la vista de la marea de cabezas y me di cuenta de que los edificios que albergaban los comercios eran muy señoriales, salpicados de pequeños balcones y con las fachadas adornadas con molduras y columnas.

—¿Qué estilo buscas? —Cristina interrumpió mi contemplación de las alturas.

—Pues... no sé... —titubeé.

Esbocé una sonrisa al ver a las tres chicas expectantes.

«Vamos, Sky —me dije—. Ya no tienes que esperar a que los demás tengan que pensar en todo. Ahora... te toca a ti decidir, aunque sea la ropa que te vas a comprar».

—Me gustaría ir mona —les expliqué—; sexy pero cómoda. Por eso he pensado en un vestido negro, que sea sencillo, sin mostrar mucho, pero que se me ajuste al cuerpo.

—¿Con taconazos? —Laia señaló la medida abriendo el pulgar y el índice de su mano.

—¡Sí! —exclamé.

—Pues ¡comencemos! —exclamó Judit—. ¡Acaparemos todos los probadores!

Siempre recordaré aquella tarde con una enorme sonrisa. La cantidad de ropa que llegué a probarme, la que se probaron ellas también. Me puse vestidos que jamás me compraría solo para divertirme y reír hasta tener flato. Las cuatro nos hicimos tantas fotografías con el móvil que debimos de quedarnos sin espacio en el móvil.

Al final, escogí un vestido corto ajustado, que se ataba con una lazada al cuello, simple pero sexy, lo que yo andaba buscando... ¡pero de color blanco! Con el tono dorado que había adquirido mi piel aquellos días, el contraste me hacía resplandecer. Además, no era muy caro, algo realmente primordial para no cargarme mi fondo para los estudios.

Si me hubiera visto Pippa mirando tanto las etiquetas..., habría puesto el grito en el cielo. Aunque era de lo más lógico que estuviéramos acostumbradas a comprarnos todo lo que se nos antojara. Los padres de mi supuesta amiga eran inversores financieros, que compraban acciones o invertían en bancos o empresas. Los míos, supuestamente, eran dueños de un patrimonio que se extendía hasta las Tierras Altas. Así que, no, nunca se nos habría ocurrido mirar las etiquetas.

—Y con estos ¡te quedará perfecto! —Judit alzó un

par de zapatos plateados abiertos, con grueso tacón y plataforma.

Un par de horas más tarde, las cuatro, cargadas con varias bolsas, nos sentamos a la mesa de una terraza cercana a la catedral. Estábamos molidas, pero todavía nos duraban las risas.

—¿Ya estás subiendo fotos a tus historias de Instagram? —le dijo Cristina a Laia.

—Pues claro —respondió la chica de la larga coleta—. Para que me vea guapa mi novio y para que el resto deje de pensar que las chicas que jugamos al fútbol somos unas marimachos.

—No creo que se siga pensando eso —comenté antes de llevarme a los labios la pajita del vaso de horchata.

—Anda que no —bufó Judit—. A ver, ya no tanto, pero siempre quedan retrógrados que dan por hecho que somos poco femeninas, que no nos gustan los vestidos, ni el maquillaje ni los hombres.

—Que, si fuera así, tampoco debería importarles —intervino Cristina—. Aunque, en nuestro caso, precisamente, nos gusta el fútbol, los vestidos, el maquillaje y los hombres. Sobre todo ¡los hombres!

Todas reímos.

—¿Te gustaba Marc? —le pregunté a la chica rubia. Me hicieron sentir tan cómoda que pronuncié aquella pregunta con total naturalidad.

—Ni te imaginas. —Rio—. Se cumplía el conocido cliché de hermano mayor de tu mejor amiga. Aunque también el de que no me hiciera ni puñetero caso. Ni siquiera se percataba de mi presencia cuando lo iba a ver a todos sus partidos y lo animaba más que nadie.

—Que quede claro que yo lo intenté —señaló Judit—. No paraba de hablarle de ti, ya lo sabes —le dijo a su amiga—. Pero mi hermanito salió bastante golfo.

Las otras dos chicas me miraron de reojo.

—Tranquilas —les dije—. No soy su novia ni nada. Además, no podemos serlo, solo estoy de paso.

—Una aventura de verano —suspiró Cristina—. También suena romántico y... emocionante. —Alzó varias veces las cejas para enfatizar su afirmación.

—Pero ¿ha habido sexo?

La pregunta la lanzó Laia, así, sin anestesia. De pronto, tres pares de ojos me miraron con expectación. Sobre todo, Judit, que mantenía tan abierta la boca como los párpados. El fuego que se instaló en mis mejillas casi me quema la piel.

¡Dios! ¡Me puse rojísima!

—¡Tranquila, Sky! —se carcajeó Judit—. No voy a escandalizarme. Estoy más que acostumbrada a que mi hermano... ¡Ay! —se quejó la chica cuando Cristina le dio una patada por debajo de la mesa.

—¿Qué haces, tía? —murmuró su amiga, como si yo no me hubiese dado cuenta de nada.

—No importa, chicas —traté de tranquilizarlas—. Ya os he dicho que Marc y yo solo somos amigos. —Suspiré—. Y pronto ni eso porque tendré que marcharme a Londres dentro de unos días y será difícil que volvamos a vernos...

—¡No me habéis dejado acabar! —se quejó Judit antes de mirarme—. Mi hermano se habrá enrollado con montones de chicas, eso ya lo sabéis, pero apenas ha estado con nadie desde la lesión. —Me miró con cariño—. Además, nunca lo he visto pillado por nadie. Si vierais cómo mira a Sky... Parece un osito de peluche. —Compuso un mohín tan tierno que me hizo poner los ojos en blanco.

—No ha estado con nadie... si no contamos a la petarda de Vega —refunfuñó Cristina.

—Esa no cuenta, tía —resopló Laia—. ¿Para qué la mencionas?

—¿Quién es Vega? —pregunté con interés.

—Nadie —saltó Judit—. Al menos, nadie que le interese a mi hermano.

—Habría que contárselo, por si se topan con ella —insistió Cristina—. Esa tía tiene el poder de detectar a Marc a kilómetros de distancia y presentarse donde esté como si pudiera teletransportarse. —La chica me dedicó una mirada de resignación.

—Vale, vale, ya se lo cuento —rezongó Judit antes de dirigirse a mí—. Vega es hija de un taxista que fue amigo de mi padre y que ayudó a Marc en sus principios en la profesión. Era un momento complicado para mi hermano, por lo que la presencia de aquella chica lo consoló bastante.

—Más que la chica, los polvos que echaba con ella —refunfuñó Cristina.

—¡No seas tan gráfica! —se quejó Laia.

—El caso —prosiguió Judit— es que mi hermano le ha dicho mil veces que no deberían volver a verse porque él no siente nada por ella más allá de la atracción física. Pero la muy pesada no se da por vencida. Suponemos que, gracias al grupo de WhatsApp de su padre con otros taxistas, se entera muchas veces de los planes de Marc.

Las tres chicas volvieron a mirarme como si me acabaran de dar la noticia del fin del mundo.

—¡Ya os he dicho que él y yo no somos nada! —insistí—. No puede sentarme mal lo que Marc haga o deje de hacer con su vida.

Vale, sí, lo admito. En mi vientre brotaron unas pequeñas garras que comenzaron a arañarme desde dentro, provocándome unos rasguños tan dolorosos como desconocidos.

Eran celos, estaba segura, aunque nunca hubiese experimentado nada igual.

—Si te sirve de algo —comentó Judit mientras abandonábamos la terraza—, hace tiempo que no se la oigo mencionar. Creo que no se ven desde la verbena de San Juan.

Laia le dio un codazo. Preferí no preguntar.

Durante nuestro paseo por las calles aledañas a la catedral, descubrí una pequeña tienda de artesanía que exponía en la acera diversos artículos, como pañuelos, pendientes o preciosos bolsos de croché hechos a mano. Me fijé en un cilindro de madera que habían rodeado con una larga hilera de pulseras. Me detuve y acaricié una de ellas, que mezclaba el cuero con hilos trenzados de color azul y negro, parecida a la que me había regalado Marc.

—Seguro que le gustará —aseveró Judit.

Capítulo 37

Sky

Hacía tiempo que no me veía tan guapa. Con el vestido y los zapatos nuevos, más morena, maquillada y con la melena suelta, me sentí bonita, sí, pero también segura de mí misma, ilusionada, satisfecha. Me convertí en la prueba personificada de lo que el estado de ánimo se refleja en nuestro físico. Me sentía bien. Me veía bien.

El corazón me dio una voltereta cuando sonó el timbre del telefonillo. Me apresuré a pulsar el botón y dejé la puerta del rellano abierta para que Marc pudiese entrar. Mientras él subía, corrí hasta la habitación de mi abuela, cogí el bolso, me rocié con unas gotas de perfume y me eché un último vistazo al espejo de la cómoda.

¿Se puede variar el itinerario de una vida en tan solo unos días? ¿Cómo podía cambiar tanto una persona en poco más de una semana?

«Porque no solo has cambiado tú, sino los ojos con los que te miras», pensé orgullosa.

Me dirigí al salón y me encontré con Marc, que acababa de entrar. Una sensación cálida y aterciopelada se me instaló en el vientre cuando lo contemplé frente a mí. Llevaba unos vaqueros y una camisa azul marino por fuera de los pantalones, arremangada hasta los codos y con varios botones desabrochados que dejaban entrever en su cuello un fino colgante con una piedra. Se había domado las ondas del pelo, iba recién afeitado y en su piel morena destacaban más que nunca sus ojos del color del bronce. Estaba tan guapo que me quedé sin aliento.

Permanecí expectante mientras él trataba de articular palabras, que no le salían. Sonreí, sintiendo de nuevo una calidez que me entibiaba por dentro y por fuera.

—Joder, Sky —balbució por fin—. Estás... estás preciosa. —Su expresión se inundó de ternura—. Eres preciosa.

Me acerqué a él con la seguridad que acababa de adquirir, le rodeé el cuello con los brazos y acerqué mi boca a la suya mientras me dejaba envolver por su perfume. Dios, qué bien olía.

—Tú también estás muy guapo. Eres muy guapo —susurré justo antes de unir mis labios a los suyos.

Y ya no me pude resistir a probar su boca. Lo que en un principio iba a ser un beso suave y breve se transformó en uno largo, cálido, intenso. Mientras nuestras bocas se saboreaban, mis manos se enredaron en su pelo y Marc llevó las suyas a mis caderas y acabó clavando los dedos en mi trasero. Al separarnos, el cosquilleo denso y caliente que me había provocado el beso prosiguió allí, en mi estómago, al contemplar el brillo anhelante en los ojos de Marc.

Reí, un poco nerviosa, y me aparté de él.

—Espera, que quiero darte una cosa.

Cogí el sobre con el escudo de la ciudad de Barcelona que descansaba sobre la mesa y se lo ofrecí.

—Toma —le dije—. Es una tontería, pero... me ha hecho pensar en ti.

—Es... ¿para mí? —preguntó sonriente pero sorprendido.

—Sí. —Asentí—. Va, ábrelo.

Marc le quitó el celo al sobre, introdujo la mano y sacó la pulsera. Después alzó sus largas pestañas y me miró como si acabara de regalarle la luna.

—No... no tenías que comprarme nada...

—No es nada comparado con lo que has hecho tú por mí.

Con dedos temblorosos, cogí la pulsera, le rodeé con ella la muñeca y se la até junto a las otras.

—No lo hice en espera de que me dieras nada a cambio —murmuró mientras sus ojos se posaban alternativamente en la pulsera y en mí. Me miró de una forma que me hizo sentir como un gigante. Nunca nadie me había contemplado así.

—De este modo, vamos a conjunto. —Coloqué mi muñeca al lado de la suya y sonreí.

La sonrisa se convirtió en un leve jadeo cuando Marc me tomó el rostro entre las manos y me besó con tanta ternura que pensé que me explotaría el corazón.

—Gracias —susurró contra mis labios.

—De nada. —Me aparté de él, me aseguré de llevarlo todo en el bolso, cogí las llaves y enlacé mi mano con la suya—. ¿Nos vamos?

Él me mostró su bella sonrisa y asintió. Y yo me sentí feliz. ¡Sí, feliz! Ya sabemos que alcanzar la plena felicidad es algo muy difícil, casi imposible, pero nadie ha dicho que no se pueda lograr durante unos segundos, minutos u horas. Como me sucedió a mí.

***

Nunca me había sentido cómoda en lugares abarrotados de gente que baila, bebe y grita por encima del sonido de la música. Sin embargo, junto a Marc y sus amigos me lo estaba pasando realmente bien. Lucas y Nil fueron muy majos conmigo e hicieron todo lo posible por involucrarme en sus conversaciones y sus bromas.

Me estaba divirtiendo, incluso sin abusar del alcohol, puesto que no quería volver a emborracharme y sentir que perdía el control. Marc, como ya me había contado, no pasaba de las dos copas. Me confesó lo duros que fueron aquellos meses en los que tuvo que aceptar que su etapa futbolística había acabado, las veces que se emborrachó para olvidar. Y no es que lo hubiera superado ya, pero, gracias a la ayuda psicológica y al apoyo de su entorno, entendió que la solución no estaba en agarrarse un pedo cada noche. Se centró en su nuevo trabajo y en su nueva etapa, aunque cualquiera podía ver que no era feliz del todo. El fútbol era su gran pasión y, al mismo tiempo, su gran frustración.

Qué rabia da que el miedo se apodere de nuestra mente. El miedo a intentarlo, el miedo a fracasar o el miedo a decepcionar a los demás resultan de los peores, puesto que son los que te frenan y te impiden hacer lo que realmente deseas.

Aunque suene extraño, en cierto modo, yo envidiaba haber tenido un poco de esos miedos. Al menos, habría sido la muestra de haber deseado algo, de pensar en posibilidades o tener expectativas.

—¡Eh, tío! —exclamó Nil cuando nos acercamos a la barra a pedir otra ronda de bebidas—. ¿Esa no es tu hermana?

Abrí al máximo los ojos cuando, entre cuerpos que no dejaban de moverse, vi aparecer a Judit, a Cristina y a Laia, que iba de la mano de un chico alto. El grito que pegué solo pudo compararse con el que dio Judit al verme. Nos lanzamos una en brazos de la otra mientras dábamos saltitos, como si no hiciera más que unas horas que nos habíamos visto. Después achuché también a las otras dos chicas y Laia aprovechó para presentarme a Joan, su novio.

—¿Qué demonios haces tú aquí? —refunfuñó Marc.

—Yo también me alegro de verte, hermanito —sonrió Judit mientras lo abrazaba.

—Tú no puedes beber alcohol, lo sabes bien. —Marc señaló a su hermana con vehemencia con su dedo índice.

—Tranquilo, guapo —lo atajó Cristina—. Como ya he cumplido los dieciocho, me encargo yo de vigilarla —dijo con un punto de sorna.

—Pues menuda tranquilidad —bufó Marc.

—Si crees que soy una mala influencia para tu hermana —siguió pinchándolo la chica rubia—, ya lo has pillado tarde, cariño.

Observé la expresión enfurruñada de Judit, así que me acerqué a Marc y le posé una mano en el antebrazo. La música pareció subir de volumen y tuve que acercarle mi boca al oído.

—No seas un hermano gruñón —le susurré. Mis labios le rozaron la oreja y me pareció percibir un estremecimiento en su cuerpo—. ¿Te fías más si está conmigo? —Me aparté de él y le sonreí.

—Vale —rezongó Marc—. Pero no os apartéis de nuestra vista. Sigo siendo su hermano mayor y el responsable de que no tengamos que llevarla a casa a rastras.

—¡Gracias! —exclamó Judit un segundo antes de abrazarlo y besarlo—. ¡Te quiero!

Aunque él puso los ojos en blanco, Judit me cogió de la mano y me llevó hasta un espacio visible desde la barra, pero lo suficientemente alejado para que no vieran cada uno de nuestros movimientos. En aquel instante empezó a sonar *Gran Vía*, de Quevedo y Aitana, y las dos comenzamos a bailar, aunque me aproximé un instante a ella para preguntarle por las chicas.

—Laia sobará un poco a su novio y lo dejará después con Marc y los chicos. Ya se conocen.

—¿Y Cristina? —Reí.

Judit hizo un gesto con la cabeza y miré en su dirección para ver surgir entre la gente a las chicas, cada una con dos vasos en las manos. Cuando se acercaron, Laia me ofreció una de las bebidas y Cristina le dio otra a Judit.

—¡Eh! —la reprendí—. ¡Se supone que me he hecho responsable de ti!

—¡Solo será un cubata! —Alzó el vaso y le dio un trago.

—¡Dice la verdad! —me gritó Cristina por encima del nivel sonoro—. Ninguna de nosotras bebe más que eso. Somos unas chicas sanas y deportistas. Al menos, mientras haya alguna competición. —Me guiñó un ojo.

Bailé con ellas, reí, salté e hice un poco la loca, cosas que quizá ya había hecho anteriormente, pero nunca sintiéndome tan cómoda, tan libre, tan yo. De vez en cuando, le lanzaba una rápida mirada a Marc y tropezaba con sus ojos, aunque yo siguiera bailando y él, charlando con sus amigos.

—No veas cómo te mira —me dijo al oído en cierto momento Laia mientras nos movíamos al ritmo de la música—. Hasta yo me estoy derritiendo —bromeó.

Llegó un instante, eso sí, en que necesitamos descansar. Judit nos hizo un gesto hacia una mesa que había quedado libre y ocupamos los taburetes que la rodeaban.

—¡Joder, lo sabía! —se quejó Cristina en el momento en el que nos sentamos—. Ahí está la pesada de Vega. ¿Estás segura de que Marc no lleva algún dispositivo de rastreo bajo la piel, como el prota de *El caso Bourne*? —le preguntó a Judit.

—Ahora mismo no me parece nada descabellado —bufó.

Desvié la vista hacia donde miraban ellas y descubrí a una chica que se acercaba al grupo de amigos. Los saludó a todos con dos besos, pero, cuando le tocó el turno a Marc, lo atrapó por las mejillas y le plantó uno en la boca.

—Mierda —siseó Judit.

Las garras que se me habían presentado esa misma tarde por primera vez volvieron a aparecer, en esa ocasión todavía con más fuerza, arañándome casi con crueldad el interior del pecho y mis entrañas.

Sé que no tenía derecho. Como ya les había insistido a las chicas, quizá para creérmelo yo misma, Marc y yo no éramos nada. Me había presentado de improviso en su vida, acaparando su ayuda, sus sonrisas, sus besos y hasta su cama, aun sabiendo que, tarde o temprano, tendría que regresar de nuevo a Londres, a mi casa, a mi anodina existencia.

Lo último que yo habría esperado en aquel viaje era salir con un chico e ilusionarme con él, pero ¿cómo te revelas ante lo que te dicta tu propio corazón?

Me fue imposible desprenderme de aquel malestar mientras Marc, con la espalda apoyada en la barra, seguía hablando con aquella chica, que no dejaba de tocarlo por todas partes y de mirarlo con total adoración. Y si había algo que lo empeoraba todo y conseguía que el dolorcillo fuese todavía más intenso era el hecho de que la chica fuese tan guapa. La tal Vega no era muy alta y su complexión, bastante menuda, pero la brillante cabellera negra, sus ojos rasgados y la boca en forma de corazón la hacían parecer una muñeca; una sexy y perfecta muñeca.

—Si fuera tú —profirió Cristina—, me presentaría allí y le diría a esa que...

—No —la corté—. No tengo ningún derecho a inmiscuirme en su vida.

Para hacer aquel momento todavía más incómodo y desesperante, mi teléfono, que llevaba casi toda la noche vibrando en mi bolso, volvió a hacerlo. Lo saqué, miré la pantalla y lancé un gruñido. Tenía seis llamadas perdidas de Harvey.

¿Le habría dicho algo Pippa? ¿Por qué, si no, estaba insistiendo tanto en hablar conmigo, si se había limitado a enviarme mensajes tontos o fotos?

Al levantar la vista del móvil, reparé en los rostros preocupados de las chicas. Instintivamente, me giré hacia la barra, donde descubrí a Marc alejándose entre la gente... con Vega cogida de su mano.

—No me digas que se van a echar uno rapidito en el baño —renegó Cristina.

—¡Claro que no! —la rebatió Judit—. ¡Mi hermano no le haría eso a Sky!

No seguí escuchando la conversación. Las garras de los celos habían dado paso a una bola de fuego que se había instalado en mi estómago y se iba esparciendo por todo mi cuerpo a través de las venas. Toda yo estaba ardiendo de la rabia. En ese instante, Harvey volvía a llamarme.

—Voy fuera a atender una llamada —les dije a las chicas sin poder enmascarar la furia.

En cuanto fui capaz de atravesar la marabunta de gente y salir a la calle, descolgué el teléfono. Antes de pronunciar una palabra, dos personas me llamaron la atención. Distinguí perfectamente a Marc y a Vega doblando la esquina de aquella callejuela, en dirección a la avenida en la que se situaba la estación de Francia, en cuyo aparcamiento habíamos dejado el taxi. Posiblemente fueran al coche a hablar con tranquilidad.

«¿En serio, Sky? ¿A hablar?».

—¿Hola? —oí a través del teléfono—. ¿Sky?

—¿Qué quieres, Harvey? —resoplé irritada.

—¿Eso es lo primero que vas a decirme después de ocho días comunicándonos a base de mensajes?

Emitió una sonrisilla para disimular la más que posible indignación.

—Lo siento, Harvey. —Suspiré—. No me pillas en buen momento.

No dejaba de mirar hacia la esquina por la que habían desaparecido Marc y su acompañante.

—¿Dónde estás? —Me pareció intuir un leve retintín en la pregunta—. ¿Por la campiña pasan tantos coches y ponen tanta música?

Emití una risa desganada. Claro. A esas alturas ya me era imposible camuflar el sonido de los vehículos que pasaban por la avenida, el pitido de algún claxon, la música que salía de los locales, las voces de la gente que inundaba las terrazas del bohemio barrio del Born. ¿Qué más daba ya?

—No estoy en la campiña, Harvey —le confesé.

—Ya lo sabía —me dijo tras unos segundos de silencio.

El aturdimiento me duró solo un instante.

—Claro, te lo ha dicho Pippa. —Reí amargamente.

—Pues no, no me lo ha dicho ella —aseguró—. Sí pude sonsacarle que no estaba contigo, pero porque algo intuía. —Emitió un suspiro—. No te conozco tan poco como crees, Sky. Aquellas ganas repentinas de recorrer la campiña... no me parecieron normales.

—Pero ¿sabes dónde estoy?

—¿Cómo crees que voy a saberlo si no me cuentas una maldita...?

—¿Me estás reprochando algo, Harvey? —lo interrumpí, alucinada por su salida de tono.

—No —suspiró—. Perdona. Lo siento. Supuse que necesitabas tu espacio. Después de lo que pasó en la fiesta, de saber lo que pretenden nuestros padres..., lo entiendo.

—Ya solo me habría faltado saber entonces lo tuyo con Pippa —añadí. ¿Qué razón había para seguir con mentiras y secretos?

Durante unos instantes solo oí la respiración de Harvey y los chasquidos de su lengua contra el paladar.

—No creo que tenga mucha defensa posible —dijo por fin—. En todo caso, que hasta ahora he sido un niñato inmaduro que no valoraba lo que tenía. Que no te valoraba a ti, Sky.

Solté un resoplido. Yo también conocía a Harvey, aunque fuese solo para saber que aquel estaba siendo un discurso aprendido. Tantas disculpas no le pegaban nada.

—Lo siento de veras, Sky —continuó—. Desde que

nuestras familias se conocieron, mis padres no pararon de hablarme de ti, de lo que supondría que fuésemos novios. Tú todavía tenías quince años, demasiado joven, así que me pareció mejor que empezásemos como amigos.

—Supongo que no voy a sorprenderme a estas alturas de que todo estuviese tan planeado —bufé.

—Yo no pensaba en ello constantemente, si te sirve de algo —me confesó—. Me gustaste desde el principio, Sky.

Me vino a la mente una escena, como si aquel recuerdo hubiese decidido que era el momento de salir del pequeño cuarto de la memoria en el que había encerrado parte de mi pasado. Yo bajaba de mi habitación y, al llegar al salón, me encontraba con Harvey y Pippa, que habían coincidido en mi casa. Entonces no le di importancia al rubor de mi amiga, a sus risillas, a la mirada brillante de Harvey.

—Imagino que estabas más ocupado en ligar con mi amiga —le reproché.

—Yo no quería, Sky, te lo prometo. Fue ella, Pippa, que no paraba de suplicarme que te dejara y que saliera con ella...

—No hagas que pierda el poco respeto que te tengo, Harvey —le recriminé—. Que un tío le ponga los cuernos a su novia y le eche la culpa a la otra, como si lo hubiese obligado..., me parece algo de lo más despreciable.

—Vale, está bien, perdona otra vez —bufó—. No quiero parecer de repente un santo, Sky, aunque tampoco una persona horrible. Sé que entre nosotros las cosas no están bien, pero creo que podemos solucionarlo. Maduraré, Sky, lo haré mejor, te lo prometo.

—¿De verdad estás dispuesto a seguir conmigo solo por el interés de nuestras familias? —le dije sin dar crédito.

Durante un diminuto momento, intenté imaginar mi vida al lado de Harvey. Un súbito escalofrío me recorrió el cuerpo.

—Sky, cariño... —Esa forma de referirse a mí me puso los pelos de punta—. Sabes que no sería solo por eso. Pero tienes que reconocer que es un añadido, un aliciente. ¿Qué ves de malo en que nos unamos en beneficio de todos?

La bebida que había tomado se transformó en bilis y me ascendió por el esófago hasta llegar a la garganta. Tuve que aguantar una arcada.

—Al fin y al cabo —prosiguió—, es tu familia la que sale ganando. Estáis en la más absoluta ruina y si tú y yo rompemos, podéis pasarlo muy mal.

—Si es así —logré decir—, ¿para qué tanto interés en casarte conmigo? —quise saber—. ¿Tan importante es emparentarse con los Clifford?

—También es por ti —dijo con un tono bastante más suave—. Tal vez lo nuestro comenzara de una forma planeada y les convenga a nuestros padres, pero yo te quiero, Sky.

—¡¿Que me quieres?! —solté sarcástica.

—Pues claro que te quiero —insistió con convicción—. Lo de Pippa no es nada, nunca lo fue. Y ninguna otra chica significó nunca nada...

Emití una risa, que sonó muy desagradable, pero me importó un churro, con todas sus erres. Hasta ahí había llegado. Ya no podía más con aquella presión. Si hasta entonces había estado dispuesta a ser la virgen sacrificada, ya no.

—Pero yo a ti no, Harvey —le solté—. Y me parece una falta de respeto hablar de amor entre nosotros. Por eso no voy a seguir contigo, mucho menos a prometerme y a pensar en casarme en un futuro. En realidad, corté contigo la noche de la fiesta y no he rectificado en ningún momento. Y me da igual si los Clifford acabamos arruinados. Yo puedo trabajar en lo que haga falta para mantenerme, y mis padres... que arreglen ellos sus problemas. ¡Mira, en eso voy a darle la razón a Pippa! —Reí con amargura—. Y si no fuera posible, prefiero vivir debajo de un puente que casarme con alguien que me menosprecia a mí, a Pippa y al resto de las chicas con las que seguro se ha estado acostando todo este tiempo.

Oí el bufido de Harvey, como si todo aquel discurso le importase menos que mi churro.

—¿Sabes algo más, Harvey? —añadí muy relajada—. En cierto modo, tengo que darte las gracias. Porque fue la decepción que sufrí contigo la que me hizo abrir los ojos, darme cuenta de muchas cosas y conocerme más a mí misma. He empezado a quererme, que es lo más importante. Porque, cuando no te quieres, te conformas con el poco aprecio que te dan los demás, creyéndote que es amor de verdad. Y ya no; ya no me conformo con las migajas de nadie.

—Qué bonito y maravilloso suena todo —espetó con mordacidad—. Solo falta que me salgan unicornios y arcoíris por el teléfono. Pero ¿ya le has hablado de tus geniales planes a lord y lady Clifford?

—No, pero lo haré.

—Estoy deseando saber su opinión —terció con un punto más de sarcasmo—. Y verles la cara.

—Me importa un churro lo que tú quieras.

Colgué el teléfono y espiré todo el aire que había

estado conteniendo. Con un último jadeo, tuve que apoyarme en una furgoneta que había aparcada en la calle adoquinada. Con dedos temblorosos, guardé el móvil en el bolsito que solía llevar en bandolera y alcé la vista al cielo. Ahí seguía, la luna de verano, grande y blanca, esperando a que diera mi salto y me plantara en ella. Pero, por muy épico que me pareciera, aquello sonaba demasiado a escapar, y ya estaba harta de huir, aunque fuera de mí misma.

No sabría explicar qué fue, pero un presentimiento me hizo bajar la mirada, como si pensar en la luna me llevara irremediablemente a él, a Marc. Y, sí, fue él quien apareció al fondo del callejón, solo. Caminaba hacia mí con parsimonia, como si tuviera todo el tiempo del mundo; como si supiera que nunca me iba a mover de allí. Cuando llegó a mi altura, se detuvo, aunque a un metro de mí. Su rostro quedó envuelto entre las sombras que producía la luz anaranjada de las farolas. Mil dudas y mil miedos se atascaron en mi garganta, deseosos de pronunciarse.

—Pregúntame lo que quieras, Sky —susurró.

—No... no tengo derecho —balbucí.

—Tienes todo el derecho, Sky. Pregúntame —insistió.

—Vale. —Deslicé las palmas de las manos por mi vestido—. ¿Dónde has estado todo este rato, Marc?

Capítulo 38

Marc

No podía apartar los ojos de ella. Lucas, Nil y Joan me hablaban y yo contestaba, pero mi mente reservaba una parte para deleitarme únicamente en los movimientos de Sky mientras bailaba, en su risa espontánea, en el placer que mostraba su rostro con los ojos cerrados y el labio inferior entre los dientes.

—Así que esa es la famosa chica inglesa por la que cada día te has largado pitando del trabajo —comentó Lucas, lo que provocó las risitas de los demás.

—La encontré en una situación bastante... complicada —me justifiqué—. Está sola, buscando a su abuela, que no aparece por ningún lado.

—Oh, claro —intervino Nil mordaz—, y tú solo pretendes ayudarla, como buen samaritano.

—Solo hay que ver cómo la mira —añadió Joan—. Como alguien que quiere socorrerla, nada más. No como si pretendiese devorarla aquí en medio ni nada parecido.

—Sois unos capullos —rezongué—. ¿No veis que solo está de paso? En cualquier momento se largará de Barcelona. Tiene su vida en Inglaterra.

«En la jodida Inglaterra», gruñí para mí.

—Pero esa no es razón para no divertiros mientras tanto. —Lucas me guiñó un ojo y yo solo pude sonreír. Eran mis colegas, los que llevaban dos años soportando mis neuras, mis altibajos, mis luces y mis sombras.

—Supongo que no —suspiré.

—Oh, oh. —Joan me palmeó el hombro. A él lo conocía menos, pero su relación con la amiga de mi hermana y con el mundo del fútbol, ya que entrenaba a los alevines del Barça, lo había conectado irremediablemente conmigo—. Me da la sensación de que el problema no es que se divierta o no. Lo que le ocurre a nuestro amigo es que no se conforma con eso.

—No te fíes de todo lo que le cuente mi hermana a tu novia —gruñí.

—¡Hostias! —exclamó Nil—. Hablando de diversión...

Seguí la dirección de las miradas de mis amigos... y todo mi cuerpo se tensó.

—Jodeeer —rezongó Lucas—. Menudo momento para que aparezca tu ex. ¿O es tu chica todavía?

—Nunca ha sido mi chica —me quejé.

—Pues al bueno de Pedro, su padre, le encantarías como yerno —se mofó Nil.

—¿Por qué no os vais un poquito a la mierda? —refunfuñé.

—A la mierda, no sé —comentó Joan—, pero irnos, seguro que sí. Porque Vega viene hacia aquí dispuesta a... todo.

—No os vayáis, cabrones —murmuré.

Pero ya era tarde. Vega se acercó y, en cuanto los saludó con un par de besos a cada uno, mis traidores amigos se largaron. Estaba tan tenso mientras miraba de reojo a Sky que me pilló totalmente desprevenido el beso que me plantó Vega en los labios. De forma instintiva, le coloqué las manos en sus antebrazos para mantener las distancias.

—Si no vengo yo, tú ni te molestas en buscarme —se quejó ella con un mohín—. Joder, Marc, llevamos más de un mes sin vernos y sin hablar, desde San Juan. ¡Ni siquiera me has contestado con un triste mensaje!

—Supongo que te refieres a la noche en la que te dije, por enésima vez, que aquello no debería haber pasado y que no volvería a pasar...

—No me digas que no fue una pasada hacerlo en la playa...

Vega se pasó la lengua por los labios mientras me dedicaba una de sus sensuales miradas. De repente, tenía sus manos por todas partes y, cuando apartaba una, me tocaba con la otra.

—Sí, Vega, estuvo genial —suspiré—. Pero ya te dije que no quiero ese tipo de relación.

Vega había sido para mí como las borracheras que me pillaba en los malos momentos: un parche emocional, un alivio momentáneo y una manera de olvidar. Pero, después de una necesaria terapia, de aposentarme en la profesión de taxista y de atreverme a matricularme en el INEFC, decidí darle un giro a mi existencia y acabar con los excesos, y en ellos estaba incluida Vega. En un principio, me sentí mal por Pedro, el compañero que tanto me había ayudado, su padre. Él creía que éramos novios, supongo que porque su hija no se lo había desmentido. Pero llegó el momento en el que preferí dejárselo claro a la chica y decirle que nuestras idas y venidas se habían acabado; que ella merecía a alguien que la quisiera; que conmigo estaba desperdiciando su tiempo. Puede que sonara al típico discurso del que deja a otra persona porque no la quiere, pero era la verdad de lo que sentía.

No se puede luchar contra los sentimientos... ni contra la falta de ellos.

Aun así, coincidí con Vega en la verbena de San Juan, en la playa de la Barceloneta, donde el alcohol, las hogueras y la magia de la noche más corta me llevaron a volver a acostarme con ella, aunque, en realidad, solo recuerdo despertarme en la arena, detrás de unas rocas, con una resaca de la hostia.

—¡Pues tengamos una relación oficial! —Vega me tomó las mejillas entre las manos—. Salgamos juntos, Marc...

Me miró con tanto anhelo que supe que no podía postergarlo más. Puede que Sky no fuera a quedarse en mi vida, pero con ella había descubierto lo que era sentir algo por otra persona. Quizá, cuando ella desapareciese, volvería al sistema de ligues esporádicos, pero siempre con quien estuviera dispuesta a lo mismo. No podía seguir utilizando a Vega. Debía dejarla marchar, por mucho que le doliese.

Miré de reojo a la chica inglesa, que en ese momento contemplaba su teléfono con el ceño fruncido. Hasta ese gesto me producía una sensación cálida y burbujeante por todo el cuerpo.

—Quiero que hablemos, Vega —le dije a la chica al tiempo que le ofrecía mi mano—. Pero mejor fuera.

—Vale —respondió con cautela.

Me aferró y fuimos abriéndonos paso entre la gente

hasta salir del local. La música amortiguada quedó atrás, aunque fue sustituida por las conversaciones y las risas de las personas que ocupaban las terrazas, los bancos o las propias calles de aquel animado barrio.

—¿Adónde vamos? —me preguntó cuando nos fuimos alejando del bullicio y acercándonos a la estación de Francia.

—Tengo el coche aparcado en la estación —le expliqué—. Allí hablaremos con tranquilidad.

Supongo que me mostré realmente serio porque Vega se limitó a caminar conmigo de la mano hasta que llegamos al aparcamiento y nos introdujimos en el taxi, donde nos envolvieron el silencio y la calma que nos otorgaba un lugar solo para nosotros.

Solté el aire que había estado conteniendo.

—En primer lugar —le dije—, quiero pedirte perdón, Vega.

—¿A mí? ¿Por qué? —se extrañó.

—Sí, a ti. Porque echarle la culpa al alcohol de lo que sucedió en la verbena resulta bastante patético y muy rastrero. Debería haberme negado a volver a liarme contigo. Lo único que hice fue crearte falsas esperanzas. Lo siento.

El rostro de Vega destacó pálido en mitad de la penumbra.

—¿Y crees que pidiéndome perdón me voy a sentir mejor? —inquirió crispada—. ¡Lo único que estás haciendo es quedar bien mientras me sacas de tu vida de una patada!

—Pues disculpa si no sé hacerlo mejor, Vega. Solo estoy tratando de ser sincero contigo.

—Si tan honesto quieres ser, respóndeme a una pregunta: ¿estás saliendo con otra?

—Tú y yo no estábamos saliendo, Vega...

Cruzó los brazos sobre el pecho con fuerza y alzó su pequeña barbilla.

—Vale... No, no estoy saliendo con nadie.

Era la verdad.

—No me hagas parecer tonta, Marc —bufó—. Te he visto mirar al grupo de chicas que estaban con tu hermana. Había una nueva, que, oh, casualidad, también te miraba a ti.

Apoyé las manos en el volante. No supe bien qué decir.

—¿Es por ella? —insistió.

—No estoy saliendo con nadie, te he dicho la verdad —repetí sin mirarla.

—Tampoco salías conmigo, según tú, pero nos enrollábamos de vez en cuando. ¿Es algo parecido lo que tienes con esa?

Apoyé la cabeza en el respaldo del asiento, cerré los ojos y emití un suspiro.

—No —susurré—, no es nada parecido.

—O sea, que también te enrollas con ella de vez en cuando.

No contesté.

—Joder —señaló con un jadeo de indignación—. No solo te estás acostando con ella; te gusta. Estáis... saliendo.

—No exactamente, pero... —Resoplé—. Es... complicado, Vega.

—Y una mierda —espetó—. Es tan fácil como decirme que estás con otra porque a mí nunca me has querido. —Terminó la frase con un leve sollozo.

Me giré hacia ella para mirarla a la cara. Mi silencio despejaba toda duda.

—Eres un cabronazo —musitó con el rostro bañado en lágrimas—. Un maldito cerdo, Marc.

—Lo siento. —Le posé una mano en el brazo, pero ella lo apartó con furia.

—No me toques —siseó.

Ver las lágrimas bajar por sus mejillas me hizo sentir muy miserable.

—No llores, Vega, por favor...

—Llévame a casa —me cortó.

Me quedé inmóvil un instante.

—¡Que me lleves a casa, joder! —exclamó sin disimular el llanto.

Puse en marcha el motor y salí del aparcamiento.

Ninguno de los dos dijo una sola palabra durante el trayecto. En cuanto paré frente al portal de la casa de mi compañero, Vega saltó del coche y cerró con un portazo, que temí que hubiera jodido el sistema de cierre de la puerta. Sin mirar atrás, se alejó hasta su edificio a grandes zancadas. Esperé a que entrara y, después, me marché.

***

Tuve la suerte de volver a encontrar un hueco en el parking de la estación. Mientras atravesaba la ancha avenida y me encaminaba hacia las estrechas callejuelas del barrio, no dejé de pensar en Sky, en lo que ella habría imaginado al verme con Vega porque estaba seguro de que me había visto. Y si no había sido así, Judit o sus amigas se habrían encargado de informarla.

Introduje las manos en los bolsillos de mis vaqueros, sumido en mis pensamientos, aunque ya llegaban hasta mí los sonidos de la música y de la gente que disfrutaba de la noche estival de viernes. Una sensación efervescente se me instaló en la nuca y, como si la hubiese presentido, alcé la vista del suelo y la vi, al final de la calle, apoyada en una furgoneta. Sky miraba el cielo, más en concreto a la luna, lo que me hizo sonreír. Un instante después, bajó la cabeza y nuestros ojos se encontraron.

Me acerqué despacio, aunque mi corazón golpeaba con fuerza contra mi pecho, deseoso de llegar hasta la chica inglesa. Una vez frente a ella, traté de aplacar mis latidos inspirando con fuerza, a pesar de mis ganas de apresarla por la cintura, atraerla hacia mí y besarla hasta dejarla sin aire. De momento, me conformé con deleitarme en lo preciosa que estaba aquella noche, con aquel vestido blanco que dibujaba sus formas como anhelaban hacer mis manos. Su melena oscura le acariciaba los hombros y la espalda, y le enmarcaba el rostro, algo pálido bajo la luz mortecina de las bombillas, pero tan bonito que me moría por tocarlo y besarlo. Intuí sus miedos y sus preguntas en los ojos oscuros y profundos.

—Pregúntame lo que quieras, Sky —le susurré.

—No... no tengo derecho —musitó.

—Tienes todo el derecho, Sky. Pregúntame.

Lo que más deseé en aquel momento fue borrar de su expresión el temor y las dudas.

—Vale —titubeó—. ¿Dónde has estado todo este rato, Marc?

—Supongo que me viste con Vega —le dije con prudencia—. Ella es... era...

—No tienes que darme tantas explicaciones —me cortó. A pesar de que sus preciosos ojos marrones se mantenían serenos, se percibía la tensión en su cuerpo.

—Pero yo quiero dártelas —insistí antes de exhalar un suspiro—. Conocí a Vega en un momento complicado, ya sabes, comenzando a adaptarme a una nueva vida, furioso todavía con el mundo. En mis principios como taxista, Pedro, un compañero y viejo amigo de mi padre, se ofreció a guiarme en los entresijos de la profesión, ya que nunca me había interesado por ella.

La herida que todavía permanecía abierta en mi corazón palpitó y me causó un escozor ya conocido. Decir que nunca me había interesado por la profesión era lo mismo que recordar que siempre menosprecié el trabajo de mi padre. La culpa es como una tortura lenta, que no te abandona, que te provoca el dolor cuando menos te lo esperas.

—Me invitó varias veces a su casa —proseguí—, donde coincidí con Vega, su hija. La atracción fue rápida y por ambas partes, por lo que empezamos a vernos de vez en cuando.

Supuse que quedaba claro el significado de «vernos».

—Desde el principio le recalqué que aquello no era una relación, pero ella siempre quiso más. Ese más que no se puede dar si no te sale de dentro.

Fue la primera vez que pensé que no se puede elegir de quién te enamoras. Que, aunque tengas a tu alcance una opción clara y fácil, el corazón se empeña a veces en guiarte por el camino más intrincado. Y tú lo sigues porque sabes que es justo por allí por donde te guían sus latidos.

—¿Has... hablado con ella? —susurró Sky—. ¿Le has... aclarado las cosas?

—Sí —respondí—. Le he dicho la verdad, lo que siento: que nunca la voy a querer como se merece y que es mejor que no volvamos a... enrollarnos para no crearse falsas esperanzas.

Tomé un poco de aire y después lo expulsé.

—¿Y... por qué has decidido decírselo ahora? —me planteó Sky en un susurro. Su mirada aterciopelada encerraba tanto anhelo que sentí crujir mi pecho.

—Porque puede que te marches mañana mismo, Sky, que no vuelva a verte y que acabes siendo un simple recuerdo, pero, mientras sigas aquí, solo estaré contigo.

Di un paso en su dirección, pero fue ella la que se lanzó sobre mí, me rodeó con sus brazos y buscó mi boca con ansia. Su reacción me dejó aturdido un segundo, pero, pasado ese tiempo, abarqué su cintura con las manos y la besé con la misma pasión. Mi cuerpo se pegó al suyo y ambos acabamos chocando contra la furgoneta, que ejercía de barrera entre nosotros y la gente, los murmullos y el resto del mundo.

Después del beso más apasionado que habíamos compartido, Sky me posó una mano en la mejilla y me sonrió. Sus labios estaban hinchados y sus ojos, velados por una suerte de anhelo que me provocó un tirón en el vientre. La deseé de una forma cruda y visceral.

—Me gusta mucho cómo eres, Marc Torres. —Compuso un gracioso mohín—. Vaya por Dios... ¿Tenía que haber tantas erres en tu apellido?

Me reí y besé sus labios para que dejaran de fruncirse.

—Las erres suenan perfectas cuando las pronuncias tú —le dije.

Un instante después, sentí un pellizco en el costado.

—¡Ay! —me quejé.

—Eres un mentiroso.

Volví a reír, le rodeé los hombros con el brazo, le di un beso en el pelo y la guie hacia el local en el que debían de seguir nuestros amigos. Antes de entrar, a ambos nos sorprendió la vibración de nuestros teléfonos.

—Mis colegas me dicen que han seguido la ruta —la informé después de leer el mensaje—. Están en el garito que hay dos calles más atrás.

—A mí me ha hablado Judit —señaló Sky—. Me comenta que ya se ha hecho tarde para ella, que las chicas la acompañan a casa y que te avise. Me pide también que le diga si estoy bien y que le explique qué ha pasado entre nosotros. Y con Vega.

La vi teclear a toda velocidad.

—¿Y qué le estás diciendo? —quise saber.

Sky me miró con expresión traviesa y me guiñó un ojo. Casi se me descuelga la mandíbula de la impresión.

—A ti te lo voy a contar.

Guardó el teléfono y, a continuación, me ofreció su mano.

—¿Te apetece bailar un rato?

Me limité a enlazar mis dedos con los suyos y a dejarme llevar por ella, que se dirigió a un rincón del local, donde la gente se apretujaba para bailar al ritmo de Bad Bunny. Nos pusimos uno frente al otro. Ella me posó las manos en los hombros y yo aferré su cintura, que comenzó a contonearse con las notas de *Baile inolvidable*. Sky se mordió el labio mientras me miraba como si pretendiese devorarme. O, mejor, que la devorase yo a ella. Pegó su cuerpo al mío y encajamos a la perfección, como las dos últimas piezas perdidas de un puzle. Tragué saliva. Sky abrió mucho los ojos cuando percibió mi dureza incrustada entre sus piernas. Para mi tortura, aumentó sus contoneos de cintura y se frotó cada vez más fuerte contra mi entrepierna. Apoyé la frente en la suya, cerré los ojos y me mordí los labios. Sentí el calor, el sudor, los susurros, la música. Estaba viviendo el momento más excitante y sensual de toda mi vida.

Abrí los ojos y lo primero que vi fue la boca de Sky. Estaba entreabierta y húmeda. Atrapé uno de sus labios entre los dientes y, a continuación, introduje la lengua para enredarla con la suya. Más gemidos, más calor, más roce entre nuestros cuerpos.

—Joder, Sky —jadeé en su oído—. Vámonos a mi casa...

—No voy a poder esperar —gimió contra mi boca.

—No tardo más de veinte minutos —le aseguré.

Un latigazo sacudió mi cuerpo cuando su lengua me rozó la oreja.

—Eso es mucho —me susurró—. Quiero ahora.

Me aparté ligeramente de ella y la miré desconcertado.

—¿Qué pasa? —me dijo traviesa—. ¿Te parezco demasiado buena chica para hacerlo... por aquí?

Aquello me excitó y a la vez consiguió romper la burbuja en la que nos habíamos sumido los últimos minutos. De pronto era consciente de la gente que se movía a nuestro alrededor, del alto volumen de la música y del concurrido lugar.

—No estoy seguro de lo que quieres decirme.

Ella volvió a susurrarme al oído:

—Que necesito hacerlo contigo ahora mismo. Aquí. Que no pienso esperar a llegar a casa.

La excitación amenazaba con romperme los pantalones, pero me seguía costando comprender. Vale, sí, entendía. Me estaba pidiendo un polvo rápido en un baño o en un callejón, algo que no me disgustaba del todo, pero ¿con Sky?

Sin responderle, la agarré de la mano y la acerqué a la barra, donde se podía hablar con un poco más de claridad.

—Madre mía —rio—. Tienes la misma cara que si te hubiese pedido que robáramos un banco —se mofó.

—Es que... —enredé los dedos entre mi pelo—, no me parece que tú y yo seamos un polvo de lavabo...

Sky me puso un dedo sobre los labios.

—¿No te parece que tú y yo podemos ser lo que queramos?

Tragué con dificultad.

—¿No te apetece? —insistió.

—Joder, sí, pero...

Cerré los ojos y percibí el abrazo de Sky.

—No te agobies, Marc —susurró con los labios pegados a mi mejilla—. Solo se trata de hacer algo que no he hecho nunca; que no me ha apetecido hacer nunca con nadie. Hasta ahora. Contigo. Solo contigo.

Acuné su rostro entre mis manos.

—Me estás poniendo muy difícil negarme, inglesita.

Ella rio, aunque su risa se cortó de golpe y alzó una ceja.

—Espero que hayas traído...

Como si fuese mi primera vez, me llevé con rapidez y nerviosismo una mano al bolsillo en el que guardaba la cartera. El corazón galopó frenético en mi pecho los segundos en los que no supe si llevaba uno de aquellos codiciados envoltorios. Cuando lo encontré, no supe si suspirar de alivio o ponerme aún más nervioso. Sky, sin embargo, se relamió y me dedicó una mirada cargada de lujuria.

—Joder —masculló al tiempo que la aferraba de una mano y me dedicaba a apartar a la gente a empujones para alejarme de allí y encaminarme hacia la salida del local.

—¿Adónde vamos? —Sky rio mientras correteaba detrás de mí.

—A donde sea —farfullé.

Capítulo 39

Marc

No tenía ni idea de adónde dirigirme, más cuando nos volvimos a encontrar en la calle, que a esas altas horas de la noche vivía su máximo apogeo festivo con un montón de guiris borrachos. Miré hacia todas partes. La opción de los baños había quedado descartada, lo mismo que la del callejón oscuro. Estaba en mi más alto nivel de excitación, pero no como para hacerlo ante un posible público que apareciera de improviso.

Una idea sacudió mi cabeza cuando reconocí la furgoneta blanca que seguía aparcada donde había encontrado a Sky. Si tenía suerte...

Reemprendí la marcha tirando de ella, que no paraba de reír. Al llegar al vehículo, comprobé que las puertas estaban cerradas. Pero, al accionar la manija del portón trasero, oí un clic, que me hizo más feliz que si me hubiese tocado la maldita Primitiva.

—¿En serio? —se sorprendió Sky cuando le mostré el hueco para entrar—. ¿En una furgoneta?

—Vale. —Hice el amago de cerrarla—. Veo que era un farol y que, al final, prefieres una cama cómoda y blandita.

Sky detuvo mi movimiento mientras me miraba como si la hubiese ofendido en lo más profundo. Se agarró a la hoja fija, colocó un pie en el vehículo y se impulsó con el otro. Yo la seguí y cerré detrás de mí. Al darme la vuelta, me encontré a Sky, inclinada por la poca altura del habitáculo, entre paquetes de cajas de cartón plegadas. La única luz que nos iluminaba era la de las farolas que se colaba por la abertura acristalada del techo, puesto que aquel hueco no se comunicaba con la parte del conductor, aislada por una mampara de chapa blanca.

—No me extraña que no se hayan molestado en cerrarla —señalé mientras escudriñaba aquellas cajas vacías.

—Huele un poco a cartón —comentó Sky—, pero un baño habría sido bastante peor, ¿no te parece?

Aquel comentario me hizo girarme y encontrarme con la chica inglesa sentada en una de las pilas de cajas. Se quitó el bolso por la cabeza y lo dejó a un lado. Aproveché ese momento para acercarme y colocarme de rodillas frente a ella. Nuestros rostros quedaron a la misma altura y pude contemplar sus facciones entre las sombras. Sobre todo, sus labios.

—Bésame, Marc —susurró.

Y eso hice. Enredé mis manos en su pelo y la besé en la boca, en el cuello y en la garganta, como si solo dispusiera de unos pocos segundos de mi vida para saborear su piel. Una de mis manos encontró el lazo del vestido en su nuca y lo deshizo. Tiré de la tela hasta dejar a la vista sus pechos, redondos y suaves. Emití un jadeo al tiempo que me lanzaba sobre ellos y los moldeaba, pellizcaba y lamía. Dios, casi me aturde el sabor de su piel caliente. Sky, en mitad de un hondo gemido, echó hacia atrás la cabeza y apoyó las manos en las cajas. Mis labios continuaron besando, y le lamí los pechos y, después, la piel suave de su estómago. Cuando encontré su ombligo, levanté la vista y me topé con el rostro excitado de Sky. Dibujé una sonrisilla mientras introducía la lengua en el pequeño orificio y llevaba los dedos a sus pequeños pezones para pellizcarlos.

—Jo-der —jadeó Sky.

Lo que más me excitó de aquel momento fue que ella no dejara de mirarme, lo que a la vez consiguió que una fuerte presión se me instalara en la parte baja de la espalda. Sin dejar de mirarnos a los ojos, le remangué el vestido hasta la cintura y dejé a la vista sus diminutas braguitas de encaje blancas. El vientre de Sky subía y bajaba a toda velocidad.

—Marc... —musitó al contemplar mi cabeza entre sus piernas.

Sentía el bombeo de la sangre en los oídos, en los riñones y bajo mis pantalones. Mareado de excitación, conseguí quitarle las braguitas y colocar sus piernas sobre mis hombros para tenerla abierta frente a mí. Durante un segundo noté la tensión en su cuerpo, pero, en cuanto hundí el rostro en su parte más íntima, un hondo gemido brotó de su garganta.

No era la primera vez que le daba placer a una chica de aquella forma, pero nunca me había sentido así, como si oír gemir a Sky fuese lo único que me importara en la vida. La provoqué con mi lengua, con mis dientes y mis labios, una y otra vez, una y otra vez, mientras notaba cómo ella me clavaba los tacones de sus zapatos en la espalda. En el momento en que percibí sus espasmos contra mi cara, le apresé con fuerza los muslos y clavé todavía más mi boca entre sus piernas. Hasta que los estremecimientos cesaron y deslicé mis labios, impregnados de su íntima humedad, sobre el suave vientre de Sky.

Alcé la vista y contemplé el rostro sonriente y satisfecho de mi chica inglesa.

—He estado a punto de caerme de las cajas —rio—. Por suerte, he mantenido el equilibrio. —Sus ojos chispearon.

Me incorporé para estar de nuevo a su altura y besarla en la boca, lenta y profundamente.

—¿Por suerte? —inquirí después con una sonrisilla.

Ella no contestó. Se limitó a ponerme las manos en los hombros para que me echara hacia atrás hasta quedar sentado en el suelo de la furgoneta. Sin dejar de mirarme a los ojos, comenzó a desabrocharme la camisa y, a continuación, el pantalón.

Ahí se me acabaron todas las sonrisillas. Sobre todo, cuando me alcé ligeramente del suelo para que ella pudiera bajarme la ropa. Con nuestras miradas todavía enredadas, Sky se colocó a horcajadas sobre mí y comenzó a besarme, en la boca, en el cuello y en el tórax mientras friccionaba su sexo abierto sobre el mío.

¡Jodeeer!

Como pude, rasgué el envoltorio y me coloqué el preservativo. Sky no tardó ni un segundo en situarse sobre mí para que me introdujera en su interior. En mitad del bramido que rugió en mi garganta, la agarré por la cintura y la ayudé a que subiera y bajara. Ella se me aferró al cuello, mi boca apresó cada uno de sus pechos, mis manos se le clavaron en las caderas... hasta que mi cuerpo explotó dentro de ella. Sky siguió moviéndose unos segundos más y, cuando emitió el gemido de su clímax, se dejó caer sobre mi cabeza. Mi rostro quedó enterrado entre sus pechos mientras esperaba a que desaparecieran las últimas convulsiones.

Me habría quedado así, hundido en ella, durante horas... si no hubiese sido por lo que oímos a continuación. Fueron pasos, el sonido de unas llaves, el pitido de los intermitentes...

—¡Mierda! —exclamé al tiempo que elevaba a Sky para apartarla de mí.

Todavía no sé cómo fuimos capaces de recomponer mínimamente nuestras ropas y salir de la furgoneta. El caso es que lo hicimos, aunque no conseguimos cerrar el portón trasero, que se quedó abierto y una de las hojas osciló y chocó contra la chapa. El golpe puso sobre aviso al conductor.

—Pero ¿qué cojones...? ¡Eh! —gritó—. ¡¿Quién anda ahí?!

Nosotros nos limitamos a cogernos de la mano y a correr como posesos en dirección a la estación de Francia. No nos detuvimos hasta llegar a mi coche, en el que nos apoyamos para recuperar el resuello.

—No sabía que alguien pudiera correr tanto con tacones, y menos sobre adoquines —bromeé sin aliento.

—Perdona, guapo, pero soy una Clifford. Llevo media vida usando tacones.

Nos sorprendió tanto a ambos que hablara con aquella naturalidad de su apellido que los dos estallamos en carcajadas. En mitad de aquel momento de hilaridad, nos subimos al coche, donde fuimos conscientes de nuestro aspecto desastrado.

—Por Dios. —Se peinó con los dedos como pudo

mientras se miraba en el espejo de cortesía del parasol—. ¡Estoy horrible y huelo fatal! —Luego me miró a mí y se echó a reír de nuevo—. ¡Menudas pintas llevamos ahora mismo!

—Tú estás igual de preciosa.

Me salió sin pensar.

Sky dulcificó su expresión y se acercó para darme un suave beso en los labios.

—Siempre me siento preciosa cuando estoy contigo —susurró.

Le coloqué uno de sus mechones revueltos detrás de la oreja y los dedos me temblaron, al igual que los labios. Porque juro que tuve que contenerme para no decir las palabras que pugnaban por salir de mi boca.

Por suerte, paré a tiempo. No podía poner en un aprieto a Sky revelándole mis sentimientos. No deseaba, por nada del mundo, que llegara a pensar que trataba de retenerla de alguna forma. Porque no esperaba nada de ella y así seguiría siendo.

Entonces, ¿qué hacía allí, compartiendo mi tiempo con Sky? Compartiendo besos, risas, sexo...

Nunca me habían roto el corazón, pero sabía perfectamente que el maldito dolor que ya había ido abriéndose paso a través de mi pecho solo era el principio. Lo normal habría sido cagarme de miedo, pero, a esas alturas, asumía los riesgos y las consecuencias de mis actos.

Lo único que me pude permitir aquella noche, una vez en casa, fue esperar a que se durmiera en mi cama, en mis brazos. Cuando percibí su respiración regular, la abracé por la cintura, hundí el rostro en su nuca y le besé la tersa piel de la espalda.

—¿Sabes una cosa, Sky? —le musité al silencio—. Estoy enamorado de ti.

Capítulo 40

Sky

Me habría costado la vida levantarme aquella mañana, pero el aroma a café que irrumpió de golpe en la habitación consiguió que saliera de la cama sin dudar, sintiéndome como uno de los roedores que se dejaron seducir por la melodía del flautista de Hamelín. Me aseé un poco y volví a vestirme con una de las camisetas que Marc guardaba en su armario. Mientras me deslizaba la prenda por la cabeza, me regodeé un momento en el olor personal y único que desprendía la tela.

Al llegar a la cocina, me mantuve un instante apoyada en el marco de la puerta para disfrutar del espectáculo. Marc, con unos vaqueros cortados, una camiseta sin mangas y unas hawaianas en los pies, canturreaba mientras abría bolsas de papel y colocaba el contenido en diversos platos. Cuando percibió mi presencia, alzó sus largas pestañas y me sonrió.

—Buenos días, inglesita. —Se acercó a mí y me dio

un beso en los labios, tan tierno que me obligó a cerrar los ojos.

—¿De dónde has sacado todo esto? —le pregunté divertida al tiempo que, con toda confianza, abría la nevera y buscaba la leche.

—No te haces una idea de lo lejos que he tenido que ir hasta encontrar una panadería en condiciones, de las de toda la vida —refunfuñó—. Por aquí cerca solo hay franquicias, y me apetecía que probaras algo más tradicional. —Me señaló los platos—. He traído diferentes tipos de coca, como llamamos en Cataluña a estos dulces. Aquí tienes coca de *forner*, de crema y piñones, y de *vidre*, que es mi favorita, tan crujiente...

Sin dejarlo acabar, me lancé contra el cuerpo de Marc y lo abracé con fuerza.

¿Cómo lo había hecho? ¿Cómo había conseguido que lo tuviera más presente a él que a mis malditos problemas?

Porque, sin pretenderlo, me había ayudado a quererme, a comprenderme, a conocerme. Había sido como si todo hubiese comenzado a tener sentido en cuanto se preocupó, me miró y me sonrió por primera vez.

Tuve que hundir el rostro en la curva de su cuello para paliar el temblor de mis labios y la emoción que amenazaba con humedecerme los ojos.

—Eh, eh... —me susurró mientras me rodeaba con los brazos, me acariciaba la espalda y me besaba el pelo—. Si no te gusta la coca, tengo por ahí unas galletas, aunque puede que ya estén un poco rancias —bromeó.

Me reí, aferrada a su camiseta, sin apartar la cara de su hombro.

—¿Qué te sucede? —inquirió con suavidad.

—Nada. —Apoyé la mejilla en su pecho y me abracé

a su cuerpo cálido—. Es solo que... nadie me había cuidado tanto ni se había tomado nunca tantas molestias por mí.

Con el simple hecho de acariciarme la espalda, Marc me proporcionaba mucho más consuelo del que él podía imaginar.

—He vivido toda mi vida en una casa palaciega —continué—, rodeada de comodidades, caprichos y hasta con un mayordomo. —Sonreí hundiendo la nariz en su cuello—. Pero ha sido, precisamente, lejos de todo eso cuando más cuidada, querida y valorada me he sentido.

Marc se mantuvo en silencio unos segundos, pero luego se apartó de mí y me dedicó una de sus expresiones más traviesas.

—Con lo poco que cuesta a veces hacer feliz a la gente. —Volvió a tomarme el pelo—. Con quince euros y casi te hago llorar.

—Qué tonto eres. —Reí y le di un puñetazo en el brazo, como tantas veces había hecho desde que conocí a aquel chico que puso todo su empeño en hacerme reír.

En el aire de la cocina se mezcló el intenso aroma del café con el dulce del azúcar y la ligereza de nuestras bromas. Allí mismo, junto a la encimera, continuamos charlando, comiendo y dando sorbos a dos cafés con leche.

He conocido a gente que ha presumido de tener premoniciones, de vaticinar que va a suceder algo, ya sea bueno o malo. Yo, desde luego, no creía en nada semejante. Pero, aquella mañana, en la cocina de Marc, sucedió algo inexplicable para mí. El repentino sonido del timbre de la puerta me sobresaltó tanto que volqué mi vaso y lo que quedaba de café se desparramó por el mármol. Y, en aquel instante, en aquellos pocos segundos, pasó algo extraño. Porque, durante tan breve lapso, pensé en mi abuela. Y supe que algo iba mal.

—Tranquila. —Marc cogió unas cuantas servilletas de papel y las colocó sobre el líquido derramado para que lo absorbieran—. Ya lo limpiaré mejor. Voy a abrir.

Temblando, caminé por el pasillo detrás de Marc y me detuve antes de llegar al recibidor, junto al hueco en el que se disponía un zapatero y una percha de madera y forja. Me mantuve a un par de metros de la puerta, que él abrió, y al hacerlo se encontró con una de las vecinas del rellano.

Julia.

—Buenos días. —Marc la saludó y, cuando fue a darle un beso en la mejilla, detuvo su movimiento. Su amiga estaba muy seria y me miraba a mí más que a él.

De pronto, me sentí escudriñada por dos pares de ojos. Él lo comprendió y se hizo a un lado para que Julia entrara en el piso.

—Buenos días, chicos. —Intentó sonreír—. Acabo de llegar de trabajar y no sabía si ya os habríais levantado...

—Estábamos desayunando. —Él cerró la puerta y le señaló la cocina—. Si ahora te vas a meter en la cama no creo que quieras café, pero...

Julia posó su mano en el antebrazo tatuado de Marc.

—Será mejor que nos sentemos un momento en el comedor.

Yo me limité a seguirlos y a imitar sus movimientos. Me senté junto a la mujer cuando ella se acomodó en el sofá. Marc cogió una silla, la colocó frente a nosotras y también se sentó, aunque yo solo estaba centrada en la mirada ojerosa de Julia.

—He encontrado el historial clínico de tu abuela —me informó.

Apenas me inmuté. Sabía que había algo más detrás de aquella frase aparentemente tan optimista.

Soltó la bomba.

—A ella... le diagnosticaron hace dos años cáncer de mama metastásico. En un principio, se sometió a todos los tratamientos posibles, como cirugía, quimioterapia e, incluso, participó en algunos ensayos clínicos. Pero... —la vi tragar saliva— tu abuela ya no se presentó a las últimas pruebas. No se visita en el hospital desde hace un mes.

Llegué a pensar que todo a mi alrededor había desaparecido. Solo vislumbraba una luz blanca cegadora. Y sentí frío.

—Lo siento, Sky —trató de consolarme Julia tomándome una de las manos entre las suyas—. Lo siento mucho.

De reojo, observé a Marc, inclinado hacia delante, con los codos sobre las piernas y el rostro entre las manos. Como yo, no decía nada, no miraba nada.

Ni siquiera fui consciente del calor húmedo que me empezó a empapar las mejillas. Estaba llorando, pero sin haber llegado a procesar todo lo que me decía Julia.

—He hablado con uno de los médicos que dirigían su tratamiento —prosiguió, sin soltarme la mano— y ambos coincidimos en que, si no la habéis localizado en ningún hospital y no está en su casa, lo más probable es que se encuentre en algún... —bajó el tono de voz— centro de cuidados paliativos.

Observé cómo le pasaba una hoja de papel a Marc. Él la miró, aunque no estoy muy segura de que leyera nada.

—He hecho una lista con los más probables —nos informó—. He creído que... preferirías encontrarla tú.

A continuación, Julia me envolvió con sus brazos y yo me dejé arrullar, sintiéndome más que nunca la niña perdida que había sido toda mi vida.

—Ve a descansar —le dijo Marc a su amiga—. Sky, posiblemente, tenga que procesarlo todavía.

—Sí, claro. —Julia se apartó de mí con reticencia, pero tampoco me quejé. Me limité a levantar las piernas y abrazarme a ellas.

—Gracias por todo —le dijo Marc. En aquellos momentos no fui ni capaz de agradecérselo yo también.

—No ha sido nada.

Oí murmullos, la puerta al abrirse y al cerrarse, y los pasos de Marc antes de percibirlo a mi lado. Me rodeó el cuerpo con sus brazos, se apoyó mi cabeza en el pecho y me hundió la nariz en el pelo.

—Lo siento —se lamentó con voz quebrada—. Sé que ahora mismo no hay consuelo. Lo sé perfectamente. Pero tu abuela está viva, Sky. Todavía puedes encontrarla, abrazarla...

Alcé la cabeza. Las lágrimas emborronaban el rostro de Marc como una cortina acuosa.

—¿Cómo lo sabes? —inquirí con un leve tono de reproche—. Hace un mes que no obtiene tratamiento...

Retrocedí en el tiempo con la mente y traté de evocar las conversaciones mantenidas con mi abuela en los dos últimos años. Como si de repente se abriera un telón y el escenario quedase iluminado con un potente foco de luz, recordé que fue por entonces cuando comenzó a quejarse de lo cansada que estaba, de que no se encontraba bien. Pero nunca pensé que pudiese estar realmente enferma, más allá de un catarro o un poco de colesterol. Como si las abuelas fuesen inmortales. Como si lo único malo que pudiese hacerles el paso del tiempo fuera darles unas cuantas canas y unas pocas arrugas más.

—Seguro que sigue viva —insistió Marc—. Si no fuera así, alguien habría informado de algún modo a la familia, ¿no crees?

En referencia a los Clifford, yo ya no creía nada.

—Te ayudaré a encontrarla, Sky, te lo prometo.

Entonces sí, me desmoroné sobre el regazo de Marc y lloré sin parar.

Capítulo 41

Sky

Los nueve días que llevaba en Barcelona habían sido un sueño, un paréntesis, como un deseo concedido por el genio de una lámpara antes de arrojarte de golpe a la realidad.

No fue difícil localizar a mi abuela. No sé si ella confiaba en que lograría encontrarla o realmente creía que el destino nos guía hacia donde debemos estar.

Marc se ofreció a llamar a los lugares de la lista de Julia, pero, una vez pasado el *shock*, el llanto inevitable y la propia aceptación, decidí que sería yo quien se encargara de aquel triste proceso.

Una suave voz femenina me informó, al tercer intento, de que Ángela Duarte se encontraba ingresada allí, en la tercera planta, en la unidad de atención a pacientes con enfermedad crónica compleja o en proceso de final de vida. Lloré tanto al oír la última frase que Marc tuvo que ayudarme a meterme en la ducha y a vestirme.

Cuando nos detuvimos con el taxi frente a aquel

419

hospital, me alivió en cierta forma que estuviese ubicado en el paseo marítimo de la Barceloneta, frente al mar.

«Al menos, que tus últimas imágenes sean amaneceres o puestas de sol debe de ser mejor que...».

Mejor que... ¿qué?

Detuve aquellos pensamientos e inspiré con fuerza para no presentarme delante de mi abuela con los ojos hinchados por el llanto. Aunque iba a resultar difícil.

Durante el trayecto por la recepción, los pasillos o el ascensor, todavía me sentí en una especie de irrealidad. Nunca había visitado a ningún pariente o amigo enfermo, por lo que el ambiente, los sonidos o el olor me resultaron extraños y opresivos a pesar de las grandes vidrieras, de la luz solar o del frescor del aire acondicionado. Agradecí que Marc me acompañase en todo momento, con su mano pegada a mi espalda, sin acaparar mi espacio, pero recordándome con ese gesto que no estaba sola.

Sin embargo, llegó el momento de atravesar la puerta de la habitación que nos habían indicado. Me empezó a faltar el aire. Sentía las mismas ganas de empujar aquella puerta como de huir corriendo y gritar que había sido un error, que yo no pintaba nada allí, que mi abuela no podía estar en aquel lugar, una antesala de la muerte.

—Voy a estar contigo, Sky. —Marc aferró mis manos y me dio un beso en la frente—. Si tú quieres.

—Claro que quiero —susurré.

A pesar de mostrar mi decisión de entrar, él fue el encargado de dar un par de golpes en la puerta, accionar el pomo y empujar.

Lo primero que vi fue una ventana, por la que entraba tanta luz que nadie habría creído jamás que aquella era la morada de una moribunda. A su lado, una sencilla cama albergaba, bajo las sábanas blancas, a una mujer que miraba fijamente a través de los cristales, desde los que se divisaban las copas de las palmeras, el cielo y el mar. No le hacía ningún caso al televisor con el volumen al mínimo, que colgaba de la pared.

No dije nada, apenas me moví, pero la mujer había oído la puerta y giró el rostro hacia nosotros. El respaldo de la cama había sido movido para mantenerla erguida.

—No tengo hambre, enfermera...

Su voz se diluyó en cuanto nuestros ojos se encontraron. Yo solo la había visto en algunas fotos de su casa, pero supe de inmediato que se trataba de mi abuela, aunque el tiempo y la enfermedad hubiesen hecho mella en su aspecto. Estaba más delgada, más pálida, y su cabello corto, antaño teñido de caoba, era mucho más escaso y prácticamente blanco.

Ella también me reconoció. Lo supe al ver el temblor de sus labios y la humedad que le inundó los ojos.

—Mi niña —musitó—. Mi Sky...

Abrazar a mi abuela era algo que llevaba deseando mucho tiempo y, aunque nunca había imaginado que ocurriese en aquellas circunstancias, en ese momento solo pude pensar en lanzarme a sus brazos y apretarme contra ella. Percibí su cuerpo frágil, pero a la vez fuerte, que me acogió con el anhelo que llevaba años acumulando.

—Estás aquí, cariño —musitó mientras sus manos delgadas me acariciaban—. Al final me has encontrado...

—¿Por qué no me dijiste nada? —sollocé sobre ella—. ¿Y si no llego a venir? ¿Y si ya hubiese sido demasiado tarde?

—No quería preocuparte —sollozó también—. Lo siento, lo siento...

Nos mantuvimos largos minutos abrazadas, sumidas en la contradicción, en la alegría de encontrarnos y en la tristeza de saber que el tiempo se nos acababa. Tuvo que ser ella la que me ayudara a incorporarme y a sentarme sobre la cama. Yo seguía tratando de apaciguar mi llanto, pero era incapaz de detener las lágrimas, que me caían a borbotones por las mejillas, la boca y la barbilla. Me pasé el dorso de la mano por los ojos y la nariz, pero lo único que conseguí fue extenderme una pegajosa capa por toda la cara.

—No tienes que pedirme disculpas —gimoteé entre suspiros—. Tendría que haber venido mucho antes...

—No, no te hagas eso, cariño —me dijo sin soltarme la mano, besándomela una y otra vez—. No te culpes de lo que sucede a tu alrededor, como tantas veces has hecho.

Mi abuela sacó varios pañuelos de papel de la caja que había sobre la mesilla, deslizó uno por sus ojos y después secó amorosamente mi rostro.

—Estás aquí —me dijo mientras me enjugaba—, y eso es lo único que importa.

Afirmé con un gesto de la cabeza.

—Encontraste la llave de mi casa, supongo.

Volví a afirmar.

—¿Cuánto hace de eso? —quiso saber.

—Nueve días —respondí—. Los días que llevo volviéndome loca buscándote.

Quise decirle que me había llegado a resultar absurdo lo de la llave, las cartas o su silencio, pero habría sonado a reproche. Lo único que quería era recuperar algo del tiempo perdido, aunque fuese tiempo lo que ya no nos quedaba.

—Perdona, yaya. —Suspiré—. Pero sigo preguntándome por qué no me llamaste, por qué no me lo contaste —insistí en saber.

—¿Has pensado alguna vez cómo le dirías a un ser querido que te estás muriendo? —murmuró.

Me mordí el labio superior para detener un nuevo sollozo y negué con la cabeza.

—Quizá me he equivocado y debería habértelo dicho —añadió—. Los viejos también la cagamos —bromeó a pesar de sus ojos encharcados.

—No importa —musité al tiempo que le cogía las manos y las presionaba un instante.

La emoción del momento me había hecho centrarme en la mujer que tenía delante, pero las dudas y las preguntas seguían ahí. No quise pensar que pudiese resultar egoísta aprovechar aquel encuentro, pero debía comprender...

—Encontré las cartas de mis padres. —Sorbí por la nariz—. ¿Por qué las escondiste entre las páginas de una enciclopedia? —quise saber—. ¿Sabías que acabaría leyéndolas?

—Fue un impulso —me explicó—. Iba a marcharme ya de mi casa cuando pensé en la posibilidad de que un día fuera tuya y se me ocurrió lo de aquellas cartas que tu madre había conservado. Pensé que si las leías...

—¿Qué, abuela? —la interrumpí—. ¿Qué descubriría en esas líneas? ¿Tener más dudas aún? ¿Preguntarme por qué mis padres dejaron de amarse?

—Hacerte saber que fuiste una niña querida, Sky. Que naciste fruto del amor. Y, para asegurarme de que lo supieras, dejé una llave de mi casa en el buzón, por si se te ocurría venir a visitarme antes de que...

Sentí un nudo en el pecho.

—Permíteme que discrepe, yaya —susurré—, porque el otro día le pregunté a papá si se habría casado con mamá si no se hubiese quedado embarazada. Me contestó que no.

Mi abuela desvió la mirada, supuse que para eludir la pregunta o ganar tiempo, y ese gesto le hizo descubrir a la persona que contemplaba la escena desde el otro lado de la estancia.

—¿Y tú eres...? —le preguntó al desconocido.

—Perdone, señora. —Se aproximó a la cama, aunque mantuvo una distancia prudencial—. Me llamo Marc, y me alegro de que Sky haya podido por fin dar con usted.

—¿Has ayudado a mi nieta a buscarme? —preguntó con un punto de suspicacia.

—Bueno... —Marc se pasó la mano por la nuca y se revolvió el pelo—. La he acompañado, más que otra cosa.

Mi abuela me miró y sonrió. Capté un leve matiz travieso en sus labios.

—Tiene una bonita sonrisa —me susurró—. De esas que provocan cosquillas internas...

—Abuela... —musité avergonzada, aunque divertida al advertir el leve sonrojo en los pómulos de Marc.

—Tal vez sería mejor que me fuera a tomar un café mientras vosotras habláis... —sugirió él.

—Sí, estaría bien —le dijo mi abuela—. Tómate algo y, de paso, le traes algo a mi nieta.

—No me apetece nada... —me quejé.

—Te traeré un refresco —me rebatió Marc—. Volveré dentro de unos minutos.

Lo vi desaparecer de la habitación, no sin antes recibir una tierna mirada de sus ojos color miel.

—Mira que si encuentras el amor en España... Sería como un destino escrito en las estrellas...

—No divagues, abuela —refunfuñé.

—Y esa mirada que derretiría a cualquiera —insistió—, como si no existiese nadie más en el mundo que tú...

Al final, no pude resistirme y acabé riéndome con ganas, aunque todavía quedaran restos de humedad en mi rostro.

—Me gusta mucho, yaya —le confesé, como si aquello fuese una de nuestras llamadas telefónicas de antaño.

—¿Y qué tal besa? —Sus ojos tristes se iluminaron con un brillo pícaro.

—¡Yaya! —Reí.

—Ni se te ocurra decirme que no os habéis besado —gruñó—. Soy demasiado vieja para que me mienta una jovenzuela enamorada como tú.

—Yo no... —titubeé—. Yo no estoy...

—Anda, déjalo. —Rio—. No creo que tus mejillas soporten más calor.

Sonreí. Porque preferí dejar a un lado aquello que me había cosquilleado en el pecho.

¿Estaba enamorada de Marc?

En todo caso, no podía estarlo. No debía estarlo.

—¿Seguro que te han hecho las pruebas suficientes? —le pregunté con un atisbo de ansia en la voz—. Yo te veo muy bien, abuela. Bromeas, sonríes...

—Ay, mi niña. —Una pátina de tristeza cubrió su rostro sonriente—. ¿Y qué quieres que haga? Ya he llorado y maldecido lo suficiente. No pienso hacerlo más, y menos si estoy feliz, como ahora mismo, contigo. —Me aferró las manos y se las llevó a los labios, gesto que me hizo derramar nuevas lágrimas—. Ya está, cariño, no llores más. Nos hemos encontrado, por fin. Deja de estar triste. Hace cinco años se cumplió uno de mis mayores deseos, que era conocerte, aunque fuese a través de un teléfono. Ya está, ya no pido nada más a la vida. Quizá... —Su mirada se ensombreció.

—¿Quizá habría faltado volver a ver a mi madre? —le susurré.

—Sí —musitó—, es la mayor pena que me queda.

Mis ojos se encontraron con los de mi abuela, y comprendí que ya estaba preparada para mis preguntas; las dudas que me habían perseguido desde los once años y que se habían vuelto más perturbadoras con el hallazgo de las palabras de amor escritas por mis padres.

—Siéntate aquí, cariño, a mi lado.

Mi abuela señaló el lugar en la cama. Sin dudarlo, me quité las deportivas y me tumbé junto a su cuerpo delgado pero tibio. Me recosté sobre la almohada y me tapé con la sábana. Ella enlazó los dedos de sus manos y empezó a hablarme como si llevara largo tiempo deseando hacerlo.

—Sí, Sky —comenzó a decir—, tus padres se querían mucho.

—No lo entiendo. —Negué con la cabeza—. La relación entre ellos siempre ha sido fría, al igual que conmigo.

—Ya... —suspiró al tiempo que hacía pequeños dobleces con el embozo de la sábana—. Supongo que tendré que empezar por el principio, retroceder a aquel verano de 2003...

Capítulo 42

Ángela

Barcelona/Londres, 2003-2004

Tuve que trabajar duro para que, sin la ayuda de un marido, mi hija pudiese estudiar lo que más deseaba: Filología Inglesa. Había soñado toda su vida con vivir en Inglaterra, y Londres seguía siendo su destino favorito.

Y, hablando de destino..., se enamoró de un joven londinense. Pero luego llegaremos a esa parte.

Alicia fue muy buena estudiante y muy trabajadora. Compaginó sus estudios con prácticas y empleos precarios en Inglaterra o Irlanda, pero ella nunca se quejaba. Pensaba que aquellos viajes la ayudaban a mejorar. Aunque seguía esperando su oportunidad, aquella que le ofreciera un buen trabajo en alguna ciudad británica.

De momento, a sus veintiséis años, se había conformado con ser profesora en una academia de inglés en Barcelona. Era muy independiente, pero todo su afán era ahorrar para un futuro, por eso seguía viviendo en casa, ocupando su antigua habitación de adolescente.

Yo le dejaba su espacio y comprendía sus ansias de libertad. Alicia entraba y salía de casa, se divertía con sus amigas y a mí me gustaba verla así, a su aire. Ambas trabajábamos muchas horas y apenas coincidíamos, pero nuestra relación era tranquila, de mutuo respeto.

A pesar de aquel desbarajuste de horarios y encuentros, solíamos compartir alguna de las comidas de los días laborables, en las que nos poníamos al día y hablábamos de todo un poco.

Fue el último lunes de aquel mes de julio cuando mi hija me confesó que había conocido a alguien.

—Es un hombre maravilloso, mamá, increíble. ¿Y sabes una cosa? ¡Es inglés! —gritó alborozada—. ¡De Londres! ¿Te lo puedes creer?

—No podía ser de otra forma —reí—. ¡Es el destino!

—¡Empiezo a creerlo! —exclamó entre risas.

—La verdad es que te veía últimamente muy risueña y feliz —le revelé—. Me parece a mí que te has enamorado.

—No me he atrevido a decírtelo por si creías que era una locura —sonrió—. Pero sí, estoy enamorada de él.

—¿Y es recíproco? —quise saber.

—Sí. —Se le iluminó el rostro—. Él también me quiere.

—Entonces —señalé con una sonrisa—, pronto te veré haciendo las maletas para mudarte a tu ciudad soñada —bromeé.

Siempre me dolería que mi hija se marchara definitivamente, pero era algo para lo que llevaba preparada muchos años.

—Eso espero, aunque... —la vi ponerse seria— él...

pertenece a una familia aristocrática. Su padre es un lord.

—¿Un lord? —inquirí sorprendida—. ¿Y a esa gente no le importa emparentarse con la plebe? —señalé mordaz.

Esperé que ella me dijera que era demasiado pronto para hablar de eso, pero no fue así. Alicia siempre había tenido las cosas muy claras.

—Sé que no va a ser fácil —suspiró—. Imagínate, mamá, tiene incluso una prometida impuesta por lord Clifford.

—Eso complica las cosas, sí.

—Pero lo solucionaremos. —Se recompuso y sonrió—. Sé que hablará con su padre y que todo se arreglará. —Clavó en mí sus osados ojos oscuros—. Confío en él, mamá.

***

Supe que era así cuando conocí al chico inglés. Me conquistó desde el principio, con su exquisita educación, su carácter amable, su generosidad y, sobre todo, por el amor que sentía por mi hija.

—Vendré un día a pedirle su mano —me aseguró en cierta ocasión—. Quiero hacerlo bien. Porque estoy seguro de que nos casaremos, señora Ángela. He encontrado a la mujer de mi vida y ya no concibo mi futuro sin ella.

Percibí la tristeza que envolvió a mi hija el día que él se marchó, a finales de agosto. Pero también viví las alegrías de cada llamada y cada visita. ¡Hasta cartas se escribían!

A veces la notaba seria, ausente o pensativa. Porque, en ocasiones, el amor no es suficiente. Existen trabas,

429

obstáculos y paredes empinadas que te obligan a saltar, a escalar y a esforzarte a cada momento para conseguir llegar hasta la persona amada.

Alicia, en cierto momento, así lo pensó.

Ocurrió durante las Navidades de 2003. El chico inglés ya había roto el compromiso impuesto por su padre, por lo que consideró que había llegado el momento de que las dos familias nos conociéramos. Y allí nos presentamos, en Londres, ciudad que mi hija ya conocía, pero que a mí me pareció imponente, puesto que era la primera vez que yo salía de España. Lo importante era que ella estaba feliz y eso me hacía feliz a mí.

Pero la felicidad duró poco. En la mansión de la costa de Cornualles de los Clifford, donde celebraron la cena de Nochebuena, el viejo lord, delante de sus dos hijos, nos ridiculizó en varias ocasiones. Nos quedaba claro que no aceptaba un matrimonio entre uno de sus vástagos y una joven sin alcurnia y sin dinero, a la que no consideraba apta para pertenecer a una familia que ostentaba un título que provenía de la época de los Tudor.

—No vuelvas a referirte así a mi prometida —increpó el chico inglés a su padre.

—¡No es tu prometida! —El hombre lanzó la servilleta contra la mesa con fuerza—. ¡¿Cómo vas a casarte con una vulgar chica de suburbio?! ¡Y española! ¡Si al menos fuese británica...!

—¡Porque la quiero, papá!

—Pero ¡míralas! —insistió el lord—. ¡Tienen aspecto de no tener ni dónde caerse muertas! ¡Son un par de paletas!

Ah, si yo hubiese sabido entonces que aquel viejo rancio y carca solo tenía deudas..., ¡otro gallo habría cantado!

—¡Papá, por el amor de Dios! —intervino el otro hijo—. ¡¿A ti qué te pasa?! ¡Estás favoreciendo que se casen a escondidas, sin tu apoyo!

—Él mismo —renegó el hombre—. Tu hermano sabe que se quedará sin nada. Y dispongo de otro heredero para continuar con mi labor.

—Yo no apostaría por ello —espetó el hijo antes de arrastrar la silla, ponerse en pie y desaparecer de la estancia.

Me emocionó que los dos jóvenes hermanos salieran en nuestra defensa y se enfrentaran a su padre, pero no fue suficiente. Alicia, humillada, me pidió que nos fuéramos de allí y volviéramos a casa.

Durante semanas, mi hija no cogió el teléfono ni respondió a las cartas de su novio. Recuerdo, incluso, una vez en que el joven se presentó en casa y pasó horas esperándola. Alicia no llegó a aparecer ni al caer la noche. No volvió hasta que supo que él había regresado a Londres.

—Lo amo, mamá, con toda mi alma —me confesó después—, pero hasta el amor más grande tiene un límite. Voy a romper con él.

—No voy a interferir en tu decisión —le aseguré—, pero cuando vino a casa me confesó que renunciaría a todo por ti. Que se mudaría a España si era necesario.

—Pero yo no deseo eso, mamá, ni se lo he pedido nunca —me respondió resuelta—. No quiero que un día se dé cuenta de que cometió un error y me lo eche en cara, que me odie o que deje de amarme... No podría soportarlo.

A pesar de tenerlo tan claro, el chico inglés viajó a Barcelona en más de una ocasión para tratar de convencer a Alicia de que no podían renunciar el uno al otro por culpa de las ideas reaccionarias de un viejo anclado en el pasado.

Y, en aquellas idas y venidas, ocurrió. Mi hija se quedó embarazada.

En un principio, todo fueron miedos, culpas, dudas... Pero si algo había de cierto en aquella historia era que ambos se amaban profundamente. El joven habló con su padre, quien no tuvo otra salida que aceptar aquel matrimonio. Iba a nacer un Clifford, y lo prefería con una madre vulgar que perdido por España.

—Mamá, ¡voy a casarme! —me dijo aquella mañana de julio—. ¿Crees que estoy loca?

—No, hija —le respondí con cariño—. Sé que serás feliz junto a ese buen hombre. Vivirás en Londres, tendrás un hijo inglés...

Ambas reímos.

—Lo único que temo es que ese viejo gilipollas vaya a hacerte la vida imposible —refunfuñé.

—No lo permitiremos, mamá. Vamos a vivir en la mansión victoriana que poseen en Londres, a cinco horas en coche de Penzance, donde vivirá el viejo.

—¿Y tu cuñado?

—Vivirá con nosotros —aseguró con una expresión cargada de afecto—. Al menos, hasta que se case y forme su propia familia.

—Te llevas bien con él, ¿verdad?

—Sí —sonrió—. Nos tenemos mucho cariño.

Fui testigo de los días de ensueño que pasó la pareja en Barcelona, como una luna de miel anticipada. El que iba a ser mi yerno bromeaba diciendo que luego tendrían que hacerse cargo de un bebé y querían aprovechar aquel tiempo solos. Yo lo pinchaba y le decía que un Clifford podía permitirse una niñera, pero él me replicaba asegurándome que su hijo no se criaría con desconocidos, tal y como habían hecho con él y con su hermano.

A partir de entonces, todo fueron preparativos, para el viaje, para la boda y para el nacimiento del bebé, previsto para febrero del año siguiente. El enlace, a más tardar, tenía que ser en octubre.

Ya estábamos a finales de julio. El joven inglés pasó la última semana del mes con nosotras y después se marchó por temas de trabajo, en espera de que Alicia volara a Londres al cabo de unos días, cuando arreglara algún papeleo. La boda se celebraría el 9 de octubre. Yo tenía que pedir permiso en la empresa para que me concedieran de vacaciones la semana previa al casamiento porque mi hija podía ser muy independiente, pero aquellos días me quería a su lado.

Recuerdo aquel 15 de agosto algo borroso. He llegado a creer que la mente humana forma esa bruma sobre los recuerdos dolorosos para que te sea más fácil olvidarlos, para que, cuando pienses en ellos, no te duela tanto.

Aun así, estoy casi segura de que yo andaba doblando ropa y Alicia revisando documentos cuando sonó su teléfono. Ella frunció el ceño al ver la pantalla, pero luego sonrió mientras descolgaba.

—Hola, cuñado. Perdona, pero esperaba la llamada de tu...

Lo siguiente vuelve a emborronarse. La cara pálida de mi hija, su cuerpo quieto, el teléfono resbalando de sus manos hasta caer al suelo...

—Hija, ¿qué ocurre?

Asustada, corrí hasta ella y recogí el móvil. Por instinto, me lo llevé a la oreja, aunque mis piernas temblaban y el corazón me retumbaba contra las costillas.

433

—¿Hola? —pregunté en un susurro—. ¿Qué pasa? ¿Por qué tengo a Alicia en estado catatónico? ¡Que está embarazada, por el amor de...!

—Señora Ángela —sollozó la voz masculina del futuro cuñado de mi hija—. Es... mi hermano. Él... ha tenido un accidente con el coche. Ha muerto, señora Ángela. Mi hermano está muerto...

A mí también se me cayó el teléfono de las manos, sin fuerzas, como si acabaran de apuñalarme en el centro del pecho. Miré a mi hija, que seguía con la mirada perdida.

—Cariño... —musité.

Entonces ella reaccionó. Giró la cabeza para mirarme y su rostro se contrajo en una horrible mueca de dolor. A continuación, unos sollozos desgarradores sacudieron su cuerpo y cayó desmadejada sobre el sillón en el que estaba sentada. Creí que se me partiría el corazón cuando me lancé a abrazarla y a consolarla, aunque sabía que no habría consuelo posible. Que la muerte te arrebate a la persona a la que amas es como si arrancara un pedazo de ti misma. Y añorarás esa parte hasta el fin de tus días.

Capítulo 43

Sky

Barcelona, en la actualidad

Una horrible sensación de vacío me rodeó, como si cayera por un pozo oscuro e interminable. No había nada bajo mis pies, solo la nada. Y volví a sentir frío, mucho frío.

Aquello que acababa de narrarme mi abuela entre lágrimas silenciosas... no podía ser. Era imposible. Me estaba diciendo que mi padre había muerto. Tenía que ser un error.

Lo siguiente que me diría sería que todo fue un malentendido porque, evidentemente, mi padre estaba vivo. Había una explicación. ¡Tenía que haberla!

—Abuela —musité mientras ella terminaba de pasarse por los ojos otro pañuelo de la caja—. No entiendo qué pretendes decirme. Mi padre no murió. El que murió en un accidente fue mi tío, su hermano, antes de que yo naciera...

435

No seguí hablando. Yo misma acababa de darme la explicación; la prueba que faltaba. Negarlo era mentirme, rehuir la verdad, la única verdad.

Mi padre no era mi padre. Mi padre era mi tío; el que yo creía mi tío.

—Abuela... —No sonó como una petición, sino como un ruego—. Por favor, abuela... —Las lágrimas me brotaban a borbotones de los ojos—. Dime que no es lo que estoy pensando, aunque sea lo más obvio, aunque sea lo único posible...

—Lo siento, cariño —murmuró ella con sus ojos acuosos—. Lamento haber sido yo la que te lo haya contado, pero ya iba siendo hora de que supieses la verdad...

—Pero... —me empeciné en dudar—, recuerdo las cartas. Están firmadas por A y B, Alicia y Barnaby, mi padre. Mi tío se llamaba William.

—A él no le gustaba mucho su nombre —señaló mi abuela con una sonrisa cargada de pesar—. Decía que sonaba demasiado formal. Prefería que lo llamasen Billy. Así era cómo lo llamaba tu madre y así firmaba sus cartas.

Aquellas palabras fueron piedras, las que me cayeron sobre la cabeza y me hundieron en el agua hasta el cuello. Pronto me hundiría hasta la boca y me costaría respirar.

—Pero ¿por qué? —exigí saber—. ¿Por qué no se me dijo desde el principio? ¿Qué había de malo en que supiese que mi verdadero padre había muerto? ¿Por qué tantos secretos, tantas mentiras?

—Fue cosa de tu abuelo, el viejo lord —me explicó—. Él... lo arregló todo, la boda, el papeleo, la herencia, el consentimiento por parte de tu madre...

—¡¿Qué consentimiento?! —estallé.

—Fue todo un absurdo, ahora lo veo —se lamentó mi abuela—. Pero, entonces, no nos pareció que hubiera otra salida. Por ti, mi pequeña. Para no perderte.

—Explícamelo, abuela, por favor, antes de que me estalle la cabeza.

Capítulo 44

Ángela

Londres, 2005

Los recuerdos seguían brumosos. Cuando una noticia golpea tan fuerte, actúas por instinto. Yo debía ser la valiente, la que mostrara serenidad y entereza, por mi hija y por el nieto que estaba por llegar. Llegué a temer que aquel embarazo se malograra, puesto que Alicia prácticamente se negaba a comer y a cuidarse.

Volamos a Londres. Como ya he dicho antes, nuestra mente se encarga de desdibujar los recuerdos más dolorosos para que no suframos tanto. Por eso, solo hallo oscuridad cuando pienso en aquellos días de velatorio, entierro, personas de negro en la casa en la que iba a vivir Alicia, comiendo, bebiendo y dando un pésame que no entendíamos. Procuré estar todo el tiempo al lado de mi hija, pero le agradecí a su cuñado, Barnaby, que se mantuviese tan pendiente de ella. La sujetaba, la acompañaba y la abrazaba cuando ella desfallecía.

Pero todo aquello pasó, y la casa se quedó vacía, a excepción de lord Clifford, su primogénito, Alicia y yo. No sé qué pasaría por la mente de mi hija en aquel momento, pero, desde luego, ninguno de sus pensamientos se parecería un ápice a lo que estaban a punto de comunicarle.

—Yo también lloro la muerte de un ser querido, mi hijo. —La voz del viejo lord sonó atronadora en su despacho, donde pensábamos que nos habría reunido para hablar del testamento de William—. Pero la vida sigue y la realidad se impone. Hay un Clifford en camino y se ha de criar aquí, en Inglaterra, con su familia.

Alicia, que hasta ese momento había estado abstraída, recuperó parte de la entereza y la seguridad que parecían haber quedado enterradas junto a su amor.

—Todavía no estoy segura de si me quedaré aquí, lord Clifford —le dijo al que habría sido su suegro—. De momento, me marcharé con mi madre a Barcelona y...

—No lo has entendido —la interrumpió el hombre con descaro—. Tú podrás irte a donde te plazca, pero después de haber nacido mi nieto, porque él se va a quedar aquí.

Mi hija parpadeó perpleja.

—¿Perdone?

El viejo tiró de la borla de una cuerda forrada en raso oscuro y, unos segundos después, apareció en el despacho un tipo con cara de castor.

—Os presento al señor Thorpe Montague, mi administrador.

Quédate con ese nombre porque lo vas a volver a oír. Aunque yo, desde el primer momento, le quité la hache a su nombre. Para mí, era el señor Torpe.

El susodicho abrió una carpeta y dispuso sobre el escritorio una profusión de documentos.

—Todos estos consentimientos están listos para firmar —aseguró mientras se sacaba una pluma del bolsillo de la chaqueta y se la ofrecía a mi hija—. Cuando guste, señorita Martínez.

—¿Qué diablos es todo esto? —bramó Barnaby—. ¿Qué pretendes, papá?

—Tranquilo —lo calmó Alicia—. Puedo leer y comprender textos en inglés, por si alguien no lo sabe —señaló con jocosidad—. Nadie va a engañarme.

—Se lo puedo resumir yo en un minuto —intervino Torpe—. En estos documentos, usted se compromete a permitir que su futuro hijo sea educado bajo el asesoramiento de lord Clifford, su tutor a partir de su nacimiento.

—¡Ni de coña! —estalló Alicia.

Torpe ni se inmutó y continuó leyendo.

—Si usted se negara, como parece que es el caso, lord Clifford está capacitado para reunir una multitud de... argumentos para quitarle al niño o la niña.

—¡¿De qué coño vais?! —grité yo, en español puro y duro—. ¡Nadie le va a quitar su bebé a mi hija! ¡Faltaría más!

Parecía que lord Clifford se hubiese escondido como una vulgar rata bajo el escritorio porque le dejó el mando de la conversación a Torpe. Un castor en lugar de la rata.

—Les aseguro que puede hacerlo —afirmó convencido el administrador—. Ya hay en marcha una prueba de ADN para comenzar. Lo siguiente será demostrar que la señorita Martínez no dispone de vivienda ni de medios económicos suficientes para criar al heredero de los Clifford.

—¡Nos vuelven a llamar muertas de hambre! —solté con indignación.

El torpe castor volvió a no amedrentarse.

—Además —prosiguió—, podemos probar que en el pasado de la señorita Martínez existen episodios de —cogió uno de los documentos y se recolocó las gafas para leer—, y cito: «Alcohol, drogas, promiscuidad y hasta una detención por escándalo público».

Barnaby tuvo que agarrarme de los brazos y mantenerme contra su cuerpo porque yo ya me había lanzado a clavarle las uñas al torpe desgraciado.

—Basta, Ángela, déjelo.

—Pero ¡¿tú lo estás oyendo?! ¡Está poniendo a mi hija de vuelta y media porque la detuvieron por hacer botellón en la calle, joder!

Alicia, a todo esto, había tenido que sentarse, pálida como la cera. En cuanto Barnaby la vio, corrió hacia ella, se arrodilló sobre la alfombra y le tocó la frente.

—¿Estás bien? —le preguntó con desasosiego.

—No, no estoy bien —susurró ella—. Tu padre quiere quitarme a mi bebé. ¿Cómo voy a estar bien?

De pronto, Barnaby Clifford se puso en pie y se acercó al escritorio de su padre, quien se hallaba arrellanado en su sillón.

—¿Y si Alicia se convirtiera en una Clifford? —le preguntó al lord.

—¿Cómo, si puede saberse? —refunfuñó el viejo.

—Casándose conmigo.

En el silencio del despacho, solo se oyó el tictac del vetusto reloj de pared y el jadeo de mi hija. El joven se dio la vuelta y volvió a colocarse arrodillado frente a ella. Le tomó las manos y la miró con un anhelo que, ya entonces, comprendí.

—Cásate conmigo, Alicia —le pidió—. Te prometo que nadie te separará de tu hijo, que llevará el apellido de Billy, el mío. Serás la señora de esta casa, y te aseguro que haré todo lo posible por hacerte feliz.

Alicia clavó en su cuñado sus ojos oscuros, que en aquel momento me parecieron dos piedras negras, duras e inertes. Así se quedó, desde entonces, la mirada de mi hija: fría e impasible.

—¿Acaso tengo elección? —dijo con voz neutra, casi glacial.

También percibí la tristeza y la decepción en el rictus del joven Clifford. Entonces lo sospeché, pero, solo unos días más tarde, antes de marcharme para siempre de Londres, Barnaby Clifford me confesó que se había enamorado de Alicia nada más conocerla. Que jamás habría manifestado aquel amor prohibido de haber seguido vivo su hermano. Y que nada lo haría más feliz que ayudarla a ella y al sobrino que acabaría siendo hijo suyo.

—Me parece bien —señaló lord Clifford con una mezcla de complacencia y conformidad—. Pero habrá unas condiciones. —Le hizo un gesto a Torpe, que rápidamente comenzó a tomar notas en una pequeña libreta con tapas de cuero—. A partir de ahora, Alicia será Alice. Su dominio del inglés es aceptable, aunque, cuando se formalice la pedida de mano, diremos que ha estudiado en Estados Unidos. —La miró de forma severa—. No obstante, perfeccionarás el acento británico y te olvidarás de hablar en español. Con nadie. —Me miró a mí.

—Cuánta gilipollez —farfullé, por supuesto, en español.

—No volverás a España —prosiguió el lord—, no tendrás relación con nadie de ese país..., incluida tu madre.

Alicia se puso en pie de un salto.

—¡Ni hablar!

Pero yo ya estaba viendo por dónde iban los tiros. Aquel viejo carca reaccionario pretendía que nadie en todo el Reino Unido descubriera el origen de su nuera y de su nieto, que pasaran por británicos de pura cepa. Era eso... o nada.

Me acerqué a mi hija, la abracé y luego la miré con determinación.

—No pasa nada, cariño. Yo ya me había hecho a la idea de que vivirías en Londres. —Traté de sonreír—. Quédate aquí y sé feliz, junto a tu hijo y tu marido.

—Pero, mamá...

—Chist. —La hice callar—. El futuro... ya se verá. Y no te preocupes por mí. Yo tengo mi vida en Barcelona, y me bastará con que de vez en cuando sepa que estás bien. —Acerqué mi boca a su oído—. Prométeme que, de alguna forma, me harás saber que todo va bien.

—Esto es una locura... —renegó.

—Prométemelo —insistí.

Ella dudó un instante.

—Te lo prometo —susurró.

Sé que ambas pensamos que el viejo lord tendría que estirar la pata en algún momento y que, ese día, seríamos libres. Pero al muy cabrón lo había jodido tanto aquella intromisión en su linaje que dejó atado y bien atado que, después de su muerte, el señor Torpe se encargaría de que se cumpliera su voluntad a rajatabla. Y si no lo hacían, serían despojados de título y herencia.

—Todo lo hicimos porque pensamos que sería lo mejor para ti, mi querida Sky.

Capítulo 45

Sky

Barcelona, en la actualidad

Dicen que hay verdades que duelen. Que, a veces, duelen incluso más que la mentira que las ha ocultado. Que la sinceridad está sobrevalorada. Que, en ocasiones, una mentira puede salvarnos.

En mi caso..., ¿me valía alguna de esas afirmaciones?

Todavía era pronto para saberlo. De momento, yo solo podía llorar abrazada a mi abuela, como si no existiese ningún tipo de consuelo para mí.

«El llanto es dolor que sacamos de dentro».

Unas manos familiares se posaron en mis hombros y tiraron de mí.

—Sky —susurró Marc—. Ven conmigo para que te dé un poco el aire. Llevas horas aquí dentro.

Me incorporé y, turbada, contemplé las farolas del paseo marítimo a través de la ventana. El cielo, sin llegar a la negrura de la noche, acogía ya a la luna, cuyo reflejo

pintaba una estela plateada en el sosegado Mediterráneo.

—Ya es de noche —musité.

—Sí, tesoro —murmuró mi abuela—. Será mejor
que os marchéis.

En cierto momento, le había pedido a un enfermero
que le bajara la inclinación de la cama. Estaba más tumbada y su cara denotaba el cansancio del día, de las
emociones, de las palabras.

—No voy a irme —le aseguré—. No voy a dejarte
ahora que...

—Sky —me cortó mi abuela—. No voy a morirme
esta noche, te lo prometo.

—No quería decir eso...

Sí, lo había pensado, y me daba pánico.

—Ve a casa —insistió—. Come algo, dúchate para
quitarte el olor a hospital y descansa. Vuelve mañana,
cariño.

—Pero... ¿y si...?

—Me han dado dos meses de vida —me aclaró
con total serenidad—. Así que te dará tiempo a descansar y a que se te desinflen esos ojos hinchados que
me llevas.

Titubeé. Marc continuaba sujetándome por los hombros, pero no hacía fuerza alguna, en espera de que yo
decidiera.

—Vamos, hazle caso a tu abuela —insistió ella—.
Todavía tenemos mucho de qué hablar, y ahora mismo
no tengo fuerzas ni para mantener los ojos abiertos...

Con esa última aclaración, no tuve más remedio que
claudicar. Sobre todo, cuando una enfermera entró a
mirarle las constantes y nos recomendó que la dejára-
mos descansar.

—Lo siento, yaya. —Me incliné para besarla en la frente—. Mañana volveré.

—Hasta mañana, mi niña.

Durante el trayecto de vuelta en el coche, ni Marc ni yo hablamos. En mi caso porque no era capaz de pronunciar palabra, tal era el nudo que seguía presionándome el pecho. Marc, por su parte, me dejó a solas con mis pensamientos. Únicamente se permitió poner una canción muy bajita de Billie Eilish, *Wildflower*.

Una vez en su casa, porque aquella noche no podría haber estado sola, y mucho menos en el piso de mi abuela, me metí en la ducha y me mantuve largos minutos bajo el agua. No supe si no podía pensar o no quería hacerlo, ya que mi mente permanecía embotada, acorchada, seca. Mientras tanto, Marc había llamado por teléfono para que nos trajeran unas pizzas a domicilio. Yo me dediqué a mordisquear un pedazo, pero, poco después, le pedí que nos fuéramos a la cama.

—Si prefieres dormir tú sola —me dijo—, puedes quedarte en mi habitación. Yo me iré al sofá y...

—No —susurré—. No me dejes sola, por favor...

Él me abrazó y me besó en la frente.

—Si por mí fuera —musitó—, no te dejaría nunca, Sky.

Alcé la vista y me encontré con aquellos ojos del color de la miel, tan brillantes, tan profundos, tan sinceros. Exhalé un gemido y, a continuación, me puse de puntillas para unir mi boca a la suya y besarlo. Abrí sus labios con la lengua y la introduje en su boca con ansia, como si besar a Marc fuese mi único consuelo. Él trató de apartarme, pero yo no lo dejé.

—Hazme el amor, Marc —le rogué—. Por favor...

Cuántos sentimientos encontré en su mirada. Hallé ternura, excitación, tristeza, anhelo...

Para ayudarlo a decidirse, me quité la camiseta, lo único que llevaba sobre el cuerpo. Noté en la espalda el frescor de mi pelo, todavía húmedo de la ducha. Ayudé después a Marc a deshacerse de su ropa, con prisa, con urgencia, y, desnudos los dos, caímos sobre la cama en un barullo de brazos, piernas, gemidos y besos. Tenía que estar lo más cerca posible de él, fundirme con su piel, hacer que pareciéramos uno solo.

Aquel estallido de sexo se convirtió en una necesidad. Me coloqué sobre su cuerpo y lo besé, lo mordí, lo arañé. Le clavé las uñas en los músculos de los brazos, deslicé los dientes por la suave piel de sus caderas y le lamí con fruición el miembro. Marc, consciente del motivo de aquel arrebato de pasión desenfrenada, se dejó hacer, acogiéndome en su cuerpo, siguiendo mi ritmo, atemperándolo en ocasiones. Lo cabalgué con furia, casi con rabia, hasta convulsionar y gritar en el estallido del clímax. Caí desmadejada después sobre la cama y, entonces sí, rompí a llorar. Me hice un ovillo entre las sábanas mientras Marc me abrazaba, me acariciaba y velaba mis sueños convulsos.

**

Le conté todo a Marc al día siguiente, mientras tomábamos un café con leche sentados a la mesa del comedor. Él me escuchó, me sostuvo la mano, me limpió las lágrimas con la yema del pulgar y acabó sentándome en su regazo para que le apoyara la cabeza en el hombro y esperase a que el llanto arrancara el dolor que seguía atascado en mi pecho.

De camino al centro hospitalario, ya en el taxi, hice

parar a Marc en un par de ocasiones para comprarle bombones y dulces a mi abuela.

—Siempre me dijo que eran su debilidad —aclaré—, pero que apenas se daba el gusto porque las analíticas le indicaban que tenía un poco de azúcar. Me imagino que eso ya no será problema...

Se me quebró un instante la voz, pero luego hice un esfuerzo por sonreír.

—Perdona —le dije a Marc con una mueca—. He pasado contigo la mitad del tiempo llorando. Menos mal que la otra mitad ha sido riendo..., gracias a ti.

—Has reído mucho más que llorado, te lo aseguro. —Desvió un instante la vista de la conducción y me guiñó un ojo. Ahí seguían, las mariposas, aleteando sin descanso—. Por cierto, ¿te importaría que nos desviáramos un momento? Me gustaría enseñarte algo.

—Claro. Me irá bien distraerme un poco.

Fuimos en dirección contraria al mar hasta que llegamos a una zona que supuse alta y acomodada, puesto que empezaron a aparecer enormes muros de piedra, setos y enredaderas que custodiaban lujosas casas, mansiones y palacetes.

—¿Es Pedralbes? —le pregunté.

—Sí —respondió Marc—. En este barrio puedes encontrar el consulado de Estados Unidos, colegios privados bilingües, residencias de millonarios, de deportistas...

—¿Conoces a alguien aquí?

Marc estacionó el coche junto a un muro de piedra, bajo la sombra de una fila de frondosos abetos, detrás de un Ferrari de color rojo. Me señaló una casa en la acera de enfrente, aunque una valla de setos solo dejaba ver la última planta, de un diseño moderno que mezclaba paredes blanquísimas y cristal.

—Esa era mi casa —murmuró.

—Oh... —titubeé—. Parece... bonita. Y muy grande. —Lo miré a él—. Has dicho... ¿era?

—Después de abandonar el fútbol, me era imposible seguir pagando la hipoteca. Ahora mismo, no creo que pudiera costearme ni su mantenimiento.

—¿Te duele haberla perdido? —quise saber.

—Qué va, para nada —aseguró—. En realidad, la compré para mi familia, pero ni siquiera llegaron a estrenarla.

Lo miré con interés y esperé. Había percibido en Marc, desde el principio, una sombra oscura de la que no se podía desprender. Era una sombra de tristeza, más allá de la propia muerte de su padre. Pero una tristeza de las que carcomen el alma.

—La compré con mucha ilusión —comenzó a contar—. Yo provenía de una familia normal, trabajadora, con recursos limitados, y poder comprar una casa en el barrio más rico de Barcelona, junto a famosos de todos los ámbitos, me llenaba de satisfacción. Pero, cuando se lo dije a mis padres, no parecieron muy contentos.

—¿Habrías vivido con ellos y con tu hermana? —le pregunté.

—Claro —respondí—. Me gustaba tener mi propio espacio, y a veces pasaba los fines de semana en un apartamento que alquilé a medias con un compañero, pero mi intención era compartir aquel regalo con mi familia.

—Quizá les parecía una casa demasiado grande —le insinué.

—No sé. —Se encogió de hombros. Su mirada cada vez se apagaba más—. A mi madre sí pareció hacerle algo de ilusión, pero a mi padre... Él me dijo que no pensaba mudarse, que vivía muy a gusto en su casa, en su barrio, junto a los parroquianos con los que se tomaba en el bar el primer café de la mañana y una cerveza cuando terminaba su jornada. Intenté convencerlo, pero no dio su brazo a torcer. Para colmo, insistió una vez más con el tema de los estudios y me reprendió por gastar el dinero sin pensar en el mañana. Me sentí tan despreciado que la ira me recorrió todas las venas, incendiándome y haciéndome creer que yo llevaba toda la razón del mundo. Y así, desquiciado, le solté a mi padre que era un auténtico fracasado, que su profesión estaba en el escalafón más bajo y que no entendía cómo podía sobrellevar aquella vida de mierda.

Las lágrimas silenciosas que bajaban por las mejillas de Marc me provocaron un nudo en la garganta.

—Lo vi palidecer —prosiguió—. Me sentí un miserable al recordar los días que, con su taxi, mi padre nos había llevado o recogido a mi hermana y a mí del colegio; las veces que nos había acompañado a los entrenos; los juguetes o las chucherías que nos compraba con una parte de las propinas... Ni, aun así, rectifiqué.

Disimulé para limpiarme mis propias lágrimas.

—Una semana después de aquellos reproches —concluyó—, mi padre murió de un infarto. —Marc sollozó y se pasó los puños por los ojos con rabia e impotencia.

—¿Por eso te hiciste taxista? —le pregunté con suavidad.

—Me sentí tan culpable y rastrero... —Se sorbió la nariz y comenzó a juguetear con sus anillos y pulseras—. Poco después, como si hubiese sido cosa del karma, tuve la lesión. Cuando supe que el fútbol debía desaparecer de mi vida, un impulso me llevó a meterme en la piel de mi padre. Y descubrí que esta no es una profesión de fracasados, como le solté a él. Conduciendo un taxi he experimentado lo que debía de sentir mi padre: la sensación de libertad, la solidaridad con los compañeros, las historias con personas que, agradecidas, te cuentan que los has salvado, simplemente, porque los has llevado a tiempo a su destino.

—Está muy bien que descubrieras todo eso, pero no tienes por qué dedicarte a lo mismo que tu padre, como si te autoimpusieras un castigo —le dije.

—Hablas como Judit. —Dibujó una media sonrisa.

—Porque a la vista está que no eres feliz. —Suspiré—. A ti te gustaría seguir en el mundo del fútbol. ¿Por qué no entrenas a niños? —me atreví a sugerirle—. Algo que no te requiera demasiada responsabilidad y tiempo, para empezar, hasta que termines los estudios y puedas hacerlo de manera más profesional. Un grupo de niños de tu barrio, una actividad extraescolar en un colegio, críos que están empezando... ¿Necesitas alguna titulación?

Lo vi inspirar con fuerza.

—Ya la tengo. Soy monitor de fútbol base.

Sonreí.

—La Sky de hace dos semanas no se habría atrevido a darte ni medio consejo —le aseguré—. Pero la nueva Sky, sí. Y la nueva te recuerda que hay que perseguir los sueños que nos vayamos proponiendo. Y que, si el primero de la lista no es posible, se pasa al segundo. —Alcé la mano cuando fue a hablar—. No me digas que es más fácil decirlo que hacerlo porque ya lo sé. —Bajé la voz—. Pero imagina no tener sueños, Marc. Eso sí que te hace sentir vacío.

Apenas pude ver el movimiento de sus manos. En dos segundos, me encontraba sentada en el regazo de Marc, envuelta por sus brazos, con sus labios entre mi pelo.

—Gracias por aparecer en mi vida, inglesita —me susurró—. Yo... solo quiero que sepas que te has convertido en alguien muy importante para mí. Y que te voy a echar mucho de menos cuando te vayas. Muchísimo...

No lo rebatí. Sabía que, tarde o temprano, yo tendría que volver a Inglaterra. Tenía demasiadas cosas que solucionar en mi vida y no podía seguir en aquel paréntesis, en aquel sueño, en aquel lugar en el que iba a dejar un pedazo de mí.

—La moraleja de este momento —añadió una vez que volví a mi asiento y él emprendió la conducción— es que la vida no me dio una prórroga para rectificar con mi padre. Tú también perderás a tu abuela, pero, al menos, se te concede ese tiempo extra por el que muchos daríamos cualquier cosa. Cualquier cosa, Sky...

Capítulo 46

Sky

Me hizo ilusión recordar, después de las lecciones sobre el mundo del taxi de Barcelona, que aquel domingo, día par en el calendario, a Marc le tocaba trabajar. Me dejó en la puerta del centro hospitalario y desapareció por el paseo marítimo en dirección al aeropuerto.

Mi abuela me esperaba sentada en una silla de ruedas. No es que no pudiese andar, pero nos recomendaron que no se fatigara. La habían ayudado a vestirse y a arreglarse. Incluso desprendía un intenso y dulzón aroma a perfume.

Qué extrañas resultan a veces las reacciones humanas. El día anterior solo quería llorar, desaparecer y gritar al cielo lo injusto que había sido con aquella mujer. Quería chillar y luego aovillarme bajo una manta.

Pero, solo un día después, había decidido enfocar el tema de la muerte como algo que nos llega a todos, tarde o temprano. Supuse que la conversación con Marc también había influido. Con su historia me había hecho comprender que el tiempo es solo eso, tiempo; que lo que importa es cómo lo aprovechamos, las cosas que hacemos. Y que las personas tenemos el poder de convertir hechos, palabras y momentos en recuerdos que guarden para siempre la memoria de los que amamos.

—Anda, niña, sácame un rato a la calle, que me dé el sol y pueda oler el mar.

—¿Y ese sombrero? —le pregunté cuando la vi colocarse una pamela en la cabeza.

—Una de mis enfermeras me lo ha traído esta mañana —me contó mientras bajábamos en el ascensor—. Es de otra moribunda, pero no he querido saber de quién se trata. En este lugar es mejor no hacer amistades. Suelen durar poco —se mofó.

Puse los ojos en blanco ante aquella broma tan escabrosa. Pero tan verdadera, al fin y al cabo.

Mientras empujaba la silla de ruedas por el paseo, bajo las palmeras, recibiendo la brisa que nos traía el mar, sentí mucha paz. Mi abuela hablaba, bromeaba y respondía todas las preguntas que llevaba días y días acumulando. En cierto momento, me senté en un banco, con ella al lado. Y, sin más, nos dedicamos a observar a la gente, el cielo azul, el mar cubierto por la capa brillante que le pintaba el sol.

—Qué enorme te parece cualquier cosa cuando sabes que la vas a perder —susurró mi abuela—. Cuando pienso en lo que voy a echar de menos, no pienso en reír, disfrutar o conocer a futuros bisnietos, con todos mis respetos. —Sonrió—. Sino en que no voy a volver a ver el mar ni a oler su aroma salado. O en que no sentiré el aire en la piel ni oiré cantar un pájaro. Cosas simples que no solemos valorar.

—Yaya... —musité con voz atragantada.

—Vale, vale, perdona. —Me dio unas palmaditas en la pierna—. También quiero que sepas que he disfrutado de mi paso por el mundo. He amado, he reído y he viajado. No me puedo quejar.

Sus palabras penetraron en mi mente y bailaron en ella. No sabía si mi abuela las había pronunciado con un doble objetivo, pero me hicieron reflexionar. Fuera como fuese de duradero mi paso por el mundo, más me valía que hiciese más cosas. Al menos, para que un día, cuando mi vida llegase al final, ser capaz de decir que yo tampoco me podía quejar.

***

Al día siguiente, dispuesta a volver a ver a mi abuela y continuar compartiendo momentos con ella, nada me había preparado para abrir la puerta de la habitación y encontrarme a una mujer sentada en su cama. Abrazada a mi abuela. Llorando.

Mi madre.

Ella percibió mi presencia y se dio la vuelta. Al verme, se puso en pie. Yo seguía parada en mitad de la estancia, clavada como un poste.

—Sky —musitó.

Lo sorprendente era que mi madre estuviese allí, pero si algo me fascinó en aquel momento fue verla tan diferente. Ella siempre había sido una mujer elegante, con trajes de chaqueta, blusas de seda, perlas y el cabello recogido en severos moños. Pero, allí, frente a mí, contemplé a una mujer que aparentaba mucho mejor sus cuarenta y siete años, con unas sandalias, unos pantalones vaqueros, una sencilla blusa y su oscuro cabello suelto.

Y, de pronto, la visualicé amando a mi padre, el que yo había creído mi tío; recibiendo la noticia de la muerte de su amor; casándose con un hombre al que no amaba solo por no separarse de su hijo; aceptando las condiciones de un viejo reaccionario para proteger a su bebé. A mí.

—Pero... ¿cómo...? —balbucí.

—La llamé yo —intervino mi abuela, que permanecía erguida gracias a que había accionado el mecanismo que levantaba la cama—. El primer día, en cuanto te fuiste. No quería ver a mi familia triste, pero, después de conocerte, entendí que no podía irme de este mundo sin tener cerca de mí a las personas que más quiero.

Asentí y volví a centrarme en la mujer que tenía delante de mí.

—Lo siento —musitó mi madre en un claro español—. Siento haber sido tan severa contigo. No quería que te usaran en mi contra. Siento haber pagado mi frustración con quien menos culpa tenía. También siento no haber huido a cualquier parte contigo para escapar de allí. Siento no haber luchado más.

Tal vez era un poco tarde, pero todavía había tiempo para nosotras.

—Ni siquiera imagino por lo que pasaste, mamá —le dije también en castellano—. Por eso no puedo juzgarte. Lo único que te reprocho es que no te importara que yo fuera tan infeliz como tú, casándome con alguien solo por su dinero.

—Me frustraba pensar que el viejo, desde el mismísimo infierno, nos viera fracasar. —Observé los nudillos blancos de sus puños—. Que se revolcaría de risa en su tumba y le gritaría a su hijo que se lo merecía por casarse conmigo. De verdad que lo siento...

¿Le pudo más el orgullo que el amor por su hija? ¿O fue tan grande su odio hacia mi abuelo que vivió en una eterna venganza?

Preferí no darle más vueltas.

—No me habría casado con Harvey, mamá —le confesé—. Y le doy las gracias a quienquiera que mueva los hilos y me permitiera descubrir en aquella fiesta quién era Harvey Townsend.

—Que les den a los Townsend —espetó mi madre—. A la mierda con todos ellos. No los necesitamos para nada.

Parpadeé desconcertada. ¿Desde cuándo mamá hablaba así? ¡Lady Barnaby Clifford!

No pude evitar reír. Ella también lo hizo. Pensé que, quizá, era la primera vez que reíamos juntas.

—¿Y qué pasa con la casa, la herencia...? —le cuestioné.

—Me da igual, Sky. —Me tomó de las manos—. Trabajaré. El malnacido de tu abuelo me lo tenía prohibido, pero me importa un comino. Aunque hayan pasado veinte años, puedo volver al mundo laboral. Paradójicamente, el apellido Clifford me está abriendo algunas puertas y podría conseguir trabajos de traductora, profesora de español... —mencionó entusiasmada—. Tu padre también tiene contactos y, por sus estudios de Derecho, le han ofrecido un puesto como asesor jurídico en un bufete. En cuanto a la casa..., de momento, tendríamos que mudarnos a la vivienda de unos amigos, que han decidido pasar una larga temporada en Tenerife. —Inspiró un poco de aire—. En cuanto se sepa en nuestro círculo, seremos carne de escándalo. ¡Dios! —Sonrió mordaz—. ¡Qué liberación que me importe tan poco!

Parpadeé para aguantar la emoción. No llegamos a

457

abrazarnos ni a interpretar una escena épica. Pero lo entendí. Las circunstancias habían hecho de mi madre una mujer fría y distante, y es muy difícil cambiar eso en solo unas horas. Además, debía aceptar que existen madres cariñosas y desinteresadas, pero que también las hay así, desapegadas, inconmovibles, como la mía. Tener un hijo no te convierte en la mejor madre del mundo.

—Yo también trabajaré —le aseguré.

Ella frunció el ceño.

—El dinero de tus estudios sigue ahí. Por nada del mundo sacrificaríamos tu futuro.

—De acuerdo —asentí—. Pero no voy a seguir estudiando Empresariales ni nada por el estilo. —Me encogí de hombros—. Ya veremos qué decido. De momento, el año que viene me lo tomo de respiro.

—A mi niña le gusta la historia —intervino mi abuela—. Como a ti, Alicia, que disfrutabas tanto leyendo aquellos tochos de Ken Follett.

Mi madre sonrió, justo antes de que un par de golpes en la puerta precedieran a la entrada del hombre que apareció en la estancia. Era mi padre. Su expresión, al verme, fue de completa vulnerabilidad.

—¿Por qué no me avisaste de que ibais a venir? —le reproché en cierto modo.

—Porque... no sabía si nuestra presencia te alteraría, después de... después de...

Miró de reojo a mi abuela.

«Después de saber que no soy tu padre», me dijo sin palabras.

Me acerqué a él y le posé mis manos sobre las mejillas, ásperas por la cuidada barba, que ya entremezclaba pelitos blancos.

—Eres mi padre, lord Barnaby Clifford, y yo, tu hija. Nada ha cambiado, ¿entendido? Nada ha cambiado...

Él sí, él me abrazó, con fuerza. Musitó mi nombre y muchos «lo siento» mientras yo me sentía envuelta por su inconfundible aroma, una mezcla de tabaco, libros viejos y lino.

—No deberíamos haber aceptado todas aquellas absurdas condiciones —balbució—. No debería haber consentido...

—Ya está, papá. Ya está.

—Ni siquiera he sabido gestionar la maldita herencia...

—Te pasará como a mí, que soy más de letras que de números. —Lo miré con ternura—. Por algo soy tu hija. —Sonreí y él me devolvió la sonrisa.

La abuela seguía emocionada. Mamá cruzó una significativa mirada con mi padre.

—Ya lo he gestionado —señaló él.

—Bien —asintió mi madre mientras tomaba la mano de la abuela y se dirigía al resto—. Porque mamá se viene con nosotros.

—Alicia, hija... —refunfuñó la abuela—. No quiero causaros tantos inconvenientes y molestias...

—No hay más que hablar, mamá —la cortó—. Si no estuviésemos arruinados —señaló con un punto irónico—, nos quedaríamos aquí, contigo, viviendo la vida loca. Pero, como tenemos que hacer algo por sobrevivir, tú te vendrás con nosotros. Estarás con tu familia todo lo que... lo que...

Mi madre dio una larga inspiración.

—Pero yo quiero que mis cenizas reposen aquí, en mi Barcelona —refunfuñó mi abuela, como si no estuviera hablando de algo tan irreversible como la muerte. Su propia muerte.

—Y yo te prometo que será así, mamá —aseguró mi madre mientras cogía su bolso y se acercaba a mi padre.

Yo me senté junto a mi abuela y ambas observamos de reojo a mis padres. Muy despacio, mamá abrió la mano y se la ofreció a papá. Él se la tomó, entrelazó sus dedos con los de ella y, después, se miraron. Como nunca los había visto hacerlo. Como nunca, en realidad, habían hecho.

Supe, en una de las muchas conversaciones que tendría con mi abuela antes de morir, que mis padres siempre habían compartido dormitorio, incluso cama. Según le había contado mi madre en su momento, ella pensó que, de luto y embarazada, su cuñado y marido aceptaría que durmieran separados. Pero no, no aceptó. Mi padre le aseguró que no habría intimidad mientras ella no decidiera lo contrario, pero le pidió que durmieran juntos, en el sentido más estricto de la palabra. Me emocionaba pensar que aquellas noches compartiendo descanso y sueños hubiesen conseguido que mi madre acabara enamorándose de su marido, aunque ella ni siquiera hubiese sido consciente de ello.

Ni la abuela ni yo supimos si llegó a existir la mencionada intimidad. De lo que sí estoy segura es de que la habría a partir de entonces. Y lo sé porque dejaron de parecer dos personas tristes y amargadas. Justo cuando el señor Torpe les arrebató todos sus bienes, ellos comenzaron a ser felices de verdad.

Capítulo 47

Sky

Todavía quedaba gente en la playa de la Barceloneta, descansando, charlando o jugando a la pelota. Aun así, la silueta de Marc, sentado en la arena, destacaba entre todas las demás. El cielo, convertido en franjas de colores que iban del fucsia al violeta, coronaba aquella espectacular estampa. Sin dudarlo, alcé el teléfono e hice varias fotografías, donde, a pesar de los llamativos colores del firmamento, mis ojos siempre se detendrían sobre la figura del chico de cabellos revueltos.

Al llegar a su altura, simplemente, me senté a su lado y apoyé la cabeza en su hombro.

—Yo también quiero darte las gracias —le dije.

—¿Por qué?

—Por quererme —respondí—. Pero, sobre todo, por enseñarme a quererme a mí misma.

Marc se movió para colocarse frente a mí. Me tiró de las muñecas y arrastró mi trasero por la arena hasta que quedé sentada a horcajadas sobre él. Después, me tomó el rostro entre las manos y me besó, con tanta dulzura que lloré. Luego me daría cuenta de que mis lágrimas se habían mezclado con las suyas.

—Supongo que esto es una despedida —me dijo mientras me apartaba un mechón de pelo que el viento me había colocado sobre los ojos. Los suyos brillaban por la humedad. Parecían de bronce líquido.

—Sabíamos que esto pasaría, Marc. Tengo muchas cosas que poner en orden, estar con mi abuela, ayudar a mis padres a pasar el mal trago de quedarse sin nada...

Posó un dedo sobre mis labios.

—Chist, lo sé. No te estoy reprochando nada, Sky. Tienes que hacer lo que te haga feliz. Lo que desees. Lo que decidas. Alguien me dijo hace poco que, si no alcanzas el primer sueño de tu lista, pruebes con el siguiente. Y luego el siguiente y el siguiente...

Sonreí.

—Me gustaría que siguiéramos en contacto —le sugerí mientras trataba de memorizar sus rasgos, como sus largas pestañas, las ondas de su pelo, el lunar bajo su ojo derecho o la cicatriz en su ceja izquierda.

—No sé si es lo mejor, Sky. —Apartó la vista de mí.

—Pero... —balbucí confundida— ¿por qué?

Sus ojos volvieron a encontrar los míos.

—Porque no sé cómo voy a superar cada jodido día que no estés aquí. Porque mi vida dejará de ser una puta maravilla. Porque nunca he sentido con nadie lo que siento cuando estoy contigo. —Me acarició la mejilla—. Porque estoy enamorado de ti. Porque te quiero, Sky Clifford.

Y la compuerta se abrió, y dejó rebosar mis sentimientos reprimidos, las palabras silenciadas y todo lo que albergaba mi corazón. Me lancé sobre él y lo abracé, como si quisiera evitar que alguien me lo arrebatara.

—Yo... he intentado que no pasara —sollocé—, pero... también te quiero, Marc. Pensaba que, si me repetía una y otra vez que tenía que irme y solo estaba de paso, no me enamoraría. Pero sí, lo he hecho, y no he podido hacer nada para impedirlo, absolutamente nada...

—Eh, tranquila. —Me secó las lágrimas a besos, aunque su rostro estuviese tan húmedo como el mío—. Ya sabes que no me gusta verte triste, ¿vale?

—Te voy a echar mucho de menos —barboté entre lágrimas y mocos—. A ti, a Judit, a Jan, a las chicas; a Barcelona, al sol y a tu taxi negro y amarillo.

—Vamos a proponer que hagan lo mismo en Londres —bromeó—. Que vuestros sobrios y elegantes taxis combinen esos mismos colores. ¿Te lo imaginas?

—No —sonreí.

—Yo tampoco. —Compuso una mueca—. Los ingleses sois demasiado rancios como para tanto color.

—¡Eh! —me indigné—. ¡Recuerda nuestros famosos autobuses y nuestras cabinas telefónicas!

—Sí —sonrió Marc—. Hay muchas cosas bonitas también en Londres.

Aquella noche, Marc me propuso pasar la noche juntos y abrazados. Pero yo le pedí que hiciéramos el amor. Sin pensar si sería la última vez. Sin pensar en nada que no fuese sentirme amada entre sus brazos.

***

—¿Te vas a Inglaterra? —me preguntó Jan a la mañana siguiente, cuando fui a despedirme de aquella maravillosa familia.

—Sí —le dije arrodillada frente a él—. Tengo que regresar a casa.

—Pero ¿no vas a volver?

—No sé cuándo. —Forcé una sonrisa—. Pero te aseguro que sí.

—¿Puedes despedirte también de Melocotón? —El niño agarró al gato como si fuera un peluche y lo alzó hacia mí. Lo acaricié y le di un beso en la cabecita.

—¿Sabes una cosa? —le dije al niño—. Gracias a ti y a Melocotón, he descubierto que me gustan los gatos. El día que viva en mi propia casa, adoptaré uno.

Jan me respondió con su infantil risa cantarina. Después, les di un abrazo a sus mamás.

—Nos ha encantado conocerte —gimoteó Martina.

—Ya sabes que, cada vez que vengas a Barcelona, aquí tienes una casa —me susurró Julia dentro del abrazo.

—Gracias por tanto, chicas.

Las siguientes lágrimas las derramé con Judit.

—Como no vuelvas a Barcelona —gruñó—, te juro que voy yo a Londres.

—Cuando quieras —sonreí.

Me habló al oído sin dejar de abrazarme.

—Dejas a mi hermano destrozado, tía.

—Lo sé —le dije—. Porque yo estoy igual.

Ella se apartó y se limpió la humedad de la cara con las manos.

—Prométeme que no dejaremos de llamarnos, Sky. Que participarás en videollamadas con Laia y Cristina. Prométeme que seguiremos siendo amigas, aunque tú estés en el lluvioso Londres y yo en la soleada, alegre y alucinante Barcelona —bromeó.

—Te lo prometo —le aseguré.

Incluso, tras cerrar el piso de mi abuela, me acerqué a la puerta de la vecina y toqué el timbre.

—Quería decirle que me voy, señora Antonia, y darle las gracias por su compañía y sus suculentas fiambreras.

—No hay de qué, bonita. —La mujer se pasó un pañuelo de tela por sus ojos húmedos—. Qué pena más grande lo de Ángela.

—La ha llamado por fin —supuse.

—Sí —gimoteó—. No somos nada, hija, no somos nada.

—Quería pedirle un favor, señora Antonia. —Le mostré las llaves de casa de mi abuela—. Me gustaría pedirle que las guardara y si alguna vez pudiera, regara las plantas. Me daría pena que se marchitaran.

—Claro que sí, querida. —La mujer se acercó las llaves al pecho emocionada—. Mantendré la casa en condiciones hasta que regreses.

—No sé cuándo será eso...

Ella se limitó a darme un abrazo y a sonreír.

***

—¿Lo tenemos todo? —preguntó mi padre cuando colocó el último bulto en el maletero del taxi.

—¿Ya está todo, mamá? —le preguntó mi madre a la abuela, que permanecía en una silla de ruedas junto a un enfermero.

—Como si tuviera tantas cosas que llevarme —refunfuñó—. Aparte de los papeles y las recetas, una bolsa con camisones, ropa interior y un par de mudas para que me saquéis a pasear al sol. Ay, no —soltó con ironía—, que en Londres no hay de eso.

—Vamos, Ángela —trató de calmarla mi padre con su español macarrónico—. Seguro que está encantada de vivir con nosotros por fin.

—Cuidado, yerno —bromeó ella—. A ver si te vas a arrepentir en el último momento de llevarte a tu suegra a casa.

—Seguro que no. —Mi padre le dio un beso en su pálida mejilla—. Usted y yo nos vamos a llevar muy bien.

—Claro, porque te voy a durar poco.

No sé cómo lo hizo, pero todos los que la rodeábamos nos pusimos a reír, incluido el enfermero... y Marc.

El día anterior, cuando ya se había resuelto el tema burocrático con el hospital, mi padre comentó que ya tenía los billetes de vuelta. Nos iríamos por la mañana y llamaría a un taxi para que nos esperase en la puerta y nos llevara al aeropuerto. Pensé en Marc, lo prometo, pero ambos habíamos acordado que volveríamos a pasar la noche juntos y que nos despediríamos en su casa, que lo de los aeropuertos quedaba muy peliculero.

Pero no había contado con mi abuela.

—Pues llama a ese chico —me dijo delante de mis padres—. Marc se llama, ¿no? Me dijiste que era taxista.

—No sé si podrá —titubeé.

—Pues pregúntale.

—¿Tienes un amigo taxista? —quiso saber mi padre.

—A ver —bufé—. Si pensáis que por ser mi amigo os va a llevar gratis...

—Nadie ha dicho eso. —Mi padre alzó una ceja—. Pero, ya que conoces a un taxista, mejor con él que con cualquier desconocido, ¿no te parece? Vamos, Sky, llámalo. Y dinos si puede o no.

Fulminé a mi abuela con la mirada y, simulando después un abrazo, le susurré:

—Ya te vale, yaya.

—Da gracias porque no he dicho que es tu novio —susurró también.

—¡No es mi novio!

—¿Prefieres que diga que es el tío con el que te enrollas de vez en cuando?

Tuve que reír de la frustración.

—Eres un caso, yaya —le dije.

—Eso me dijiste por teléfono muchas veces. —Me guiñó un ojo.

¿Cómo habría sido mi vida si me hubiese criado con mi madre y mi abuela en Barcelona?

***

Al llegar la noche, le hablé del tema a Marc, pensando que se negaría o que pondría cualquier excusa. Para mi sorpresa, respondió que sí, que nos llevaría al aeropuerto.

—¿Estás de coña?

—Me hace ilusión conocer a lord y lady Barnaby Clifford —me dijo con una sonrisilla.

—No hay ninguna necesidad, Marc —me quejé enfurruñada—. Además, dijimos que nos despediríamos aquí, en tu casa, que los aeropuertos...

Marc me acalló con un beso.

—Serán unos minutos más contigo —me susurró—, y eso me basta.

Por supuesto, pasamos primero a recoger a mis padres por su hotel, donde nos esperaban en la recepción con dos pequeñas maletas. Y, por supuesto también, se los presenté a Marc.

—Papá, mamá, este es Marc, un taxista al que conocí la primera noche que pasé en Barcelona. Ellos son...

Marc, que debía de estar entusiasmado con aquello de conocer a dos aristócratas británicos, se adelantó y no me dejó terminar.

—Encantado, *milord*. —Le dio la mano a mi padre—. Un placer, *milady*. —Le besó la mano a mi madre.

Ambos sonrieron. Yo puse los ojos en blanco hasta que me dolieron los párpados.

Nos desplazamos a continuación al hospital a recoger a mi abuela, donde esperamos a que la mujer se despidiera del equipo médico que la había asistido. Un enfermero la acompañó y, después de guardarlo todo en el maletero, nos subimos al coche. Pensé que mi padre se montaría en el asiento del acompañante, pero se introdujo en la parte trasera, junto con mi madre y mi abuela, y me dejó a mí el lugar al lado de Marc. Llegué a temer que cualquiera de los tres acribillara al chico a preguntas, pero tuvimos un camino muy tranquilo. Los cinco pasajeros íbamos sumidos en demasiados pensamientos.

Al llegar a la terminal 2 del aeropuerto y descargar el coche, Marc se empeñó en no cobrarle a mi padre la carrera de cuarenta y dos euros, pero este insistió, le ofreció un billete de cincuenta y le pidió que se quedara con el cambio. Marc, que conocía la historia, siguió negándose, por lo que tuve que terciar yo y pedirle que aceptara el dinero o haría sentir mal a mi padre.

Como si hubiesen intuido algo, los tres se adelantaron y me dejaron a solas con Marc. Aunque estuviésemos rodeados de viajeros, taxis y autobuses.

—Bueno, inglesita. —Él se llevó una mano a la nuca y la deslizó por su pelo, despeinándose en el proceso, como ya le vi hacer el primer día. Parecía que hubiesen pasado meses desde entonces—. Ahora sí, te vas.

—Sí —susurré.

Pensé en obligarme a no llorar, pero ¡qué demonios! ¡Claro que podía llorar! ¿Cómo no iba a llorar, si dejaba atrás a lugares y personas inolvidables? Si dejaba allí al chico del que me había enamorado por primera vez en mi vida...

Pero allí estábamos, como dos pasmarotes, sin saber si abrazarnos, darnos un beso de película, irnos sin más...

—Oh, espera, quiero darte una cosa. —Marc se metió una mano en el bolsillo delantero de sus vaqueros y extrajo un objeto, que hizo oscilar ante mí—. Es una auténtica chorrada, pero he supuesto que te haría pensar en mí. Y para que, la próxima vez, te acuerdes de pedir cita con antelación.

Sí, era una chorrada, porque se trataba de un simple llavero de la Sagrada Familia con los colores de la bandera catalana. Pero que a mí me hizo echarme a llorar. A llorar de verdad. A llorar al nivel de sacudir los hombros y gimotear de forma escandalosa.

Marc, aunque sonrió, tuvo que limpiarse las lágrimas con la manga de la camisa, una de aquellas oscuras que se ponía sobre ropa más informal para ofrecer una mejor imagen a los usuarios del taxi.

—Ven, cielo —susurró antes de asir mi cabeza, pegarla a su pecho y llenarme de besos el pelo, la sien, los ojos, la mejilla y, por fin, la boca. En mitad de un gemido, nuestras lenguas se encontraron, se enredaron y saborearon la sal de las lágrimas.

—Marc... —sollocé al tiempo que también lo besaba por todas partes.

—He cambiado de opinión —me dijo después de unir su frente a la mía—. Sí quiero que sigamos en contacto. Te llamaré y esperaré tus llamadas, mensajes, correos o como quieras comunicarte conmigo. Pero no te preocupes, que no me plantaré en Londres en plan sorpresa. Aprovecha el tiempo con tu abuela. Búscate. Encuéntrate. Quiérete. Sueña. Apuesta por ti. Y recuerda siempre que brillas, Sky. Porque a mí me deslumbraste nada más conocerte.

—Marc... —volví a gemir—. No sé el tiempo que me llevará rehacerme, si voy a volver... Por eso no puedo pedirte que me esperes.

—Si me estás dando permiso para salir con otras, la respuesta es no. ¡No! Ni de puta coña, Sky.

—Pero...

Me puso un dedo en los labios.

—No pienses en nada más —musitó. Volvió a besarme en la boca y, a continuación, se apartó de mí y caminó hacia atrás en dirección al taxi mientras me decía adiós con la mano. Por último, lo vi pasarse la manga por la cara, montarse en el coche y alejarse de mí.

Capítulo 48

Sky

Londres, dos meses después

Cuánto saben los médicos sobre plazos y enfermedades. Claro, por eso han llegado a ser médicos, entre otras cosas, porque saben calcular con sorprendente exactitud lo que aguantará un cuerpo humano luchando contra células malignas.

Mi abuela nos duró en Londres sesenta y dos días. Días en los que vimos un montón de fotografías de mi padre biológico, del que mis padres me hablaron con tanto cariño, al que llegué a querer con todo mi corazón. Pasé horas en el despacho de mi progenitor, admirando el retrato de los tres hombres Clifford en la costa de Cornualles. Por fin entendí la conexión que había sentido con aquel chico sonriente.

—Me habría encantado conocerte, papá —le susurré a su imagen la primera vez que lo contemplé sabiendo quién era—. Te quiero —musité—. Te quise antes de saber que eras mi padre.

Por suerte, todavía tuve aquellos días a mi abuela. Las dos juntas hablamos, reímos y paseamos con su silla de ruedas bajo un cielo gris la mayoría de las veces, al que Ángela no logró acostumbrarse, pero que acabó apreciando, lo mismo que nuestras plácidas mañanas por Hyde Park.

La última semana ya no. Sus últimos días ya no le quedaban fuerzas para levantarse de la cama, pero allí estuvimos junto a ella en todo momento, mamá y yo, y, a ratos, papá. Pidió expresamente que no alargaran su vida más de lo necesario. Que, llegado el momento, la hicieran dormir para no despertar.

Hubo funeral, incineración y condolencias de un montón de gente, aunque fuera en una casa ajena. Algunas de aquellas personas acudieron por el morbo y la curiosidad de ver cómo vivían los Clifford después de ser despojados de todos sus bienes y de saber que Alice era, en realidad, Alicia. Pero también nos acompañaron buenos amigos de mis padres, no muchos, pero sí verdaderos. Mis progenitores llegaron a emocionarse por las muestras de cariño y la solidaridad de algunos de ellos.

También aparecieron los Townsend. El pésame que le dieron a mi madre sonó bastante sincero. Adam Townsend le estrechó la mano a mi padre y le dijo que podía contar con él para lo que hiciera falta, incluso para un puesto importante en su empresa, de esos cargos que, si no existen, se inventan. Al fin y al cabo, aunque no emparentaran con la aristocracia por vía matrimonial, las habladurías los habían situado en el mundo de los linajes, la clase y la alcurnia, lo que ellos anhelaban. Mi padre, sin embargo, se dio el gustazo de darle las gracias y de decirle que no, que ya había conseguido un trabajo, uno que ya existía y que nadie había tenido que inventar para él. Lo vi sonreírme de soslayo y guiñarme un ojo. Qué orgullosa me sentí de él.

Por supuesto, Harvey se acercó a mí. Me dio un abrazo y un beso en la mejilla y me cogió de la mano para que saliéramos a la terraza y poder tener privacidad.

—Tendrías que habérmelo contado, Sky —me dijo en un tono suave y comprensivo—. Te habríamos ayudado a encontrar a tu abuela, a conseguir los mejores médicos...

Querría haberle respondido que mi abuela había sido tratada en Barcelona, una ciudad donde ya existían los mejores especialistas. Pero no me molesté. Me limité a agradecerle su preocupación.

—¿Qué tal el trabajo? —le pregunté... por preguntar algo.

Harvey había formado parte de mi vida durante mis últimos cuatro años y no le deseaba nada malo. Pero he de reconocer que ansiaba que me respondiera cualquier banalidad y desapareciera de mi vista.

—Bien. —Se encogió de hombros—. Tengo la vida que había imaginado. No me puedo quejar.

Vaya, otro que tampoco se quejaba de su vida. Ya no sabía si yo era la única inconformista o la única que había vivido a medias.

Y Pippa. Pippa también estaba. Nos había seguido a Harvey y a mí hasta la terraza. Mi exnovio, al verla, no cambió su expresión. Le hizo un gesto con la cabeza y nos dejó a solas. Pobre Pippa. Había sacrificado una amistad por un tío al que nunca le había importado. Aunque había demostrado que su amiga tampoco le importaba a ella.

—Me alegro de verte, Sky —me dijo tras un abrazo, que sentí extraño. Era ella, la de siempre, la chica rubia de ojos azules, guapa, segura y popular. Pero, al mismo tiempo, me pareció una desconocida—. ¿Cómo estás?

—Triste —le resumí.

—Ojalá me lo hubieses contado, Sky.

Y dale...

—Yo también tenía derecho a guardar secretos —le dije. No quería que sonara a reproche, pero lo hizo.

—¿Me... perdonarás algún día?

—Ya estás perdonada, Pippa —le aseguré—. Que no sigamos siendo las mejores amigas no implica que cortemos todo tipo de relación.

Leí la decepción en su bonito rostro. ¿Qué esperaba? ¿Que me lanzase llorando a sus brazos y se lo perdonase todo?

—Claro —disimuló ella con una sonrisa.

—¿Y tú? ¿Cómo estás? —quise saber.

Abrió los brazos y su expresión se iluminó.

—Estás ante una nueva Pippa —declaró—. Cambié la carrera de Empresariales por la de *Marketing*. Me gustaría especializarme en el mundo de las redes sociales, sin dejar de lado mis cursos de estilismo. ¿Quién sabe? —sonrió—. Quizá me veas un día recorriendo el mundo mientras las marcas se pelean para que las anuncie en mi perfil.

—Seguro que lo consigues —le dije con sinceridad.

—No estoy con Harvey —añadió con cautela—. Paso de él. Ha demostrado ser un capullo. Qué bien hiciste en arrancarlo de tu vida. —Resopló.

Pippa no había pasado de Harvey, sino él de ella. Pero no entraba en mis planes recriminárselo, regodearme ni alegrarme por ello.

—En realidad —señaló—, paso de todos los tíos. ¡A la mierda todos ellos! Pienso centrarme en mí, en los estudios y en mi futuro.

Lo de pasar de los tíos ni me lo creía yo, ni se lo creía ella.

—No volveremos a pelearnos por un chico, Sky. —Me tomó de las manos y me dedicó una mirada que yo conocía demasiado bien. Llevaba diecinueve años recibiendo aquella pose con la que te hacía creer importante, como si fuera un privilegio pertenecer al mundo de Pippa—. ¿Volveremos a ser amigas? —Para colmo, compuso un pícaro mohín, como si nuestro enfado hubiese sido por romperme una de mis muñecas, cosa que hizo muchas veces en nuestra infancia, por cierto.

Mi primera intención fue decirle que sí, que seguiríamos siendo amigas, ya fuera para quitármela de encima o para no sentirme mal. Pero no pude. Ya no era la misma Sky que se había marchado de Londres, no solo para buscar a su abuela, sino para huir de su vida, de su familia y de los problemas. Se había acabado huir y perdonar.

—No, Pippa —le dije—. Durante mis días en Barcelona he descubierto, entre otras cosas, lo que es la amistad. Los amigos no te hacen sentir mal, no te obligan a que pienses como ellos y, por supuesto, no te mienten. Podría añadir que no se acuestan con tu novio, pero lo omito porque, en eso, la culpa es compartida con Harvey. Así que, no, no vamos a ser amigas, Pippa. Ni siquiera debería haberte perdonado, pero creo que viviré más tranquila si lo hago.

Ella inspiró con fuerza y luego me mostró una sonrisa, bonita, aunque forzada.

—Está bien, lo entiendo. —Dio un paso atrás—. Ya nos veremos, Sky.

—Ya nos veremos, Pippa.

Todavía trataba de deshacer el nudo que se me había formado en el pecho cuando divisé a un grupo de amigos y compañeros en el interior de la casa. Vale, eran colegas de Harvey, pero quise agradecerles que aparecieran en el funeral. Me acerqué a ellos y saludé a Kyle, a John, a Chase y a la novia de este, Beatrice. Después de recibir un abrazo de la chica, ella me sostuvo la mirada.

—Lo... siento —me dijo.

Y lo supe. En aquel momento supe que, tras aquel pésame, también había una disculpa. A mi mente llegaron imágenes como destellos, en los que podía ver a Beatrice en la fiesta, móvil en mano, grabándolo todo.

—Eres Lucy... —le susurré—. Lucy21...

Beatrice, nerviosa, me hizo un gesto hacia la cocina. Me adelanté hasta la estancia, vacía en ese instante, y esperé unos minutos hasta que apareció. La novia de Chase seguía inquieta, como si temiera que fuera a recriminarle algo.

—Te agradezco que me abrieras los ojos —le dije sin más preámbulo.

—No lo hice solo por ti, no soy tan altruista. —Dibujó una sonrisa triste—. Lo hice por mí, para vengarme.

—Parece que Harvey ha ido dejando un rastro de corazones rotos —resoplé.

—No —replicó Beatrice—. Yo nunca he tenido nada con Harvey. Mi venganza fue por Pippa.

Aquello sí que no me lo esperaba.

—¿Por... Pippa? —pregunté desconcertada.

—Sí, tu superamiga —farfulló con desdén—. Tonteó tantas veces con Chase que ya me tenía harta. Se creía irresistible con los chicos, y luego iba dando pena

476

por ahí porque no la tomaban en serio. —Bufó—. Cuando, después de irte de la fiesta, la vi en actitud cariñosa con Harvey, decidí que tenía que pararle los pies de alguna manera.

—Ya... —No pude evitar sentirme una idiota por ser la única que no conocía realmente a Pippa.

—Lamento haber sido tan gráfica —se disculpó—. No pensé que algo así podría hacerte daño. Lo siento, Sky.

—No lo lamentes. —Forcé una sonrisa—. Fue la mejor forma de salir de la ignorancia. Si no hubiese sido por esos vídeos, seguiría en el mundo falso de Pippa.

Inmediatamente después, me excusé con Beatrice y salí de la cocina en busca de un baño, donde vomité lo poco que tenía en el cuerpo.

**

Al final del día, me dejé caer en uno de los sofás, donde permanecían sentados mis padres. Sonreí al ver sus manos entrelazadas.

Ya no quedaba nadie, a excepción de Sterling, nuestro fiel mayordomo. Mis progenitores le habían hablado claro: no podrían seguir pagándole tanto como antes. Pero él aceptó. Llevaba con la familia desde que los hermanos Clifford eran adolescentes. Se había casado y enviudado, pero no había tenido hijos. Con nosotros se sentía en casa.

—¿Cuándo llevaremos las cenizas de la abuela a España? —le pregunté a mi madre mientras contemplaba la urna sobre una de las estanterías de la pared.

—No tiene que ser ahora —me respondió comprensiva—. El día que estés preparada, lo haremos. Seguro que no se enfadará por permanecer un poco más con nosotros en esta ciudad gris —bromeó.

—Una curiosidad —le dije después—. He sabido que la abuela se llamaba Ángela Duarte Fuster. ¿Por qué la tenías guardada en tu móvil como ADM? ¿Qué significaba la eme?

—«Mamá» —respondió.

***

No me costó nada adaptarme a mi nueva vida, y no me sorprendió que a mis padres tampoco. Lord Barnaby llegaba contento cada día de su jornada laboral, lo mismo que mi madre de sus clases de español. Nos mudamos a un apartamento en Newham, de los más baratos que pudimos encontrar, pero bonito y espacioso. Estaba a unos ocho kilómetros al este de la City, aunque bien comunicado.

Supongo que fue ese cambio el que me ayudó a sobrellevar mejor la pérdida: un cambio de domicilio, de entorno y de ocupación. Incluso, aunque suene a tópico, me apeteció un cambio de imagen. No fue nada drástico. Solo me añadí un flequillo y unas mechas doradas, que le daban luz a mi rostro.

Como es lógico, dejé la universidad. Al menos, la aparqué de momento. Necesitaba terminar de encontrar mi camino y, por supuesto, tenía que ganarme la vida. Tenía dos trabajos y, aunque pueda resultar incongruente, aquel ajetreo me resultaba tranquilizador. Quizá fuera en parte a que, sin tiempo para nada, tampoco me quedaba hueco para pensar y entristecerme mientras durase el proceso de duelo. Por las mañanas trabajaba en una tienda de Zara, donde me habían contratado por mi dominio del español. Solo doblaba ropa y recogía perchas en cajas, pero me llamaban en cuanto algún cliente hispanoparlante necesitaba asesoramiento, lo que les daba un toque más exclusivo.

Por las tardes daba clases de español en la misma escuela que mi madre, aunque, mientras ella podía enseñar a adultos, yo solo podía instruir a niños. Pero se me daba bien. Había varios críos a los que les encantaba el fútbol y que me hacían recordar a Jan. Si tengo que ser sincera, el noventa por ciento de mis pensamientos estaban relacionados con Barcelona y, sobre todo, con varios de sus habitantes.

Y, sí, hablaba con Marc, casi cada día. Nos contábamos nuestras rutinas, nuestros proyectos, aunque yo de estos últimos apenas tuviera todavía. También hablaba con Judit, con Laia y Cristina, con Martina, Julia y Jan. Les agradecí siempre mentalmente que nunca me presionaran para que volviera. Ni siquiera Marc. Él, cada vez que hablábamos, terminaba diciéndome: «Te quiero y te añoro, inglesita, pero sigue apostando por ti».

Bueno, Jan, no. El pequeño no se cortaba un pelo para decirme: «Jo, Sky, ¿por qué no vienes? Marc está triste...». Hasta que sus mamás lo interrumpían y él, enfurruñado, desaparecía de la pantalla, seguido de Melocotón, mostrando el número 19 de su camiseta del Barça.

No, Marc no se presentó en ningún momento en Londres, algo que sí hizo su hermana, junto a Laia y Cristina, en los días previos a las fiestas de Navidad. Las tres me convencieron para viajar con ellas por diversas ciudades europeas y disfrutar de los tradicionales mercadillos navideños. Nos recorrimos los mejores de Bélgica, en Bruselas, Gante y Brujas. Pasamos también por

Essen y Colonia, en Alemania, y terminamos visitando dos que yo ya conocía: en Edimburgo y, por supuesto, en Londres, donde mis amigas alucinaron con Hyde Park Winter Wonderland.

Cuánto me reí con ellas patinando sobre hielo. Y cuánto lloré cuando se marcharon.

—¿Eres feliz aquí? —me preguntó Judit antes de coger el avión—. Porque, si no lo eres, te juro que no lo entiendo...

—Dale un respiro —la interrumpió Cristina.

Y llegó febrero, y mi cumpleaños, y el mejor regalo.

En principio, iba a ser una videollamada con Judit y las chicas, pero fue mucho más que eso. En la pantalla apareció el comedor de Julia y Martina, decorado con globos y un enorme letrero de FELICES 20. Además de ellas y de Jan, estaban Judit, Cristina, Laia, Lucas, Nil... y Marc. Me cantaron el *Cumpleaños feliz* y el *Happy Birthday to You* y me hicieron llorar lo que no está escrito.

Intenté no hacerlo esa misma noche, cuando, ya en la cama, hablé por teléfono con Marc. Él seguía respetando mis tiempos y mis decisiones, esperando a que yo tuviera claro qué hacer con mi vida. Puede parecer contradictorio, pero llegó a decepcionarme, en cierto modo, que no me pidiera que volviera a Barcelona, con él. Siempre se despedía diciéndome lo mucho que me añoraba, pero... ¿lo diría de forma automática? ¿Se estaría cansando ya de aquella situación?

Qué complicados somos los humanos.

Y también llegó mayo, mes de inscripciones escolares y universitarias. Mes en el que debía elegir si seguía tomándomelo con calma o decidía qué quería hacer.

—¿Qué hago, abuela? —pregunté tumbada en mi cama, sobre un cobertor de color azul oscuro con estrellas que simulaba un cielo nocturno. Ya no había colcha celeste con flores blancas ni lámpara de araña con catorce lágrimas de cristal.

Se había convertido en algo dolorosamente normal en mi vida. Tal y como tantas veces había hecho antaño a través de un teléfono, le pedía opinión a mi abuela. Y ella me contestaba. Lo sé, lo sé, era yo misma quien lo hacía, pero ¿cómo llevarle la contraria a mi mente, que hasta me hacía oír la voz de mi abuela?

«¿De verdad esperas que te responda a esa pregunta tan chorra?».

—Va, abuela, dime. ¿Crees que hago bien si...?

«¿A estas alturas te sientes egoísta, Sky? ¿En veinte años es la primera vez que piensas en ti y todavía te preguntas si haces bien? ¿A qué esperas? ¿A que haga sol en esa ciudad tuya?».

—Yaya...

«Ni yaya ni leches. Tú ya sabes lo que pienso. Ahora solo falta que recuerdes que tienes veinte años, mi niña. Veinte años y toda una vida por delante que has de aprovechar. Para que un día puedas decir: "Tengo la vida que realmente quiero"».

—Gracias, yaya.

«No hay de qué. Ah, y a ver si me sacáis de una vez de ese salón oscuro y me lleváis a mi Barcelona, al sol, a mi brillante Mediterráneo. A mi lugar».

Capítulo 49

Marc

—¡Árbitro, cabrón! —grité desaforado tras ponerme en pie—. ¡Eso es penalti aquí y en la puta China!

De todos es sabido que la gente aprovecha para desahogarse y descargar sus frustraciones de la semana acudiendo a partidos de fútbol los domingos. Yo no era una excepción, aunque no fuese consciente de lo mucho que destacaba en un campo al que solo habían acudido unas mil personas, ni la cuarta parte de la capacidad del Estadio Johan Cruyff, de seis mil localidades. Jugaba el F. C. Barcelona B femenino. No se podía aspirar a más.

—¡Es penalti, es penalti! —gritó Jan—. ¡Árbitro, cabrón!

En mi arrebato de cólera, no fui consciente de lo que acababa de decir el niño.

—Joder, tío, córtate un poco —me reprendió Nil—. Que tiene siete años.

—Mierda —musité al tiempo que me sentaba de

nuevo. Señalé a Jan con el dedo índice—. No vuelvas a decir eso, Jan.

—¿Por qué?

—Porque es feo e insultante. Y de maleducados.

—¿Y por qué lo dices tú?

—Porque soy adulto —refunfuñé—. Y los adultos hacemos y decimos muchas tonterías.

—¿Y por qué decís tonterías?

—Y yo qué cojon...

Mirada reprobatoria de Lucas.

—Tú, de momento, no digas tacos —traté de aconsejarle—. Ya los dirás de mayor. O no, que tampoco es necesario... O yo qué sé...

—Lo estás empeorando —murmuró Nil sin apenas mover los labios.

—Pues... piensa en tus mamás —opté por decirle al niño—. A ellas les decepcionaría saber que su hijo es un maleducado, ¿no te parece?

«Y a mí me cortarían las pelotas», pensé.

Jan asintió con fervor y prosiguió viendo el partido mientras metía la mano en su bolsa de patatas fritas y se llevaba una a la boca.

—Estás mal, ¿eh? —protestó Lucas—. ¿Hoy no has hablado con tu chica inglesa?

—Sabes que existe el sexo en línea, ¿verdad? —aportó Nil—. No es lo mismo, pero ayuda bastante a no tener que ir gritando por ahí delante de los críos. Si vieras la mirada que te ha lanzado la pareja de atrás, que ha venido con sus hijas pequeñas...

Miré de refilón. Joder, era cierto. Dos niñas rubias idénticas me observaban con sus ojos azules muy abiertos.

—Tenéis razón —suspiré—. Es por Sky. La he notado bastante fría en nuestras últimas conversaciones. Apenas habla, parece despistada... Creo que no se atreve a decirme que es hora de cortar lo nuestro. Si es que tenemos algo.

—Pueden ser mil cosas, Marc —se exasperó Lucas—. Piensa en todo por lo que ha pasado, con su abuela, con sus padres, con su ex...

—Gracias por recordarme que hay un ex por ahí —rezongué.

—No la conocemos tanto como tú —opinó Lucas—, pero sería capaz de apostar cincuenta pavos a que Sky no seguiría hablando contigo si estuviera con alguien.

—Y dale con mencionar a otros tíos...

—Habla con ella —me aconsejó Nil—. Pregúntale directamente. Así sales de dudas cuanto antes y puedes volver a follar y esas cosas que hace la gente normal.

—Ni puto caso a este salido —gruñó Lucas—. ¡Que está enamorado, capullo!

—Estar enamorado está bien, colega —apostilló Nil—, pero lo del amor a distancia..., eso sí que no lo veo.

No, no estaba llevando mal el tema de la distancia. Bueno, sí, joder, tampoco voy a mentir. Habría preferido que Sky hubiese decidido volver a Barcelona, claro, y tenerla conmigo. Llegué a plantearme la opción de irme yo a vivir a Inglaterra, donde el mundo del fútbol también ofrecía múltiples posibilidades, aunque tendría que ser después de terminar mis estudios, de los que solo llevaba la mitad.

El problema: ¿eso era lo que quería ella?

La solución seguía siendo esperar. Ella continuaba recomponiéndose, y yo, formándome para el futuro.

Para un futuro que cada vez tenía más claro. Me habría gustado, no me voy a engañar, decirle a Sky que yo podía ayudarla a buscar sus pedazos y juntarlos de nuevo a besos, pero eso habría sonado a mi propio deseo y no al suyo. Ella necesitaba volar, volver a soñar y creer en sí misma, pero sin que nadie le dijera cuándo, cómo o dónde.

***

Al terminar el partido, con una nueva victoria en casa, los cuatro nos acercamos a esperar a Judit a la salida de los vestuarios, lugar al que yo podía acceder por ser considerado una especie de vip en la institución. Fruncí el ceño un instante cuando descubrí a mi hermana al final del pasillo, en una zona poco iluminada. Ya se había duchado, puesto que llevaba el cabello húmedo y la mochila al hombro. Estaba con un chico de unos veinte años que me sonaba bastante y... ¿se estaban besando?

Turbado, busqué aquel rostro en mi memoria con ahínco hasta encontrarlo. Joder, ese tío era jugador del Barça, surgido de la Masía, la escuela del equipo. Jugaba como centrocampista y se estaba convirtiendo en una de las promesas más...

—¡Hola, chicos! —nos saludó Judit, que apareció en mitad de mis pensamientos.

Primero aupó a Jan para darle un abrazo y un beso, luego chocó su palma con las de mis amigos y, por último, me abrazó. Como solía hacer tras cada partido, la alcé del suelo y di unas cuantas vueltas mientras ella reía.

—Has estado genial, hermanita. —Le di un beso.

—Hoy no ha estado mal —bromeó ella.

A continuación, y como otras veces, varias de sus compañeras fueron chocando sus manos con la mía, como si mereciera el respeto de un entrenador. Laia y Cristina también, aunque estaban más entretenidas en abrazarse con Judit.

—¡Esta victoria hay que celebrarla! —exclamó Cristina.

—¡Por supuesto! —la secundó mi hermana.

«¿Con el centrocampista?», estuve a punto de soltar.

Me callé, claro. Lo de ser hermano mayor no siempre es fácil. Quieres proteger a tu hermana pequeña de todos los males del mundo, pero sin llegar a parecer un psicópata que pretenda fulminar a todos los chicos que osen mirarla. Quieres preservarla del dolor, tanto del físico como del emocional, donde entrarían los tíos que pudieran hacerle daño, aprovecharse de ella, romperle el corazón... Pero si la proteges tanto, también le estás negando que experimente y aprenda de la vida.

En resumen: como hermano mayor, tienes la responsabilidad de encontrar el término medio entre no meterte en absoluto en su vida y pedirle un informe completo de cada chico que se le acerque.

Lo intentaría, al menos.

—Hemos quedado todas las del equipo para más tarde —me comentó Judit al salir del campo—. Me llevas a casa, ¿no?

—Menuda pregunta retórica. —Sonreí mordaz.

Julia y Martina habían pasado a recoger a Jan. Nil y Lucas propusieron que cenáramos en uno de los bares de la zona de San Antonio, cerca del Paralelo. Me apeteció el plan. Quedé con ellos para un par de horas después.

—¿Estás saliendo con alguien? —le pregunté a Judit en el camino hacia casa.

Vale, he dicho que lo intentaría.

—Supongo que me has visto —suspiró ella—. Sí, estoy saliendo con un chico, y, aunque llevamos unos meses, nos lo estamos tomando con tranquilidad. Pero, por favor, Marc, no me eches un sermón de los tuyos. Cumplo dieciocho dentro de un mes, ya no soy tan niña como piensas y...

—Ya lo sé —la corté.

Mi hermana me dedicó una mirada socarrona.

—¿En serio? —señaló con ironía—. ¿De verdad no vas a poner el grito en el cielo porque sea un futbolista, de esos que llevan vidas disipadas, como la que llevabas tú?

—Claro que no. —Dejé pasar unos segundos—. Pero sé quién es, dónde vive y a qué se dedica, así que...

Judit me dio una colleja y nos pusimos a reír. Entre risas, mi hermana conectó su música al reproductor del coche y sonó *La reina*, de Lola Índigo. Puse los ojos en blanco, pero acabé cantando el estribillo con ella.

Detuve el coche, una vez más, en el paseo de Valldaura. Judit se apeó y, antes de cerrar la portezuela, como si de un ritual se tratara, me dijo:

—Supongo que es una pérdida de tiempo decirte que subas.

No podría asegurar si fue a raíz de los días que pasé con Sky o durante los meses que se sucedieron a continuación, pero había notado que, poco a poco, mi mente estaba dejando de ser un revoltijo de sensaciones, malas y buenas, oscuras y brillantes, tristes y felices. Todo se estaba asentando, ordenando, recolocando. A un lado, lo malo: la última discusión con mi padre, la noticia de su muerte, los reproches a mi madre, la lesión, el fin de un sueño. Al otro, lo bueno: mis amigos, la universidad,

Sky, una nueva ilusión. Y ahí, en el lado de las cosas buenas, una imagen borrosa, demasiado tiempo ausente, se hacía cada vez más nítida.

Mi madre. Lo único que faltaba para que aquella parte estuviese completa.

—Espera, Judit —la detuve cuando fue a girar sus talones—. No... no te vayas. Quiero subir contigo. A casa.

—¿De verdad? —exclamó—. Por Dios, Marc, dime que no es una broma. Porque, como sea una chorrada de las tuyas, juro que dejo de hablarte el resto de mi vida.

Paré el motor, saqué las llaves del contacto y me bajé del coche.

—No es ninguna broma —le aseguré mientras me acercaba a ella. Judit me tendió la mano, la envolví con la mía y comencé a recorrer con ella el camino que me sabía de memoria.

—¿Estás nervioso? —me preguntó mi hermana cuando estuvimos frente a la puerta del piso en el que había vivido casi toda mi vida.

—Para nada. —Compuse una mueca—. Solo se me va a salir el corazón por la boca, pero nada que no pueda controlar.

—Tranquilízate —me susurró con suavidad—. Solo es mamá, Marc.

—Sí —musité—. Solo es mamá.

Judit, en lugar de usar sus llaves, tocó el timbre.

—¡Abre, mamá! —gritó para que no usara la mirilla—. ¡Me he olvidado las llaves!

La puerta se abrió.

—¡Vaya cabeza tienes...!

Sus ojos, tan parecidos a los míos, se clavaron en mí y se humedecieron al instante.

—Marc... —musitó.

—Mamá...

No hicieron falta explicaciones, justificaciones o disculpas. Una madre no necesita nada de eso. Únicamente nos abrazamos, y lloramos. Yo, como hijo, lamentaba haberme comportado de aquella forma tan infantil. Ella, como madre, comprendía que me hubiese dolido ver a otro hombre en el lugar de mi padre. No había más que hablar.

—Hijo —susurró con el rostro tan surcado de lágrimas como el mío—. ¿Estás... estás bien?

—Ahora, sí, mamá —le dije sin dejar de abrazarla.

—¿Quieres pasar?

— Si no te importa...

Ella sonrió y cerró la puerta sin soltarme el brazo. Entramos juntos, aunque mis pies me llevaron solos hasta el salón, donde Arnau, el marido de mi madre, mi padrastro, veía la televisión. Al verme, se puso en pie turbado. Sin embargo, su expresión cambió al advertir nuestras manos unidas y la sonrisa de mi madre. Por cierto, reparé en lo guapa que estaba, con su melena rubia ondulada. Solo tenía cincuenta y dos años. Qué egoísta me sentí.

—Marc... —susurró.

—¿Cómo estás, Arnau? —Alargué la mano y él me la estrechó antes de darme un abrazo, de esos que dan los hombres, con un par de palmadas en la espalda. Sus ojos también brillaban.

—Cuánto me alegro de que estés aquí —dijo—. ¿Quieres... sentarte? —Señaló el sofá—. Estás en tu casa. —Sonrió.

—Sí —contesté al tiempo que me acomodaba—. Así esperaré a que Judit se cambie para llevarla luego con sus amigas.

—Voy a tardar un poco —me advirtió la aludida, que nos miraba desde la puerta que daba al pasillo. Se limpió los ojos con disimulo.

—¿Quieres tomar algo mientras tanto? —me preguntó Arnau—. ¿Una cerveza?

—Vale. —Asentí.

—Ya se la traigo yo —dijo mi madre.

—No, mujer —objetó su marido—, ya la traigo yo.

Arnau era un buen tío. Lo sabía porque lo conocía de casi toda la vida. También era taxista y nunca había estado casado antes, a pesar de ser cinco años mayor que mi madre. Como su licencia era par, apenas coincidíamos y solo lo había visto un par de veces. En ambas ocasiones había dado la vuelta en cuanto había podido.

—También puedo ir yo —intervine—. Recuerdo el camino.

—Claro, hijo. —Mamá me miró con ternura—. Ve a la nevera y coge lo que tú quieras. Yo voy a ver a tu hermana, que seguro que me pide que la ayude con algo.

Elegí dos latas de cerveza de la nevera, le ofrecí una a Arnau y me senté en el sofá.

—¿Quién juega? —Le señalé el televisor, donde iba a empezar un partido.

—El Real Madrid contra el Osasuna.

Se hizo la luz cuando observé su cara de circunstancias.

—Joder —murmuré—. Tú eras merengue, ¿verdad? Eres del maldito Real Madrid.

El hombre se encogió de hombros y rio.

Capítulo 50

Sky

Existe una normativa en España en cuanto al hecho de esparcir las cenizas de un difunto, por lo que contratamos a una funeraria para que se encargase de todo. En una bonita ceremonia, un barco al que subimos mis padres y yo partió desde Port Fòrum y se adentró en el mar. Mi madre fue la encargada de depositar la urna biodegradable en las tranquilas aguas del Mediterráneo mientras mi padre me abrazaba y me consolaba.

A pesar del simbolismo de despedida, para mí no era un adiós a mi abuela. Yo seguía hablando con ella, pidiéndole consejo, ¡hasta enviándole audios a través del móvil! Y ella, por supuesto, me contestaba. Porque ya no estaba tan segura de que fuese solo mi mente la que formara las respuestas. Quería pensar que, de algún modo, ella seguía viviendo en mí.

Acompañé a mis padres de vuelta al aeropuerto. Ver sus manos unidas me hacía tremendamente feliz, pero, al mismo tiempo, tuve muy claro que había llegado el momento de terminar de romper las cadenas que me habían mantenido atada a un apellido, a una estirpe y a un lugar que no era el mío.

Mi padre fue el primero en abrazarme.

—No voy a preguntarte si estás segura porque sé que lo estás —me dijo dentro del abrazo—. Sé feliz, hija.

—Es la primera vez que me llamas «hija» —le susurré contra su hombro.

—Siempre pensé que no tenía derecho...

—Ojalá me lo hubieses dicho más —le dije apartándome de él.

Mi madre continuaba mostrando poca efusividad. Me dio un beso en la mejilla, aunque mantuvo los labios sobre mi piel más tiempo de lo que habría sido normal en ella.

—Cuídate, Sky —me susurró.

—Lo haré —le aseguré antes de verlos cruzar las puertas acristaladas de la terminal.

***

Hacía menos de un año que me había encontrado en la misma situación, en el aeropuerto de Barcelona, con el rostro hacia el sol, sonriente y expectante a lo que hubiera por delante.

Pero muchas cosas habían cambiado. Sobre todo, yo había cambiado. Podía seguir siendo una chica inglesa, de piernas paliduchas, con pinta de guiri y que aún pronunciaba mal las erres. Pero hasta ahí todo el parecido. Porque, en aquel momento, tenía muy claro lo que quería, dónde lo quería y con quién.

¡Ah!, también había cambiado el volumen de mi

equipaje porque arrastraba una enorme maleta. No es fácil decidir qué vas a llevarte de una vida a otra.

Para lo que tenía en mente, había necesitado la cooperación de Judit. Ella habría ido llamando a su hermano a intervalos de poco tiempo para saber en qué momento saldría de la parrilla de espera de los taxis y se encaminaría hacia la terminal B.

—¡Ahora, Sky! —me avisó por teléfono—. Dentro de un minuto lo tienes ahí.

—¿Cómo lo has sabido con tanta exactitud?

—Le he dicho que tenía que venir a buscarme y necesitaba saber cuánto iba a tardar. ¡Casi en tiempo real! Debo de haberle parecido una histérica, pero no pasa nada. Tú luego se lo aclaras.

—Por supuesto —reí.

Alcé la vista cuando empecé a ver llegar los taxis. Y ahí estaba el de Marc, del cual ya reconocía marca, modelo y hasta la matrícula. Se detuvo junto al bordillo, detrás del resto. El corazón se me aceleró, mi estómago dio un vuelco y mis piernas temblaron. Tenía tantas ganas de verlo y abrazarlo...

Por fin había llegado el momento. Y era ese.

Para no ser vista, me coloqué detrás de un señor lo suficientemente ancho como para cubrirme. Resultaba el escondite ideal..., si no hubiese sido porque el primer taxi que quedaba libre era el de Marc y ese hombre iba delante de mí.

Marc se bajó del coche y, como algo rutinario, levantó el portón del maletero. Si no espabilaba, ¡aquel desconocido se montaría antes que yo!

Tuve que darle un empujón. Lo siento. Sí, estuvo feo, pero no iba a sacrificar mi reencuentro con el chico que amaba por unos buenos modales.

—¡Eh! —se quejó el tipo cuando lo adelanté por la izquierda—. ¡Yo estaba delante!

—¡Ese taxi es mío! —grité ante el rostro atónito de Marc.

—¿Cómo que suyo? —gruñó el turista con acento italiano.

—¡Sí!, porque... porque... ¡él es mi novio!

Me acerqué a Marc y le di un beso en los labios.

—Hola, cielo —dijo él con un punto socarrón.

—¿Lo ve? —le solté al hombre con suficiencia.

El italiano gruñó y se dirigió al siguiente taxi.

Riendo, me giré hacia Marc. Al ver la fascinación y el anhelo con el que me miraban sus ojos color miel, el corazón me explotó en el pecho. Por fin lo tenía delante, en persona. Por fin estaba donde quería estar. Por fin... todo.

—¿Adónde la llevo, señorita?

—A la luna, por favor.

A continuación, Marc me rodeó con sus brazos, me pegó con fuerza a su cuerpo y me besó con ansia, casi con desesperación. Las lágrimas me brotaron de los ojos al volver a saborear sus labios, al inspirar su olor a sol, al sentirme amada por aquel chico de imperfecta sonrisa y cabellos rebeldes.

Marc dejó de besarme, pero no de abrazarme, de tocarme, de apartar la vista de mis ojos.

—Espera, espera —me susurró—. Antes de nada, quiero verte, cerciorarme de que estás aquí.

—Estoy aquí, Marc —musité—. Contigo.

Miró de reojo mi maleta.

—¿Para... para cuánto tiempo?

—Para siempre.

—¿Estás... segura? —insistió, como si no quisiera hacerse ilusiones.

—Tengo sueños —le aseguré—. Y en ellos está esta ciudad, muchos amigos, mi futuro... y tú. Sois todo lo que sueño y todo lo que quiero. He apostado por mí.

Una enorme sonrisa se le dibujó en la boca antes de cogerme de la cintura, levantarme del suelo y dar vueltas sobre sí mismo, hasta acabar mareados los dos, entre risas, sin ser conscientes de las miradas de las personas que pasaban por allí con sus equipajes. Marc me tomó después el rostro entre las manos y unió sus labios a los míos durante largos segundos mientras todo a mi alrededor giraba y giraba...

—Te quiero, inglesita —susurró contra mi boca—. Te amo, Sky Clifford.

—Y yo te amo a ti, Marc Torres.

Esbocé una mueca al oír mi propia pronunciación. Marc sonrió y acercó su boca a mi oído.

—Me encantan tus erres y me encanta todo de ti. Eres única y especial, cielo. Nunca lo olvides.

Musité un «gracias», aunque poco me parecía esa simple palabra para lo que yo sentía. Nadie podía quererme más que quien me había dejado mi tiempo y mi espacio para decidir por mí misma.

—Siento haber tardado tanto —me disculpé—. Yo... tenía claro lo que quería, que era regresar aquí y a ti, pero debía... necesitaba...

Me puso un dedo sobre los labios.

—Amar a alguien no es solo desear tenerlo cerca, Sky. Es desear que esa persona, ante todo, sea feliz. Dejar ir a alguien, en ocasiones, no te separa; te une, y lo hace para siempre.

Volví a besar a Marc, en medio de un mar de gente, y, mientras uníamos risas, lágrimas y labios, oí en mi cabeza la voz de mi abuela. Era ella, estoy segura.

«El destino que tanto te mencioné somos nosotros mismos, Sky, y las decisiones que tomamos. Por eso creo en él».

Epílogo

Sky

Barcelona, tres años después

Cansada, en mitad de un bostezo, miro la hora en el teléfono.

—Mierda, ¡qué tarde! —exclamo.

—Chissst —oigo a mi alrededor.

—¿Has olvidado dónde estamos? —me susurra Alba, una compañera con la que me he quedado a estudiar en la biblioteca de la Facultad de Geografía e Historia de la Universidad de Barcelona.

—Perdón —susurro al tiempo que recojo mis apuntes a toda prisa y los meto en una carpeta—. Tengo que irme. El lunes nos vemos, Alba.

—Hasta el lunes, Sky.

Corro por la estrecha calle de la facultad sin dejar de mirar la hora en el móvil. «Corras lo que corras, una hora en transporte público no te la quita nadie, Sky. ¿Cómo has podido despistarte tanto?».

En mitad de mis propias recriminaciones, veo pasar un taxi con la luz verde. Levanto la mano y, al grito de «¡taxi!», el vehículo se detiene y me introduzco con rapidez en el interior.

—Al Estadio Johan Cruyff, por favor —le pido al taxista.

No, no voy muy sobrada de pasta, pero en los últimos tiempos he descubierto que los taxis no son tan caros como nos ha parecido siempre. Al fin y al cabo, te sacan de un apuro en más de una ocasión, llevándote de puerta a puerta, dejándote en tu destino.

Tras pagar la carrera y apearme del coche, corro por la rampa que sube al estadio, muestro mi carnet y mi bolso a los de seguridad, me asomo a las gradas y localizo al grupo que me espera, sentado donde siempre. Bajo entre la gente, que ya está centrada en el partido.

—Perdón, que paso, cuidado...

—Acaba de empezar, tranquila —me dice Judit al tiempo que me señala el asiento libre a su lado. Nos abrazamos.

—¡Hola, Sky! —me saluda de inmediato Jan, quien, a sus nueve años, todavía me sigue impactando por el estirón que ha dado.

—Hola, mi niño. —Lo abrazo y repito el gesto con Julia y con Martina.

—¡Casi llegas tarde al estreno de tu novio! —exclama Cristina, a la que también achucho, lo mismo que a Laia. Les doy después un beso a Nil, a Lucas, a Joan y a Óscar, el chico de Judit, que nada tiene que ver con el fútbol. Ella colgó las botas hace un año y se centró en sus estudios.

Antes de ocupar mi asiento, me giro hacia la fila de

atrás, donde están sentados Lucía y Arnau, la madre y el padrastro de Marc. Los beso a ambos en la mejilla y termino de sentarme.

—¿Qué tal los estudios, cariño? —me pregunta Lucía.

—Genial —respondo.

—No hay nada como escoger lo que de verdad te gusta —me comenta la mujer—. Si alguien te dice que la carrera de Historia no sirve para nada, tú, ni caso.

—Será difícil encontrar una salida —admito—, pero no por eso voy a estudiar algo que no me llene. Con una vez fue suficiente.

Lo tuve claro en cuanto murió mi abuela y proseguí con mi anodina vida en Londres. Volvería a España, estudiaría Historia y viviría en Barcelona, junto a Marc. Esos eran mis sueños.

—¿Cómo va la cosa? —le pregunto a Judit.

—¿A ti qué te parece? —Me sonríe y hace un gesto hacia su hermano.

Marc está en la banda, dándoles instrucciones a los jugadores del Barça B, equipo donde hoy debuta como entrenador. A pesar de haberlo visto entrenando tantas veces, hoy no puedo evitar que el corazón se me expanda por el pecho al ver cómo también va cumpliendo sus sueños.

Nada más terminar la carrera, Marc, después de entrenar a varias categorías infantiles, se puso al frente del Juvenil A del F. C. Barcelona, con quienes logró el triplete de la Liga de División de Honor, la Copa de Campeones y la Copa del Rey Juvenil. Por esos logros está hoy aquí, debutando con el Barça Atlètic.

Lo que no cambia es lo nerviosa que me pongo. Judit y yo nos agarramos las manos, nos levantamos, nos quejamos, despotricamos y lo celebramos. Pasamos los noventa minutos en una tensión extrema, hasta que, con el pitido final, gritamos extasiadas ante la primera victoria de Marc con su nuevo equipo. Mientras todos se abrazan y lo celebran, la gente agita sus bufandas y banderas y suena el himno en la megafonía, yo busco los escalones que me llevan hasta la tribuna, desde donde puedo bajar hasta la planta inferior. Sorteo a los jugadores en su camino a los vestuarios y me asomo al campo, donde encuentro a Marc saludando a los árbitros. No espero. Corro a través del césped y me lanzo sobre mi novio. Me cuelgo de su cuello y él me coge al vuelo.

—Enhorabuena, mi amor —le susurro al oído.

Él me besa en los labios, vuelve a dejarme en el suelo y me mira con una adoración que, tres años después, continúa dejándome sin aliento.

—Gracias, cielo —me dice mientras desliza la yema de su pulgar por mi mejilla. Cierro los ojos ante la tierna caricia, que me estremece el corazón.

—Me confié en la biblioteca, estudiando para el examen del lunes —le menciono—. Pero he cogido un taxi y he llegado a tiempo. —Sonrío.

Marc me acaricia ahora el pelo.

—Tú siempre llegas a tiempo, inglesita —murmura—. Como cuando llegaste justo a tiempo a mi vida.

Me muerdo el labio inferior.

—Además —prosigue—, tú cumpliste volviendo a Barcelona. Yo todavía te debo un viaje a la luna.

Nuestras miradas se enredan. Qué bonitos son sus ojos de color miel, capaces de mirarme con ternura, con deseo, con amor.

—No —musito—, no me lo debes. Porque la luna es aquí, Marc, en un campo de fútbol; es en casa, en una calle o en la playa. La luna es cualquier lugar en el que esté contigo.

Marc enreda sus dedos en mi pelo y atrae mi rostro hacia el suyo para besarme, profundamente, delante de los miles de personas que nos observan. Cosa que, a mí, me importa un churro.

***

Después de la celebración con la familia y amigos, Marc y yo regresamos a casa, esta vez en un taxi que no es el suyo debido a los brindis con cava de la fiesta.

Porque, sí, Marc aún conserva su taxi y su licencia. A pesar de tener la profesión que llevaba años deseando, se dio cuenta de lo que le gustaba su anterior empleo; el empleo de su padre. Solo trabaja como taxista unos pocos días al mes, pero le encanta seguir sintiendo la libertad que le otorga conducir. Su familia y yo sabemos que, además, la idea de desprenderse del legado de su progenitor todavía le duele.

Al abrir la puerta de casa nos recibe nuestra gatita carey, que acaba de saltar del sillón y todavía está apalancando sus patas contra el suelo para desperezarse. Me rodea los pies entre ronroneos y luego los de Marc, que la acaba cogiendo para darle un beso en su carita.

—Te vamos a pisar, Luna —la regaña con suavidad.

Llegó un momento, al poco de vivir aquí, que, cuando iba a casa de Julia y Martina, lo primero que hacía era buscar a Melocotón para acariciarlo. Así que Marc y yo decidimos visitar una de las muchas protectoras de la ciudad para adoptar un gato. Aunque, la verdad, siempre decimos que nos adoptó ella a nosotros porque fue la primera que se acercó y buscó nuestras caricias. En cuanto al nombre..., lo tuvimos clarísimo. Tenía que llamarse Luna.

Desde entonces, somos tres en esta casa, el piso que me dejó en herencia mi abuela. En un principio, se lo ofrecí a mis padres para que lo vendieran por si necesitaban el dinero. Yo podía pagar un alquiler con Marc. Pero no lo aceptaron. A ellos les va bien. Papá suele decir que tendría que haberle dado una patada en el culo mucho antes al señor caracastor Thorpe. Yo le quito importancia porque, a estas alturas, tengo asumido que vivir con odio y rencor te chupa energía por todas partes. Y, la verdad, paso. Ellos son felices; yo soy feliz. No voy a quejarme.

Dios, ¡qué ganas tenía de decir eso!

Fue un poco duro instalarme aquí, pero también me siento más cerca de mi abuela. Cambiamos algunos muebles y otros los mantuvimos, creando un equilibrio perfecto entre recuerdos y vida nueva. Cambiamos el dormitorio principal, nuestra habitación, y el que era el cuarto de mi madre, convertido ahora en una sala de estudio. Pero dejé las estanterías del comedor, donde continúan las fotografías, los libros y la enciclopedia de historia de Inglaterra. Incluso las plantas que nos cuidó nuestra vecina Antonia. La mujer nos sigue trayendo tortillas y filetes empanados con la excusa de que le sobran, aunque sabemos perfectamente que hace de más solo por nosotros.

Voy directamente al dormitorio, pero, cuando me dispongo a pulsar el interruptor de la luz, Marc me detiene. Las cortinas están abiertas y dejan pasar el resplandor plateado de la noche.

—No la enciendas —me susurra después de rodearme la cintura con los brazos y comenzar a besarme la curva del cuello. Literalmente, me derrito.

—Hum... —suspiro—. ¿Todavía queda celebración?

Marc me da la vuelta para ponerme de cara a él. Alza una ceja.

—¿Hay que celebrar algo para hacerle el amor a mi novia?

—Por supuesto que no —susurro mientras le deslizo la yema de los dedos por el mentón—. Pero hoy me he sentido muy orgullosa de ti, entrenador. Porque has demostrado que, si un sueño no es posible, podemos ir a por otro. Que no hay que frustrarse si no lo conseguimos a la primera. Y que hay que creer en uno mismo.

—¿Me hablas tú de orgullo? —Me acuna el rostro entre las manos—. La chica inglesa que dejó atrás todo lo que conocía por un futuro que eligió ella.

Me deleito en observar su rostro envuelto en sombras, su cabello revuelto, sus largas pestañas... Porque me encanta mirarlo. Porque es guapísimo. Porque me hace feliz.

—Cuánto te quiero —le susurro—. Tus palabras siempre me rozan aquí. —Me pongo la mano en el pecho.

—Me conmueve que me digas eso. —Su expresión se vuelve traviesa—. Pero, ahora mismo, me gustaría rozarte otras partes, además de esa.

Estallo en una carcajada, aunque, en cuanto comenzamos a besarnos, nuestras manos viajan frenéticas por el cuerpo del otro y nos despojamos de la ropa. De toda la ropa. Nos tumbamos sobre la cama, donde nuestros cuerpos desnudos destacan en la penumbra como bañados por la luz de la luna. Nos miramos, nos besamos, nos tocamos y nos excitamos. Aunque nuestra intención es hacerlo dulcemente, hay ocasiones en que la pasión y las ganas nos pueden. Marc entra y sale de mí con urgencia, con deseo, y yo me aferro a sus hombros, a su pelo y a la cama, para seguir su ritmo, para conseguir cuanto antes la satisfacción plena. Ambos nos estremecemos con la llegada del clímax y, todavía abrazados, tratamos de recuperar el aliento entre caricias, besos y «te quiero».

Con Marc pegado a mi espalda, contemplo la enorme luna a través de la ventana. Suspiro mentalmente al recordar la noche que quise saltar hasta ella, huir de todo. Y después sonrío. Quizá fue lo que pasó, al fin y al cabo. Quizá lo que hice, precisamente, fue saltar... y aterrizar en un taxi en Barcelona.

—¿En qué piensas? —me pregunta Marc.

Río y me doy la vuelta para poder abrazarlo y besarlo.

—En el día en que me llevaste a la luna.

Agradecimientos

No sé si será verdad aquello de que los sueños se cumplen. Quizá tengan mucho que ver el trabajo, el tesón y una pizca de suerte para que eso suceda.

En mi caso, puede que haya habido un poco de todo. Así que sí, puedo decir que se me va cumpliendo algún que otro sueño, como la publicación de esta historia, tan especial para mí, por ser la primera vez que una novela mía va a estar en las librerías desde el primer día. Qué bonito me parece. Qué ilusión me hace.

A una edad en la que ya no esperaba tantas sorpresas de la vida, un día apareció una idea, un teclado y una ilusión. Y una editora, Esther Escoriza, que me abrió la puerta a un sueño que nunca me atreví ni a soñar. De eso hace ya diez años.

Gracias, Esther, por confiar en este nuevo proyecto. Gracias por hacer posible que me dedique a algo tan bonito como escribir.

Gracias, por supuesto, a mi familia, que creyó en mí desde el principio, que me animó, me apoyó y me leyó con el orgullo que sentiría un marido, unos hijos, unos padres y hermanos. Y mis primas. No me olvido de vosotras.

Gracias a mis amigas, tanto a las cercanas como a las que tengo en la distancia. Quedaos siempre conmigo, porfa.

Y gracias, cómo no, a las lectoras. ¡Qué sería de mí sin vosotras! Cada vez que me hacéis saber que os ha gustado una de mis historias y que ya esperáis con ansia la siguiente... me dais la vida.

Gracias a todos por tanto cariño.

Referencias a las canciones

Timeless, ℗ 2024 XO/Republic, interpretada por The Weeknd y Playboi Carti.

Good Luck, Babe!, ℗ 2024 Amusement-Island, interpretada por Chappell Roan.

Corazón puro, ℗ 2025 Universal Music Group, interpretada por RVFV, Morad y Rels B.

Messy, ℗ 2024 A Day One/Island, interpretada por Lola Young.

A Bar Song (Tipsy), ℗ 2024 American Dogwood/Magnolia/Empire/Republic, interpretada por Shaboozey.

Manos rotas, ℗ 2023 Sony Music Entertainment, interpretada por Dellafuente y Morad.

Gran Vía, ℗ 2024 Rimas Entertainment, interpretada por Quevedo y Aitana.

Baile inolvidable, ℗ 2025 Rimas Entertainment, interpretada por Bad Bunny.

Wildflower, ℗ 2024 Darkromm/Interscope, interpretada por Billie Eilish.

La reina, ℗ 2024 Universal Music Spain, interpretada por Lola Índigo.

Descubre la serie O'Brien en Booket:

También en Booket: